Sal e Açúcar

Sal e Açúcar

REBECCA CARVALHO

Tradução
Fernanda Castro

3ª edição

RIO DE JANEIRO
2024

PREPARAÇÃO
Isabel Rodrigues

REVISÃO
Jorge Luiz Carvalho

DIAGRAMAÇÃO
Abreu's System

CAPA
Capa adaptada do design original de Andressa Meissner

TÍTULO ORIGINAL
Salt and Sugar

CIP-BRASIL. CATALOGAÇÃO NA PUBLICAÇÃO
SINDICATO NACIONAL DOS EDITORES DE LIVROS, RJ

C327c

Carvalho, Rebecca
    Sal e Açúcar / Rebecca Carvalho ; tradução Fernanda Castro. – 3. ed. – Rio de Janeiro : Galera Record, 2024.

    Tradução de: Salt and Sugar
    ISBN 978-65-5981-223-3

    1. Romance brasileiro. I. Castro, Fernanda. II. Título.

22-81896
                            CDD: 869.3
                            CDU: 82-93(81)

Gabriela Faray Ferreira Lopes – Bibliotecária – CRB-7/6643

Copyright © SALT AND SUGAR by Rebecca Carvalho, 2022

Publicado originalmente por Inkyard Press
Direitos de tradução feitos mediante acordo com
Sandra Dijkstra Literary Agency e Sandra Bruno Agencia Literaria, SL.

Todos os direitos reservados.
Proibida a reprodução, no todo ou em parte, através de quaisquer meios.
Os direitos morais da autora foram assegurados.

Texto revisado segundo o novo Acordo Ortográfico da Língua Portuguesa.

Direitos exclusivos de publicação em língua portuguesa somente para o Brasil adquiridos pela
EDITORA GALERA RECORD LTDA.
Rua Argentina, 120 – Rio de Janeiro, RJ – 20921-380 – Tel.: (21) 2585-2000, que se reserva a propriedade literária desta tradução.

Impresso no Brasil

ISBN 978-65-5981-223-3

Seja um leitor preferencial Record.
Cadastre-se e receba informações sobre nossos lançamentos e nossas promoções.

Atendimento e venda direta ao leitor:
sac@record.com.br

Para qualquer pessoa pensando em ir atrás de um sonho.
Para minha mãe, quem primeiro me encorajou a ir atrás do meu.
E para Michael, que nunca me deixou desistir.

1

22 DE ABRIL, SEXTA-FEIRA

Nunca confie num Molina nem em frigideira de base fina, era o que vó Julieta Ramires costumava dizer.

Observo a escuridão se estendendo cada vez mais sobre a padaria da minha família. Nosso letreiro — Sal —, escrito na própria caligrafia de bisavó Elisa, desaparece no crepúsculo, esse estranho horário de limbo antes das luzes dos postes iluminarem as ladeiras de Olinda.

Não tenho coragem de entrar. Ainda não. A padaria está silenciosa, como se embalada pela brisa forte que sopra do oceano. Então espero mais um minuto. Depois outro. Espero pelo momento em que a Sal vai... não sei, de repente bocejar.

— Acorda — encorajo-a, baixinho.

Mas não é porque estou encarando a padaria que ela vai decidir despertar. E, conforme seus contornos escurecem, mais a padaria dos Molina brilha. Eles a chamam de Açúcar, mas não se deixe enganar: é aquele tipo de doçura tóxica que você encontra em certos venenos.

Enquanto todos os outros vizinhos fecharam as lojas em respeito ao luto, os Molina mantiveram as portas da Açúcar escancaradas, como uma afronta. O alegre cintilar das luzes na fachada deles faz meu estômago embrulhar.

Não é como se eu estivesse esperando que Seu Romário Molina, inimigo da vida inteira de voinha, mandasse uma coroa de flores para o cemitério, mas como eles *ousam* ser tão amostrados justo nessa noite? Tenho vontade de atravessar e ir até lá gritar com eles, mas os faróis do fusquinha da Sal no fim da rua me impedem. Mainha está chegando em casa e deve estar preocupada comigo. Fui embora do cemitério sem avisar nada.

Mainha desce do carro amarelo-ovo — o mesmo tom da fachada da Sal —, mas, em vez de seguir até a porta lateral que leva ao nosso apartamento, vai direto para a entrada da padaria sem sequer me notar.

No mês passado, quando voinha foi hospitalizada, mainha precisou fechar as portas, então é como se a Sal estivesse esperando voinha voltar para casa. Mas como é que a gente vai reabrir sem ela? Não existe Sal sem minha vó.

Mainha parece pensar duas vezes antes de destrancar a porta.

O vento fica mais forte, despenteando seu cabelo e trazendo junto uma garoa. As bandeirinhas que os vizinhos já colocaram para comemorar o São João daqui a dois meses, multicoloridas igual um arco-íris, estalam nos cordões acima de nossa cabeça. Nem percebo quando dou um passo incerto à frente, até mainha me encarar. E vejo a dor em seus olhos.

Abro a boca para falar, mas não sei o quê.

Sem dizer nada, mainha gira a chave, entra na padaria e na mesma hora encontra seu avental, tateando naquele quase breu que esconde os ganchos na parede. Memória muscular. Só então mainha acende as luzes. E a padaria se revela.

Também dou meu primeiro passo para dentro da Sal. É a primeira vez que entro lá sem voinha estar aqui.

E ver todas as coisas que já se transformaram sem o cuidado dela *dói*. Tudo parece tão sem vida. Os tampos de madeira estão precisando daquela camada lustrosa de óleo de peroba que voinha amava usar e que

SAL E AÇÚCAR

deixava a padaria com um cheirinho suave de lenha. O silêncio, ausente das conversas dela com os vizinhos, é pesado. Mesmo os ingredientes da magia de voinha foram embora, e os potes de vidro que deveriam estar cheios de vários tipos de farinha — tapioca, trigo, milho, arroz — estão vazios. Assim como o menu abaixo do balcão principal.

Meu coração dá um salto doloroso, mas seguro o choro. Não quero que mainha veja.

Ela fica de frente para a receita do bolo de fubá de bisavó Elisa como se estivesse atendendo a um chamado divino. Dobramos a folha de papel com os ingredientes e as instruções e a guardamos protegida atrás de um painel de vidro na parede, como se fosse o próprio coração pulsante da Sal.

Minhas pernas parecem mais pesadas que o normal, mas vou para o lado de mainha.

Não sei o que dizer ou fazer para consolá-la.

Ela fecha os olhos. Será que está rezando? Acabo fechando os meus também, e, na mente, tento reviver a Sal.

Imagino os fregueses grudando a cara na vitrine lá fora para ver os quibes, pastéis e bolinhos de bacalhau. Ouço nosso velho aparelho de som alternando entre ruídos de estática e forrós cheios de sanfonas melancólicas. Busco o cheiro picante da carne moída cozinhando em uma panela de barro, pronta para virar recheio de coxinha. E tudo o que encontro é... nada. Só essa sensação vertiginosa, dolorida e tão, tão solitária de não familiaridade dentro da minha própria casa.

— A gente vai reabrir hoje à noite — anuncia mainha. — Tua vó trabalhou todos os dias da vida dela, até não poder mais.

Ela ainda está encarando a receita.

— Acho que a senhora devia descansar — respondo.

Eu vivia sonhando com o dia em que reabriríamos. Mas mainha não dorme faz séculos, e as olheiras sob seus olhos ficaram ainda mais profundas ao longo deste mês.

— Te procurei em todo canto — diz ela, finalmente trazendo à tona meu sumiço de mais cedo. — Na cerimônia.

A voz de mainha está um pouco rouca, e carrega tanta decepção que a culpa dispara no meu peito como uma navalha.

Eu devia me desculpar, e *quero* me desculpar, mas como explicar a ela que ver voinha naquele caixão doeu mais que qualquer coisa? Que mal reconheci a pessoa que eu mais amava — que ainda *amo*? Meu cérebro continuou me dizendo que sim, era ela. Estava aninhada em uma cama de girassóis, então era ela. Aquelas eram as flores favoritas da minha vó, então era ela. Mas mesmo assim meu coração não parou de gritar: *Essa não é voinha! Essa não pode ser voinha!* E, antes que eu me desse conta, já tinha ido embora. Tudo que fiz foi me virar. Então atravessei os portões do cemitério e fui em frente, pulando no primeiro ônibus para casa.

Como falo isso para ela?

Não consigo.

Então tudo que resta é um... silêncio entre nós.

Mainha não pergunta uma segunda vez. Só dá as costas e vai para a cozinha, me deixando sozinha na padaria.

Quero correr escada acima e me trancar no quarto. Eu devia vestir roupas pretas. Fui para o cemitério direto da escola, então não deu tempo de trocar o uniforme. A camisa listrada de vermelho e branco e a calça de moletom parecem erradas. Parecem felizes demais.

Mas, sendo bem honesta, sei que, se eu for para o quarto, não vou mais descer.

E já fugi muito por hoje.

Em vez disso, pego as banquetas sobre o balcão e as coloco no chão, tentando me distrair. Quando termino de preparar a Sal para receber os clientes, mainha está cozinhando a pleno vapor.

As primeiras notas de cebola caramelizada com alho e cominho moído me atingem. Em qualquer outro dia, o cheiro teria sido celestial. Mas nessa noite só conseguem trazer ainda mais mágoa.

SAL E AÇÚCAR

A sineta acima da entrada da Sal toca, e levo um susto. Me viro e vejo os vizinhos enfiando a cabeça pela porta. Por um instante, imagino que o cheiro da comida de voinha é o que os atraiu. A qualquer minuto, ela vai sair da cozinha e cumprimentá-los, e esse dia inteiro — o *ano* inteiro — não vai ter passado de um pesadelo.

Mas os vizinhos estão com uma expressão triste estampada no rosto, e oferecem seus pêsames. Por mais que eu tente, nunca sei o que responder. Sinto como se estivesse sendo puxada em todas as direções, os nervos à flor da pele, até que mainha sai da cozinha e me resgata.

— Vai sentar. O jantar tá quase pronto — ela sussurra para mim. O cabelo dela está preso em um coque apertado, no seu melhor estilo "pronta para o trabalho".

Mainha aperta mãos, oferece abraços e palavras de conforto. É doloroso ver como as pessoas ficam hipnotizadas por ela, como se procurassem os olhos da minha vó nos de mainha, verificando se são do mesmo tom de castanho.

Os amigos mais próximos de voinha também começam a chegar. Dona Clara. Seu Floriano. Eles caem no choro ao ver as portas da Sal abertas, e mainha logo os conforta.

Eu me preocupo de que isso seja demais para ela. Mas estou paralisada. Não sei como dar apoio a ninguém quando me sinto assim, à deriva.

O encontro na Sal acaba virando um velório por si só, com as pessoas compartilhando causos e lembranças felizes, como quando voinha subiu numa árvore pra pegar uma pipa enganchada e acabou ela mesma ficando presa lá em cima. Alguns só ficam escutando com um ar solene, tomando goles lentos de café com leite, porque, às vezes, quando fica muito difícil falar, é mais fácil só comer e beber.

Depois de um tempo, pratos de cuscuz na manteiga coberto com charque, cebola caramelizada e fatias de queijo coalho frito ainda chiando são passados de mão em mão. Mainha traz um prato para mim também.

— Come — ela diz antes de voltar à cozinha. Mas, apesar do cheiro de dar água na boca, minha garganta está apertada demais para conseguir comer.

A sineta acima da porta soa outra vez. Olho por cima do ombro e vejo Dona Selma entrando; é a melhor amiga de voinha e como uma segunda vó para mim e uma segunda mãe para mainha. Vê-la ali usando roupas pretas em vez das cores vibrantes e festivas de sempre faz com que tudo pareça ainda mais... real.

Quando Dona Selma percebe minha presença, devo estar parecendo tão perdida quanto me sinto, porque ela vem direto até mim, empurrando as pessoas que tentam falar com ela. Em seguida, me puxa para um abraço apertado. *Nunca mais vou abraçar voinha.* A dor é como um choque nas minhas costelas.

— Lari, quero que tu se lembre de uma coisa — ela diz em meu ouvido. — Tu é amada. E não tá sozinha. Tu não tá sozinha. Sabe disso, não é?

Seus olhos escuros analisam meu rosto. Tento sorrir para mostrá-la que não precisa se preocupar, mesmo sabendo que Dona Selma não espera que eu finja ser corajosa. Mas então ela começa a chorar, e fica muito difícil conseguir manter as lágrimas longe dos meus próprios olhos.

Ela me dá outro abraço. Quando recua, olha ao redor da sala com um semblante preocupado, como se procurasse alguém.

— Mainha tá na cozinha — comento, entendendo que Dona Selma está procurando por ela.

— Preciso que tu e Alice se cuidem. — Até o jeito como ela pronuncia o nome de minha mãe me faz lembrar de voinha. O mesmo sotaque. *A-lí-ci.* — Por que a Sal tá aberta hoje?

— Mainha quis assim.

Dona Selma finalmente encontra minha mãe no meio da multidão.

— Vou ali ver como ela tá. — Ela me dá um aperto reconfortante no ombro antes de se afastar.

SAL E AÇÚCAR

Isabel, a ajudante de Dona Clara na feirinha, se aproxima.

— Acho que tem alguma coisa queimando — informa.

Isabel tem o hábito de deixar o óleo de cozinha queimar antes de fritar os pastéis, por isso acabou virando uma espécie de detector de fumaça ambulante.

Franzo o nariz diante do leve cheiro de queimado no ar.

Do outro lado da padaria, mainha ainda está conversando com Dona Selma. Eu devia avisá-la sobre a comida queimando, mas não quero interromper a conversa: sei que mainha precisa das palavras de Dona Selma tanto quanto eu estava precisando daquele abraço um instante atrás.

— Tua mãe tava fritando ovo? — pergunta Isabel, impaciente. — É melhor tu correr.

— Eu?

Sinto um arrepio de medo. Mainha nunca me deixa cozinhar.

— É, *tu mesma*. Queres deixar a cozinha pegar fogo, é?

Já decepcionei mainha hoje no funeral, não posso simplesmente ficar aqui de braços cruzados enquanto tem comida queimando. Mas, assim que chego à cozinha, meu coração começa a bater ainda mais acelerado.

Entrar na Sal foi difícil. Mas entrar na *cozinha* da Sal sabendo que não vou ver voinha atrás da bancada é ainda mais doloroso. As paredes de tijolos vermelhos parecem estar se fechando.

Há uma frigideira no fogão, e o conteúdo — ovo mexido com tomate e coentro? — já está grudando, chiando. A fumaça sobe, deixando o espaço perto do fogão imerso em névoa.

Tento abrir a janela dos fundos, com o vidro embaçado, mas está emperrada. Me viro de um lado para o outro, atrás de uma colher para salvar a comida de mainha, mas são tantos tipos — colheres de madeira, metal e plástico, de todos os tamanhos. Qual eu devo usar? Consigo sentir meus batimentos nos ouvidos.

Agarro a colher mais próxima, uma de metal. Começo a raspar o fundo da frigideira o máximo que consigo, mas não tenho certeza se estou fazendo direito.

O calor do fogão penetra em minhas roupas. Todos os cheiros estão ao meu redor, como uma rede — orégano, pimenta-do-reino e queijo em outra frigideira, além do aroma saboroso de batata-doce fervendo em uma panela logo atrás.

Isso é desesperador.

Deliciosamente desesperador.

Em geral, minha ansiedade está sempre ciente de todas as maneiras pelas quais eu posso estragar a comida de mainha. Mas, dessa vez, estou completamente eufórica.

O chiado fica mais alto. Como um vulcão prestes a explodir. A outra frigideira também está começando a soltar fumaça. As bolhas quentes na panela fervendo cheia de batatas estouram perto demais da minha mão. Perigoso, eu sei. E, ainda assim, fecho os olhos, os ouvidos prestando atenção na completa sinfonia dos sons da cozinha ao meu redor.

A colher de metal começa a esquentar em minha mão, fazendo o calor viajar até minha corrente sanguínea. Depressa. Parece eletrificado, como se estivesse estabelecendo uma conexão, e aí, de repente...

Não estou mais tão sozinha.

Me vem uma sensação de calor na boca do estômago, e me dou conta de que as mulheres da minha vida, passadas e presentes, estão bem aqui comigo.

Voinha não foi embora de verdade. Não enquanto Sal estiver de pé.

Escuto um estalo repentino, e abro os olhos.

Óleo escaldante espirra em meu pulso, e uma dor aguda invade meus pensamentos. Pulo para trás, surpresa, e acidentalmente bato no cabo da panela. Parece que está tudo em câmera lenta. Fico observando enquanto a frigideira com os ovos sai voando do fogão, a comida se espalhando por toda parte.

O grito de mainha corta o ar.

2

22 DE ABRIL, SEXTA-FEIRA

É de pensar que uma garota como eu teria o melhor treinamento culinário, certo? Mas, como dizemos, casa de ferreiro, espeto de pau. Ou, no meu caso, casa de padeira, neta inútil na cozinha.

Quando eu era bem pequena, tinha mania de perambular pela cozinha para ficar explorando as coisas por conta própria. Era atraída para aquele mundo mágico onde voinha sempre parecia mais feliz. Enquanto todos dormiam, eu subia em uma cadeira e ficava sentada na bancada com as pernas dobradas. Uma hora depois, voinha acordava e encontrava minha versão bebê descabelada e em transe, ocupada em tirar açúcar ou farinha de mandioca da tigela e despejar tudo em um montinho ao meu lado. Apesar da bagunça, voinha nunca ficava brava.

Ao invés disso, me pegava no colo e sussurrava:

— Nós duas temos um segredo, minha pequena.

Na segunda série, passei a colher flores e folhas para esmagá-las com o almofariz e o pilão que pegara na cozinha. Eu colocava água e fingia estar preparando a sopa mais deliciosa do mundo, me esforçando para imitar os trejeitos culinários de voinha. Foi a melhor brincadeira que eu já inventei, até que um grupinho de crianças me viu.

— Que porqueira é essa? — perguntaram.

— É sopa — respondi. — Não é porqueira.

Pedro Molina, neto de Seu Romário, analisou a mistura de flores como se fosse ele mesmo a maior autoridade em sopas. Mesmo tendo a minha idade, já ajudava na cozinha da família. Ele passou a mão pela franja encaracolada, nitidamente exibindo o curativo que trazia no dedo.

— O que aconteceu contigo? — perguntou um dos amigos dele.

— Eu tava cortando fatias de goiabada com meu avô pra fazer bolo de rolo — ele respondeu, abrindo um sorriso satisfeito. — Nem doeu.

As crianças todas encararam Pedro com olhares admirados.

Mas eu tinha visto Pedro logo depois de ter se machucado e sabia bem qual era a verdade.

— Eu te ouvi chorando mais cedo — disse, e com isso acabei o contradizendo.

As outras crianças começaram a cochichar atrás dele, e Pedro ferveu de raiva.

Então deu um passo em minha direção, todo magricela, torceu o nariz para minha comida e disse:

— Se isso é sopa, então quero ver tu beber.

Ergui a mistura até a boca. O cheiro adocicado de folhas em decomposição e clorofila fez meu estômago revirar. A cor era de um perigoso marrom avermelhado. Eu *precisava* beber. Pedro tinha me desafiado na frente de todo mundo.

Eu estava pronta para dar o primeiro gole...

Até que eu amarelei.

— É esse tipo de nojeira que tua família vende lá na Sal? — ele zombou de mim.

Em todo canto que eu ia, os amigos dele faziam questão de que eu ouvisse variações daquela mesma acusação. Até flagrei os garotos alertando uns aos outros para não botarem os pés na Sal por causa da aparência terrível da minha sopa. As coisas estavam saindo do controle, e eu precisava fazer alguma coisa para defender a reputação da padaria.

Mas minha lista de tentativas fracassadas na culinária foi só aumentando:

Levei para a escola o que sobrou da sopa de mainha, mas sem querer joguei sal demais na panela. É por isso que até hoje as pessoas me chamam de Salgadinha.

Levei pirulitos que fiz em segredo lendo uma receita que encontrei na internet, mas ficaram tão duros que lascaram o dente de um colega.

Depois tentei ferver água no fogão da Sal para cozinhar uma sopa de verdade, mas sem querer queimei a mão de voinha quando ela me encontrou lá. Ela soltou um grito de dor que me assustou tanto que pedi para voinha ir ao médico, mas ela disse que não tinha sido nada.

Então mainha ficou sabendo que eu andava entrando às escondidas na cozinha da Sal. Que tinha sido culpa minha voinha ter se machucado. Ela me pôs de castigo e me fez prometer que nunca mais cozinharia sem a permissão dela. Mas mainha nem precisava ter pedido: eu finalmente tinha me dado conta de que cozinhar não era para o meu bico, que toda vez que eu pisava na cozinha, algo de muito errado acontecia.

Como se eu fosse amaldiçoada.

Quando as pessoas nascem com o dom da culinária, aquela habilidade especial de transformar refeições em experiências mágicas, dizemos que nasceram com mãos de fada. Todas as mulheres da minha família são assim. Mas, quando chegou a minha vez, acho que a fada estava passando as férias em Fernando de Noronha, porque o que recebi foi exatamente o contrário.

Eu tenho é dedos de diabinho apontados para o desastre.

3

22 DE ABRIL, SEXTA-FEIRA

Mainha coloca meu pulso sob a água fria, mas a pele não para de ganhar um tom vibrante de vermelho nos pontos onde o óleo quente espirrou.

— Nem tá doendo tanto — minto, mas mainha ainda parece abalada.

— Que história foi essa de mexer numa frigideira com uma colher de metal? — ela exclama, tirando uma colher de pau de uma gaveta. — Era essa que tu devia ter usado!

Os vizinhos se esticam para espiar por trás do balcão, e sinto como se estivesse de volta na segunda série, causando tumulto na cozinha da Sal. Meu rosto fica quente de vergonha.

— Desculpa — digo baixinho.

A cara de mainha é como se eu tivesse cometido um crime — e bem poderia ter sido isso. Sou filha, neta e bisneta de padeiras famosas, e mesmo assim não sei nem fritar um ovo sem detoná-lo como uma bomba no chão da cozinha. *Que desastre.*

Ela deixa escapar um suspiro pesado.

— Vai lá pra cima.

— Deixa pelo menos eu ajudar a limpar. — Me inclino para pegar o esfregão.

— Tu já fizeste o suficiente. — Ela toma o esfregão de mim. — Vai.

Arrasto os pés até a escada, evitando olhar nos olhos de qualquer um que tenha visto mainha me dando uma bronca. Estou a meio caminho do quarto quando ouço uma buzina lá fora. Volto e me agacho no degrau para tentar ver quem está estacionando na frente da Sal.

Mainha vai espiar a rua por trás de nossa vitrine vazia. Dona Selma vai junto, e percebo o olhar que as duas trocam.

Os lábios finos de mainha ficam pálidos, os olhos arregalados e brilhantes como se uma tempestade estivesse se formando dentro deles. Ela parece quase irreconhecível.

Desço as escadas correndo, dois degraus por vez.

— O que aconteceu? — pergunto.

Dona Selma pressiona o ombro de mainha, mas isso não a impede de sair correndo. É então que vejo uma van branca enorme manobrando desajeitada em nossa rua estreita para estacionar na frente de Sal.

— É melhor tu ir pro quarto, minha flor. Não se preocupa — diz Dona Selma antes de ir atrás de minha mãe.

Não se preocupa? Bom, agora *eu estou preocupada.*

De jeito nenhum que vou deixar mainha lidar com aquilo sozinha. Saio da padaria.

Uma música com a sanfona estalando, popular nessa época do ano, toca alto na van. O motorista, um moço de provavelmente seus vinte e poucos anos, está distraído, tamborilando os dedos no volante e murmurando a letra da música.

Mainha bate na janela do carro, que o rapaz rapidamente abaixa para falar com ela.

— A senhora pense num trânsito pra chegar aqui — ele diz. — Vim buscar o pedido de bufê pro casamento.

Eu saberia se tivéssemos alugado uma van de bufê. E não é como se tivéssemos algum evento agendado diante de tudo que está acontecendo.

Mainha está prestes a responder, mas então a porta da Açúcar se abre do outro lado da rua e Dona Eulalia Molina — filha única de Seu Romário e mãe de Pedro — sai correndo.

Dona Eulalia acena com os dois braços para o motorista, um avental branco amarrado na cintura.

— Espero que não seja mais uma gracinha deles — diz mainha ao motorista em tom de advertência. Ela não está com humor para ser feita de besta essa noite.

Começo a entender a situação. Por que mainha está tão nervosa.

Ela acha que os Molina estão tramando alguma coisa.

A família deles adora inventar maneiras ridículas de nos atacar. Algumas são leves e pouco criativas, como enviar clientes falsos para criticar nossos pratos na frente dos clientes reais. Mas, em outras ocasiões, a coisa pode ficar *feia*.

Será que mandaram essa van aqui, logo hoje, só para se amostrar?! Não é à toa que mainha está com dificuldade para conter a raiva. Agora é o *meu* sangue que está fervendo também.

O motorista continua encarando minha mãe, esperando instruções, totalmente alheio ao fato de que Dona Eulalia tenta chamar sua atenção do outro lado da rua.

— O senhor veio na padaria errada — mainha responde, a voz cortante.

O motorista desvia o olhar para o letreiro da Açúcar. E finalmente percebe Dona Eulalia.

— É padaria demais nessa rua — diz o moço, como se estivesse se desculpando, e mainha arqueia uma sobrancelha.

A equipe de padeiros dos Molina sai da Açúcar carregando bandejas protegidas por película plástica cheias de surpresinhas de uva, brigadeiros e bem-casados cor de lavanda, e colocam tudo no porta-malas da van.

E então aparecem com uma bandeja cheia de empadinhas! Mesmo de onde estou, do outro lado da rua, consigo ver a massa folhada e dourada como na receita de voinha.

A questão é que todo mundo sabe que a Sal é a única padaria da rua que faz empadinhas. Foi esse o acordo que nossas famílias fizeram, gerações atrás, quando nossas bisavós traçaram as fronteiras da batalha:

SAL E AÇÚCAR

Os Ramires só preparam salgado.

Os Molina só preparam doce.

A Açúcar cruzou um limite ao preparar empadinhas, e aquele povo sabe muito bem disso. É um bando de cobras desonestas e sem-vergonha mesmo!

— Eles tão fazendo de propósito — diz mainha, rangendo os dentes.

— Ignora, Alice — aconselha Dona Selma. — Volta pra dentro.

Mas minha mãe não consegue nem se mexer, observando a procissão do bufê no outro lado da rua.

Dona Clara e Seu Floriano saem da Sal e se juntam a nós na calçada, ambos indignados.

— Não me diga que isso é pra aquele casamento do qual dispensaram Julieta! — Dona Clara agita a bengala na direção da van.

A Sal tinha sido contratada para servir em uma pequena recepção de casamento, mas os Molina espalharam boatos pelo bairro de que estávamos com uma infestação de ratos na cozinha. A fofoca chegou aos ouvidos da cliente, que acabou nos dispensando. Voinha ficou de coração partido, e, pouco depois, acabou levada ao hospital.

A Açúcar *está* se amostrando. A empolgação está estampada no rosto deles como se tivessem acabado de ver a Seleção marcando sete a um contra a Alemanha. Só que, dessa vez, são os Molina que fizeram o gol. Esse bufê era para ser nosso! Eles nos roubaram!

— São uns bandidos capazes de qualquer coisa mesmo — diz mainha, passando por nós como uma flecha de volta para Sal, os amigos de voinha indo logo atrás.

Eu *odeio* os Molina.

Não consigo mais segurar as lágrimas, que rolam por minhas bochechas quentes de raiva. Em vez de voltar para a Sal, atravesso a rua até o grupo de padeiros-assistentes que carregam as bandejas do bufê.

Como se atrevem a sabotar minha família? Vou dizer na cara deles. *Como se atrevem a espalhar mentiras e roubar nossa clientela? Como ousam esfregar essa vitória suja na nossa cara logo hoje, sabendo que estamos de luto? Como se atrevem a rir nessa noite?*

— Como se atrevem a...!

Não consigo dizer mais nada porque, nesse exato momento, meu pé esbarra em alguma coisa firme. Em um segundo, estou em pé. No outro...

Não estou mais.

— Cuidado! — grita Dona Eulalia, e logo percebo que não é por minha causa.

Abro os braços para tentar me equilibrar bem na hora em que alguém sai da Açúcar carregando um bolo de casamento gigantesco, de três andares. O bolo é tão alto que não consigo nem enxergar a pessoa por trás dele, só uma montanha branca de glacê. Minhas mãos afundam no bolo, alcançando o marrom-dourado do recheio. Tropeço para a frente, levando comigo não só o bolo, mas também a pessoa que o carrega em um grande e açucarado tombo.

4

22 DE ABRIL, SEXTA-FEIRA

Devia ter um enfeite da noiva e do noivo no topo do bolo, porque vejo a cabeça decapitada do noivo rolando até o meio-fio. Se voinha estivesse aqui, teria comentado que aquilo podia significar um mau presságio para o casamento.

Bom, acho que não deixa de ser um sinal. Um sinal de que estou muito ferrada.

Minha cara está toda coberta de glacê, e meu cabelo grudando nas bochechas por causa do açúcar. Escuto gritos por tudo quanto é lado. E um dos gritos estrangulados está vindo de debaixo de mim. Olho para baixo através das lentes manchadas dos meus óculos e encontro dois olhos me encarando de volta.

Peraí... eu conheço esses olhos. Grandes, redondos, castanho-claros. Olhos de *Molina*.

Não acredito que acabei de dar um encontrão no garoto que mais implicava comigo quando eu era criança. Meu arqui-inimigo na escola e no bairro. O padeiro prodígio de dezessete anos e neto de Seu Romário. *Pedro Molina*.

O cheiro de açúcar no ar é tão forte que todo o discurso que preparei para a família dele morre na ponta da minha língua. Eu nem sabia que Pedro estava na cidade. Ninguém o viu nas últimas duas semanas, sumido sabe-se lá para onde.

Ele também parece não acreditar no que acabou de acontecer, e, assim que nossos olhares se encontram, sua expressão endurece feito gelo.

— Sai de cima de mim. — A voz dele é igualmente fria.

Faço esforço para me afastar, mas tem cobertura demais na calçada. Meus pés escorregam, e bato outra vez contra o peito de Pedro, nossos rostos tão próximos que consigo sentir aquele cheiro enjoativo de tão doce do glacê em seu cabelo. Ele arregala os olhos.

Sinto mãos me agarrarem pelas axilas, tentando me levantar, e os gritos de mainha ecoam ao fundo:

— Não toca na minha filha! NÃO TOCA NELA!

— Tua menina arruinou o bolo! — Dona Eulalia rosna para mainha.

— Foi sem querer — tento explicar, mas ninguém me escuta.

Mainha vem correndo da Sal, igualzinho um furacão, pronta para destruir qualquer um — *qualquer coisa* — que chegue perto de mim. Quando ela me afasta de todo o caos, percebo que está com sangue nos olhos de um jeito que nunca vi. Estou atordoada. Ela nunca se pareceu tanto com voinha quanto agora.

— Tá machucada? — Seu olhar furioso me examina de cima a baixo.

— Eu tô... tô bem — gaguejo. Coberta de bolo, tenho certeza de que não estou soando convincente.

Mainha começa a me conduzir pela rua, e me dou conta de que os clientes que estavam na Sal e na Açúcar vieram para o lado de fora para assistir ao desenrolar da cena.

— Tua filha destruiu o bolo de propósito! — Dona Eulalia grita para mainha, e nos viramos enquanto ela vem em nossa direção. — A senhora não vai fazer nada? — Ela desabotoa o avental e o joga de forma dramática aos pés de mainha, mas ele cai nos paralelepípedos molhados de chuva.

Cães começam a latir dentro das casas na rua.

— Juro que não foi de propósito — tento outra vez, olhando de mainha para Dona Eulalia. — Nem vi o bolo até ser tarde demais.

— Era um bolo de três andares! — rosna Dona Eulalia, gotas de chuva brilhando feito orvalho em seu cabelo.

— Se minha filha diz que foi sem querer, então foi sem querer. Ponto final — conclui minha mãe.

Ao fundo, vejo alguns padeiros tirando Pedro de dentro da pilha de bolo. Quando ele enfim se levanta, está de costas para mim, e, assim que consegue firmar os pés na calçada escorregadia, vai direto para o interior da Açúcar.

Mainha tenta mais uma vez me levar para casa, mas Dona Eulalia não vai nos deixar escapar assim tão fácil. A mulher está sempre disposta a bater boca no meio da rua; como se considerasse o bairro inteiro um palco para ela.

— Pra trás! — Mainha se inflama. — Eu juro, se chegar perto da minha filha...

— Que golpe baixo, Alice! — ela acusa minha mãe. — Vocês tão arruinando o casamento de alguém! O que é que eu vou dizer pra noiva? — Seu olhar raivoso se volta para mim como se fosse um míssil teleguiado. — A menina veio direto no bolo!

Um coro de *"Foi, ela veio!"* ecoa dos outros padeiros da Açúcar.

— Lari Ramires jamais faria isso! — gritam de volta os amigos de voinha.

O rosto de mainha fica em um tom intenso de vermelho.

— Tua família começou aquele boato ridículo de que a Sal tava infestada de ratos só pra vocês roubarem nossa cliente!

Dona Selma se aproxima, o semblante tenso de preocupação.

— Não é hora pra isso. Por favor, Alice, volta pra Sal.

Mas mainha e Dona Eulalia voltam a gritar uma com a outra. Décadas de raiva acumulada ressoam entre as padarias, as duas presas em uma competição de quem pisca primeiro, amparadas por duas multidões de vizinhos. Uma torcendo pela Sal. Outra, pela Açúcar.

— Que é que tá acontecendo aqui? — pergunta alguém, e o bairro... caramba, *a cidade inteira* fica em silêncio.

Mainha segura minha mão, os dedos frios pressionando os meus.

Seu Romário sobe a rua em nossa direção. Ele olha do bolo destruído na calçada para o glacê que me cobre de cima a baixo.

— É só um pedacinho de bolo que caiu da bandeja. Tá tudo sob controle — mente Dona Eulalia, mas Seu Romário nem olha para ela.

Ele está com setenta e tantos anos e sua saúde já não é mais a mesma, mas sua presença continua imponente.

— A gente ainda tem bolo de aniversário sobrando? — ele pergunta a uma padeira-assistente. Enquanto isso, os outros baixam a cabeça do jeito que a maioria dos meus colegas faz quando está com medo de ser escolhido para responder a uma pergunta na lousa.

Dá para ver que a padeira-assistente está tremendo.

— Não, chef — ela responde.

— Sobrou o que da manhã?

— Temos um bolo Souza Leão, um bolo-mármore e um bolo de maracujá. Todos pequenos, infelizmente.

Seu Romário franze a testa.

— Sobrou cobertura?

— Um pouco de ganache, chef.

— Usem a ganache como cobertura no bolo-mármore. Botem uns morangos por cima. Depois separem todos os bolos pequenos que tiver pro casamento de hoje à noite. Separem também uma porção dos bolos de rolo tradicionais e de doce de leite que íamos expor na vitrine amanhã. Não é a mesma coisa que um bolo de casamento, mas é melhor que nada. Peçam desculpas à noiva e, se ela não ficar satisfeita com os bolos, digam que vamos reembolsar.

Ao som da última palavra, Dona Eulalia interveio:

— Mas painho, *reembolsar*?! Não queria te chatear, mas o senhor tem que saber a verdade. *Elas* é que deviam cobrir o prejuízo! Elas destruíram o bolo de propósito! — A mulher aponta o dedo para mainha.

Os padeiros-assistentes olham de Dona Eulalia para Seu Romário.

— Não me escutaram não? — ele se dirige com impaciência à equipe, a voz grave feito um trovão. — Façam o que estou mandando. Coloquem os bolos e o resto das bandejas na van. *Agora*.

— Sim, chef.

— Desculpa, chef.

— É pra já, chef.

Todos os funcionários correm de volta para a Açúcar, quase tropeçando uns nos outros.

Na Sal, era sempre só mainha e voinha na cozinha, enquanto os Molina têm um quadro rotativo enorme de padeiros-assistentes, como se estivessem construindo um verdadeiro exército. E o dinheiro de uma traição é o motivo pelo qual o negócio deles sempre foi ligeiramente maior que o nosso.

Conheço a história desde pequena.

Bisavó Elisa Ramires era a promissora cozinheira de uma pousada. Aquele emprego era sua única oportunidade para criar minha vó sozinha, então ela tratou de ficar famosa com uma receita de bolo de fubá amanteigado e delicadamente saboroso. Dona Elizabete Molina trabalhava na pousada desde antes de bisa e também era famosa por uma receita que havia criado: um pudim de leite que diziam ser tão macio que desmanchava na boca.

As duas viviam implicando uma com a outra. Cada uma queria se provar ao bairro como a melhor cozinheira local, e a oportunidade acabou surgindo na forma de um concurso culinário.

Na véspera do concurso, minha bisa e Dona Elizabete estavam ocupadas preparando seus pratos e atendendo os muitos hóspedes da pousada. Era uma noite movimentada, com muitos turistas na cidade para o Carnaval.

Com os nervos à flor da pele, ombro a ombro disputando espaço na cozinha apertada, reza a lenda que as cozinheiras acidentalmente tropeçaram uma na outra e mandaram tanto o bolo quanto o pudim para os ares.

Por algum milagre, as camadas se empilharam. O pudim de leite de Dona Elizabete pousou em cima do bolo de fubá da bisa. Talvez Dona Elizabete tenha segurado a bandeja no ângulo certo até o último segundo e o pudim tivesse tensão superficial o bastante para deslizar do jeito certo sem quebrar. Talvez o bolo da bisa fosse firme o suficiente para segurar a delicada camada de pudim por cima. Seja como for, elas experimentaram aquele novo bolo acidental de duas camadas e descobriram que suas receitas se complementavam lindamente. Quando distribuíram amostras para os hóspedes, a reação deles foi a prova de que as duas haviam produzido uma perfeição.

Ninguém sabe dizer se elas ainda participaram do concurso, porque, daquele momento em diante, a única coisa que todo mundo passou a comentar foi a nova receita das cozinheiras, que elas batizaram de "Sal e Açúcar". Uma camada de bolo de fubá, outra de pudim de leite.

Minha bisavó Elisa e Dona Elizabete planejavam abrir uma padaria juntas, que levaria o nome da nova e lendária receita. Mas aí Dona Elizabete traiu a bisa, vendendo a receita para uma fábrica de bolos, e foi assim que nasceu a Açúcar: uma padaria que Dona Elizabete abriu bem em frente à pousada com o dinheiro que a fábrica lhe pagou.

Um bocado de dinheiro. O preço de sua traição.

A pousada acabou sendo deixada para a bisa quando a proprietária morreu, e ela a transformou em uma padaria que batizou de Sal. Minha casa.

E aqui estamos eu e mainha agora, algumas gerações depois, mas ainda em pé de guerra com os Molina.

Veja bem, no meu bairro, onde as pessoas raramente saem da casa da família, o tempo não passa e antigas feridas não cicatrizam. Talvez seja melhor assim — essas feridas são um lembrete sobre as pessoas em quem posso ou não confiar.

Mainha tenta me levar de volta à Sal, e, quando dou o primeiro passo, estou tremendo, minhas pernas ainda sem conseguirem se mover.

— Alice — chama Seu Romário atrás de nós. — Se tiver um minuto, gostaria de falar contigo.

Olho de soslaio para mainha, esperando ouvi-la negar. Ela não pode entrar na Açúcar. Os Molina vão atirá-la numa panela e servi-la no jantar.

Mas, apesar da raiva que deixa transparecer, ela encara Seu Romário e assente.

— *Mainha?*

Dona Eulalia parece tão surpresa quanto eu.

— Não, painho. Não é uma boa ideia. Esse povo já deu o showzinho deles. Não quero que perturbem o senhor.

Seu Romário a ignora, ainda encarando mainha.

— Alice, por favor, por aqui.

Puxo o braço de minha mãe para detê-la.

— Vamos ouvir o que ele tem pra dizer — ela responde, como um desafio.

Em meio à dor que está sentindo, fico com medo de que mainha esteja atrás de uma oportunidade de mandar tudo pelos ares entre as nossas famílias, de uma vez por todas.

5

22 DE ABRIL, SEXTA-FEIRA

Morei a vida inteira do outro lado da rua dos Molina, mas essa é a primeira vez que ponho os pés na Açúcar.

A decoração no interior é bem brega: pisca-piscas em forma de pingentes de gelo pendurados no teto. Paredes vermelhas, assim como a fachada, no tom das roupas do Papai Noel. Prateleiras e balcões de vidro polidos até brilhar, sem nenhuma marca de dedo ou da respiração embaçada das crianças.

No fundo tem uma parede translúcida, com vitrines expositoras. A maior parte já está vazia, mas uma variedade de bolos de rolo, os famosos bolos de Seu Romário, ocupa o lugar de honra no centro. A iluminação especial exibe as tradicionais camadas em espirais super-finas — são *vinte* camadas nesse bolo de rolo, ele afirma —, recheadas de goiabada e polvilhadas com grânulos de açúcar que brilham feito poeira de cristal.

As prateleiras à direita e à esquerda estão repletas de jujubas, balas lustrosas, pudins de leite condensado, biscoitos, broas e pãezinhos doces, que enchem o ar com seu aroma forte e adocicado, daquele tipo de dar água na boca. É como estar dentro de uma fábrica de chocolate.

SAL E AÇÚCAR

Alguns dos clientes da Sal e da Açúcar que assistiram ao desastre do bolo do lado de fora correm para nos acompanhar, com a desculpa de estarem indo pegar amostras de pastel de nata que uma das padeiras-assistentes está oferecendo no balcão. Quando ela nos vê entrando na Açúcar, imediatamente congela, a mão ainda estendida com a bandeja.

Meu estômago está embrulhado.

Quando a multidão se afasta um pouco, vejo a famosa receita de pudim de leite de Dona Elizabete Molina trancada em uma caixa de vidro na parede. Fico de boca aberta. Acho que não esperava que se parecesse tanto com como deixamos a receita da minha bisavó na Sal.

Se a rixa entre nossas famílias fosse um objeto, a receita de Dona Elizabete seria a outra metade dele... não como o outro lado da moeda. Mas uma alma gêmea.

— Por favor, me acompanhem — diz Seu Romário enquanto nos guia para dar a volta no balcão, e sinto uma onda de adrenalina. Não existe nada mais sagrado do que o mundo que há por trás do balcão de uma padaria. É onde a ciência se transforma em magia. O que voinha diria se nos visse agora?

Dona Eulalia passa correndo por nós e se coloca ao lado de Seu Romário.

— Espera, painho. Não quero o senhor falando sozinho com elas — diz a mulher em voz baixa. — A gente também devia fazer parte da conversa.

Seu Romário franze a testa.

— *A gente?*

— Eu e Pedro — a filha explica, e ele parece surpreso pela menção ao neto. Dona Eulalia acrescenta depressa: — É, ele tá em casa. Chegou hoje à tarde.

— *Pedro!* — chama Seu Romário, a voz fazendo balançar as estruturas da padaria.

— Cuidado com a sua pressão, painho — implora Dona Eulalia.

Pedro sai da cozinha da Açúcar, limpando bolo da cara com um pano de prato.

— Voinho — ele diz em cumprimento, baixando os olhos em um respeito submisso.

Logo atrás, noto a mochila azul de Pedro, aquela que ele leva para a escola, no chão da cozinha. Está cheia de roupa, o zíper estourando nas costuras. É como se ele tentasse levar o armário inteiro junto para onde quer que fosse.

Seu Romário dá ao neto um olhar demorado, e os olhos de Pedro permanecem fixos em seus tênis manchados de bolo.

— Então quer dizer que tu voltou — diz o homem, e talvez seja coisa da minha cabeça, mas percebo um certo ar de "eu avisei" em seu tom de voz

— Sim, sim — intervém Dona Eulalia. — E ele não vai pra lugar nenhum, né, Peu?

Peu? Seguro o riso ao ouvir o apelido.

Pedro me encara.

Ele abre a boca para responder o avô, mas o homem se vira sem nem lhe dar oportunidade, e percebo o olhar magoado que Pedro lança às suas costas.

— Vá ficar com seu vô — a mãe murmura para ele, e, depois de hesitar um pouco, Pedro acaba cedendo.

Algo deve ter acontecido entre os dois. Me pergunto se não foi por isso que Pedro saiu de casa de repente.

Dona Eulalia entra no escritório de Seu Romário logo atrás de Pedro, sem nem olhar para trás e conferir se nós também estamos indo.

A sala é apertada feito o escritório de voinha na Sal, não muito maior que uma despensa. Tem cheiro de colônia. Forte. Sufocante. Com um gaveteiro nas duas pontas da mesa.

Em tudo quanto é canto vejo certificados de excelência em confeitaria pendurados, de quando Seu Romário era mais novo.

Ele se senta à mesa, os olhos avermelhados parecendo fundos, como se ele não andasse dormindo muito bem. Dona Eulalia está à sua direita, e Pedro, à esquerda. Tem só uma cadeira vazia de frente para a mesa, então faço sinal para que mainha se sente.

Então um silêncio constrangedor desaba sobre nós.

Seu Romário se mexe na cadeira, procurando uma posição mais confortável. Depois *sorri*.

Minha garganta seca imediatamente, porque acho que nunca vi aquele homem sorrindo. Pelo menos não assim, e com certeza não para nós. O sorriso alcança seus olhos, deixando-os marejados.

— Alguém já disse que tu parece um bocado com teu pai, Larissa? — ele pergunta.

Vejo as mãos de mainha apertando os braços da cadeira, o nó dos dedos ficando pálidos.

Meu pai morreu antes de eu nascer, então nunca o conheci pessoalmente. Mas já vi as fotos.

— Já disseram sim... — respondo ao Seu Romário.

— Gabriel também tinha... como é que eu posso dizer? Uma *predisposição* parecida para a falta de jeito.

Sinto meu rosto corar. Não sei se ele está ofendendo painho ou a mim. Ou talvez nós dois.

Quando painho era um pouco mais velho que eu, ele trabalhava na Açúcar, ajudando os Molina com a contabilidade. Mas essa é uma parte da história dos meus pais que quase não parece real. Mainha nunca fala sobre painho. A morte dele é um assunto difícil para ela.

Uma vez, ouvi Isabel perguntando a minha mãe como tinha sido se apaixonar por alguém da Açúcar. Era uma pergunta inocente vinda de uma amiga de família bem intrometida, apesar de muito querida por nós, mas mainha não teve papas na língua. Foi a primeira vez que a escutei sendo grossa com alguém que perguntava sobre meu pai.

— Gabriel não era *da* Açúcar — mainha a corrigiu. — Ele trabalhava *pra* Açúcar. Tem uma grande diferença. Não é como se ele fizesse parte daquele povo.

Ouvir Seu Romário trazer à tona meu pai assim, do nada, me faz pensar o que deve ter significado para ele, naquela época, ver um de seus funcionários se apaixonar por uma Ramires...

Ele continua:

— Teve uma vez que Gabriel tentou carregar uma tigela enorme de creme de manteiga e...

Mainha dá um salto da cadeira.

— Foi pra isso que o senhor pediu pra falar comigo? Pra poder se encantar com as semelhanças entre minha filha e o pai dela?

— Como tem coragem de levantar a voz?! — grita Dona Eulalia.

Seu Romário faz gestos nervosos para que mainha não vá embora.

— Por favor, por favor, não é nada disso.

Ela estreita os olhos para o homem por um longo instante e volta a se sentar, dessa vez bem na beirinha da cadeira.

— A gente tá esquecendo o *verdadeiro* motivo disso tudo — diz Dona Eulalia. — Pedro trabalhou duro pra consertar aquele bolo de casamento com as demandas de última hora da cliente! Era um bolo lindo, painho. Essa menina dos Ramires caiu de cara nele!

— Por que Pedro tentou carregar os andares já montados — pergunta Seu Romário —, apesar de eu ter deixado instruções específicas pra trazer um de cada vez?

O rosto de Pedro parece se contrair. Não acredito que ele acabou de levar uma bronca bem na nossa frente.

— O motorista tava atrasado, dei meu melhor pro pedido sair logo.

— Desculpas — retruca o avô, e a pontinha das orelhas de Pedro, que escapam por baixo de um emaranhado de cabelos sujos de bolo, ficam vermelhas. — Sempre as mesmas desculpas. Quando vai aprender a seguir as minhas instruções?

— Voinho... quer dizer, chef, eu não achei que...

— Não vou discutir contigo agora. — Seu Romário faz um gesto impaciente com a mão. — Eulalia, Pedro, me deixem sozinho pra falar com as Ramires.

Pedro sai pela porta num piscar de olhos, mas Dona Eulalia continua ali.

— Painho, pensei que a gente tinha concordado que seria melhor se eu e Pedro...

— *Saia*.

A mulher obedece, mas não antes de lançar um último olhar contrariado em nossa direção. E, assim que vai embora, é como testemunhar o surgimento de um véu de magia. Os ombros de Seu Romário se encolhem, como se todo o tempo estivesse tentando parecer mais forte diante da própria família.

— Agora que a gente pode conversar em particular — ele começa, a voz embargada —, gostaria de prestar as minhas mais profundas... as minhas mais... Alice, a sua mãe... ela era... Ela não merecia partir assim.

Sinto um soluço dolorido na garganta, ameaçando escapar. Não dá para acreditar que estou a um passo de chorar na frente dele. Não dá para acreditar que estou a um passo de desabar, quando tudo que eu quero é... tudo que eu quero...

Tudo que eu quero é *gritar* com ele.

Quero perguntar a ele por que foi tão cruel com voinha todos esses anos.

Quero culpá-lo por cada uma das vezes em que fez voinha chorar. Mas... não posso.

Não posso gritar com Seu Romário, não quando ele está com os olhos cheios de lágrimas.

— Sei que tivemos nossas diferenças, mas, acredita em mim... — Ele tira um lenço do bolso da camisa e enxuga os olhos. — Acredita no quanto eu lamento que Julieta... ela...

Os ombros dele sobem e descem como um vulcão prestes a entrar em erupção, ameaçando desmoronar, e olho para mainha. Ela está pressionando os lábios, o rosto cada vez mais vermelho. As narinas se dilatam a cada respiração, como se ela estivesse começando a hiperventilar.

— O senhor odiava minha mãe — diz mainha, a voz rouca por toda a raiva mal contida.

— Eu conhecia Julieta desde que a gente era criança, quando nossas mães nos deixavam brincando juntos enquanto trabalhavam na receita do Sal e Açúcar. — O homem inspira pesadamente, procurando as palavras certas. — Apesar de tudo, eu *respeitava* Julieta Ramires.

De repente, Seu Romário cai em um choro alto e triste.

E Dona Eulalia chega voando ao escritório.

— Tu aborreceu ele! — ela acusa minha mãe.

Noto que Pedro também voltou para a porta, parecendo atordoado. Por trás dele, uma multidão de padeiros e clientes curiosos estica o pescoço, sem coragem de chegar muito perto, mas mesmo assim fazendo o possível para ouvir. Quando ele me encara, vejo a confusão em seus olhos. Acho que ele ainda não tinha escutado as últimas notícias de voinha.

Um soluço escapa da boca de mainha, como se fosse um suspiro. Quero tirá-la da Açúcar, mas estou grudada no chão, incapaz de salvar tanto ela quanto eu mesma dessa confusão.

— Como que o senhor pode dizer uma coisa dessa depois de todos esses anos atormentando a minha mãe? — mainha grita para Seu Romário.

— Vai embora! — esbraveja Dona Eulalia, seu rosto tão retorcido de fúria que as lágrimas começam a descer pelas bochechas.

Pedro trata logo de correr e se mete entre Dona Eulalia e mainha para proteger a mãe de nós duas.

Mainha empurra a cadeira para trás ao se levantar para sair. Saio do caminho um segundo antes de a cadeira se chocar contra a parede, fazendo com que alguns dos certificados desabem, o vidro se estilhaçando pelo chão todinho.

— VAI EMBORA! — grita Dona Eulalia, uma veia saltando no meio da testa.

Mainha dá um passo até a mesa.

— Se o senhor me aperrear, se apontar o dedo pra minha filha ou tentar qualquer coisa contra o meu negócio, não vou pensar duas vezes antes de enfrentar o senhor — ela diz, olhando nos olhos de Seu Romário. — Pode dizer que sente muito o quanto for, mas isso não apaga os anos de sofrimento que o senhor causou pra minha mãe. A rixa ainda tá de pé. Mainha não viveu em vão!

As palavras de mainha soam como uma declaração oficial de guerra.

6

23 DE ABRIL, SÁBADO

Na manhã seguinte, encontro mainha na cozinha da Sal.

Ainda não há clientes, o que é bem raro para um sábado. Mas torço para que isso só signifique que a maioria das pessoas ainda não saiba que reabrimos.

— Tu já tá de pé — ela diz, conferindo o relógio de pulso.

— Não consegui voltar a dormir.

A cozinha está aquecida e perfumada de pão fresco: pão de abóbora, baguetes polvilhadas com orégano, pão integral coberto de sementes de gergelim. Noto o buquê de girassóis frescos descansando sob a receita do bolo de fubá da bisa. Voinha costumava deixar aquelas flores para a própria mãe, como se a receita por trás do vidro na parede fosse um altar. Agora, pela primeira vez, as flores estão ali para homenagear minha vó.

Mainha percebe meu olhar surpreso.

— Por que tu não pega uns banquinhos? — sugere. — Vamos tomar café aqui na cozinha.

Ela já está pondo as coisas na mesa de madeira quando volto com os bancos.

Batata-doce. Purê de inhame coberto de charque. Pão francês. Manteiga. Uma tigela quente de cuscuz. É como se mainha estivesse tentando alimentar um exército.

— Não tô com muita fome — digo.

— Não é do teu feitio recusar café da manhã — ela comenta, dando uma piscadinha. E meu coração acelera, porque mainha pisca igualzinho voinha costumava fazer. — E mal comesse ontem de noite. Precisa de sustância.

Me junto a ela na bancada, tentando não pensar em como o tampo parece muito mais comprido do que realmente é sem um terceiro banco no meio para equilibrar nossa família.

O café da manhã começa em silêncio, apenas o zumbido da geladeira ao fundo.

Boto manteiga no meu inhame e a colherada derrete na boca, me aquecendo de dentro para fora. Cato as pequenas tiras de charque uma a uma, sobras da noite passada, e mastigo de olhos fechados. Deixo que o sabor salgado se espalhe por minhas papilas gustativas, para acordá-las uma de cada vez.

Depois, puxo a tigela de cuscuz com leite para mais perto, inalando seu vapor perfumado de canela. Tento me concentrar na mastigação, mas a dor em meu peito não vai embora.

Não posso continuar fingindo que aquele confronto ontem à noite com os Molina não aconteceu.

— Mainha, queria dizer que... me perdoa.

— Não precisa pedir desculpa — ela diz, cortando devagarinho uma fatia de pão.

— Não destruí o bolo de propósito. Só fui até lá pra pedir que parassem de rir. Que parassem de fazer tanta zoada sendo que voinha tinha acabado de...

Ainda não consigo dizer em voz alta.

Mainha toma um gole de café — preto, sem açúcar — e põe a xícara de lado.

— Esquece isso. — Ela gesticula para os pratos à minha frente. — Tua comida tá esfriando.

Mas como eu posso esquecer a noite passada? Seu Romário começou a chorar bem na nossa frente e disse até que respeitava voinha. Nada disso faz sentido.

A geladeira começa a fazer uns barulhos estranhos, como se engasgasse com palavras não ditas, e mainha lança um olhar desconfiado para o eletrodoméstico.

— Não vai me deixar na mão agora — ela murmura.

— O que Seu Romário quis dizer ontem à noite? — pergunto, e a forma como os ombros de mainha enrijecem sugere que ela não quer mais tocar nesse assunto.

— Come, Lari.

— O que ele quis dizer? — insisto, baixando a colher na mesa.

A campainha da Sal tilinta suavemente, e mainha corre para a padaria quase como se estivesse feliz por escapar de mim.

— Bom dia. Posso ajudar? — eu a ouço dizendo.

Vou para perto dela. Posso não ser padeira, mas acho que devia pelo menos começar a anotar os pedidos.

Parado ali está um cliente que nunca vi antes: um homem branco, provavelmente com trinta e tantos anos, alto, magro e vestindo um terno preto que parece caro. Ele dá uma olhada de soslaio para mainha, seus olhos azuis extraordinariamente claros varrendo o salão.

— Bom dia — ele diz após alguns longos segundos, como se tivesse acabado de se lembrar de responder.

Não parece um turista — não tem câmera nenhuma pendurada no pescoço —, então talvez seja um vizinho novo atrás de um lugar para tomar café da manhã antes de ir para uma reunião de negócios em pleno sábado de manhã.

SAL E AÇÚCAR

Mainha franze um pouco a testa, mas mantém o sorriso.

— Bem-vindo à Sal — ela prossegue. — Me avise se o senhor quiser experimentar uma amostra.

— Quero sim — o homem responde, enfiando o nariz nos potes de farinha de voinha.

Quando enfim se aproxima do balcão principal, vai logo inspecionar as mercadorias que minha mãe já colocou em exposição essa manhã. Os empadões estão atrás do vidro, tortas redondas e perfeitamente douradas com recheio de frango desfiado e azeitonas.

As pessoas geralmente sabem o que querem quando entram em nossa padaria. Cinco pães. Empadinhas de camarão. Talvez alguma quentinha para o almoço, a embalagem térmica cheia de cuscuz e carne de sol. Mas o homem parece que não está com pressa nenhuma, e observa as opções mais como um inspetor do que como um cliente.

— Esses são os meus favoritos — comento, apontando para uma bandeja de coxinhas, me esforçando para receber o cliente da mesma forma que voinha faria. — O recheio é de catupiry. Gostaria de experimentar?

— O que tás fazendo? — mainha sussurra para mim.

— Achei que podia ajudar na Sal hoje.

— Lari, não... — mainha começa a dizer, mas de repente o homem interrompe a inspeção, e a atenção dela volta para ele. — O que o senhor vai querer?

Ele retira um cartão de visita do bolso do terno e o entrega à minha mãe.

— Meu nome é Ricardo Pereira — informa o homem, abrindo um sorriso que é mais dentes do que simpatia. — Sou advogado e represento o supermercado Pague Pouco. Estamos pensando em comprar um ponto aqui no bairro para abrir nosso novo café, e adoraria fazer uma proposta à senhora.

7

23 DE ABRIL, SÁBADO

Há dois anos o Pague Pouco surgiu no coração do bairro.

A construção foi bem rápida, como se o prédio e o enorme estacionamento tivessem surgido do nada, no meio da noite. Até o trânsito foi desviado para beneficiá-los. Nas ruas, a movimentação de pessoas também diminuiu, com potenciais novos clientes e turistas caindo na armadilha dos eventos enigmáticos organizados pelo supermercado.

No primeiro Natal aqui, eles fizeram um cara vestido de Papai Noel pousar de helicóptero no estacionamento. Todo mundo foi à loucura. O pessoal do supermercado acabou reunindo centenas de clientes, sem contar equipes de tevê.

— Este ano vou fechar a fábrica! — anunciou o Papai Noel para quem quisesse ouvir. — Dei férias para os duendes porque estou fazendo as compras no Pague Pouco. Vem você também!

Depois disso, certa noite os vizinhos se reuniram na Sal para discutir o futuro do bairro. Todo mundo veio. Bem, todo mundo *menos* os Molina.

— Vai lá pra cima — mainha me disse quando eles chegaram. — Não tem dever de casa pra fazer?

— Quero participar da reunião — respondi em um sussurro.

SAL E AÇÚCAR

— Isso aqui não é brincadeira de criança.

Ela disse aquilo na frente de todo mundo, como se eu fosse uma garotinha teimosa pedindo para ficar acordada até tarde. Eu estava prestes a reclamar, mas voinha concordou com ela.

— Escuta tua mãe — disse, sem me dar brecha para dar nem mais um pio. Isso acabou doendo mais do que a humilhação de ser tratada feito bebê na frente dos vizinhos.

Dei meia-volta e fui em direção às escadas, mas, quando a atenção de mainha voltou para o grupo, me escondi na sombra e fiquei ali ouvindo-a ler uma reportagem sobre o Pague Pouco e seus controversos testes de mercado na América do Sul, sobre o modo como se instalavam em bairros como o nosso e baixavam seus preços em relação aos produtos já oferecidos por estabelecimentos familiares.

Empresas como essa têm uma rede de segurança ampla o bastante para fazer as lojas funcionarem no vermelho, e assim podem detonar negócios menores sem deixar nem chances para competir. Um a um, vão derrubando negócios como a Sal e as lojas vizinhas, até não sobrar mais nada.

Foi a primeira vez que ouvi a expressão "preços predatórios", e imaginei lobos perseguindo suas presas. Garras afiadas. Dentes à mostra. Por um momento, até esqueci que estava com raiva de mainha e voinha. Eu me sentia com tanto... *medo* pela Sal. Por todo mundo.

— Não podemos deixar isso acontecer aqui — falou mainha. — Proponho que a gente compre apenas um do outro. Se a gente continuar leal aos nossos vizinhos e não dar dinheiro pro Pague Pouco, talvez eles vão embora.

Observei os vizinhos se amontoarem no balcão da Sal, assinando o boicote. Mas quando chegou a vez de Dona Marta, a florista local, a mulher entrou em pânico.

— Eles vão retaliar! — ela gritou.

— E daí? — perguntou Seu Floriano, o vendedor de espetinhos. — Já tão me ameaçando mesmo. Minha barraca fica lá no final da feirinha, e eles querem ampliar o estacionamento pra rua logo atrás. Mas não vou deixar eles ganharem. A gente precisa se unir. Deixar eles saberem que não vamos cair sem lutar!

— Não pode deixar eles te intimidarem — falou voinha, tentando acalmar a amiga.

— Pra vocês é fácil dizer isso — respondeu Dona Marta. — Mas ainda não viram do que eles são capazes! Estão construindo uma estufa atrás do supermercado! Uma *estufa* com todas as plantas imagináveis pra tomar o lugar do meu negócio! Julieta, espera até eles virem atrás de tu. Quando expandirem a própria padaria e tu não conseguir mais competir com as centenas de pães baratos feitos em fábrica que eles vão espalhar pelo bairro, aí tu vai entender o que eu tô falando! Um boicote não vai servir de nada além de provocar o Pague Pouco. Pensei que vocês tinham um plano *de verdade* quando convidaram a gente pra cá hoje à noite.

Parecia uma ameaça. Pior. Parecia uma profecia, e pela primeira vez na vida vi um indício de angústia nos olhos de voinha.

Acho que também foi a primeira vez em que pensei na Sal como minha responsabilidade. Tudo que eu conhecia estava correndo risco. Tudo que eu amava. Minha vida na padaria. Meus vizinhos. Eu não queria perder nada daquilo. Eu sabia que precisava fazer alguma coisa, só não sabia o quê.

Assim, depois que os vizinhos foram embora e mainha e voinha voltaram à cozinha, fui na ponta dos pés até a lista do boicote.

Com cuidado, obedientemente, escrevi meu nome.

Lari Ramires.

8

23 DE ABRIL, SÁBADO

— A Sal não tá à venda — mainha responde, enfática.

— A senhora não tem nem interesse de ouvir nossa proposta? — o homem pergunta, a voz pegajosa como mel.

— Não, obrigada. — Mainha põe o cartão de visita no balcão com um tapa e cruza os braços. Imito o gesto. — Como eu disse, a Sal não tá à venda.

— A senhora sabe que tem vários lugares ótimos aqui no bairro para abrir um café. — O homem desvia o olhar para a rua, como se examinasse as opções. Talvez seja coisa da minha cabeça, mas seus olhos pareceram se demorar um pouco mais na Açúcar. — Mas esse prediozinho em especial... eu *amo*. Odiaria deixar passar um ponto tão bem-localizado sem nem ter tentado.

A maneira como ele pronuncia "*amo*" me faz sentir calafrios, como se minha casa fosse uma carne de primeira que ele estivesse louco para enfiar os dentes.

— A gente não tá à venda — reforço as palavras de mainha.

Os olhos azuis do homem se voltam lentamente para mim, e sinto arrepios nos braços.

Mainha coloca a mão no meu ombro, como um alerta.

— Desculpe decepcionar o senhor, mas, pela terceira vez, não tá à venda — ela repete com a voz perfeitamente controlada. No entanto, sinto sua mão úmida na minha pele.

— Fique com meu cartão — insiste o homem, exibindo mais um sorriso cheio de dentes. — Caso mude de ideia, venha ao meu escritório. Não posso dar um prazo muito grande para considerarem a proposta porque já estamos negociando com outros lugares. Mas vamos ver... a senhora me dá uma resposta até o fim de maio?

— Não, obrigada.

Ele inclina a cabeça, aquele sorriso ainda estampado no rosto.

— Ok, talvez seja pouco tempo. Entendo sua hesitação. Que tal no fim de junho? Perto do São João? São dois meses inteiros pra pensar no assunto. Melhor assim?

— *Melhor?!* Não ouviu minha mãe dizer que a gente não tá vendendo a Sal? — explodo, e mainha dá outro aperto em meu ombro.

— A senhora fique à vontade pra ligar ou mandar e-mail caso tenha alguma dúvida nesse meio-tempo — ele diz, sem se deixar abalar pelo meu tom. Após um aceno rápido para mainha, vai embora tão silencioso quanto entrou, como o lobo que é, fazendo com que a sineta acima da porta mal faça barulho.

Mainha tira a mão do meu ombro e solta o ar.

— Vai se vestir.

— Por quê? A gente vai pra algum lugar?

— Tu que vai. Dona Selma te convidou pra visitar ela lá no Vozes.

Vozes é o centro comunitário sem fins lucrativos que Dona Selma administra, onde ensinam gratuitamente para crianças e adolescentes um monte de cursos extracurriculares. Tem também uma creche gratuita, e eu e voinha costumávamos trabalhar lá todo fim de semana como voluntárias. Mas, desde que voinha ficou doente, nunca mais voltei. Mainha começa um sermão sobre como é importante retomar a velha rotina, mas só estou ouvindo pela metade,

SAL E AÇÚCAR

porque, pela janela, vejo o cara do Pague Pouco atravessando a rua em direção à Açúcar.

Corro para trás da vitrine, o coração batendo forte.

Os Molina não assinaram a lista de boicote, e sempre me perguntei se eles estavam fazendo negócios com o Pague Pouco. Do jeito que são horríveis, traiçoeiros e egoístas, não duvidaria.

— Ele vai fazer uma proposta pros Molina também? — pergunto a mainha, minha respiração embaçando o vidro da vitrine assim que o homem entra na Açúcar.

Quando me viro para olhar, surpreendo mainha pegando o cartão de visita, analisando-o, e de repente sinto uma onda de medo, como se aquele cartão tivesse o poder de ferir minha mãe.

— Mainha!

Ela deixa cair o cartão, assustada.

— Vai se vestir!

Mas, antes que eu consiga me mexer, uma comoção se forma bem na frente da Açúcar. Viro o rosto a tempo de ver o advogado do Pague Pouco sair correndo da padaria, Seu Romário berrando do batente da porta para que o visitante vá embora. Dona Eulalia e Pedro se esforçam para impedir que Seu Romário corra atrás do homem pela rua.

— Larissa, não deixa Dona Selma esperando. — Mainha estala os dedos para chamar minha atenção. — Tua vó odiaria decepcionar o Vozes.

— A senhora quer que eu vá pro Vozes? *Agora?*

Mainha deve ter percebido o pânico em meus olhos, porque sua expressão se suaviza um pouco.

— Eles não podem me forçar a vender a Sal. Tu entende isso, né? Não quero vender a Sal.

— Eu sei, mas e se ele voltar? Tenho que estar aqui pra defender a padaria. — Meus pensamentos giram, confusos e assustados. — Acho que eu devia começar a ajudar. Aquele homem provavelmente acha que a senhora tá sozinha. Mas pode contar comigo a partir de agora. A Sal também é minha responsabilidade.

Pego um pano de prato para começar a limpar os balcões, mas mainha o tira da minha mão.

— A padaria não é vida pra tu! — Ela aumenta o tom da voz. — Não é *tua* responsabilidade.

— Mas...

— Tua vó e eu trabalhamos feito duas condenadas pra garantir que tu não precisasse trabalhar na Sal. A *escola* que é tua responsabilidade. É teu ano de prestar vestibular, e nunca mais te vi estudando. Talvez tu não se importe com os meus sacrifícios, Lari, mas não tem consideração pelos da tua vó?! Ela batalhou a vida toda pra te dar o que ela mesma não teve! Um futuro melhor! Como vai ser a primeira Ramires a ir pra faculdade se tu não se dedicar?

Sinto o ardor das lágrimas, mas respiro fundo para segurar o choro.

— Eu me importo sim — respondo em voz baixa para não chatear ainda mais mainha. — Vou estudar mais. Vou começar agora mesmo.

— Não, você vai pro Vozes. — Mainha pressiona um ponto entre os olhos como se tentasse aliviar uma dor de cabeça. — Dona Selma tá esperando. Tu estuda quando chegar em casa.

— Tá bem — cedo, indo até as escadas.

— Lari, espera.

Paro nos primeiros degraus.

Ela suspira.

— Eu não queria gritar.

— Eu sei. — Tento sorrir para deixá-la melhor.

Nenhuma de nós sabe como existir sem voinha, mas vamos precisar dar um jeito de nos fortalecer, especialmente agora que o Pague Pouco está à espreita.

9

23 DE ABRIL, SÁBADO

Em dias normais, as ruas estariam abarrotadas de turistas vindos direto do aeroporto do Recife. Eu cresci os assistindo apontar suas câmeras para tudo quanto é lado, desde gatos preguiçosos dormindo encolhidos na porta de um boteco até as pipas no céu.

Mas os únicos turistas que vejo no caminho até a parada de ônibus são duas mulheres do lado de fora de um ateliê, tirando selfies diante das sombrinhas de frevo dependuradas. E só.

Fico com uma sensação estranha no peito, preocupada de que o Pague Pouco esteja tramando mais alguma coisa. As festividades estão para chegar em Olinda. As festas de São João são grandes no Nordeste, começando no início de maio e indo até julho. E se o supermercado montar outro evento e desviar todo o comércio para eles? O boicote é suficiente para nos manter a salvo? Meus vizinhos se recusam a comprar no Pague Pouco, mas e os turistas?

Dependemos dos turistas para impulsionar a economia local — é algo que até as crianças daqui repetem antes de sequer aprender o que "*economia*" quer dizer. Mas não é como se os turistas soubessem do que estamos passando. E mesmo que soubessem... significaria alguma coisa para eles? Os turistas comprariam nossa briga?

Desço a rua com vontade de chorar, notando tudo que decidi fechar os olhos no ano passado, quando a saúde de voinha começou a piorar.

Tem cada vez mais vitrines vazias. As lojas que permaneceram de pé, a maioria vendendo peças de renda e sandálias de couro, parecem desertas, portas e janelas escancaradas como se tentassem atrair novos clientes e turistas da mesma forma que convidam a brisa fresca a entrar durante os dias de mormaço.

Enquanto isso, novos negócios surgiram. Coisa chique. Pessoas de fora do bairro estão tomando conta de estabelecimentos que já pertenceram aos amigos de voinha. A antiga floricultura agora é uma loja de óculos de sol de grife.

Óculos de sol!

As coisas por aqui estão mudando rápido. Rápido demais. Isso me faz sentir de mãos atadas, como se estivesse decepcionando voinha.

Ela cresceu nesse bairro, o conhecia como a palma da mão. E, ainda assim, durante nossas caminhadas, voinha parava ao lado da igreja e ficava olhando para o oceano Atlântico azul-esverdeado a perder de vista no horizonte, como se fosse a primeira vez que admirava aquela vista. Como se fosse uma turista, apontando cada detalhe que lhe chamava a atenção, cada coisinha que a fazia sorrir.

Quando perguntei por que fazia isso, ela me disse que era importante a gente nunca deixar de se apaixonar pelo próprio bairro.

É estranho voltar para o Vozes sem voinha do meu lado.

Todos os sábados de manhã vínhamos entregar uma fornada de pães enquanto mainha ficava cuidando da padaria. Voinha costumava ficar algumas horas jogando conversa fora com Dona Selma enquanto eu ajudava os voluntários com algumas brincadeiras e atividades da creche.

Assim que chego, Dona Selma está saindo da cozinha.

Fico com a respiração presa na garganta.

SAL E AÇÚCAR

Hoje ela está usando aquele vestido amarelo esvoaçante que se destaca contra sua pele negra, aquele que voinha deu de presente. Ela disse que a cor parecia guardar toda a luz do sol do mundo.

A lembrança me faz sorrir e, ao mesmo tempo, me dá vontade de chorar

Um homem vestindo uma camisa polo onde se lê *Silveira Construções* sai da cozinha atrás de Dona Selma, que abre um sorriso desapontado quando apertam as mãos.

— Lamento não poder ajudar mais a senhora — diz o homem ao sair.

Ela percebe minha presença ao fundo, e seus olhos se iluminam.

— Lari! Tu viesse! — Quando ela vê a caixa de pão que estou carregando, põe as mãos nos quadris. — Falei pra Alice que não precisava se preocupar. Vocês, mulheres Ramires, são teimosas demais. Mas obrigada. Fico muito feliz.

Espio a entrada da cozinha por cima do ombro de Dona Selma. Parece que um furacão passou por ali. Há poças em tudo quanto é quanto. Todos os móveis foram colocados diante de uma única parede e estão cobertos de poeira, enquanto parte da parede oposta e dos azulejos foi retirada, deixando à mostra o encanamento, como se fosse uma ferida aberta.

— O que é que aconteceu por aqui? — pergunto.

— Tá uma bagunça, eu sei. A gente tá com problema na tubulação antiga já faz tempo, mas sempre adia o conserto. Agora não deu mais pra fugir. Acho que tem um aprendizado em algum canto disso tudo, né? — Ela dá uma risadinha desanimada.

— Como vocês tão cozinhando pras crianças?

Dona Selma lança um olhar pesaroso ao fogão.

— Não dá pra cozinhar nada aqui. Tô trazendo um pouco do que eu preparo em casa, mas só Deus sabe o quanto eu preciso ficar longe do fogão. A gente tá dependendo demais das doações, agora mais do que nunca.

Ela me leva para fora da cozinha.

Isso é um desastre. A maior parte das famílias precisa do Vozes como um serviço gratuito de creche durante todo o dia. E como o projeto vai continuar se não puderem alimentar as crianças?

— O que vai acontecer? — pergunto a ela.

— Ando pedindo orçamentos a empresas de construção, mas ainda não temos como pagar nada. — Dona Selma dá um aperto reconfortante no meu ombro. — Não se preocupa não. Estamos pensando em fazer um evento de arrecadação... um almoço com líderes comunitários e os comerciantes locais, de repente...

Não consigo parar de pensar que decepcionei o Vozes. Demorei tanto para voltar aqui.

— Eu sinto muito, de verdade. No que eu puder ajudar...

Dona Selma pega a caixa de pães dos meus braços.

— Tu já tá ajudando.

O som das crianças brincando no parquinho dos fundos chega até nós, e, de repente, minha vista fica borrada com as lágrimas. Dona Selma sorri e me puxa para um abraço meio de lado.

— Como tu tá hoje, minha flor? — ela pergunta. — Noite passada foi difícil. Já escutei os boatos sobre a reunião que vocês tiveram no escritório de Romário... Queria ter dado um jeito de impedir sua mãe, mas acho que Alice tava precisando mesmo de um desfecho.

— Desfecho? Parecia mais que ela queria tacar fogo em tudo.

— Tão ruim assim?

— Oxe, ruim é eufemismo. — Deixo escapar um suspiro pesado, e Dona Selma me lança um olhar compreensivo. — Mas tô mais preocupada é com o futuro da Sal. Parece que voinha era nossa última força nos mantendo são e salvos.

Conto a ela tudo sobre o encontro dessa manhã com o advogado do Pague Pouco, e Dona Selma escuta, a expressão cada vez mais preocupada. Quando termino, ela segura minhas mãos entre as dela.

— Julieta sabia que existia essa possibilidade. Não deixe isso te assustar. É o que eles querem: fazer com que todo mundo se sinta num beco sem saída. Mas tu não tá sozinha, Lari. Tem toda uma comunidade de braços dados contra eles.

Começo a chorar.

Nossos problemas financeiros não são novidade para mim — eles se tornaram bem evidentes na mesma época em que começaram a aparecer os primeiros sintomas da doença de voinha. Janeiro do ano passado. Exatamente um ano após a chegada do Pague Pouco.

Voinha queria continuar trabalhando na Sal como se nada tivesse acontecido, mas não conseguia acompanhar o ritmo. Ficava tonta e sentia tanto sono que acabava fechando os olhos mesmo enquanto sovava massa. Ela era teimosa, não parava de dizer que estava tudo bem, até o dia em que desmaiou.

Corremos com ela para o hospital.

E depois…

Bem, as cartas estavam na mesa: voinha estava doente. Ela começou a ir ao médico com mais frequência, e tinha dias em que a Sal nem abria. Ou estávamos no hospital ou voinha estava cansada demais para trabalhar, e minha mãe não saía do lado dela.

Eu queria *desesperadamente* fazer algo para ajudar. Podia apenas cuidar do balcão, já que todo mundo que mainha tentava contratar pedia um salário maior do que ela podia pagar. Mas mainha sempre me dispensava, repetindo o mantra: *Tu vai ser a primeira Ramires a ir pra faculdade!* Segundo ela, é na faculdade que devo investir toda a minha energia, ainda que meu próprio lar esteja desmoronando bem diante dos meus olhos.

Quando as coisas ficaram muito ruins na padaria, voinha teve a ideia de se candidatar para a Sociedade Gastronômica, uma prestigiada escola e clube de culinária. Se fosse aceita como aluna, mesmo sendo boa o bastante para ser professora, poderia participar do grande concurso anual de culinária — aquele tipo de concurso televisionado que muda a vida das pessoas. Os vencedores tinham aberto seus próprios restaurantes e ganho até estrelas Michelin!

Voinha disse que era daquilo que a Sal precisava. Ser colocada em evidência. Como se aquela fosse uma solução definitiva para **nos** manter à tona.

Mas o teste de admissão ocorreu três meses atrás, bem quando voinha começou a ficar *muito* doente. Ela não foi aceita, e minha mãe ficou furiosa por terem recusado uma padeira tão experiente quanto voinha.

— O que a Sal precisa é de oportunidades maiores de bufê pra pegar impulso e ser apresentada a novos clientes em potencial — disse mainha. — A gente não pode alimentar as esperanças com sonhos que não tão sob nosso controle, como um concurso de culinária.

Só que não havia eventos nos quais trabalhar, exceto aquele que a Açúcar roubou de nós.

Voinha precisou ser hospitalizada em março, e, depois disso, a Sal fechou as portas completamente. Mesmo assim, ela continuou estudando para entrar na SG, com esperanças de tentar outra vez no próximo ano. Em seus últimos dias no hospital, voinha deixava as receitas espalhadas sobre a cama, estudando sempre que podia.

Mas ela nunca conseguiu ver esse sonho se tornar realidade.

Choro de soluçar nos braços de Dona Selma. Ela me aperta, fazendo carinho nas minhas costas.

— Voinha tinha tantos sonhos — comento, sentindo meu coração partir em milhões de pedacinhos. — Ela... ela chegou a ter alguma chance? Ou estava só sonhando alto demais, que nem mainha disse?

— Não tem nada errado em sonhar, minha flor. Sua bisavó Elisa também era uma sonhadora. Ela não sonhou que a pousada que herdou podia virar uma padaria? Sonhou em construir uma casa pra ela e Julieta... uma casa que agora é sua e da sua mãe. Contra todas as probabilidades, tu tá aqui agora, vivendo o sonho daquela mulher.

Dona Selma segura meus ombros para que eu a olhe. Quando nossos olhares se encontram, quase consigo me reconfortar por suas palavras. Mas como um sonho pode sobreviver diante de tantos obstáculos?

10

25 DE ABRIL, SEGUNDA-FEIRA

Professora Carla Pimentel bate palmas em uma tentativa de acordar os alunos sonolentos na manhã de segunda-feira.

— Olha só, gente! — ela diz. — Sei que tá todo mundo estressado por causa da última prova, mas tenho boas notícias. Conversei com alguns pais que estavam preocupados e achei que seria uma boa ideia dar a todos vocês uma chance de ganhar um ponto extra.

Professora Carla olha em minha direção, e sinto, com um aperto no estômago, que ela está dizendo aquilo especificamente para mim. Pais preocupados? Parece bem a cara de mainha.

— Por isso, vou deixar aqui um pequeno desafio pra vocês — ela continua, virando-se para escrever uma equação na lousa. — Quem conseguir resolver vai ganhar um ponto extra na prova da última sexta.

A prova que abandonei na metade para ir ao funeral de voinha. Meu estômago dá cambalhotas. Não quero que meus professores, principalmente professora Carla, pensem que mainha precisa tomar conta das minhas notas. De qualquer maneira, matemática é a matéria em que me saio melhor — costumo até participar de concursos de matemática contra outras escolas.

Diego, Paulina e Talita ficam de pé num salto. Acho que o fim do semestre é como um alerta para todo mundo. Luana se levanta, caminhando até a lousa feito uma modelo na passarela, e, quando passa por minha banca, torce o nariz, seu rabo de cavalo estilo Ariana Grande balançando igual àqueles relógios de pêndulo, quase acertando meu rosto.

Por mais que eu não queira participar do desafio — e por mais constrangedor que seja admitir isso —, quero deixar mainha orgulhosa. Desde o primeiro ano do ensino médio ela está de olho nas minhas notas, e entendo que esse é só o jeito dela dizer que me ama, mas às vezes eu me pergunto o que há além de estudar para concursos de matemática e para o vestibular. Para mainha, a única coisa que importa é trilhar um caminho até a faculdade — ser a *primeira* Ramires a entrar na faculdade —, ainda que eu mesma não tenha certeza de que é disso que quero ir atrás...

Deixo escapar um suspiro pesado, então pego um marcador azul e começo a escrever na lousa ao lado dos meus colegas. Trabalhamos todos em um ritmo constante, o cheiro adstringente das canetas fazendo arder a parte interna do meu nariz, e, apesar de estar meio enferrujada, minhas mãos se movimentam como se tivessem memória muscular.

Não demora muito até eu começar a me sentir anestesiada.

Se sentir anestesiada é um bom sinal, né?

Minhas mãos param.

Sexta-feira à noite, na cozinha da Sal, o que eu senti foi bem o oposto. Na verdade, me senti mais perto de voinha do que nunca. Antes de me queimar com o óleo, *houve* uma conexão. Alguma coisa aconteceu. Algo que não sei bem explicar, mas foi como se a culinária tivesse nos conectado.

As risadas me puxam de volta ao presente. Olho por cima do ombro e vejo meus colegas correndo até as janelas. Professora Carla ergue os olhos dos boletins em sua mesa, os óculos grandes escorregando até a ponta do nariz.

SAL E AÇÚCAR

— O que tá acontecendo? — ela pergunta, alarmada.
— Pedro tá lá fora correndo do porteiro! — anuncia Luana.
Pedro tá... *o quê?*
Me junto aos outros na janela.

Nossa sala de aula fica no segundo andar, e, a princípio, tudo o que vejo é o caminho estreito entre os fundos do prédio da escola e a cerca. Mas aí vejo o porteiro, Seu Vicente, correndo com a lista de chamada na mão. Ele fica sempre parado no portão da escola, anotando o nome de quem está atrasado ou aprontando alguma. Ao longo dos anos, muitos de nós aperfeiçoamos formas de evitá-lo.

Quando perdemos Seu Vicente de vista, Pedro sai de seu esconderijo do outro lado do prédio, arrastando uma escada. Enquanto isso, todo mundo aplaude como se ele fosse o próprio Indiana Jones escapando daquele pedregulho enorme.

Reviro os olhos.

— Pedro Molina, tu não se atreva! — grita professora Carla. — Desce daí agora mesmo! Tô falando sério! Não suba escalando até a minha sala!

Volto para a lousa e tento me concentrar, mas, com todo mundo ao redor torcendo pelo garoto e professora Carla à beira de um siricutico, não consigo manter o foco para resolver a última parte da equação.

— Professora, o filho pródigo retorna! — Ouço a voz dele ao fundo.

Os fãs de Pedro — quer dizer, seus amigos — correm para puxá-lo pela janela. Parecem um bando de alucinados, dando a ele as boas-vindas ao colégio. Alguns se abanam, como Luana, toda apaixonadinha. Professora Carla parece exausta e prestes a ter um troço.

— Tu é que nem Romeu — diz Luana, cheia de sorrisos. Os dois namoraram na quinta série, e todo mundo fica falando que é questão de tempo para reatarem.

Quem liga pra isso?

Ele segura dramaticamente a mão dela e dá um beijo. Parece mais que Luana vai derreter.

Já estou de saco cheio. Viro de costas e mordo o lábio inferior, tentando retomar o raciocínio. Mas a imagem de Pedro subindo na janela ainda está grudada na minha cabeça... como uma catapora.

— Mas. Que. Gênio — eu digo.

E na mesma hora vejo que fisguei sua atenção.

— É o quê? — ele pergunta atrás de mim.

Puxo o ar com força, mas professora Carla o repreende antes que eu possa responder qualquer coisa:

— Pedro, vai pra diretoria — ela ordena. — O que tu fez é inaceitável! Podia ter caído e quebrado o pescoço!

— Se tu resolver a equação, ganha um ponto extra — Luana explica, e Pedro abre um sorriso para ela.

— Vai pra diretoria — repete professora Carla, mas Pedro não tira os olhos da equação acima da minha cabeça. Agora que está sem nenhum vestígio de bolo na cara, percebo que ele mudou um pouco. Aqueles olhos castanho-claros típicos dos Molina costumavam ser brilhantes e travessos, como se o cérebro estivesse sempre à procura de uma resposta espertinha. Mas agora esfriaram. Endureceram. Tem um certo cansaço naqueles olhos, e parece que não é só físico. Como se, seja lá para onde ele tenha ido nas últimas semanas, talvez não tenha sido uma boa viagem.

Quando Pedro afasta a franja da testa — ele precisa *urgente* de um corte de cabelo —, seu olhar cruza com o meu. Desvio o rosto antes que ele pense que eu o estava encarando.

— Posso tentar resolver? — ele pergunta à professora.

— Tu quer tentar o desafio? — professora Carla parece surpresa, mas no bom sentido.

— Perdi algumas provas e tô precisando de ponto extra. Posso tentar resolver?

Ele a olha com cara de cachorro abandonado. Os outros o apoiam, implorando para que a professora ceda. Dá para perceber que uma onda de vaidade percorre o rosto da professora enquanto ela ajusta os óculos. Por um segundo, ela parece esquecer a interrupção bruta de Pedro, orgulhosa de si mesma por finalmente conseguir fazer *todos* se interessarem por matemática.

— Bom... — ela hesita, mas depois abre um sorriso. — Vai fundo.

Pedro agarra um marcador e se aproxima de mim, se preparando para começar.

— Mas o senhor vai pra diretoria assim que terminar... — A voz da professora é abafada pelos aplausos que irrompem dos colegas de Pedro.

A mão dele voa pela lousa, respondendo linha após linha. Pedro está afiado como sempre. Até professora Carla começa a ficar embasbacada. Isso me faz lembrar de todas as vezes em que ela tentou convencê-lo a entrar para o clube de matemática... graças a Deus ele não quis. Ele sabia que eu também estaria lá.

— Quer apostar que consigo terminar antes de tu, mesmo chegando depois? — ele sussurra para mim.

Ah, então ele acha que pode *me* desafiar?

— Vai nessa.

Atrás de nós, nossos colegas começam a fazer apostas. E de uma hora para outra nossa rivalidade está de volta, como se nunca tivesse arredado o pé.

11

25 DE ABRIL, SEGUNDA-FEIRA

A escola é o palco onde Pedro e eu lidamos com a rixa entre nossas famílias.

Nos dias de prova, competimos para ver quem tira a maior nota. Nas aulas de educação física, estamos sempre em times opostos. Mesmo na hora do intervalo, disputamos para ver quem chega primeiro à fila da cantina. Estamos sempre competindo. Sempre tentando marcar um ponto.

Hoje, o campo de batalha é a lousa.

— Tu com certeza sabe como dar um showzinho... — murmuro. Pedro solta o ar.

— Eu nem ia dizer nada, mas, já que tu falou em dar showzinho, pode explicar por que deu aquele encontrão em mim naquela noite? — ele questiona, aproximando-se para que eu o escute, apesar dos aplausos logo atrás. Só de ouvir o som da voz dele fico arrepiada.

— Quer dizer quando eu *sem querer* dei aquele esbarrão em ti? — Lanço a ele um olhar cortante.

— Será que foi mesmo sem querer? — ele rebate, estreitando os olhos para mim.

Odeio o fato de conseguir sentir o cheiro de goiabada da padaria da família dele em suas roupas por conta de nossa proximidade, imprensados juntos entre nossos colegas de frente para a lousa.

SAL E AÇÚCAR

— Me deixa em paz. — Dou um empurrãozinho nele com o ombro para criar mais espaço, mas acabo derrubando o marcador de sua mão.

Nossos colegas começam a me acusar de trapaça.

— Eu juro que eu não... — começo a explicar mas professora Carla balança a cabeça para mim.

— Sem briga — ela avisa.

Minhas bochechas ficam quentes de vergonha. *Massa*. Agora até a professora está do lado de Pedro.

Ele pega outro marcador, lançando um olhar mortal para mim por trás da franja.

— Isso também foi sem querer? — pergunta.

— *Foi*.

— Então por que não ouvi as desculpas?

Ele não merece um pedido de desculpas. Mas sei que vai usar isso contra mim se eu recusar.

— Desculpa — murmuro em voz baixa, as palavras saindo à força, como dentes arrancados. — Sinto muito pelo bolo também.

— Não sente nada — ele responde, zombando.

Sinto o sangue nas veias pegar fogo.

— Eu sei assumir responsabilidade das coisas. Ao contrário de tu, que não dá o braço a torcer de uma vez e admite que sabotou minha família. Eu sei que foi a *tua* família que começou essas mentiradas sobre a cozinha da Sal estar infestada de ratos pra poderem roubar da gente o bufê de casamento!

Pedro parece prestes a contestar, mas atrás da gente nossos colegas ficam ainda mais barulhentos. Agora estão torcendo por Diego, que pelo que parece está finalmente no caminho certo para resolver a equação. Ele está tão feliz que encena uma exagerada corrida da vitória pela sala.

— Então foi por isso que tu me deu aquele encontrão — Pedro diz, e não é uma pergunta. — Sabia que tu podia ser mesquinha, mas nunca pensei que... Deixa pra lá — ele debocha. — A gente não roubou a cliente; foi ela quem entrou em contato. Ia precisar mesmo de mais um fornecedor pra cuidar dos doces. A gente tava só fazendo nosso trabalho.

— Mas eu vi os padeiros de vocês colocando *empadinhas* na traseira da van. Não adianta negar.

— Sabia que a Sal não é dona do comércio de empadinhas? Qualquer padaria pode...

Diego agora está dando cambalhotas de tanto comemorar, e acaba caindo na primeira fila das bancas. Um tumulto se forma para ajudá-lo.

— A Sal e a Açúcar sempre tiveram um acordo, e tu sabe disso — eu falo. — É muito a cara dos Molina dar uma facada nas costas da pessoa quando ela tá mais vulnerável. Voinha sempre dizia: nunca confie num Molina nem em frigideira de base fina...

Pedro parece um pouco surpreso. Não sei se já tinha escutado o ditado antes, mas acho que o peguei dessa vez.

Ele fica quieto por um tempo, a mão erguida para resolver a equação, mas então solta o ar e se vira de novo para mim.

— Acredite ou não, foi uma situação fora do normal. A cliente encomendou empadinhas da Açúcar porque não dava mais tempo de encontrar um substituto pra Sal. A gente não teve culpa.

— Que conveniente — pronuncio as palavras devagar. — Nesse caso, talvez a gente também comece a oferecer bolos de casamento pros nossos clientes de bufê!

— O tempo tá quase acabando! — a professora anuncia. — Tás bem, Diego?

— Tu fica chamando a gente de traidor, mas sabe o que tô começando a pensar? — Pedro baixa a voz para um sussurro irritado. — Que tu tá é com inveja da Açúcar. No começo, achei que tua mãe tinha te mandado lá enquanto eu carregava o bolo de casamento. Mas acho que vingança é mais coisa tua mesmo.

As palavras dele me ferem.

SAL E AÇÚCAR

Odeio a forma presunçosa como ele me olha, achando que me desmascarou, que desmascarou meus planos *malignos* para derrubar sua família.

Odeio o jeito que ele sorri.

Odeio tudo nele. Até o jeito como a franja fica caindo por cima dos olhos.

— Como tu tem coragem de questionar meu caráter quando todo mundo sabe que a *tua* família nunca assinou o boicote contra o Pague Pouco? E, falando nisso, o que aquele advogado queria com a Açúcar?

Nossos colegas voltaram a torcer por Pedro, implorando para que ele resolva a equação antes de mim. Ele pensa rápido e lança um sorriso falso para os amigos. Mas, quando me olha, percebo que o peguei desprevenido com a pergunta.

— Como tu sabe que ele foi lá? — sussurra.

— Eu vi ele saindo da Açúcar.

— Eu vi ele saindo da Sal — Pedro retruca, como se tivesse acabado de me pegar no pulo.

Nos encaramos por um segundo longo demais, a respiração dele fazendo os fios de sua franja subirem e descerem.

Pedro não precisa responder. Sei quando está tentando varrer uma preocupação para baixo do tapete. Ele é a pessoa mais arrogante de Olinda, então não estaria me perguntando sobre o Pague Pouco se não estivesse ele mesmo apavorado pela Açúcar. Aquele advogado também deve ter feito uma proposta a eles.

Encaramos um ao outro de cima a baixo antes de voltar à equação.

Quando estou quase terminando de resolver o desafio, percebo que o marcador de Pedro começou a falhar. Ele xinga baixinho e começa a desenhar círculos, mas a tinta secou.

Acelero, e logo, logo chego à última linha da equação. Já consigo sentir o gostinho da vitória quando, de repente, o braço de Pedro atrapalha minha visão, tentando alcançar um marcador à minha direita.

— Presta atenção! — reclamo.

Quando o braço de Pedro finalmente deixa meu campo de visão, percebo o que ele fez: seu ombro apagou metade dos meus cálculos. E agora ele olha do trabalho arruinado para mim, sua boca formando um "O" falso e exagerado.

Aperto o marcador com tanta força que minha mão dói.

— Pedro, tu fez isso de propósito? — professora Carla pergunta, espiando por cima do meu ombro.

Me viro para encará-la.

— Ele fez sim!

— Desculpa — ele diz, colocando uma mão sobre o coração, mas não consegue controlar um risinho que repuxa os cantos de sua boca. — Sério mesmo, Larissa. Foi sem querer.

— Mentiroso! — eu rebato.

— Lari, ele já pediu desculpas — diz a professora. — Agora vocês dois continuem. Falta um minuto.

Tremendo de raiva, corro para terminar a parte da equação que Pedro apagou. Não dá para acreditar. Ele mal voltou e já transformou tudo num pesadelo.

— Agora tu sabe como é quando alguém destrói seu trabalho, mesmo que tenha sido, como tu falou, *sem querer* — ele sussurra para mim.

E, antes que eu me dê conta, estou passando a mão na equação dele e apagando parte dos cálculos.

A torcida fica em silêncio. Como se o tempo tivesse congelado.

Pedro cruza os braços e se recosta na lousa, como se aquela fosse a reação que estava tentando arrancar de mim o tempo todo. Seus olhos me acusam de vingativa. Como se aquilo fosse uma prova de que o fiz mesmo tropeçar na sexta à noite.

Professora Carla corre até nós.

— Já chega. Pedro, já tivesse teus dois minutos de fama. Vou te levar pra diretoria.

— Mas e *ela*? — Ele gesticula para mim, indignado. — Ela apagou a minha equação só de raiva porque sabia que ia perder.

Dou risada.

— Eu ia ganhar!

— Gente, isso aqui não é uma competição — diz professora Carla, já parecendo exausta. — É só um desafio pra qualquer um interessado em ganhar ponto extra. — Ela coça a cabeça com um lápis enquanto observa nossas contas. — Olha, vocês teriam resolvido se tivessem usado essa parte da solução de Lari e essa parte aqui da de Pedro. Se vocês pelo menos se ajudassem, em vez de terem armado essa confusão toda, a equação já tava resolvida.

Se a gente se *ajudasse*?

— Eu não sabia que a gente podia pedir ajuda — choraminga Diego.

— Prefiro morrer a pedir ajuda a Pedro Molina — digo baixinho.

— É o que, Lari? — pergunta a professora.

— Nada não.

Pedro me encara. Ele me escutou muito bem. O fuzilo com os olhos.

O sinal do intervalo toca, e professora Carla vai dar uma olhada nas equações dos outros alunos. Eles também não conseguiram resolver.

Diego se ajoelha, implorando:

— Pelo amor de Deus, professora, eu preciso desse ponto! Meus pais vão me matar se eu não conseguir melhorar minha nota! — A aula da professora tem mesmo um jeitinho de deixar as pessoas desesperadas.

Ela suspira ao vê-lo implorar.

— Tá bem, escutem. Tive uma ideia. A aula terminou, mas se vocês aí na lousa puderem trabalhar juntos por um minuto e resolverem a equação, dou a todo mundo o ponto extra — ela propõe.

Meus colegas olham de mim para Pedro com expectativa. Mas trabalhar em equipe significa ter que trabalhar com *ele*, e isso... isso é impossível. É *traição*.

— Não posso trabalhar com ele — digo à professora.

— E eu não trabalho com ela — Pedro faz coro ao meu protesto.

— O resto de nós pode resolver a equação em equipe sem Larissa? — Luana pergunta à professora Carla, dando tapinhas no ombro de Diego para consolá-lo.

Encaro Luana, que arqueia uma sobrancelha sem nem um fio fora do lugar para mim, me desafiando.

— Não, tem que *todo mundo* trabalhar junto — responde professora Carla.

Diego parece magoado.

— Pedro, vai ser só um minuto — ele implora, as mãos unidas. Mas, ainda que Pedro obviamente se sinta mal pelo amigo, a resposta ainda é não. Logo depois, Diego se vira para mim. — Por favor? *Por favor?!*

Sinto os olhos de todo mundo na minha direção. Esperando minha resposta.

— Desculpa, não dá.

Meus colegas dão um grunhido irritado, e Diego se encolhe dramaticamente em posição fetal no chão, parecendo tão chateado quanto aquele dia, anos atrás, em que meu pirulito caseiro trincou seu dente.

— Nesse caso — diz a professora, parecendo desapontada —, vocês me perdoem. Estão liberados.

12

25 DE ABRIL, SEGUNDA-FEIRA

Durante o intervalo fico do lado de fora da sala da diretora, mudando o peso de um pé para o outro.

Já faz uma eternidade que professora Carla está lá dentro com Pedro e a diretora. Eu sei que a diretora Oliveira *adora* falar, mas o intervalo está quase acabando e nem sinal de que essa reunião esteja perto do fim.

— Não é à toa que ninguém quer ser amigo dela, Larissa só pensa em si mesma — foi o que Luana disse ao me dar um empurrãozinho saindo da sala. As palavras ficaram ecoando na minha cabeça desde então. E pensar que a gente gostava de brincar de ficar se emperiquitando quando éramos pequenas. A mãe dela usa a sala de casa como um salão de beleza, e Luana tinha a mania de usar pincéis e maquiagens que nos deixavam igual a duas araras, as pontas dos dedos manchadas de sombra brilhante, deixando marcas em todos os móveis da mãe. Luana sempre levava toda a culpa, mesmo quando eu tentava defendê-la.

Agora ela me odeia. Todo mundo me odeia. Mesmo que Pedro também tenha se recusado a trabalhar em equipe.

Enquanto espero, pego meu celular, fingindo mandar mensagem para alguém como uma forma de ignorar meus colegas sussurrando "Salgadinha" enquanto passam por mim pelo corredor.

Não é à toa que ninguém quer ser amigo dela.

Lágrimas começam a surgir em meus olhos. Queria não ligar para o que esses babacas pensam, mas não dá para negar que me importo. Preciso dar um jeito nessa confusão. Além do mais, meus colegas não deviam pagar pelas consequências da minha briga com Pedro.

Depois de muitas unhas roídas, a porta finalmente se abre.

Tenho um vislumbre das costas de Pedro e a expressão da diretora Oliveira, que o olha como se estivesse tentando resolver um quebra-cabeça difícil.

Professora Carla sai, fechando a porta atrás de si. Acho que a diretora ainda não terminou de resolver as coisas com Pedro.

— Queria me desculpar pelo que aconteceu mais cedo — falo. — Pelo jeito como me comportei na sua aula.

A professora parece surpresa ao me ver no corredor, mas sorri.

— Agradeço pelas desculpas, Lari.

— Eu queria perguntar... Tem algum... não sei... Tem algum jeito de a senhora reconsiderar o ponto extra? — Sinto minhas bochechas pegando fogo de constrangimento, mas, antes que professora Carla pense que estou sendo egoísta, acrescento depressa: — Não pra mim, mas pro restante da turma. Eles ainda podem ganhar o ponto?

Ela inclina a cabeça.

— Por que tu não conseguiu trabalhar com o Pedro quando eu te pedi? Era só uma equação.

Encaro a porta da diretora atrás dela.

— Porque ele é meu inimigo.

Professora Carla ergue as sobrancelhas, a decepção estampada em seu rosto. Não é um olhar que costumo receber de um professor. Odeio isso. É como se eu tivesse acabado de tirar uma nota ruim.

— *Inimigo* é uma palavra forte — ela diz.

Penso em mainha gritando com Seu Romário sexta passada. Penso em Dona Eulalia gritando conosco. Penso em todos os boatos, as mentiras e acusações.

SAL E AÇÚCAR

Isso não é só uma briguinha. Mas professora Carla não entende. Dou de ombros.

— É o que Pedro é.

A professora reflete por um tempo, seus óculos captando a luz da lâmpada acima de nós. Ela olha dos livros que carrega para mim, e uma expressão curiosa surge em seu rosto.

— E se eu te disser que tem sim um jeito de ajudar seus colegas a ganharem um ponto extra?

Parece que um balão está inflando no meu peito.

— *Sério?* — Dou uma tossida para disfarçar o entusiasmo. — Quer dizer, de verdade mesmo?

— Recebi um pedido da diretora Oliveira pra incentivar mais alunos do terceiro ano a se inscreverem nos nossos clubes. Por acaso tu taria interessada em participar de um clube em troca do ponto extra? Nos últimos anos tu se envolvia tanto nas atividades extracurriculares...

É uma afirmação meio exagerada, mas, sim, até o ano passado eu era presidente do clube de matemática. Basicamente reunia alunos que estavam se preparando para todas as competições de matemática que a gente entrava nos dois primeiros anos do ensino médio. Mas dei um tempo disso. Se você está no terceiro ano, o último antes de entrar na faculdade, você nunca fica para as atividades extracurriculares, *a menos* que sejam aulas de revisão para o vestibular.

— Sei que é seu ano de prestar vestibular — professora Carla acrescenta, como se estivesse lendo minha mente —, mas a diretora e eu achamos que seria benéfico mostrar aos alunos, especialmente aos do terceiro ano, que existe mais coisa no último ano de escola do que só estudar.

Mainha discordaria tanto disso...

— A senhora vai dar o ponto extra pra todo mundo se eu entrar em um clube?

— Vou. Esse aqui em particular. — Ela tira um folheto de dentro de um livro. — Eles só se reúnem uma vez por semana... hoje à tarde, na verdade. Então não vai te dar trabalho nenhum, tu ainda vai ter todo o resto da semana livre pra estudar. — Ela deve sentir minha hesitação, porque continua: — Eles tão prestes a perder um membro, e tão sobrecarregados de compromissos, Lari. Seria muito bom se tu entrasse no clube. O que acha?

Ela abre seu sorriso mais radiante.

Nunca que mainha ia aceitar um negócio desse. Qualquer tempo livre é útil para estudar para o vestibular, e o único lugar onde ela me deixa passar um tempinho é o Vozes. Até mesmo dormir não faz muito sentido para ela, às vezes. *Dorme mais tarde. Tu é jovem. Ia ficar acordada a noite toda vendo tevê se eu deixasse, então por que não pode estudar?* Tudo para virar a primeira Ramires a entrar na faculdade.

Eu não tinha pensado em entrar para um clube, mas talvez isso pudesse ser meu gostinho de liberdade deste ano.

Segunda-feira à tarde. É, acho que estou gostando dessa ideia.

Mas ninguém conta para mainha.

— Pode me inscrever — respondo com um sorriso.

— Maravilha! — professora Carla coloca o folheto em minha mão, parecendo com pressa de repente. — Sabia que podia contar contigo. E, não esquece, tu tem que frequentar o clube até o fim do semestre pra ganhar o ponto extra!

Ela some tão rápido quanto Jessie e James sendo chutados para o horizonte no fim de um episódio de *Pokémon*.

Respiro aliviada. A conversa foi melhor do que eu esperava. E faltam só dois meses para o fim do semestre.

Estou dando meia-volta para ir para a próxima aula quando a porta da diretora se abre outra vez.

Paro, prendendo a respiração.

— A gente ainda não terminou. Por favor, se sente.

— Eu já pedi desculpas — diz Pedro, ainda na sala da diretora. — A senhora me deu uma advertência. Beleza. Não tô nem aí. Posso ir agora?

— Senta.

Pedro parece bem estressado. Ele sempre bancou o papel de "*cool* demais para a escola", mas o jeito como está se comportando com a diretora é quase mal-educado.

Ele se joga na cadeira à frente da mesa dela, esquecendo de fechar completamente a porta. Chego mais perto, me espremendo contra a parede.

— ... sem falar que o senhor sumiu por *semanas* sem nem avisar — continua a diretora Oliveira, como se listasse os crimes cometidos pelo garoto. — Não sei o que fazer contigo.

— Se a senhora vai me expulsar, é melhor fazer isso de uma vez. Tenho que ir pra casa trabalhar.

— Não vou te expulsar — diz a diretora.

— Por que não?

— Como assim "por que não"? — Oliveira faz uma pausa. Aposto que ela consegue ler Pedro melhor do que ele pensa. — Filho, de que outro jeito vou poder dar teu diploma e aquela carta de recomendação para a Sociedade Gastronômica?

Quê? Pedro quer entrar para a Sociedade Gastronômica? Eu não fazia ideia. Ele não é o menino de ouro da Açúcar, um *prodígio*? Por que entrar numa escola de culinária quando ele já se gaba de ser o melhor cozinheiro da cidade?

— Não vou mais me candidatar — ele diz, indiferente.

— O que te fez mudar de ideia? Da última vez que a gente conversou, dissesse que ia falar sobre isso com sua família.

— E eu falei.

A diretora parece surpresa.

— E?

— E... — Consigo ver os dedos de Pedro tamborilando no braço da cadeira. — Deu tudo tão certo que voinho me expulsou de casa — ele diz, com falsa animação.

Dou um passo atrás e me afasto da sala da diretora, tomada pela sensação de que já me intrometi mais do que devia. Então é por isso que Pedro foi embora. Eu odeio ele, mas... como Seu Romário teve coragem de expulsar o próprio neto de casa? O que tem de tão errado em querer entrar na SG?

Ainda estou no corredor quando Pedro sai da diretoria e quase me dá um encontrão. Por um segundo, parece ficar sem palavras, talvez até envergonhado. Mas depois tira os óculos escuros do bolso da calça e os coloca no rosto.

— É isso mesmo? Ficasse com tanta saudade de mim que tá até me espionando? — ele pergunta com um sorrisinho malicioso, e, antes que eu tenha a chance de responder, vai embora, me fazendo derrubar o folheto que professora Carla me entregou.

— Saudade dele, claro... — resmungo baixinho.

O sinal do intervalo toca e os alunos começam a se apressar pelo corredor, voltando às suas respectivas aulas. Me agacho para pegar o folheto e, antes que meus dedos virem o papel, leio as palavras:

CLUBE DE CULINÁRIA
Presidente: Pedro Molina

13

25 DE ABRIL, SEGUNDA-FEIRA

Mal consigo me concentrar no restante das aulas. Em um piscar de olhos já é o fim do dia, e estou parada em frente à cantina segurando o folheto amassado do clube de culinária.

Nem sei por que estou fazendo isso. Não é como se eu fosse amolecer o coração de Luana, Diego e os outros com um ponto extra do jeito que Pedro fazia com os sonhos recheados de creme da Açúcar quando éramos crianças.

Além do mais, não posso entrar em um clube onde Pedro é o presidente. Era melhor sair de fininho daqui e voltar para casa... quem sabe se eu continuar implorando nessa semana para professora Carla, ela não me deixa entrar em outro clube? Estou prestes a sair da cantina quando escuto uma risada vinda da cozinha. Alguém coloca uma música para tocar. Então ouço o ruído de um liquidificador. É a deliciosa melodia de uma cozinha me fazendo lembrar de como era a Sal quando voinha estava por perto...

Decido dar uma espiadinha antes de ir embora.

Uma espiadinha de nada não vai fazer mal. Voinha me ensinou a enxergar cozinhas como lugares mágicos onde tudo se transforma em lembranças deliciosas. Quero ver que tipo de magia eles criam no clube de culinária. Não significa que vou ficar.

No instante em que entro na cozinha, sinto como se tivesse descoberto o mais incrível dos segredos. Como Alice caindo pela toca do coelho no País das Maravilhas, se apaixonando cada vez mais por um mundo ao qual ela sente não pertencer.

Eu devia ir embora antes que seja tarde demais. Mas não consigo tirar os olhos dos três alunos de avental reunidos em torno de uma bancada metálica coberta de tigelas cheias de frutas frescas. Estão de costas para mim, conversando entre si enquanto escolhem as frutas e jogam pedacinhos no liquidificador. Dá para ver na bancada laranjas, morangos, bananas, uvas, mangas, maçãs, peras e cajus. Tem também uma garrafa de leite e um pacote de açúcar. Parecem estar fazendo vitaminas de frutas, e discordam sobre o que adicionar na mistura.

Pensei que talvez um dos amigos mais próximos de Pedro, tipo Luana, estivesse por aqui, mas não conheço esses três. Não acho que sejam alunos do terceiro ano, como eu. Talvez do segundo?

Observo uma garota tentar pegar um pote de morangos da mão de um cara. Ela é um pouco mais baixa que eu. Sua pele é negra e suas longas tranças estão presas de um jeito frouxo na nuca. Já o garoto é muito alto — a pessoa mais alta do lugar —, tem um cabelo desgrenhado no melhor estilo Poe Dameron e pequenos piercings nas orelhas, a prata brilhando em contraste com sua pele marrom-clara enquanto ele se movimenta.

— Vamos seguir a receita — ela diz, mas, mesmo bloqueando o liquidificador com as mãos, o rapaz ainda consegue driblá-la e adicionar os morangos à vitamina. Ela solta um resmungo frustrado, e ele faz uma dancinha da vitória com passos de um brega funk, balançando os ombros no ritmo enquanto a música está no máximo em um celular sobre a bancada. Imagino que o aparelho seja dele.

O terceiro membro do clube é outro garoto, que parece mais interessado em assistir aos outros brigando do que em qualquer outra coisa. Ele dá um passo atrás e apoia os cotovelos na bancada e as mãos sob o queixo, parecendo se divertir. Seu cabelo liso está bagunçado e se projeta para o lado, como se tivesse acabado de acordar. O cabelo parece ter sido pintado em um tom profundo de preto, dando a impressão de que sua pele não é branca, mas pálida. Ele passa muito a vibe do Timothée Chalamet em *Mulherzinhas*. Um Laurie perfeito.

O Rapaz da Dancinha consegue driblar a garota mais uma vez e adiciona uma colher de açúcar no liquidificador, apesar dos protestos. Então fecha a tampa e liga o aparelho. Quando termina, se serve com um pouco do líquido rosa-claro e dá um golinho. Os outros dois aguardam.

— Misericórdia! — ele exclama com uma careta e a garota ri, dando uma gargalhada que me faz perceber que os dois são bons amigos. Ela dá um empurrãozinho nele para o lado, de brincadeira. — Por que esse troço tá ficando tão doce toda vez? *Eca!*

— Eu avisei! — Ela lança ao garoto um sorriso que faz surgir uma covinha em sua bochecha. — É porque tu sempre coloca açúcar demais. Tu nunca segue a receita.

— Tá bem, eu não devia ter colocado os morangos, mas segui direitinho as instruções que o chef passou pra gente. É a quantidade certa de açúcar... — O coitado do Rapaz da Dancinha parece enjoado de verdade, e coloca a mão na barriga. — Provavelmente as crianças vão gostar...? — ele indaga de um jeito que dá a impressão de que ele mesmo está duvidando.

— Não vão não — responde a garota, franzindo a testa. — E nunca que o chef vai deixar a gente servir uma coisa que não esteja perfeitamente adoçada. Tu sabe bem como ele é.

Os três trocam um olhar que revela que podem até viver em pé de guerra, mas naquele ponto estão todos de acordo. Esse tal chef deles é perfeccionista, e sei exatamente de quem estão falando. Quem mais faria alunos participantes de um clube de culinária chamá-lo de chef?

— Ele vem hoje? — pergunta o Rapaz da Dancinha.

— Tomara que não — acabo respondendo em voz alta, fazendo o trio se virar assustado.

— Tu quase me desse um ataque do coração! — fala o Rapaz da Dancinha, pressionando o peito de um jeito dramático.

O outro garoto se estica, curioso, e a garota parece surpresa ao me ver.

Dou um passo para trás. A magia que me atraiu até a cozinha começa a se esvair. Todos os olhos estão voltados para mim, e minha pele começa a ficar arrepiada. Eu não devia estar aqui. Se eles são amigos de Pedro, a qualquer momento vão começar a me tratar mal.

— Não queria assustar vocês — gaguejo.

Estou seriamente considerando sair correndo, até que o garoto mais calminho abre um sorriso capaz de desarmar qualquer um.

— Tu veio se juntar ao clube? — ele pergunta. — Meu nome é Victor.

— Eu sou Cintia — diz a garota, um tanto tímida.

Victor dá a volta na bancada com a mão estendida para me cumprimentar, formal, só que de um jeito fofo. Espero não ficar vermelha.

Tarde demais.

— Meu nome é Paulo Cesar. Mas pode me chamar de PC — fala o Rapaz da Dancinha, passando os dedos pelo cabelo como se verificando se ainda está bagunçado.

Percebo, cada vez mais atordoada, que eles não me conhecem. Ou ainda não me reconheceram. De um jeito ou de outro, para eles eu não sou a "Salgadinha". Sou só uma nova integrante em potencial para o clube.

— Oi — digo, ainda com o pé atrás em revelar meu nome.

— Sabe dizer quanto açúcar a gente devia ter colocado na vitamina? — PC pergunta.

Quase me engasgo.

— Tá perguntando pra mim?

SAL E AÇÚCAR

O garoto encara os colegas, confuso.

— Ué, por que não?

É aí que me dou conta.

Isso aqui é um clube de culinária — o lugar onde se espera que as pessoas, lógico, saibam cozinhar! Como isso não passou pela minha cabeça quando li o folheto? Fiquei focada no nome de Pedro e acabei só pensando nisso! Agora esses três estão olhando para mim esperando que eu diga alguma coisa, esperando uma resposta, porque não fazem ideia de que eu nunca preparei nenhuma vitamina antes!

Se eu disser algo errado, com certeza vão contar para Pedro, que, por sua vez, vai transformar minha vida num inferno. *Que tipo de Ramires não sabe nem preparar uma vitamina?!* Já consigo até ouvir as fofocas.

— As vitaminas tão ficando muito doces — explica PC.

Estou suando. Minha mente percorre mil cenários catastróficos envolvendo o liquidificador.

Mas então penso em voinha. Lembro de uma conversa que ouvi um dia entre ela e mainha, enquanto preparavam vitaminas de manga com coco. Voinha estava dizendo que nem sempre é preciso adicionar açúcar quando se está usando frutas maduras.

Desvio o olhar para as frutas na bancada. Não sei dizer se estão maduras o bastante... mas é o que tem para hoje.

— Por que vocês não... — Estreito os olhos para o liquidificador e os três imitam o gesto, como se estivéssemos tentando desvendar um código secreto. — ... tentam deixar sem açúcar? Frutas maduras já são bem doces.

Fico surpresa com a autoridade em minha voz. *Maravilha!*

— Bem pensado — fala Victor.

— *Sério?* — respondo, esperando não soar tão desesperada quanto me sinto.

Em pouco tempo PC despeja na pia o conteúdo do liquidificador, o enxagua e o traz de volta à bancada.

— Beleza. Vamos tentar uma receita bem simples — ele diz. Em seguida, adiciona laranjas, algumas folhas de hortelã e um pouco de leite no liquidificador. Sem açúcar. Quando ele liga o aparelho, o ruído parece tão alto quanto minha ansiedade no momento. Quando a vitamina fica pronta, ele coa o conteúdo laranja-leitoso em quatro copos. — Saúde! — brinda, e os três dão um gole ao mesmo tempo.

Com as mãos tremendo, levo também o meu copo à boca.

Se isso é sopa, então quero ver tu beber, ecoa em meus ouvidos a provocação de Pedro.

Só que, dessa vez, dou um gole. Logo, logo a laranja cítrica invade minhas papilas gustativas em uma onda refrescante e naturalmente adocicada.

— Tá gostoso! — comento, e dessa vez não consigo esconder o alívio na voz.

— Tá muito bom! — Cintia concorda, arqueando as sobrancelhas.

Victor concorda com a cabeça, ocupado demais tomando a vitamina para conseguir dizer qualquer coisa... o que, se tratando de comida, é um bom sinal.

Ainda não consigo acreditar que nada de ruim aconteceu. Nada deu errado.

— Tu foi uma gênia de falar aquilo sobre as frutas maduras — diz PC. — Queres tentar fazer algo mais elaborado?

Ele já está me levando até o liquidificador.

De repente fico toda segura de mim, e adiciono outras frutas ao conteúdo que sobrou no liquidificador, enchendo-o até o topo com fatias de manga e morango, do mesmo jeitinho que via voinha fazendo quando preparava "vitaminas de verão", uma mistura de vários sabores cítricos que combinavam muito bem.

PC, Victor e Cintia ficam ao meu redor, observando tudo com olhos arregalados.

— Ela é tipo a Encantadora de Vitaminas — brinca PC.

Instintivamente pego mais leite, e encho o liquidificador até a borda para compensar todas as frutas extras que adicionei. Quem diria que misturar frutas podia ser tão emocionante? Fico admirando os pedacinhos coloridos e brilhantes empilhados no liquidificador, formando um lindo mosaico.

— Desculpa o atraso... — começa uma voz atrás de nós.

Levo um susto tão grande que, sem querer, acabo pressionando o botão para ligar o liquidificador. *Sem a tampa.* E todo o conteúdo da minha obra-prima se espalha em cima de nós.

Victor pula no aparelho para desligá-lo, mas agora já era.

Me viro lentamente e vejo Pedro Molina me encarando, a frente de seu uniforme imaculado coberta de pedaços de fruta.

Ele tira uma fatia de manga da testa.

— Quero saber quem foi que deixou Larissa Ramires pisar na minha cozinha!

14

26 DE ABRIL, TERÇA-FEIRA

— Tenho um aviso antes de vocês saírem — informa professora Carla no dia seguinte.

Déjà-vu. Mas não acho que seja um novo desafio envolvendo equações. Não contei a ela sobre o desastre que foi meu primeiro encontro no clube, mas disse que não conseguiria mais fazer aquilo. Pela segunda vez na semana — e hoje ainda é terça-feira — sinto que decepcionei a professora.

Sendo bem sincera, eu decepcionei foi a mim mesma. Teve até um breve momento em que quase me senti parte do clube... foi a primeira vez em que me senti um pouco mais à vontade na escola. Mas depois do desastre com a vitamina, ainda que Pedro não estivesse lá, tenho certeza de que teriam me expulsado antes mesmo de eu colocar meu nome na ficha de inscrição.

Olho de relance para Pedro. Ele ainda não me confrontou sobre essa história do clube, mas estou me preparando para o momento em que isso vai acontecer. A impressão que eu tenho é de que ele acha que fui até lá só para sabotá-lo. E agora provavelmente está planejando dar o troco.

Pedro está sentado a duas bancas da minha, relaxado, encarando os ventiladores de teto. Luana dá um tapinha no ombro dele e indica professora Carla com o queixo, mas, em resposta, ele só dá um bocejo e

SAL E AÇÚCAR

coloca os óculos escuros, parecendo uma imitação de Steve Harrington em *Stranger Things*.

Ele provavelmente sente que o estou encarando, porque, do nada, olha para mim, baixando os óculos escuros até a ponta do nariz. Luana segue seu olhar, e crava em mim um olhar fulminante.

Desvio os olhos.

Professora Carla continua:

— Antes de saírem, a diretora Oliveira me pediu pra lembrar a vocês que, caso ainda não tenham começado, precisam fazer suas inscrições pro Enem.

Deixo escapar um arquejo, fazendo com que algumas cabeças se virem na minha direção.

Ignorando o olhar dos outros alunos, vasculho freneticamente minha agenda até encontrar a caligrafia redonda de mainha me lembrando de terminar as inscrições. Ela desenhou até o rosto de uma garota de óculos e cabelos cacheados, com estrelas no lugar dos olhos. Acho que sou eu. Bem, a versão que mainha imagina de mim, com os olhinhos brilhando pela perspectiva da faculdade.

Tenho a terrível sensação de estar afundando. Achei que tivesse mais tempo.

Diego levanta a mão, parecendo nervoso.

— E se eu não souber qual curso quero fazer? — Ele tira as palavras da minha boca.

Professora Carla abre um sorriso reconfortante.

— Sei que é difícil — ela diz. — Escolher uma futura carreira é uma tarefa assustadora, mas aconselho vocês a levarem em conta o que amam fazer. Talvez encontrem bem aí a resposta.

Flagro Pedro revirando os olhos antes de escondê-los outra vez atrás dos óculos.

Queria poder conversar com voinha sobre isso. Alguns dias antes de ela precisar ser hospitalizada, fizemos um passeio juntas.

Lentamente, subimos em direção à feirinha, um conjunto de barracas em frente à catedral amarela e branca do século XVI, com o oceano Atlântico à esquerda, a água azul-escura sob o entardecer nublado.

— Contasse pra Alice que tu não quer estudar economia? — voinha perguntou, do nada.

— A senhora devia ser examinada pra ver se tem o poder da telepatia — brinquei, entrando na feirinha. — Não, ainda não contei pra ela.

O calor familiar das panelas nas barraquinhas acalmou meus pensamentos ansiosos. Era como entrar em um labirinto de guloseimas grelhadas, empanadas ou fritas. Acarajés explodindo de tanto camarão. Peixe grelhado coberto com limão e anéis de cebola crua. Coxinhas recheadas de frango desfiado e batata. Pastéis estufados de carne moída e azeitonas. Tapiocas com recheio de coco e queijo. Crepes no palito, também, preparados na hora diante dos olhos da clientela, a massa cozida como um waffle e recheado com chocolate ou doce de leite.

— E por que não, flor? — voinha perguntou quando passamos pela barraca de Dona Clara, que dava uma bronca em Isabel por deixar o óleo queimar pela centésima vez.

— Ela me levou pra visitar um escritório de contabilidade um dia desses.

— E?

Interrompi a caminhada.

— Foi horrível.

Voinha sorriu para me consolar. Então tomou meu braço nos dela e me guiou com gentileza por entre as barracas.

— Tu devia falar pra ela como se sentiu.

— Não consigo.

— Conta pra ela que tu não quer ser contadora — voinha insistiu.

Agradeci a pausa na conversa quando chegamos ao misto-quente de Dona Valéria, onde pedimos seus famosos sanduíches grelhados com mortadela frita, pasta de alho e queijo derretido, do tipo que fica esticando sem parar quando você morde. É uma sujeirada, mas não tem como não gostar. Esqueça as regras de etiqueta: jogue a cabeça para trás, mesmo se estiver com o corpo perigosamente inclinado para fora do banco, e coloque todo o queijo esticado na boca, no melhor estilo *Matrix*.

Sempre como fazendo muita bagunça, não dá para negar, mas pelo menos aproveito cada mordida do jeito que deve ser. Do jeito que voinha me ensinou. Só que não demorou muito para ela me lançar um olhar expressivo, e na mesma hora entendi que ela não deixaria nosso assunto pra lá.

— Quando penso em estudar economia, virar contadora, passar o dia todo num escritório daquele — falei, pensando no contraste gritante entre o pensamento e a saborosa mordida de misto-quente. — A ideia tem gosto de... nada. É tão sem graça.

Dou mais uma mordida, o queijo pegajoso me aquecendo.

— Sei que tu quer fazer tua mãe feliz, mas tu precisa ser feliz também. E se contabilidade não for a tua praia, tua mãe vai entender. Acho que ela não sabe que tu tá triste.

— Sei não. Não consigo entender mainha às vezes. Ela diz que quer que eu tenha escolhas, porque ela mesma não fez faculdade. Mas aí vira e me diz pra virar contadora, que é o que painho queria ser. Ela quer que eu seja a primeira Ramires a entrar na faculdade. — Suspirei. — Isso é... uma pressão enorme. E ela não me deixa com escolha nenhuma. Só quer que eu seja essa pessoa *perfeita*.

— E tu não quer ser *perfeita*?

Encarei voinha, e nós duas demos risada.

Ela apertou minha mão, e senti sua pele enrugada sob a minha. Ela estava tão fria, mesmo naquela noite quente. Tão frágil.

— É só tu falar com ela do jeito que fala comigo — voinha repetiu.

— Vai ficar tudo bem. Tua mãe te ama. Ela só quer o melhor pra ti.

Deixei escapar outro suspiro, já arrependida daquela conversa.

— Enquanto a senhora estiver comigo, vou ficar bem — eu disse, e estava falando sério. Era a única certeza que eu tinha. — Vou me inscrever pra estudar economia, que nem mainha quer. E virar contadora não vai ser tão ruim, né? Posso fazer o imposto de renda da Sal! Que tal, hein? Vou cuidar de você!

Voinha me lançou um olhar daqueles que ela vinha me dando desde que recebera o diagnóstico de câncer. Como se estivesse tentando memorizar minhas feições, tentando saborear o momento. Do mesmo jeito que ela tinha começado a fazer com tudo ao seu redor: a Sal. A feirinha. O nosso bairro.

Como se estivesse indo embora e não soubesse se ia poder voltar.

— Tem uma coisa que preciso explicar pra ti — ela disse. O tom misterioso na voz dela soava como uma tempestade se aproximando.

Eu sabia que ela andava visitando mais médicos. Médicos especialistas. Eu não gostava do que via nos olhos de voinha quando ela voltava para casa depois daquelas consultas.

— Por favor, não fica pensando nessas coisas não, visse? Fica aqui comigo — falei.

Apoiei a cabeça em seu ombro, segurando o misto-quente pela metade.

Voinha aninhou a cabeça contra a minha.

— Tô aqui contigo.

15

29 DE ABRIL, SEXTA-FEIRA

O pastel de carne que comprei na cantina está oleoso e mais recheado de ar do que de carne. Depois de uma mordida, o deixo na mesa: tem gosto de lágrimas e decepção.

Abro o site da Universidade Federal no celular e dou uma olhada no formulário de inscrição preenchido pela metade. Perdi as contas de quantas vezes tentei terminá-lo e acabei desistindo. Infelizmente, o campo onde devo escolher o curso ficou vazio por tempo suficiente para eu entender que ele não vai de uma hora para a outra se preencher sozinho.

Em algum momento vou precisar escrever alguma coisa ali. *Certo?*

Professora Carla havia sugerido que a gente pensasse nas coisas que ama, e talvez isso ajudasse a escolher um curso. Mas quais são as coisas que amo? Olho para o pastel à minha frente. Não estou amando a comida da cantina, disso não tenho dúvidas. Até o pior pastel que Isabel vende na feirinha é melhor que isso.

Eu *amo* comida boa. Alguém pode me inscrever para só ficar comendo? Desligo a tela do celular.

De repente, PC, Cintia e Victor sentam nas cadeiras ao meu redor. Olho em volta, esperando que Pedro enfim venha me confrontar sobre o que aconteceu no clube de culinária no início da semana, mas não o vejo em lugar nenhum. Sem cerimônia, PC pega meu lanche abandonado e dá uma mordida sem nem pedir. Ele faz uma careta.

— Agora entendi por que tu não tá comendo isso — ele fala de boca cheia.

— Viemos em paz — Cintia trata logo de explicar, provavelmente percebendo meu olhar irritado.

— A gente quer saber se tu vai voltar pro clube na segunda — diz PC.

Da última vez que vi aqueles três, estavam parados feito estátuas na cozinha, os uniformes cobertos de pedaços de fruta. Presumi que nunca mais iriam querer olhar na minha cara de novo.

— Por quê? — pergunto.

— Porque a gente precisa de tu — fala PC, e inclina a cabeça em direção aos amigos. — Bom, eles precisam. Minha família tá voltando pra Caruaru por causa do trabalho novo do meu pai, então tô fazendo as provas mais cedo e logo vou embora. Todo mundo aqui sabe que sou insubstituível, eu *sei*, mas meio que vou precisar ser substituído, então será que tu pode pegar meu lugar no clube ou não?

Eles estão *oficialmente* pedindo que eu participe? Não faz o menor sentido.

— Vocês sabem quem eu sou, né? — pergunto com cautela.

PC arqueia uma sobrancelha.

— A gente sabe. Uma Encantadora Desajeitada de Vitaminas. E, por sinal, tu nem pediu desculpas. Sabe como é difícil tirar mancha de morango de roupa branca?

— Sou Larissa Ramires — digo, e acrescento depressa: — Desculpa por essa confusão toda.

— A gente sabe quem tu é — Cintia comenta, dando um sorrisinho acanhado.

— E *mesmo assim* me querem de volta? — Franzo a testa. — Vocês não são amigos de Pedro?

SAL E AÇÚCAR

— Não apareceu ninguém antes de tu chegar — explica PC. — Somos um clube muito intimidador, sabe? É só pros fortes, e essa escola tá cheia de *banana*. — Ele diz a última palavra de maneira enfática, perto de um grupo próximo de alunos do primeiro ano, que pulam de susto. — Então não é como se a gente pudesse arranjar outra pessoa. *Ajude-me, Larissa Ramires. Você é minha única esperança.*

Victor ri da referência a *Star Wars*, e PC parece bastante orgulhoso de si mesmo. Cruzo os braços e me inclino na cadeira para prestar bastante atenção neles, porque isso é bom demais para ser verdade.

— Pedro sabe que vocês tão aqui? — pergunto.

Cintia afasta as tranças dos ombros e se aproxima, assumindo um ar misterioso de repente.

— Ele disse que tudo bem tu entrar — ela sussurra.

— Pedro... quê? — Acabo subindo o tom de voz, e Cintia gesticula para que eu fale baixo.

— Ele disse que tu pode entrar no clube, desde que não atrapalhe e também não conte a ninguém que ele disse isso e... o que mais? Ah, é: que tu fizesse de conta que é invisível — PC explica, imitando os gestos de um mágico.

Eu pisco.

— Pedro *Molina* disse isso?

— O próprio. — PC sorri, exibindo um espacinho charmoso entre os dentes da frente.

— Por que é que do nada Pedro ficou de boa com isso? — Estreito os olhos para os três. — Diga logo se ele meteu vocês em alguma coisa. É revanche pelo bolo de casamento, né?

Os amigos se entreolham, confusos.

— Que bolo de casamento? — pergunta Victor, se metendo na conversa pela primeira vez.

Deve ser uma armadilha. Estão sendo legais até demais comigo.

— Seja lá o que vocês estejam tentando, não vou cair nessa! — respondo.

Me levanto e vou embora antes que a cantina inteira se transforme em algum tipo de *flash mob* de *High School Musical* cantando uma música maldosa sobre mim.

Tem uma fila de clientes esperando serem atendidos na Sal.

Mainha está no piloto automático essa noite, indo e voltando dos fornos para as cestas de pão e de lá para a caixa registradora. Tentei ajudá-la mais cedo, usando um pegador para pescar os pães nas cestas, mas ela gritou que eu só estava procrastinando e causando mais aperreio para ela na Sal.

Então fico de fora.

Em vez de ajudar, estou fazendo o dever de casa no balcão, mesmo com mainha reclamando que vou sujar meus livros com café e comida. Mas estudar no meu quarto, no segundo andar, é solitário demais, principalmente em uma noite de sexta-feira, quando não ter amigo nenhum para mandar mensagem e não ter para onde ir consegue ser ainda mais deprimente do que nos outros dias...

Se voinha estivesse aqui, seria a única amiga de que eu preciso. Ela teria dado um jeito de convencer mainha de que eu já tinha estudado o bastante. Teria pedido espetinhos da barraca de Seu Floriano na feirinha, que sempre mandava uns extras porque arrastava uma asa por ela. Espetinhos de pimentão e cebola pingando com molho de alho e um pouco de limão. Espetinhos de frango e carne enrolados no bacon. E uma porção de farofa para podermos mergulhar os espetinhos e sentir o crocante da farinha de mandioca absorvendo o sumo da carne. Depois nos sentaríamos na calçada e ficaríamos observando os vizinhos indo e vindo, comeríamos juntas, daríamos risada e discutiríamos sobre o futuro de seus personagens favoritos de novela...

Dói pensar nela. Mais que tudo.

SAL E AÇÚCAR

— Saudades, Julinha — ouço Dona Selma dizer, usando o antigo apelido que deu à vovó, e a tristeza em sua voz combina com o desconforto em meu peito. Ela toca levemente os girassóis sob a receita do bolo de fubá.

Depois dá a volta e se junta a mim no balcão, espiando por cima do meu ombro para dar uma olhada no meu caderno.

— Ave-Maria! Tu entende essas coisas todas? Esses números e símbolos? — Ela finge um arrepio, soando igualzinho à voinha.

— Não sou fã de geometria, mas entendo sim — respondo.

— Parece difícil.

— Não é tão ruim.

De repente, Dona Selma segura meu rosto com as duas mãos e dá um beijo orgulhoso em minha testa que quase me faz cair do banco. O gesto é tão inesperado que me rouba um sorriso, algo que eu nem sabia que tinha para oferecer.

— Não é à toa que tua mãe sempre diz que tu vai ser a primeira Ramires a entrar na faculdade!

Mainha sai da cozinha carregando uma fornada fresquinha de pães franceses, o aroma delicioso envolvendo toda a padaria.

— Não elogia muito a menina, Dona Selma — ela diz. — Lari anda relaxando ultimamente. Não conseguiu refazer uma prova e agora a nota dela vai ficar ruim, parecida com as minhas quando eu tava no ensino médio... e adivinha só quem não conseguiu entrar na faculdade?

Todos os clientes na fila me encaram, e me sinto encolhendo cada vez mais de tanta vergonha, até virar um grão de areia.

— Eu ainda sou a primeira da turma... — murmuro.

Mainha baixa a bandeja com um pouco mais de força que o normal.

— O menino dos Molina é o número quatro da turma. Ouvi Eulalia se gabando dele na feirinha. *Quatro*, como se fosse grande coisa. Mas aí ela disse que ele é o número quatro mesmo faltando à escola. Imagina se ele não fizesse isso. — Mainha me encara por trás do balcão. — Larissa

Catarina Ramires, vivo dizendo pra tu levar os estudos a sério, mas tu não me escuta. Agora esse menino tá aí na tua rabeira.

Agora eu sou menor que um grão de areia. Alcancei níveis subatômicos.

Olho por cima do ombro, sentindo um gosto amargo na boca, e lá está Pedro Molina, parado na porta da Açúcar, ao lado de Seu Romário.

Sei que não é bem culpa dele, mas não consigo deixar de me magoar pelo jeito com que mainha sempre briga comigo quando acha que Pedro vai melhor na escola do que eu. Não importa se outros colegas tirarem notas mais altas que as minhas de vez em quando. Mas Deus nos livre de ser Pedro Molina, porque para mainha isso é tipo o fim do mundo.

Eu o observo tentando atrair pedestres desinteressados com uma bandeja de amostras de bolo de bacia, os doces dourados refletindo o pisca-pisca atrás dele. Pedro parece estar com dor: ele pressiona a lombar, tenta se alongar, e, quando acha que não tem ninguém olhando, se curva e descansa as costas contra a parede. Mas aí Seu Romário o cutuca bem nas costelas, e Pedro logo volta a ficar em alerta.

Uma parte da minha mágoa desaparece. Mas só uma partezinha. Acho que a família de Pedro também sabe como pegar pesado com ele.

— Alice, não seja tão rígida com a menina — diz Dona Selma, dando um tapinha de consolo na minha mão. — Ela é a primeira da turma. Isso é bom, não é, Lari?

Tento sorrir, mas me sinto como uma casca de banana que foi jogada, pisada, xingada e deixada no meio-fio.

— Ela só tá indo bem porque fico em cima o dia todo — mainha continua. — Lari não tem nenhuma responsabilidade além da escola, mas se eu não mandar ela estudar, a menina fica parada. É preguiçosa demais, não sei a quem ela puxou. A vó trabalhava que nem uma abelha operária. Nunca parou. A bisavó também. — Ela faz uma pausa inflando um pouco as narinas. — E o pai a mesma coisa.

SAL E AÇÚCAR

Ok, *isso* machucou. Mainha está citando a família inteira só para não deixar dúvidas do quanto eu sou inútil?

— Eu me ofereci pra ajudar na Sal — comento.

Mainha franze a testa para mim.

— E quem tá falando sobre trabalhar na Sal? O que tu pode fazer aqui? Tu não sabe cozinhar.

— Se a senhora me ensinar...

— Tu é uma *estudante*, Larissa! — ela me interrompe. — Teu trabalho é estudar. Faço de tudo pra essa ser tua única preocupação. E tu devia se achar sortuda, em vez de ficar aí com essa tromba! Sabe quanta gente da tua idade não tem esse privilégio? Teu pai mesmo não teve!

Nem percebo quando me levanto do banco.

Mas, logo depois, já estou na calçada, a porta da Sal batendo com força atrás de mim.

Me sento ao lado da igreja, longe da aglomeração da feirinha, onde as crianças ficam rondando o carrinho de pipoca e de churros. Seria a cereja do bolo de uma noite já horrível se alguém me visse chorando...

O pátio tem um muro baixo, e, depois dele, as luzes das casas piscam como uma constelação nessa noite nublada, descendo cada vez mais pelas ruas íngremes até chegar à praia. A vista é de tirar o fôlego. Costumava ser o lugar favorito de voinha no bairro.

Queria que ela estivesse aqui comigo agora. Voinha sempre sabia a coisa certa a dizer. Mas tudo o que tenho no momento são as palavras furiosas de mainha se repetindo na minha cabeça: *Não sei a quem ela puxou.*

Bem, mainha, nem eu!

Porque sou uma Ramires que não sabe cozinhar. E me pergunto o que isso quer dizer sobre mim. Tem dias, como hoje, em que sinto que é este o verdadeiro motivo pelo qual mainha e eu temos tanta dificuldade de nos entender. Não compartilho das experiências na cozinha da

Sal do jeito que ela compartilhava com voinha. Experiências que com certeza voinha aprendeu antes com a bisa. Todas as coisas que deixam mais forte o vínculo entre as mulheres da família.

Agora, mais do que nunca, preciso de mainha. E gosto de pensar que ela também precisa de mim, ainda que seja orgulhosa demais para admitir isso.

Mais um rio de lágrimas escorre pelas minhas bochechas.

O vento está ficando mais forte, bagunçando meu cabelo em todas as direções. A brisa agita as bandeirinhas de São João que decoram a lateral da igreja, e algumas delas voam longe, rodopiando para cima e para baixo, surfando na corrente de ar.

Fico observando uma das bandeirinhas, que se enrosca, brincalhona, no tornozelo de um turista. Ele dá uma leve sacudida na perna e a bandeira sai voando outra vez. Quando ele olha para mim, percebo, com um sobressalto, que não é um turista. É Pedro.

Enxugo depressa o rosto nas mãos e me levanto para ir embora, sentindo meu sangue ferver.

— Que é que tu quer? — pergunto, sem me preocupar em esconder a raiva. — Tá me seguindo por quê?!

Pedro parece um tanto hesitante, e sei que ele percebeu que eu estava chorando. Vejo como ele franze a testa, perdendo as palavras e analisando a situação até descobrir o melhor jeito de destruir ainda mais o meu humor.

— Fiquei sabendo que tu fizesse tipo um acordo com professora Carla — ele diz, cruzando os braços. — Pra ajudar o pessoal da turma caso tu se junte ao meu clube. É verdade?

Imito a postura dele.

— E se for?

Ficamos nessa disputa de quem pisca primeiro por mais tempo do que eu gostaria.

Pedro dá um suspiro.

— Larissa, tive um dia cheio, então não tô a fim de desperdiçar a noite brigando contigo. Meus amigos disseram que tu não acreditou neles, então tô aqui pra avisar que, como presidente do clube de culinária, tu é bem-vinda pra fazer parte do time.

— Quê?

Ele dá de ombros, ainda desajeitado, como se estivesse tentando se obrigar a engolir as próprias palavras.

— Não vou ser motivo pra ninguém reprovar na matéria de professora Carla. Então... vai fundo e entra no clube. Só fica fora do meu caminho, visse?

Ele acena para mim e vai embora, de volta à Açúcar.

— Fica *tu* fora do meu caminho! — grito para Pedro enquanto ele se afasta.

Sinto calafrios nos braços, e me dou conta de que não é só porque está ventando. Essa pode ser a solução dos meus problemas com mainha. Eu podia mesmo aprender a cozinhar no clube. Podia surpreender mainha um dia e provar a ela que consigo ajudar na Sal sem causar nenhum problema. Aprender a cozinhar pode ser uma verdadeira ponte entre nós.

O único problema é Pedro.

Não posso deixar ele descobrir que não sei cozinhar. Mas, se ficarmos fora do caminho um do outro, não vai ser tão difícil assim esconder esse segredo, né?

16

2 DE MAIO, SEGUNDA-FEIRA

— Tá atrasada — acusa Pedro assim que piso na cozinha da cantina.
Lá se foi a história de ignorar um ao outro...
Os colegas erguem a cabeça, animados em me ver, mas logo Pedro grita para todo mundo voltar ao trabalho.
— O que tá acontecendo? — pergunto a Cintia, que parece sobrecarregada ao passar por mim transportando caixas de papelão. Victor está logo atrás, carregando outra pilha alta que o faz perder o equilíbrio. Ajeito as caixas para ele na hora certa, e Victor sorri para mim de um jeito que me deixa toda boba.
— Tamo levando as coisas pras bicicletas — ela responde da cantina.
— Bicicletas?
Cintia não tem tempo de explicar. Dou meia-volta para segui-los para fora da cozinha quando PC me segura pelos ombros.
— Tu fica de olho naquela panela de brigadeiro? — Ele indica o fogão às minhas costas, parecendo completamente frenético. — Ah, e seja bem-vinda! — ele acrescenta, animado, enquanto sai.
Vou tropeçando para perto do fogão, em transe.
— Eu... fico — respondo para a cozinha vazia, e odeio como pareço insegura.

SAL E AÇÚCAR

Encaro o brigadeiro que borbulha.

A massa de chocolate pode ser consumida ainda quente, direto da panela, com uma colher. Pode ser enrolada como uma bolinha e coberta com granulado. Também pode servir de cobertura para bolo. Mas não vendemos brigadeiro na Sal — no nosso bairro, essa receita é da Açúcar —, então sinto como se não devesse estar perto daquilo.

Encaro as latas vazias de leite condensado na bancada e já começo a hiperventilar.

Olho por cima do ombro, esperando que a qualquer momento Pedro volte à cozinha para gritar comigo. Mas ele já saiu carregando as caixas até as bicicletas junto dos outros. Respiro fundo, tentando controlar os pensamentos. Não é como se eu tivesse feito a receita. PC só me pediu para ficar de olho nela. Isso é aceitável, eu acho. Não estou quebrando um pacto de décadas.

É só... brigadeiro.

O borbulhar aumenta.

— Colher de pau — afirmo para mim mesma, lembrando o que mainha disse aquela noite na Sal. Começo a mexer. Mas então paro. E se não for para mexer? O borbulhar fica ainda mais forte, como se a mistura estivesse respondendo à pergunta.

Volto a mexer, e o brigadeiro se aquieta, satisfeito.

Já sinto suor escorrendo nas minhas costas. O quão difícil pode ser ficar olhando uma panela de brigadeiro? Penso nos ovos mexidos de mainha e lembro que, sim, é difícil não deixar comida queimar. Em pânico, tiro o celular do bolso e vou atrás de dicas para saber quando um brigadeiro está pronto.

— ... quando parar de grudar no fundo da panela — leio.

Oi?

Como uma coisa pode não grudar no fundo da panela quando é literalmente leite condensado? Vai sair voando tipo uma nuvem ou algo assim? Igual *mágica*?

Lentamente a cozinha é preenchida por um forte aroma de chocolate. Abro um sorriso eufórico. *Está funcionando*, eu não arruinei a receita de PC. Se eu tomar bastante cuidado, como se estivesse seguindo instruções para resolver uma equação matemática, acho até que dou conta dessa coisa de cozinhar.

De repente a panela sibila para mim.

Pisco, atônita.

Acho que comemorei cedo demais.

Tento desligar o fogão, mas, em vez disso, a chama cresce. Levo só um segundo para girar o botão para o outro lado e baixar o fogo, mas agora já era: o brigadeiro grudado nas bordas da panela começa a ficar preto e quebradiço. E, por mais que eu raspe com a colher, aquele cheiro maravilhoso de chocolate está se transformando em cheiro de queimado.

Encaro a porta, em pânico, rezando para que PC volte logo.

Meu coração acompanha as batidas da música que ele deixou tocando ao fundo, e começo a mexer mais rápido, tentando *desgrudar* a mistura, ou seja lá o que isso signifique, antes de queimar tudo.

Desligo o fogão, mesmo não tendo certeza se a coisa está pronta, e pego um prato para transferir o brigadeiro que não para de borbulhar e respingar — antes que estrague de vez. Mas a panela é pesada, e não tenho muita força na mão esquerda. Meu pulso começa a doer.

Enquanto isso, seguro com a mão direita o prato, que está ficando cada vez mais quente por causa do brigadeiro fumegante que estou despejando nele.

Largo a panela no fogão e me viro desesperada para colocar o prato em cima da bancada, mas acabo deixando cair um pouco de brigadeiro na minha mão. Solto um palavrão com a dor repentina e, instintivamente, largo o prato.

Eu o vejo cair em câmera lenta e se estilhaçar aos meus pés, mandando brigadeiro para *todos os lados*.

Minha visão fica embaçada de lágrimas. Que bagunça que eu fiz!

SAL E AÇÚCAR

Dou meia-volta para pegar um pano de prato, mas esbarro com o quadril no cabo da panela, derrubando-a de lado, e o que sobrou do brigadeiro cai na boca ainda quente do fogão, borbulhando e fumegando.

— Ai, Jesus! — Fico de joelhos para limpar o chão com o pano de prato antes que os outros voltem, segurando o choro. Minha mão está latejando, mas ignoro a dor.

— *Que foi que aconteceu aqui?* — Pedro se apressa e dá a volta na bancada. Não percebi que ele já tinha voltado.

— Eu... eu só... — gaguejo, ficando de pé, mas minha mão machucada bate na lateral do fogão, e xingo outra vez de tanta dor.

— Tu se queimou! — Ele gesticula para eu correr para a pia. — Bota essa mão na água fria.

Onde eu já ouvi isso antes?

— Tá tudo bem — respondo.

— Não, não tá — Pedro retruca, abrindo a torneira ele mesmo. — Essa é a minha cozinha. Não posso deixar uma pessoa se machucar e não ajudar.

Mordo o lábio inferior, fazendo questão de manter contato visual com Pedro enquanto coloco a mão sob o fluxo. A parte queimada da pele arde mais ainda em contato com a água fria, mas não o deixo perceber que estou suando.

Pedro olha ao redor para todo aquele brigadeiro no chão, e pressiona uma mão na testa como se estivesse com enxaqueca.

— Eu saio por um minuto e já fizesse uma bagunça dessa.

— Não começa — falo baixinho.

— Como que tá a mão?

Arqueio as sobrancelhas, surpresa. *Ele está preocupado?* A pele ainda está latejando, mas flexiono os dedos para mostrar a Pedro que estou bem.

— Vou sobreviver.

— Então tu pode começar a explicar como diabos a minha cozinha acabou coberta de brigadeiro. — Os olhos dele brilham, furiosos.

Nada disso. Eu estava errada.

Os outros entram e ficam de queixo caído ao ver a bagunça espalhada pelo chão. Fico vermelha de vergonha.

— Desculpa — falo para eles. — Vou limpar tudo.

— Não toca em mais *nada* — diz Pedro. — Se eu não conhecesse tua família, acharia que tu não sabe cozinhar. Tás tentando sabotar minha cozinha ou coisa parecida?

Fico estática, fechando as mãos em punhos.

— Quem disse que eu não sei cozinhar? Foi só um *acidente*!

— Tás sendo muito rígido — fala Victor, dando a volta na bancada para ficar ao meu lado. — E daí que ela queimou uma panela de brigadeiro? Essas coisas acontecem. Pega leve. Isso aqui é só um clube. A gente não é profissional.

O rosto de Pedro fica tão vermelho que sei que Victor tocou em um ponto sensível.

— Então isso aqui é só diversão e brincadeira? — Pedro rosna. — Isso não é só um clube onde qualquer um pode vir matar tempo depois da aula. As organizações com que o clube trabalha dependem da gente e merecem respeito. Não vou deixar qualquer pessoa entrar aqui e preparar comida menos do que perfeita. — Ele olha para mim de cara feia. — Esse clube significa muito pra mim. Por favor, não mete os problemas das nossas famílias nisso, se é o que tu tava fazendo. A comida que tu viu nas caixas e o brigadeiro que tu queimou são doados pra ONGs da comunidade. Tem muita família que depende dessas refeições. Então seja lá qual for o problema que tu tem comigo, com a minha família ou com a Açúcar, eu imploro, Larissa, só não inventa nada pra estragar o trabalho que a gente faz aqui.

Pedro acha mesmo que sou alguém tão *horrível* assim? Sinto as lágrimas pinicando a parte de trás dos meus olhos.

— Eu não faria uma coisa dessa. Mas é claro que tu prefere pensar o pior de mim!

Viro o rosto e fujo antes que ele me veja chorando.

17

2 DE MAIO, SEGUNDA-FEIRA

Minha mão está doendo e ainda estou tremendo de raiva, mas a fisgada das acusações de Pedro é muito pior. Ele sempre tira conclusões precipitadas sobre mim. Geralmente não dou bola para o que ele pensa, mas dessa vez ele foi bem no meu ponto fraco. Eu *jamais* prejudicaria minha comunidade só por vingança.

Viro à esquerda na farmácia de esquina e começo a subir a ladeira, indo para casa, até que vejo mainha e Dona Eulalia gritando uma com a outra no meio da rua. Paro onde estou, sentindo o coração na garganta.

— Tu é gente ruim! — esbraveja Dona Eulalia, o dedo apontado na cara da minha mãe. — É isso que tu é! *Alma sebosa!*

— Some da minha frente — mainha grita de volta. — Tu que é a única alma sebosa desse bairro.

Temo que a discussão possa partir para um confronto físico. Apesar das pernas bambas, corro para ficar ao lado de mainha.

Quando me vê, fica tão surpresa que é como se tivesse esquecido que passei a tarde na escola. Ela passa o braço em volta dos meus ombros e começa a me conduzir de volta para a Sal, praticamente me arrastando para longe de Dona Eulalia, que continua gritando atrás de nós.

Mainha fecha a porta da Sal às pressas, e, por um segundo, tenho medo de que Dona Eulalia possa tentar forçar a entrada, mas, depois de bater uma vez na porta com a mão aberta, ela se vira, voltando para a Açúcar.

— Isso ainda é por causa do bolo de casamento? — pergunto, meu coração martelando no peito.

Mainha está sentada no balcão, massageando as têmporas. Seu coque alto está se desfazendo, com mechas caindo nas laterais do rosto.

— Eulalia tá só dando pití porque ouviu dizer que eu me encontrei com a cliente que ela roubou da gente. Dona Fernanda, lembra? Era a filha dela que tava se casando.

Eu arquejo.

— E a senhora fez isso? Por quê?

— Pra explicar as mentiras que Eulalia andou espalhando por aí. — Devo estar parecendo tão preocupada quanto me sinto, porque mainha faz uma careta como se eu a estivesse repreendendo. — Tive que fazer isso. Tu sabe como essas mentiras prejudicaram os últimos dias da tua vó.

Sinto um nó na garganta.

— E o que ela disse?

— Dona Fernanda me deu chance de explicar as coisas — responde mainha, amarrando na cintura aquele avental com estampa de girassol que ela mesma costurou. — E não foi só isso, ela também disse que a filha quer fazer uma festa de aniversário mês que vem. Elas tão pensando em contratar a gente.

— *Sério?*

— Parece que sim. Elas tinham contratado a Açúcar, mas falei que a gente também está fazendo doces por encomenda — diz mainha, parecendo satisfeita consigo mesma. — Enfim os refrescos.

Desfaço o sorriso.

Pedro e eu já discutimos por causa daquelas empadinhas que a Açúcar preparou depois de terem roubado nosso último bufê. E agora somos nós que vamos roubar o trabalho e cozinhar as receitas *deles*?

SAL E AÇÚCAR

Acho que não devíamos fazer isso.

Além do mais, não faz o perfil de mainha. Ela não é vingativa. Por que enfrentar os Molina do mesmo jeito que eles nos enfrentaram?

— Dona Fernanda vai mandar alguém vir aqui inspecionar a cozinha pra deixar a filha tranquila — explica mainha, os olhos brilhando pela primeira vez em meses. — Mas deu pra ver que ela acreditou em mim quando expliquei que era só Eulalia sabotando a padaria. Filha, vamos voltar a trabalhar com bufê! É melhor começar logo a preparar as provas de brigadeiro e beijinho!

Mainha corre para a cozinha, ansiosa para pôr a mão na massa ainda que uns minutos antes Dona Eulalia a estivesse xingando. Essa explosão de energia é ótima, uma espécie de esperança recém-descoberta, mas me preocupo com as consequências. Levando em conta a reação de Dona Eulalia à notícia, eles não vão aceitar perder a cliente pra Sal.

Sigo mainha até a cozinha.

— A gente não pode encontrar outro bufê? Isso só vai piorar as coisas com os Molina.

— Não deixa eles te botarem medo não. Tá na hora dos Molina provarem do próprio veneno. Foram *eles* que começaram o boato. Lembra como sua vó ficou magoada? Não sou injusta. Não quero roubar o emprego de ninguém, mas tenho que limpar a reputação da sua vó. *Da Sal.* E, se a cliente quiser me dar mais uma chance, não sou eu quem vai recusar.

Ela já está decidida.

Vai ser o primeiro serviço de bufê da Sal sem voinha. Mais uma razão pela qual eu desesperadamente preciso aprender a cozinhar. Não é justo que mainha carregue essa responsabilidade enorme sozinha.

— Eu ajudo a senhora no que precisar — ofereço.

Ela hesita, colocando a cabeça para fora da despensa a fim de me olhar.

— Como foi a tua aula de revisão hoje? Vai ser semanal?

Não conversamos sobre nossa última briga ou pedimos desculpas uma à outra. Tudo que a gente fez foi empurrar as coisas para debaixo do tapete; por isso, em vez de contar a verdade — que estou aprendendo a cozinhar para poder ajudá-la —, disse a ela que estou tendo aulas de revisão. Assim não vamos ter outra briga daquelas.

— Foi tudo bem. Vai ser semanal sim — respondo.

Ela sorri, e é o primeiro sorriso genuíno que vejo em minha mãe há um bom tempo. Sorrio de volta, sentindo aquele nó dolorido crescer na garganta. Mainha volta a vasculhar a despensa.

Sem voinha para fazer o meio de campo, mentir acabou virando a única ponte entre nós duas.

18

3 DE MAIO, TERÇA-FEIRA

No dia seguinte, me sento na Sal para fazer o dever de casa depois do jantar.

Alguns clientes também estão no balcão, mergulhando distraidamente beijus de tapioca no café enquanto assistem ao noticiário na tevê que fica na parede. O âncora comenta sobre mais chuva e estradas alagadas. A época de chuva está começando cedo esse ano, ele diz, com precipitações recordes provocando deslizamentos de terra.

Mainha me flagra olhando a tela.

— Presta atenção na tua tarefa — ela diz, espiando por cima do meu ombro o relatório de química que acabei de terminar. Ela balança a cabeça. — Ia ser bem mais fácil se tu tivesse um computador, né? Isso tá muito desorganizado. Tu devia grampear essas anotações.

Dou de ombros.

— Pra mim tá bom.

— Não. Vai grampear essas folhas. Tua vó tinha um grampeador no escritório.

Ela espera até que eu me levante e dê a volta no balcão, arrastando os pés até o antigo escritório de voinha.

— Mainha? — chamo, vasculhando as coisas na mesa. — Onde é que tá?

— Na escrivaninha! — minha mãe responde lá da padaria.

O tampo está repleto de livros de receitas. Não vejo nenhum grampeador. Mas não quero abusar e dizer a mainha que não consigo achar, senão ela vai simplesmente entrar aqui e encontrá-lo de primeira, usando sua magia de mãe. Eu só arrumaria mais problema.

Desabo na cadeira do escritório. Tem um perfume sutil no ar, algo como frutas cítricas, rosas e... tomate. Sorrio para mim mesma, lembrando como voinha às vezes cheirava a molho de tomate depois de um longo dia na cozinha.

— Já achou? — mainha grita lá de fora, e levo um susto.

— Ainda tô olhando!

Na pressa, abro uma gaveta, e uma montanha de contas salta de lá como se fosse um sapo. Quando me estico para pegá-las do chão, percebo que uma delas é um aviso de corte. A companhia elétrica está ameaçando cortar nossa energia se a gente não pagar até o final de junho.

— O grampeador tá no... — mainha começa, a voz soando muito mais próxima do que antes.

Não dá tempo de esconder as contas. Mainha se aproxima de mim e calmamente reúne tudo, depois enfia os papéis de volta na gaveta.

— Mainha, tá tudo bem? Essas contas... Tem um aviso de corte.

Ela não olha nos meus olhos.

— Não é nada. São só contas.

— Eu sei, mas são muitas.

— É normal ter dívidas quando se administra uma padaria.

— Eu sei.

Mainha olha para mim, e dá pra ver que está com a mandíbula tensa.

— Então não tem nada pra tu se preocupar.

Mas é bem naquele momento que eu vejo.

Aquele cartão de visita do Pague Pouco. Tento pegá-lo, mas mainha o agarra antes de mim e o enfia no bolso, fingindo não ser nada de mais.

SAL E AÇÚCAR

— Por que a senhora guardou isso? — pergunto. — A gente não tá pensando em vender a Sal, né?

— É só um cartão de visita — ela diz, mas não esqueço que mainha não respondeu minha pergunta. Ela tira o grampeador de um armário e o coloca na minha mão. — Agora para de enrolar e vai terminar tua lição.

Mainha está dando tão duro para manter a cozinha da Sal impecável até a inspeção de Dona Fernanda e trabalhando tanto nas amostras de bolos e doces que eu me pergunto se conseguir aquele serviço é mais importante do que parece.

Por qual outro motivo ela pisaria nos calos da Açúcar para poder ficar com o bufê?

Não é só uma questão de limpar o nome da Sal... certo? Se além disso essa também fosse nossa única chance de pagar as contas, mainha faria qualquer coisa para salvar a padaria. E o que acontece se a gente não pegar o serviço? Se não pudermos honrar as contas?

É só um cartão de visita, ela disse.

E quero acreditar nisso, mas não consigo deixar de sentir que o Pague Pouco está bem no nosso cangote, pronto para atacar assim que estivermos encurraladas.

19

5 DE MAIO, QUINTA-FEIRA

Nós nos reunimos no clube para uma reunião de emergência.

Pedro foi um babaca da última vez que estive aqui, mas, não importa por quanto tempo eu o encare, ele nunca vai se desculpar por ter me tratado daquele jeito. Ainda mais agora que mainha está tentando conseguir aquele bufê de aniversário que a Açúcar já tinha reservado.

— Polvilho azedo, parmesão, água, óleo vegetal, leite, ovo... e sal, claro — ele lê em voz alta os ingredientes que vamos usar hoje. — Vamos fazer pão de queijo e salada de fruta agora à tarde.

Pão de queijo sempre foi um dos grandes sucessos da Sal, combinando muito bem com café quente achocolatado. Quando eu era criança, ficava na cozinha observando enquanto voinha enrolava a massa em pequenas esferas com as mãos. Quando entravam no forno, enchiam a padaria inteira com um aroma forte de queijo que atraía clientes desde o Alto da Sé.

É estranho ouvir Pedro lendo aqueles ingredientes. Eu me pergunto se ele escolheu a receita para me provocar, já que a Açúcar não vende pão de queijo. No nosso bairro, é uma iguaria exclusiva da Sal. Mas ele é bom em esconder suas verdadeiras intenções, porque lê a receita como se fosse qualquer outra.

SAL E AÇÚCAR

— Por que a gente não pode fazer isso na segunda? — sussurro para Victor.

Ele se inclina para responder.

— Alguém entrou em contato com Pedro de última hora pedindo pra ele ajudar no evento dessa tarde. Então estamos preparando essas coisas pra mandar.

— Chega de conversa e mãos à obra. — Pedro olha para a gente como se PC e Cintia não estivessem logo atrás, conversando sobre o futuro de *Star Wars*. — Quero ver todo mundo trabalhando. Vou ficar responsável pelo estoque, porque o fornecedor de verduras só vai chegar mais tarde hoje.

Logo depois desaparece na despensa.

— Boa sorte — Victor sussurra para mim antes de se juntar a Cintia em um lado da bancada para começar a preparar as combinações de frutas. Olho para eles com uma pontinha de inveja. Cortar frutas em cubinhos parece bem mais fácil que assar pão de queijo...

PC me puxa pela manga até que eu me junte a ele no fogão.

— A gente tava com pressa na última segunda — ele diz, colocando uma panela enorme na minha frente. — Mas hoje vou te treinar pessoalmente. Considere uma grande honra.

— Desculpa pela bagunça... *de novo*. — Ainda estou envergonhada pelo desastre com o brigadeiro.

PC faz um gesto com a mão, como se indicasse que ficou tudo para trás.

— Acontece.

— Ele vai me humilhar toda vez que acontecer? — Indico a despensa com o queixo.

PC dá risada.

— *Vai*. Mas não leva pro lado pessoal. Ele só tá tentando se certificar de que a gente esteja seguro na cozinha. A diretora Oliveira bota muita responsabilidade em cima dele por ser o presidente do clube e um padeiro profissional, sabe? É só por isso que a gente pode trabalhar sem ter um professor aqui supervisionando. — Ele murmura em seguida: — E graças a Deus!

Eu não tinha pensado por aquele ângulo. Por mais que Pedro me encha o saco, tenho que confessar que faz sentido ele pegar pesado com a gente para seguir as normas de segurança.

— Agora, esquece a segunda-feira. Hoje é um novo dia! — fala PC, colocando música para tocar no celular. Os primeiros acordes de *Anunciação*, de Alceu Valença, enchem a cozinha, uma canção que voinha gostava de cantar em voz alta sempre que ouvia. A letra carrega tanta esperança e promessa que acaba ajudando a dar o ritmo de uma tarde assando pães.

PC me entrega a receita que Pedro deixou na bancada.

— Tu vai se sentir em casa mais cedo do que imagina. Pode confiar — ele diz. — Dá pra tu ir pegando uma garrafa de óleo? Vou buscar as caixas de leite na cantina pra mais tarde.

— Onde fica o óleo?

PC me dá uma piscadinha brincalhona.

— Na despensa.

A despensa? Mas é lá que Pedro está.

E, antes que eu possa começar a implorar para que troque de tarefa comigo, PC vai embora.

Respiro fundo. É só ignorar Pedro. Se ele disser qualquer coisa, eu ignoro, ignoro e ignoro de novo. Esse é o mantra de hoje.

Entro na ponta dos pés no cômodo estreito nos fundos da cozinha, cheia de comida enlatada, embalagens, sacos de farinha e grãos. Pedro está bem lá atrás, uma silhueta alta na penumbra, iluminado apenas pela luz que vem da cozinha. Está ocupado, estreitando os olhos para as prateleiras e fazendo anotações em um caderno, então talvez nem perceba minha presença aqui.

Sinto meu estômago embrulhar.

SAL E AÇÚCAR

Quando alcanço o interruptor, a luminária no teto não acende.

— A lâmpada tá queimada — Pedro explica em um tom monótono, mas, assim que ergue os olhos do caderno e percebe que sou eu, se vira depressa, agachando para iniciar o inventário da prateleira de baixo.

Tento encontrar a garrafa de óleo na penumbra, mas não sei onde ficam as coisas. Estou demorando muito e acidentalmente derrubando produtos da prateleira enquanto tateio.

— Do que tu precisa? — ele pergunta, um tanto irritado.

— Óleo vegetal.

Relutante, ele aponta com a caneta para um ponto por cima do ombro. *Ótimo*.

Adentro ainda mais a despensa para pegar a garrafa de óleo. Estou andando com todo o cuidado do mundo ao redor dele quando Pedro diz:

— Tua mãe tá disposta a qualquer coisa pra destruir o sustento da minha família, né?

Trinco os dentes

— O que foi que tu falou sobre a minha mãe?

Pedro se levanta, se recostando na prateleira para criar mais distância entre nós.

— Tua mãe mal pode esperar pra ver a Açúcar afundando. E isso depois de se gabar pra todo mundo que a Sal tava liderando o boicote contra o Pague Pouco pra proteger os negócios familiares. Dá pra ser mais hipócrita que isso?

Estou tremendo.

— Como que tu tem a *coragem* de...?

A expressão de Pedro, com as feições sombreadas, é dura e fria como pedra.

— Quase não acreditei quando ouvi o mexerico de que Dona Alice tava fazendo bolos de aniversário pra mostrar à cliente, mas aí lembrei de tu dizendo que a Sal devia mesmo começar a pensar em fazer bolos. Achava que era só provocação, mas era uma ameaça mesmo, né? Eu tenho cara de idiota? Ainda mais depois de tu ter me dado um sermão sobre aquelas empadinhas que fizemos na Açúcar?

Mas não foi uma ameaça. Tudo o que minha família sempre fez foi nos defender da ganância e da traição dos Molina. Claro, não concordo com o jeito que mainha anda fazendo as coisas agora. Mas não posso contar isso para Pedro.

— Foi a *sua* família que roubou a cliente da Sal primeiro — respondo para ele.

Odeio o fato de que minha voz está trêmula.

Odeio sentir que estou prestes a chorar e que Pedro provavelmente está percebendo isso.

Viro as costas para ir embora, mas então tomo fôlego novamente e dou meia-volta outra vez.

— Só pra constar, minha família apoia, sim, os pequenos negócios familiares! Somos corajosos por estar enfrentando os lobos! Tu pode dizer o mesmo sobre a tua família? Vocês nem assinaram o boicote!

— Não assinamos a lista — explica Pedro, a voz ainda calma e firme — porque ela nunca nem chegou na Açúcar. Mas isso não significa que a gente também não esteja boicotando o Pague Pouco.

Estou pronta para continuar discutindo, mas as palavras de Pedro me pegam de surpresa.

— E vocês estão?

— É claro!

Nos encaramos. Um silêncio constrangedor recai, e sinto uma sensação esquisita no peito. Tipo, por que mesmo ainda estamos brigando nessa despensa?

— Não preciso ficar me explicando ou dando satisfação da minha família pra ti — fala Pedro, quebrando o silêncio. Seus olhos correm até os vidros de ketchup que derrubei enquanto procurava o óleo. — E se tu vai trabalhar na *minha* cozinha, é melhor começar a decorar onde ficam as coisas.

SAL E AÇÚCAR

Seu tom condescendente me irrita.

— Sabe de uma coisa? Não acredito que vocês estejam mesmo boicotando o Pague Pouco. Não parecem estar sofrendo feito o resto de nós. Sua bisavó deve mesmo ter recebido um dinheirão por trair a minha bisa todas essas décadas atrás. Ou, melhor, talvez vocês estejam de conchavo com o Pague Pouco! Só Deus sabe do que a tua família é capaz. Mas deve querer dizer alguma coisa vocês ainda terem tantos funcionários enquanto todo mundo não para de fechar as portas aqui na rua!

Pedro abre a boca como se estivesse tentando achar as melhores palavras.

— *Quê?!* — é tudo que ele consegue dizer.

— O negócio da minha família tá mal das pernas — eu falo. — *A gente* não anda tendo cliente o suficiente. *A gente* não tem um monte de padeiros à disposição. As contas só estão acumulando. E a gente não pode nem pagar pra alugar uma van de bufê, mas tua família tava lá se amostrando na noite em que voinha morreu! Eu *nunca* que vou perdoar vocês por isso!

Viro as costas para sair da despensa, mas acabo tropeçando em uma saca no chão e caio por cima dela. A saca se rasga toda, fazendo subir uma nuvem de farinha de trigo por cima de mim.

Pedro tem uma crise de tosse por causa de todo aquele pó no ar.

— Como é que... *cof-cof...* tu consegue ser sempre... *cof-cof...* tão desastrada?!

Minha garganta está em carne viva, meus olhos estão lacrimejando e continuo tossindo como se meu corpo estivesse se esforçando para expelir um pulmão. Tento me levantar e, assim que a nuvem de farinha se dissipa, abro os olhos. Estou novamente de pé. Pedro está bem na minha frente. E percebo que está segurando minha mão.

Ele baixa os olhos para nossas mãos, leva um susto e imediatamente me solta.

Fiquei encarando Pedro por um segundo a mais que o necessário, e agora meu rosto arde como se eu tivesse passado o dia na praia.

Saio correndo da despensa, feliz pelo cômodo estar escuro o bastante para que ele não consiga enxergar meu rosto vermelho. Meu coração bate rápido de tanta vergonha. Esse contato repentino entre nós foi... estranho. Fico esperando algo cosmicamente ruim acontecer, tipo um meteoro vermelho cruzando o céu.

— Que diabos aconteceu? — PC pergunta, percebendo a farinha no meu cabelo. — E cadê o óleo?

A música tocando no celular estava tão alta que acho que ele não ouviu Pedro discutindo comigo na despensa.

Dou uma batidinha na testa.

— Droga! Esqueci!

PC me lança um olhar curioso.

— Não precisa explicar — ele diz, indo ele mesmo até a despensa. Ele volta de lá com uma garrafa de óleo na mão. — Bora voltar ao trabalho.

Ainda um pouco atordoada, ajudo PC a despejar o óleo na panela cheia de água, depois esperamos começar a ferver.

— Novata, tu tá me ouvindo? — PC pergunta, e, pelo tom dele, parece que está tentando chamar minha atenção já faz algum tempo.

— Ah, desculpa, o que foi que tu disse?

Ele arqueia uma sobrancelha.

— Perguntei se tu queria ficar responsável por mexer.

— Responsável pelo quê?

— *Mexer* — PC repete, parecendo estar se divertindo. Ele inclina a cabeça de lado. — Ah, qual é. Aconteceu alguma coisa. Tu tá toda coberta de farinha. Igualzinho ao chef quando fui buscar o óleo. Tô morto de curiosidade!

— Não aconteceu nada — respondo, e acabo aumentando um pouco a voz por causa do nervoso. — A gente só... discutiu um pouco. E, por favor, sei que tu tá do lado dele, mas será que a gente podia, sabe, focar em cozinhar?

— Claro — ele diz, parecendo aquele meme do *Senhor dos Anéis* em que o Frodo fala "Tudo bem, então, guarde seus segredos". — Desculpa, tô só te provocando. E ele é meu amigo, sim, mas não tô do lado dele. Quer dizer, tô do seu lado também.

Eu pisco.

— Tá?

— Mulher, e eu não implorei de joelhos pra tu se juntar ao clube? — PC gesticula para a panela. — Agora, tu quer ou não ficar responsável por mexer? Acho que a gente já pode começar a botar o polvilho azedo.

Dou um passo atrás por instinto, o medo tomando conta de mim. Eu já caí num saco de farinha e Pedro e eu já demos as mãos. Eis aí a minha maldição na cozinha.

— Tô vendo o que tu tá fazendo — fala Cintia para PC, juntando-se a nós no fogão. — Para de tentar empurrar o trabalho todo pra menina.

— Licença? Eu tô *treinando* ela. — PC cutuca meu braço. — Pode colocar o polvilho azedo.

Mas ainda estou imóvel. Tudo que eu preciso fazer é misturar, mas de repente parece uma coisa de outro mundo. Além do mais, e se essa história de que preciso de aulas de culinária se espalhar pela escola? O que as pessoas diriam da Sal caso ouvissem que não sei cozinhar?!

Preciso começar a agir como uma profissional, e rápido.

— Não preciso de treinamento — falo depressa. — Sei cozinhar. Sou da Sal, lembra?

— Eu nunca disse que... — PC parece confuso com o tom ofendido em minha voz. Quando percebo, me repreendo mentalmente por isso. — Certo. Se tu tá chateada porque discutiu com Pedro, faz uma pausa. Mas tu vai ajudar com a massa mais tarde!

— É isso mesmo. — Ainda estou soando muito defensiva. — Preciso parar uns minutinhos. Eu ajudo depois. — Olho para a receita. — E b-bota tu o polvilho azedo.

Victor se vira na bancada onde está embalando a última tigela de frutas e me entrega o saco de polvilho. Ainda em pânico, o entrego para Cintia como se estivesse com uma batata quente nas mãos.

PC e Cintia trocam olhares antes de ele pegar uma tigela e jogar polvilho azedo dentro. Em seguida, despeja sobre o polvilho a água fervente e o óleo.

Cintia mexe a mistura na tigela até engrossar e formar uma massa grumosa. Quando começa a ficar difícil de mexer a colher, adiciona leite. PC estende a mão por cima do ombro da colega e acrescenta uma pitada de sal. Eles formam uma equipe e tanto.

— Algum de vocês já tinha feito pão de queijo antes? — pergunto.

— Só aqueles que já vêm pré-assados — admite Victor, aproximando-se de nós.

— Não conta isso pro chef — pede PC, fingindo uma careta de pânico para Victor. Depois acena com a cabeça para mim. — E, sim, eu já tinha feito. Minha vó amava, mas ela preferia usar queijo minas em vez de parmesão.

Preferia. No passado. Acho que, assim como eu, a influência culinária de PC veio da avó. Ele sorri para mim, uma saudade agridoce tingindo de leve suas feições. Sei exatamente como ele se sente.

— Já fiz receitas parecidas — comenta Cintia —, mas prefiro pão de queijo com cheddar.

PC parece horrorizado outra vez.

— *Cheddar?!* — ele grita. — Não reconheço pão de queijo se não for feito com minas ou parmesão.

Pedro sai da despensa, e meu coração dispara. Ele não faz contato visual comigo, mas seu cabelo parece mais cinzento que o normal por

SAL E AÇÚCAR

causa da farinha. Enquanto sai da cozinha, murmura que o fornecedor está lá fora e que vai encontrá-lo.

Talvez ele não tenha achado aquele momento na despensa algo tão esquisito quanto eu achei. É como se nada tivesse acontecido. Bom, porque *nada* aconteceu. Ótimo.

Tento relaxar um pouco.

— Acho que já esfriou o suficiente — sugere Victor, e Cintia toca a mistura. A massa gruda na ponta de seus dedos, e ela começa a sová-la na tigela.

Cintia deve ter muita experiência, porque, depois de um tempo, sem nem precisar conferir a receita ela já sabe que é hora de adicionar um ovo na massa. Após sovar mais um pouco, ela acrescenta o queijo parmesão ralado.

Em seguida, estica os braços, e, como se estivessem conversando por telepatia, PC derrama um fiozinho de óleo em suas mãos. É fascinante observá-la esfregando as mãos, pegando a massa da tigela e despejando-a na bancada.

Victor se inclina e sussurra para mim:

— A massa ainda não tá pronta, ainda está pegajosa demais. Por isso que ela vai usar o óleo pra poder continuar sovando.

— Eu sei — minto, e ele sorri para mim com um aceno de cabeça.

Usando a palma da mão, Cintia segue dobrando a massa sobre si mesma. É mágico vê-la dobrando e desdobrando, assim como os carranqueiros na feira trabalhando o barro para transformá-lo em estátuas.

— É tipo arte — comento, e percebo que falei em voz alta quando os três olham para mim. Sinto meu rosto esquentar. — Tipo.. esculpir?

— Verdade! — Victor responde, dando outro sorriso. Por que ele é tão legal comigo? Achei que todos dariam as costas para mim assim que percebessem que sou a arqui-inimiga de Pedro. Mas eles estão se esforçando para que eu me sinta bem-vinda.

— A pausa acabou. Tua vez de sovar, novata — fala PC de repente, me dando um susto.

— Eu?

— É, tu — ele insiste.

Minhas mãos estão tremendo, mas dessa vez eu não me afasto.

— Certo — respondo. — Sovar. Muito... simples. Uma etapa comum na panificação.

— Justamente... — PC alterna o olhar da massa diante de nós para mim. — Vai fundo.

Assumo o lugar de Cintia na bancada, estendendo as mãos para que PC possa untá-las com óleo também.

Tento imitar o que Cintia estava fazendo, enfiando a palma das mãos na massa. Achei que a textura seria mais parecida com massinha de modelar, mas tem uma certa elasticidade, e continuo encontrando grumos de polvilho azedo escondidos lá dentro.

A voz de Pedro e o que eu assumo ser a do fornecedor chegam até a cozinha. Parecem estar discutindo as necessidades do clube para o resto do mês.

— Então a diretora deixa Pedro encomendar o que quiser? — eu pergunto.

— Geralmente sim. Ela estabelece um orçamento e deixa ele comprar as coisas pro clube seguindo o próprio bom senso — explica Cintia. — A diretora confia muito nele. Contanto que a gente não atrapalhe os cozinheiros da cantina e mantenha a cozinha limpa e organizada, a diretora deixa ele no comando.

Lembro de quando escutei a diretora dizendo que planejava escrever uma carta de recomendação para a Sociedade Gastronômica, provavelmente descrevendo o trabalho que Pedro desenvolvia na cozinha da escola.

— Ele vai mesmo tentar entrar na Sociedade Gastronômica? — de repente me vejo perguntando, como se tivesse deixado escapar. Os três me encaram, igualmente surpresos. — Quer dizer, não dou a mínima, eu só... ouvi ele conversando sobre isso com a diretora. — Tento consertar a situação, mas já é tarde demais. PC olha para mim do mesmo jeito de quando saí da despensa.

— E tu tá sabendo disso? — PC questiona em voz baixa, apesar da forma como Cintia olha para ele, silenciosamente pedindo para calar a boca. — O quê? A gente pode falar isso pra ela. Pedro disse que era segredo?

— Acho que ele não ia gostar de ver você compartilhando as coisas pessoais dele com ela — Cintia sussurra em resposta. E acrescenta depressa: — Ou com qualquer outra pessoa. Nada com você, Lari.

Não é da minha conta. Mas, para ser sincera, ando curiosa sobre tudo o que aconteceu entre Pedro e o avô.

— Não vou contar pra ninguém — eu digo.

— Ela não vai contar pra ninguém — PC me apoia, e não espera a aprovação de Cintia para soltar a língua: — Olha, não sei se ele ainda vai tentar entrar. Em abril, Pedro teve uma briga feia em casa quando contou pra família que queria entrar na Sociedade Gastronômica.

— Não entendo. O que tem de tão ruim numa escola de culinária?

— Bom, ele também queria mudar algumas coisas na padaria, e a família não gostou da ideia. Quer dizer, ele querer ir pra SG diz muito sobre o estilo dele na cozinha... a SG é, tipo, *o lugar* pra experimentar e aprender sobre várias culinárias diferentes. Eles são ótimos em recriar pratos antigos. Mas a família de Pedro quer manter a tradição, querem continuar fazendo aquelas receitas passadas de geração em geração. Nunca se ouviu falar de alguém sequer pensando em mudar o cardápio, e foi essa a proposta de Pedro pra família, e por isso... eles se desentenderam.

Acho que Seu Romário é ainda mais difícil de lidar do que eu pensava.

A voz de Pedro chega novamente na cozinha.

— Por favor, não fala nada pra ele — Cintia implora em um sussurro, olhando com nervosismo para a porta. — Ele é muito na dele. Só contou pra gente porque Victor ouviu parte de uma discussão entre ele e o avô. — Ela lança um olhar fulminante para Victor.

— Foi sem querer — diz Victor, erguendo as mãos. — Foi Pedro mesmo quem me pediu pra buscar mais bolo de rolo e outras coisas pro centro cultural naquele dia.

— Ele sumiu por semanas depois disso — Cintia acrescenta, deixando escapar um suspiro pesado.

PC parece preocupado, e tamborila um dedo na bancada.

— A gente não sabia nem se ele ia voltar.

— E vocês sabem pra onde ele foi? — pergunto.

PC nega com a cabeça.

— Nada. Ninguém sabe.

Estou começando a entender por que os Molina andam tão de cara amarrada ultimamente. Aquelas demonstrações públicas de raiva de Dona Eulalia, mais exageradas do que o normal. O jeito com que Seu Romário quase soou arrependido quando nos prestou as condolências. E as aporrinhações súbitas de Pedro na escola.

Quando termino de sovar, PC pega uma assadeira e unta a superfície. Todos untam as mãos com óleo mais uma vez e começam a fazer bolinhas com a massa. Eu os imito. É *muito* trabalhoso — não é de se admirar que mainha viva sempre tão estressada.

Assim que coloco uma bolinha ao lado da de Cintia, Victor a empurra levemente com o dedo para separá-las.

— Tu precisa dar espaço pra elas crescerem — ele explica.

Algo na maneira com que ele diz aquilo me faz sentir um friozinho na barriga. Olho para Victor um tanto surpresa, e ele sorri. Ah, se Victor fosse da minha turma a escola não teria sido tão difícil todos esses anos...

— É igualzinho a juventude hoje em dia — comenta PC, fazendo Cintia soltar um grunhido com a piada. — Que foi? Tu não concorda, não?

Quando terminamos de fazer as bolinhas de pão de queijo, PC me passa a assadeira e eu a coloco no forno. Missão cumprida!

Sinto um nó se formar na garganta: dessa vez, nada saiu voando. Nada derramou. Se não contar o incidente na despensa, tudo correu bem. Não acredito que acabei de colocar algo para assar!

— Ai, meu Deus, tu tá chorando? — diz PC, mas não como se estivesse zombando. Ele vem até mim e passa o braço ao redor dos meus ombros para me abraçar de lado. — Eu também sempre choro quando faço comida boa!

Bem nessa hora Pedro entra na cozinha. Ele hesita por um segundo, parecendo confuso com todos aqueles abraços.

— Tá tudo bem? — ele pergunta, pousando uma prancheta na bancada.

— Sim, chef — os outros respondem em uníssono.

Pedro olha para mim.

— Sim, chef — eu repito, sem entusiasmo.

— Então bora limpar a cozinha enquanto o pão de queijo tá no forno.

Passamos os quarenta minutos seguintes limpando bancadas e varrendo o chão, até que o cronômetro do fogão apita.

— Tá pronto — anuncia PC. — Vai tu, novata. Tira a assadeira do forno.

Minhas pernas bambeiam de leve enquanto vou até o fogão.

— Não esquece as luvas! — Cintia avisa.

— Pode deixar — respondo baixinho.

Coloco as luvas e abro o forno. O calor escapa como se fosse um hálito quente, e me inclino um pouco para trás, enfiando a mão na abertura para alcançar a assadeira de pães de queijo fresquinhos. Eles cresceram bem, estão dourados e cheirosos como queijo parmesão.

Caminho lentamente, um pé depois do outro, para colocar a assadeira sobre a bancada. Sei que devo estar parecendo ridícula, mas não vou arriscar deixar cair. É a primeira fornada de pão que ajudei a fazer.

Assim que coloco a assadeira na bancada, mais lágrimas que insistem em cair enchem meus olhos enquanto observo os pães de queijo rolando. Tento piscar para afastá-las antes que Pedro perceba.

— Não estão umas belezinhas? — comenta Cintia, admirando a assadeira. Quando ela olha para mim e abre um sorriso, covinhas deslumbrantes surgem em suas bochechas.

— Quem preparou esses aqui? — Pedro pergunta, apontando para uma linha de pães de queijo que é menos consistente em tamanho.

— Fui eu — respondo.

Pedro me encara, finalmente fazendo contato visual desde a despensa.

E sinto meu estômago embrulhando, como se ele tivesse acabado de descobrir meu segredo.

— Eu gosto do estilo de Lari — fala Victor, e noto como ele casualmente se coloca entre nós, como se tentasse diminuir a tensão. — Não precisa ser tudo do mesmo tamanho. As pessoas têm apetites diferentes. Às vezes tu só quer um pãozinho de queijo. Outras vezes, tu tá com tanta fome que vai logo num grandão.

Sinto uma onda de alívio.

— Era essa a minha ideia mesmo — minto. — É uma coisa que os alunos do ICA fazem o tempo todo. Sabe, o Instituto de Culinária da América. — Pedro ainda está me lançando um olhar incrédulo. Não sei se Cintia ou PC compraram a história, mas Victor parece estar se divertindo, olhando para mim com ar curioso. Talvez eu tenha exagerado demais na mentira. Mas, diante do pânico que estou sentindo, resolvo ir fundo. — O que, tu não conhece? Tu não é *padeiro*? — eu desafio Pedro.

Ele balança a cabeça.

— Tanto faz.

Victor pega um dos pães de queijo que fiz e, em vez de dar uma mordida na coisinha sem forma, o coloca na minha mão.

— Tu tem que ser a primeira a experimentar a própria criação — ele diz.

SAL E AÇÚCAR

Minhas mãos estão um pouco trêmulas quando apanho o pãozinho. Sinto nos meus dedos o quanto está quente, vejo o vapor subindo.

Com o coração batendo cada vez mais rápido, dou uma mordida.

A crosta é crocante e deliciosamente saborosa, e fico surpreendida com o quanto o miolo é elástico e carregado no queijo. Tem gosto de tardes passadas na Sal. Das palavras reconfortantes de voinha. Sabores antigos que conheço muito bem. Mas quando dou outra mordida, sinto o gosto de algo novo.

Esse pão de queijo disforme que eu mesma enrolei mostra exatamente quem eu sou — o que eu sou: uma padeira iniciante. A novata do clube de culinária com mão boa para o desastre. Mas, acima de tudo, o pãozinho tem gosto de camaradagem culinária.

Quando ergo os olhos, noto que Pedro pegou um dos pães de queijo que enrolei. Ele dá uma mordida e, por um segundo, consigo perceber nele um sorrisinho discreto.

Mas, assim que pesca que o estou encarando, trata logo de devolver o pãozinho para a assadeira.

— Vou entregar na volta pra casa — ele diz, já colocando os pães em caixinhas.

— Tem certeza que não precisa de ajuda? — Cintia pergunta.

— Tenho. Não ajudei vocês a cozinhar hoje, então fico responsável pela entrega.

— Sério mesmo? — PC insiste.

— Sem problema. Podem ir pra casa.

Os outros se despedem e deixam a cozinha. Pego minha mochila, mas, quando estou prestes a sair, Pedro me impede.

— Preciso falar contigo — ele diz, cruzando os braços.

E, bem assim, a magia de comer o primeiro pão de queijo que ajudei a assar evapora feito fumaça.

20

5 DE MAIO, QUINTA-FEIRA

Pegamos juntos o ônibus para casa.

Não é como se nunca tivesse acontecido de a gente acabar no mesmo ônibus; geralmente acontece quando Pedro deixa a bicicleta dele na Açúcar. Mas nunca nos sentamos lado a lado assim. É estranho. E errado.

Nos primeiros minutos, toda vez que alguém entra no ônibus nos abaixamos por trás do assento à nossa frente, para garantir que nenhum conhecido nos veja juntos.

— Não dava pra gente ter conversado na escola? — sussurro para Pedro, ainda irritada por ele estar me obrigando a fazer isso.

— Tô atrasado pra fazer essa entrega. — As caixas com pão de queijo, salada de frutas e garrafinhas de água mineral estão empilhadas em seu colo. — E a gente tá indo pro mesmo lado, então... Olha só, vou ser bem direto contigo. Não tô gostando de tu na minha cozinha.

Estreito os olhos para ele.

— Como assim?

— Tu sempre faz uma bagunça danada. Não sei como funcionam as coisas na Sal, mas na Açúcar e no clube a gente tem um padrão elevado.

Reviro os olhos.

— Pode guardar essa avaliação de desempenho só pra ti, visse?

Fico de pé para ir me sentar em outro lugar, mas o único assento livre é bem na frente de Pedro. Droga. Acho que é o mais longe que vou conseguir chegar.

— Ainda não terminei, não... — Pedro se inclina para a frente, mas está bloqueado pelas caixas. — Vamos terminar o que a gente começou na despensa.

Me viro para encará-lo, meu rosto quente.

— A gente não começou *nada*.

Ele olha para mim por trás das caixas.

— Tu caluniasse a minha família — ele começa, mas o homem sentado à minha esquerda está começando a olhar para a gente. Não é um vizinho e provavelmente não conhece nossas famílias, mas Pedro me lança um olhar impaciente, como se eu fosse a razão pela qual os passageiros estão tentando escutar nossa conversa.

Com relutância, me sento novamente ao lado dele.

— E nada disso é verdade — ele prossegue em um sussurro irritado. — Aquela van do bufê que tu viu nem era nossa. Foi a cliente quem mandou pra buscar o pedido, e descontou do nosso pagamento. A gente nunca usaria isso pra ofender sua família, por isso eu... — Pedro contrai a mandíbula, como se estivesse tentando se acalmar. Ele solta o ar e tenta de novo: — Eu peço desculpas.

Toda a minha vida acho que Pedro nunca me pediu desculpas!

— Tu... o quê?

— Mesmo que pra tu não pareça, a gente tá sentindo o impacto do Pague Pouco igualzinho o resto do bairro. Alguns dos nossos confeiteiros já até saíram porque conseguiram emprego no supermercado. A gente tá cortando gastos. Tem uns mil vazamentos que a gente não tem como consertar agora, tudo porque estamos seguindo o boicote que a tua família começou. E nem tô reclamando, não — ele acrescenta, erguendo as mãos para mostrar que não está querendo discutir comigo por causa de seu último comentário. — Concordo com o boicote. A gente não pode dar mais negócios pra esse supermercado além dos que eles já têm.

— Por que tu tá me contando isso? — pergunto.

— Pra vocês pararem de tentar roubar nossa clientela. Pra jogar limpo. Já é bem ruim ter que lidar com o Pague Pouco.

Logo vi que um pedido de desculpas de um Molina não viria de graça...

— *Jogar limpo?* Foram vocês que espalharam um monte de mentiras sobre a Sal!

— Quantas vezes vou precisar dizer que a gente não fez isso?

— Fizeram, sim! Quem mais faria?

Pedro se recosta no assento como se tivesse desistido da conversa.

— É impossível falar contigo. — Ele desvia os olhos.

— Pois digo o mesmo.

Passamos o restante da viagem mal-humorados e irritados, em silêncio. Quando finalmente chegamos à nossa parada, salto depressa e sigo no caminho de casa.

Mas é só eu dar alguns passos e já escuto um baque atrás de mim. Espio por cima do ombro: Pedro deixou cair uma caixa e agora está com dificuldade para pegá-la enquanto ainda equilibra as outras, esticando a perna para arrastar a caixa para mais perto dele.

Não me abalo e continuo andando. Se um vizinho nos vir, o que vai pensar? Que assim do nada ficamos amigos? Que temos uma relação amigável?

Outro baque. Sem nem precisar olhar já sei que caiu outra caixa. Pedro xinga.

Não posso ajudar. Não posso. De verdade, eu...

Dou meia-volta, soltando um bufo irritado, todas as minhas células já se arrependendo de ter feito isso.

O cabelo de Pedro está na frente do rosto enquanto ele faz malabarismos com as caixas nos braços, mas consigo ver a surpresa em seus olhos quando pego uma caixa, ponho em cima da outra que ele está segurando e pego a terceira para eu mesma carregar.

— Pra onde a gente vai? — pergunto.

Ele já está na defensiva.

— Não preciso de ajuda.

— E vai correr o risco de derrubar a comida? Eu levo essa e tu fica com as outras. — Eu o encaro. — Pra onde a gente vai?

Pedro pensa um pouco, analisando a situação.

— Pra casa de repouso.

Caminho alguns passos atrás dele, tentando me certificar de que ninguém no bairro perceba que estamos juntos, subindo e descendo as ruas íngremes, passando por casas coloridas com árvores frutíferas nos jardins, os galhos debruçados sobre os muros baixos.

Pedro entra na casa de repouso, onde está sendo organizada uma competição de dominó que vai acontecer à tarde. Os mais idosos circulam pelas mesas, as peças brancas como marfim estalando umas nas outras quando embaralhadas. Um quadro enorme na parede atrás lista os competidores.

Pedro gesticula para que eu deixe a caixa no portão e vá embora.

Mas é tarde demais.

Uma moça na casa dos cinquenta e tantos anos, usando um vestido rosa-choque, caminha em direção a ele. Acho que é prima de Dona Clara — já a vi pela feirinha ajudando-a quando Isabel não está na barraca.

— Desculpa mesmo pelo atraso — Pedro diz a ela, colocando as caixas sobre uma mesa. — Trouxe pão de queijo, frutas e água. Acha que eles vão gostar?

A mulher nem responde, só parte direto para o abraço. Um abraço de verdade.

— Filho, tô tão feliz que tu voltou! Nem acreditei quando tua mãe me contou que tu tinha saído de Olinda! Como tu faz um negócio desse com a gente? Foi embora sem nem se despedir!

— Desculpa — Pedro responde em um tom que sugere que o abraço da mulher está um pouco apertado demais.

— E como tu tá? Fizesse falta por aqui — ela fala.

— Tô bem — Pedro afirma, desviando o olhar.

— Não. Olha pra mim. Como é que tu tá?

— Eu... vou ficar bem — ele diz, dando um sorriso genuíno. A mulher sorri de volta, satisfeita por ter conseguido uma resposta honesta.

E eu estou *embasbacada*.

Nunca vi Pedro Molina demonstrar tanto carinho por ninguém. *Nunca*. Nem mesmo com a própria família. E o jeito como ela olha para ele, o mesmo jeito como voinha olhava para mim... é como se Pedro fosse uma pessoa completamente diferente.

Não o menino de ouro, acima de qualquer defeito, que Dona Eulalia pensa que ele é.

Nem mesmo um Molina.

Ele é só um garoto. Um garoto querido que cozinha para a casa de repouso do bairro.

— E quem é aquela ali? — a moça pergunta, estreitando os olhos em minha direção.

Me agacho atrás do muro antes que ela me reconheça, e vou engatinhando por entre as mesas até chegar à calçada.

Corro pelos becos entre os ateliês, desviando de carrancas enormes, redes e pinturas expostas do lado de fora. Só paro quando percebo que estou atrás de um grupo de turistas esperando para entrar no Museu de Arte Sacra.

Entro e me encosto na parede, sem fôlego. Meu coração bate tão forte que consigo sentir nos ouvidos. E se a moça tiver me reconhecido?

Quando minha respiração finalmente estabiliza, dou meia-volta para sair, bem na hora em que alguém está passando pela porta.

Pedro e eu colidimos dolorosamente.

Seus óculos escuros caem da gola da camiseta enquanto ele tenta se equilibrar. Felizmente, pousam ilesos sobre os paralelepípedos. Estou quase dando um suspiro de alívio quando um turista que não está nem aí para a hora do Brasil pisa bem em cima da armação.

Ouvir o barulho dos óculos quebrando *dói*. Pedro e eu nos encolhemos. Me agacho para pegá-los do chão. Uma das hastes está torta, e as lentes, trincadas. Não consigo deixar de me sentir culpada — se não tivesse tropeçado em Pedro, os óculos estariam intactos agora. Ele põe as mãos no bolso e se aproxima de uma janela grande que dá para a feirinha. Mesmo que esteja tentando agir como se não ligasse, sua expressão está tensa.

Corro até ele, estendendo os óculos.

— Me desculpa, de verdade — falo. — Por favor, deixa que eu pago pra consertar.

— Não tem problema — ele dispara. — Pode jogar fora. Não tô nem aí.

De alguma forma, sinto que aqueles óculos de sol significam alguma coisa para Pedro. Eu os guardo na mochila quando ele não está olhando. Talvez eu consiga dar um jeito de consertar... o que me faz pensar no bolo de casamento que destruí na porta da Açúcar. Não é à toa que ele não me quer no clube.

— Pedro, eu sei que tu me odeia... E eu sei que a gente discorda muito sobre os negócios das nossas famílias. E eu *sei* também que sou desastrada, mas prometo que não vou destruir tua cozinha. Eu vou...
— Respiro fundo. — Eu prometo que vou seguir tuas regras.

Ele me olha de lado, a luz de fim de tarde iluminando a lateral de seu rosto com um brilho dourado enquanto o sol se põe.

— Vai mesmo?

— Sim, chef — respondo, e Pedro faz uma careta como se eu estivesse tirando onda. — É sério. Não tô no clube só porque professora Carla me pediu. Não tô brincando. Não sei se tu sabe, mas também trabalho com uma ONG. Chama Vozes, e eles estão precisando muito de ajuda. Depois de ver o trabalho de vocês na prática, fiquei pensando se o clube de culinária não podia colaborar com o Vozes também.

Explico o problema de Dona Selma com a cozinha, e, para minha surpresa, Pedro escuta. Sem discussão. Sem cara feia. E, pela primeira vez nos dezessete anos que nos conhecemos, temos uma conversa de verdade.

— Vamos cozinhar pro Vozes — ele afirma.

— *Sério?*

— É, ué. — Ele sorri. — Por que não?

Estou tão feliz que me dá até vontade de abraçar ele.

E isso é... esquisito.

Desviamos o olhar, disfarçando o clima.

— E, só pra tu ficar mais tranquila, Dona Yara não tava de óculos — ele fala. — Ela pensou que tinha te visto, mas falei que era só um engano.

— E ela acreditou?

Pedro me lança um olhar compreensivo.

— E por que não ia acreditar? O que é que a gente taria fazendo junto?

— Ah, é.

Pedro se afasta um pouco para me dar espaço na janela.

De onde estamos dá para ver que os trabalhadores da cidade já começaram a montar a grande fogueira de São João na frente da igreja, ainda que as festividades só comecem mesmo no mês que vem.

— Todo ano voinha ficava na expectativa de ver a fogueira — comento.

Ele olha para mim.

— É mesmo?

— Se ela tivesse aqui, ia estar acompanhando a montagem e bebendo um monte de quentão com as amigas. — Dou risada para camuflar a dor que a memória causa. Só de pensar quase dá para sentir o cheiro do vinho aquecido e perfumado com laranja, cravo e canela.

Meus olhos ardem com lágrimas.

Pedro parece querer dizer alguma coisa, mas então uma das lenhas da fogueira despenca, me dando um susto. Instintivamente, seguro o braço dele. Pedro baixa o olhar para minha mão, e eu o solto, meu coração batendo descontrolado no peito.

— Tás bem? — ele pergunta.

Viro de lado para esconder meu rosto vermelho.

— Queres um espetinho? — ofereço, mudando de assunto.

— Tu tá me convidando pra sair? — ele brinca, parecendo tão presunçoso quanto de costume.

— *Não*. É só um agradecimento por ter topado ajudar o Vozes. E... bom, tô me sentindo meio culpada por ter quebrado seus óculos.

Pedro parece ficar um pouquinho sem jeito.

— Não precisa.

— Já provasse o espetinho de Seu Floriano? Faz séculos que não como um.

Pedro parece a um passo de recusar, mas acaba concordando.

— Qual é. Quem recusa espetinho de Seu Floriano?

— Tu espera atrás do museu? Trago um pra ti. A gente não pode correr o risco do povo ver a gente junto.

— De jeito nenhum — ele concorda.

Saio do museu e atravesso a rua em direção à feirinha, mas o vendedor de espetinho não está no lugar de sempre. Até o banner sumiu.

— Cadê Seu Floriano? — pergunto a Isabel, que está sentada lá dentro da barraquinha de Dona Clara, os olhos grudados no celular.

— Foi embora — ela diz.

— Oxe, embora pra onde?

Isabel finalmente ergue o rosto, as argolas balançando nas orelhas. Então desvia o olhar para o Pague Pouco, para aquelas luzes néon tão próximas de nós.

— Foi *embora*, amada.

21

5 DE MAIO, QUINTA-FEIRA

Entro no estacionamento do Pague Pouco como se estivesse pisando em um cemitério de negócios falidos, com todos os sonhos de meus vizinhos soterrados sob o concreto.

— Larissa, espera! — Pedro grita atrás de mim. — Achei que era pra gente se encontrar atrás do museu. Onde é que tu tá indo?!

— Seu Floriano perdeu a barraquinha! — digo para ele, me virando. Minha voz está rouca de raiva. Aponto para o supermercado. — Foram *eles* que fizeram isso!

Pedro olha de mim para as luzes néon na fachada do Pague Pouco.

— Eu não tava sabendo de nada.

Aperto o passo na direção do supermercado. Não dá para ficar parada enquanto eles nos caçam um por um!

Entro no Pague Pouco com Pedro logo atrás de mim.

O lugar é gigantesco, com câmeras em tudo quanto é lado, televisões anunciando ofertas e musiquinhas tocando nos alto-falantes. Os clientes entram e saem dos corredores empurrando carrinhos abarrotados de compras, alheios aos fantasmas ao redor.

Não demora muito até avistarmos Seu Floriano, bem onde Isabel contou que estaria. Ele fica nos fundos, com um avental preso na cintura, ajudando o irmão no açougue. Quando entrei aqui, achei que poderia resgatá-lo, como se ele tivesse sido feito prisioneiro ou coisa do tipo.

Mas não consigo juntar coragem nem para dizer oi. As palavras estão entaladas no meu peito como se fossem lanças.

Assim que Seu Floriano me olha, me viro e passo correndo por Pedro. Ele se apressa para ir atrás de mim.

— Peraí. Tu não vai falar com ele?

— Ele era amigo da minha vó! Foi o maior apoiador no boicote ao Pague Pouco e agora teve que baixar a crista pra eles. — Escuto minha pulsação nos ouvidos. — Queria ajudar Seu Floriano do jeito que voinha teria feito. Mas não consigo... tô com muito medo. O que é que eu vim fazer aqui? Será que a gente vai ser o próximo? Também vão enterrar a Sal e a Açúcar debaixo do concreto?!

Pedro parece atordoado.

— Eu... Quando é que tu começasse a se importar com a Açúcar?

Isso é tudo que ele tem pra dizer? A necessidade de Pedro de me atazanar em todas as situações possíveis não devia me surpreender, mas agora não é hora para isso. Eu devia ter imaginado mesmo. Por que estou contando essas coisas todas para ele? Por que estou me mostrando vulnerável na frente de um Molina?

— Esquece — eu digo, indo em direção à saída.

Tento achar o caminho para ir embora, mas, em vez disso, acabo entrando em uma seção com música sertaneja ecoando dos alto-falantes. Estou presa atrás de um enorme grupo de clientes. "Bem-vindos à Feirinha de Olinda" está escrito em uma faixa pendurada no teto, com duas lanternas de néon em formato de fogueira ao lado das palavras.

Ali, o supermercado se abre para um espaço imenso, organizado para funcionar como uma praça de alimentação, com barraquinhas uma ao lado da outra, criando corredores com cordões de balõezinhos de papel pendurados no alto, acima da cabeça dos clientes, imitando a feirinha do bairro.

SAL E AÇÚCAR

Eles alegam vender comidas típicas — tapioca, acarajé, mungunzá, canjica — por metade do preço que custariam na feirinha de verdade. Além disso, os funcionários por trás das barraquinhas estão fantasiados: as mulheres usam vestido de chita com estampas brilhantes e estão com o rosto cheio de sardinhas falsas, como se trabalhassem na terra. Algumas pessoas estão usando até aqueles chapéus de couro típicos do sertão.

Meu rosto queima de raiva, porque essa feirinha falsa é um deboche com meu bairro. Uma caricatura exagerada da nossa herança nordestina. É por causa disso que ultimamente estamos recebendo tão poucos turistas e clientes novos? Se a coisa continuar assim, como vão ser as festas de junho para o resto de nós?

Acabo acuada contra uma parede abarrotada de cestos cheios de baguetes, pães de leite, croissants, broas e broinhas. Fico observando o fluxo de padeiros indo e vindo da cozinha, carregando bandejas cobertas de bolos doces, bolos salgados, quiches e salgadinhos de festa.

Percebo que é ali que fica a padaria do Pague Pouco.

Alguns dos padeiros atravessam a multidão servindo amostras, que as pessoas devoram, eufóricas.

— Dá pra parar de correr assim? — Escuto a voz de Pedro atrás de mim, soando um pouco irritado. — Esquece esse lugar. Bora pra casa.

— Por que tu ainda tá me seguindo? — disparo.

— Porque você... — Ele faz um gesto impaciente. — Já tá tarde, e a tua mãe vai ficar preocupada.

— Como se tu ligasse.

— Mas *ela* liga. Tu quer ficar de castigo? Como que tu vai ajudar o Vozes se não puder ficar no clube?

Dou um suspiro.

— Tem razão.

Só depois de conseguir me fazer parar é que Pedro finalmente se dá conta do supermercado. Ele olha para cima, um pouco assustado, observando as centenas de pães e bolos ao redor. Alguns são velhos conhecidos na Sal e na Açúcar. O Pague Pouco está tentando imitar na cara dura a maneira como decoramos os embrulhos com fios de palha e flores secas.

— Estão tentando substituir a gente — eu digo, apontando para o bolo de bacia que o Pague Pouco vende em caixas.

Pedro pega uma das embalagens com a ponta dos dedos, como se não quisesse tocá-la de verdade.

— Não é à toa que ninguém comprou os bolos que voinho fez semana passada. Olha como o preço disso aqui é barato.

— Gostaria de experimentar nosso bolo de milho? — uma padeira nos oferece.

Olho para as amostras arredondadas na bandeja.

— Não, obrigado — diz Pedro.

— Eu quero um — respondo.

— Que tu tá fazendo? — ele sussurra para mim.

— Vou provar que isso aqui não chega aos pés dos bolos de milho que a gente vende lá na Sal. — Dou uma piscadinha para Pedro, e ele me observa dar uma mordida como se eu estivesse segurando uma bomba-relógio em vez de um bolo.

Estou determinada a odiar essa amostra grátis.

O bolo de milho não tem aquele toque mágico que as mãos de fada de voinha e mainha dão aos pratos que elas preparam. Não tem o gosto salgado do queijo parmesão que elas adicionam à receita da família. Mas, sendo bem honesta, o bolo de milho do Pague Pouco é... bom.

E estou desolada.

Queria que as coisas que eles preparam aqui tivessem um gosto horrível e que me fizessem ver que não tem como competir com a Sal. Mas, pelo preço, o bolo de milho não é ruim.

Os clientes parecem felizes. Por que não estariam? Muitas dessas famílias não recebem um salário tão bom. São *mesmo* boas ofertas. Neste mês, vão poder colocar comida na mesa com fartura.

A televisão na parede dos fundos dá início a uma série de anúncios. Em um deles, se lê: *a Padaria Pague Pouco agora oferece serviços de bufê*.

Minha visão fica embaçada de lágrimas.

— Nunca pensei que fosse dizer uma coisa dessa... mas... pela primeira vez, não queria que voinha estivesse aqui. Ver que seu maior pesadelo virou realidade ia partir o coração dela.

Pedro parece dividido, como se quisesse dizer alguma coisa, mas as palavras não saíssem. É então que, de repente, seus olhos focam em algo além do meu ombro. Ele fica pálido.

Viro de costas para seguir seu olhar e avisto Seu Romário Molina do outro lado da padaria.

— O que voinho tá fazendo aqui? — Pedro me lança um olhar preocupado antes de correr até o avô.

Seu Romário parece tão concentrado na conversa com os padeiros por trás do balcão que mal percebe Pedro se aproximando. Um dos funcionários oferece uma amostra, e vejo Seu Romário pegar a fatia de bolo de rolo e arremessá-la longe.

Toda a equipe de padeiros do Pague Pouco, além dos clientes, prendem a respiração.

— Não quero esse teu bolo de rolo! — Seu Romário berra enquanto Pedro tenta segurá-lo por trás. — Não tenho medo de vocês, seus sanguessugas! Não tão ouvindo? NÃO. VENDO. A. AÇÚCAR!

Seu Romário parece um bicho encurralado atacando para se defender. Me pergunto se mainha também se sente assim.

Pedro puxa o avô para longe do balcão enquanto os padeiros assustados chamam a segurança. No meio da confusão, Pedro olha para mim. Só por um instante. Mas consigo sentir que esse é o mais próximo que chegaremos de um dia compreender um ao outro.

Vejo isso nos olhos de Pedro.

Estamos ambos enfrentando algo muito maior do que a rixa entre nossas famílias.

22

7 DE MAIO, SÁBADO

Sábado de manhã, chego em casa depois do Vozes e encontro mainha e dona Eulalia em mais um bate-boca no meio da rua.

Dessa vez, um pequeno grupo de vizinhos se juntou para assistir.

— Mas não tem nem perigo da gente trabalhar juntas! — Dona Eulalia grita para mainha. — Prefiro vender pro Pague Pouco do que trabalhar com uma Ramires!

As palavras são tão grosseiras que meu corpo inteiro congela. *Ela prefere vender a Açúcar do que... o quê?!* Eu devia fazer alguma coisa, mas sinto como se estivesse suspensa em pleno ar, a respiração presa na garganta. Até Pedro, que vinha correndo da Açúcar, para de andar assim que escuta as palavras da mãe. O choque em seu rosto é parecido com a maneira como me sinto.

Não tive a chance de conversar com ele sobre o que aconteceu no Pague Pouco. Ontem, ficou cercado de gente na escola, quase como se estivesse usando os amigos como um escudo para eu não me aproximar. Estava esperando que Pedro deixasse a rixa de lado só por um instante para me ajudar a dar um jeito de salvar nossas padarias, mas agora que nossas mães estão gritando uma com a outra esse plano está indo por água abaixo.

— Então a senhora prefere ser uma traidora do seu próprio bairro, é isso? — mainha grita para Dona Eulalia.

— Não sou nenhuma traidora não! — ela berra, gotas de saliva voando da boca. Pedro corre para o lado da mãe, tentando convencê--la a voltar para dentro, mas Dona Eulalia se afasta dele, apontando o dedo bem no rosto de mainha. — Como que tu pôde fazer isso com a minha família? A traidora é tu! Tu é uma *mentirosa*!

Pedro me olha por trás da mãe, como se implorando para que eu intervenha com a minha também, e saio do torpor para enlaçar o braço de mainha com o meu.

Bem nesse momento um carro passa, ostentando um logotipo enorme com a letra P na lateral.

Mainha e dona Eulalia estão tão ocupadas gritando uma com a outra que não percebem o advogado do Pague Pouco esticando uma câmera para fora da janela do passageiro e fotografando as fachadas dos estabelecimentos. Eu reconheceria aquele sorrisinho assustador dele em qualquer lugar.

Pedro também percebe, e sei que estamos pensando a mesma coisa. Quando se vira para mim, vejo o medo em seus olhos. Ele deve ter noção de que não tem como nossos negócios sobreviverem se nossas mães continuarem nessa briga de gato e rato. Enquanto continuamos nos distraindo com implicâncias bobinhas, o Pague Pouco observa feliz o circo pegar fogo.

O advogado acena para mim com um gesto de cabeça antes de subir o vidro escuro da janela. Fico arrepiada.

— Mainha, por favor! — eu grito, puxando-a pelo braço. — Bora pra casa!

Mainha finalmente cede, e Pedro também dá um jeito de convencer a mãe a voltar para a Açúcar.

De volta à Sal, mainha vai feito uma bala até o escritório, e eu a sigo.

— O que aconteceu? — pergunto, ainda tremendo depois de ter visto o advogado, mas ela me ignora.

Logo depois, se senta à mesa, abre uma gaveta e começa a reunir as contas, verificando uma por uma e circulando os prazos com um marcador vermelho. Me sento na cadeira de frente para ela.

— *Mainha*.

Ela ergue o rosto, segurando com força a borda da conta com o aviso de desligamento de energia.

— Dona Fernanda veio aqui enquanto tu tava na ONG — ela diz, a voz falhando um pouco.

— A cliente de *bufê*?!

— Consegui o serviço.

Mas ela não parece tão alegre quanto deveria. Depois da briga que aconteceu lá fora, sei que tem mais coisa nessa história.

— Então Dona Eulalia foi dispensada...? — pergunto.

— Não. — Mainha respira fundo. — Dona Fernanda quer Eulalia e eu trabalhando juntas.

— *Quê?!* A gente mal consegue trabalhar na mesma rua!

Mainha cerra os punhos e, sem querer, acaba amassando metade do papel da conta.

— Sabe, Lari, se eu pudesse abrir mão desse compromisso agora, eu abria. Mas que escolha eu tenho? — Ela baixa o olhar para o aviso de desligamento. — Preciso honrar esses boletos. E quero que a tua transição pra faculdade seja confortável. — Mainha joga o papel no chão em um rompante de raiva que não combina com ela, respirando. Depois fecha os olhos, como se se arrependesse do gesto. — Desculpa... Desculpa...

Estou sem palavras. Isso não é nada bom. Sei que precisamos do dinheiro, mas esse trabalho pode acabar aumentando ainda mais a rixa entre nossas famílias. Agora não é hora de brigar, não quando o Pague Pouco está mandando carros para fotografar as padarias.

— Quando Dona Fernanda veio inspecionar a Sal, Eulalia encurralou a mulher — mainha explica, como se também estivesse tentando entender como diabos chegamos a esse ponto. — Ela invadiu a Sal e viu as amostras de bolo que fiz pra cliente. Alguém deve ter contado pra ela. — Sinto um aperto no peito, e me pergunto se Pedro contou à mãe sobre a vez em que falei que a Sal também deveria começar a fazer bolos. — Foi um pesadelo, filha. Eulalia fez um escândalo na frente da cliente, começou a falar que a gente tava fazendo as receitas da Açúcar pra roubar o serviço dela, como a bela hipócrita que é. Mas não deixei barato, joguei no ventilador as empadinhas que eles fizeram quando roubaram o bufê do casamento da gente, mas lógico que Eulalia jogou a culpa na cliente, fingindo que não faria nada disso se a própria Dona Fernanda não tivesse encomendado empadinhas da Açúcar... — Mainha balança a cabeça. — Fiquei pra morrer de vergonha. Dona Fernanda ficou sem saber o que fazer, por isso achou melhor que a gente fizesse o bufê juntas pra evitar mais problemas entre as padarias. Ela combinou de pagar mais caro se a gente fizer o planejamento da festa e coordenar o evento em vez de só entregar as coisas separadamente...

— Fazer o planejamento da festa?

Agora estou preocupada *de verdade*. Sei que a Açúcar já fez isso de planejamento de eventos antes — vi os panfletos deles alguns anos atrás, promovendo o serviço —, mas, para mainha, essa será uma experiência completamente nova.

— Eu aprendo. Dona Selma dava muitas festas e já prometeu que vai me dar umas dicas — ela diz, mas devo estar parecendo pouco convencida, porque o queixo de mainha treme um pouco, deixando transparecer a própria ansiedade. — Dona Fernanda podia ter dispensado nós duas na hora, mas não dispensou. Em vez disso, ela me deu uma nova oportunidade. Vou fazer de tudo pra dar tudo certo.

— Mainha... — Meu peito está tão apertado.

Eu tinha que estar pedindo desculpa — talvez Dona Eulalia não tivesse acreditado totalmente nos rumores sobre as amostras de bolo que mainha fez se eu não tivesse dito a Pedro que tínhamos o direito de preparar doces —, mas não tem como fazer isso sem deixar ela saber que briguei com Pedro sobre a cliente.

Mainha não gosta da ideia de nós dois frequentando a mesma escola, por isso escondo o quanto nossas discussões costumam ser complicadas. Não quero deixá-la ainda mais tensa, então, na cabeça dela, a rixa só existe por aqui. Na nossa rua. E, consequentemente, Pedro e eu nos ignoramos na escola.

— Eu *tenho* que aceitar o serviço — ela enfatiza. — A gente precisa dele. Só espero que Gabriel e sua vó me perdoem.

— Mainha, não tem nada pra perdoar. A senhora tá lutando pela gente. Voinha e painho teriam feito o mesmo.

Mainha aperta os lábios finos e me dá um pequeno aceno de cabeça.

— Eulalia vai ter que engolir o orgulho — ela fala. — Não sei como, mas, pelo bem de todos, nós duas vamos ter que fazer isso dar certo.

Ela volta a anotar o vencimento das contas, e sinto uma pontada no estômago ao lembrar das palavras de Dona Eulalia, gritando para quem quisesse ouvir que preferia vender a Açúcar do que trabalhar com minha mãe.

Se ela for mesmo manter a promessa, como é que vamos manter as portas da Sal abertas? Vai ser impossível, ainda mais agora com uma cafeteria nova do Pague Pouco logo ali, do outro lado da rua.

Tem que ter um jeito de tornar as coisas mais amigáveis entre nossas famílias.

E bem assim, do nada, uma solução me vem à cabeça.

É uma ideia que me faz sentir como se estivesse traindo minha família só de ter pensado, mas é interesse nosso — meu e de Pedro — garantir que nossas mães trabalhem juntas. Fazer o papel de amortecedor entre elas.

Mas a questão é: depois de tudo o que aconteceu hoje, será que consigo convencer Pedro a trabalhar *comigo*?

23

9 DE MAIO, SEGUNDA-FEIRA

Assim que Pedro ergue os olhos da panela, consigo ver que ele está a *um fio* de começar uma votação para me expulsar do clube, como forma de se vingar pela confusão com a cliente do *bufê*.

— Posso trocar uma palavra com você lá fora? — pergunto.

Nem espero pela resposta dele e já me viro para sair. Volto para a cantina vazia, andando de um lado para o outro de tanta ansiedade. Quando ele finalmente deixa a cozinha, uma onda de alívio explode dentro de mim. Por um segundo, achei que Pedro fosse simplesmente me ignorar.

— Tô ocupado — ele diz, cruzando os braços.

— Prometo que vai ser rápido. — Decido começar pelo elefante no meio da sala: — A gente ainda não conversou sobre o que aconteceu no Pague Pouco. Seu Romário tá bem?

Ele arqueia as sobrancelhas, surpreso.

— Tu tem mesmo coragem, viu? Tá perguntando se *meu vô* tá bem?

— Tô.

— Não, ele não tá bem — ele responde, soando cada vez mais irritado. — Se tu quer mesmo saber, ele anda doente. Fica o tempo todo preocupado com a Açúcar, e agora que tua mãe roubou um serviço nosso, tu deve imaginar como que tão as coisas lá em casa.

— Minha mãe não... *aff*! — Respiro fundo, tentando me acalmar. — Ela foi até a cliente pra limpar o nome de voinha, e foi aí que Dona Fernanda decidiu dar outra chance pra gente. Também fecharam negócio com a tua família. Teoricamente, é pra gente trabalhar junto.

— Chega, já deu por hoje — solta Pedro, me dando as costas.

— Não tô tentando começar uma briga contigo — me apresso em dizer. — Por favor, só me escuta um segundo!

Ele me encara, uma expressão feroz nos olhos.

— O que é que tu quer? Tá aqui pra pedir desculpa pela tua mãe e dizer que a Sal vai abrir mão da cliente? Porque, se não for isso, então não tenho nada pra ouvir de tu.

Minha garganta fica seca. Mas não cheguei até aqui para amarelar agora.

— Quero que a gente aja como mediadores entre nossas mães.

— É o quê?

— Pra poder garantir que as duas vão conseguir trabalhar em equipe — explico.

Odeio o fato de Pedro já estar rindo. Mas não me deixo abalar:

— O Pague Pouco tá de olho na Sal e na Açúcar. Eu não pediria isso se não fosse urgente, só que, na situação em que a gente tá, precisamos fazer alguma coisa.

Mas minhas palavras só servem para deixar Pedro ainda mais indignado. Ele estreita os olhos para mim, como se não conseguisse acreditar que essa conversa está mesmo acontecendo.

— Não fica achando que sabe o que anda acontecendo na Açúcar — ele diz. — Me faz um favor? Só fala comigo no clube hoje se não tiver outro jeito, beleza?

— Pedro, espera. — Ponho a mão em seu ombro para detê-lo, mas ele se afasta como se eu o tivesse queimado. — Desculpa, eu... A gente também *precisa* desse serviço. Se a gente não conseguir pagar as contas, tenho medo que... Não... Eu tenho... Tenho *certeza* de que o Pague

SAL E AÇÚCAR

Pouco vai colocar a gente contra a parede. Me corrija se eu estiver errada, mas se a sua família também tava contando com esse bufê pra manter o Pague Pouco afastado... Quer dizer... A gente não devia dar o nosso melhor pra que a coisa funcione?

— A Açúcar tava indo bem até tua mãe sabotar a gente — ele reclama.
— Não foi o que tu disse naquele dia.

Pedro franze a testa.

— Tu que entendeu tudo errado.
— Por que tu tá agindo como se nada estivesse acontecendo?
— Porque *não tem* nada acontecendo — ele rebate.

Estou ficando de saco cheio desse toma lá, dá cá.

— Ah, não tem nada acontecendo? — Cruzo os braços. — Então por que teu avô anda todo nervoso por aí, jogando os doces do Pague Pouco pra tudo quanto é lado no mercado? Por que tua mãe tá gritando no meio da rua que prefere vender a Açúcar do que trabalhar com a minha mãe? — Encolho os ombros. Não sei o que mais posso dizer para convencê-lo. Pelo menos ele ainda está parado na minha frente, ainda que não esteja olhando para mim. — Nós dois sabemos o quanto esse serviço é importante. Nossa família depende disso. E agora a cliente falou que vai pagar um valor maior se as nossas mães trabalharem juntas... e eu... admito que eu mesma não concordei com mainha ter decidido fazer docinhos, mas a gente tava desesperada. Pedro, sem esse serviço vamos ficar nós dois à mercê do Pague Pouco. E eles não tem pena de ninguém.

Pedro finalmente vira o rosto para mim e olha bem nos meus olhos.

— Tu *me* ajudaria se fosse eu quem tivesse tido essa ideia?

A pergunta me atinge de rasteira.

— Eu... eu teria que fazer das tripas coração — admito, mas logo acrescento: — Tu tem todo direito de estar com raiva da minha família. Mas tudo que eu sei é que não quero perder minha casa. E não ligo de estar me humilhando agora. Só sei que preciso tomar alguma atitude.

— Não tô tentando te humilhar. — Pedro coça a cabeça em um gesto ansioso, e sua franja vira uma nuvem de cachos bagunçados sobre a testa. — Eu também não... tu sabe... não concordei com a decisão de mainha de fazer empadas pro outro bufê. Eu não tava em casa quando aconteceu. Mas também não culpo mainha por isso. Não anda tendo muita procura de bufê ultimamente, e eles pagam bem, então...

Nem em um milhão de anos imaginei Pedro dizendo isso.

— Acho que a gente tá brigando pelas decisões das nossas mães, mesmo sem concordar com elas — comento. — Não é hora então da gente parar de discutir sobre coisas que *a gente* nem fez?

Pedro assente, desviando os olhos.

— Tá, mas *caso* eu concorde da gente trabalhar junto, o que exatamente tu sugere?

Meu coração se enche de esperança.

— A gente podia funcionar como uma ponte entre as duas padarias. Ajudar nossas mães a enxergar a razão quando as coisas se complicarem. Elas não precisam, é... *saber* que a gente tá fazendo isso. Mas tem muita coisa que dá pra mediar nos bastidores.

Pedro fica em silêncio por um segundo, perdido em pensamentos. Mas depois sorri.

— Não era tu dizendo outro dia desse que preferia morrer antes de me pedir ajuda?

Dou uma risada sem graça.

— Isso, tu tá falando com o fantasma de Larissa Ramires.

Ele parece prestes a rir, mas logo, logo fica sério novamente.

— Tu me promete uma coisa? — ele pergunta.

— O quê?

— Só, por favor, me diz se tu achar que tua mãe tá pensando em vender a padaria pro Pague Pouco. — Devo estar parecendo confusa, porque ele acrescenta: — E eu te prometo o mesmo. Reciprocidade diplomática, certo? Preciso saber das coisas com antecedência. Preciso de tempo pra pensar nos planos B, C ou D se tudo começar a desmoronar.

Penso no cartão de visita do advogado que mainha guardou. Ela está guardando aquilo porque está considerando a venda como uma opção? Não acho que seja o caso, mas e se eu contar para Pedro e ele não segurar a língua e contar para a mãe e o avô? Conhecendo os Molina, eles podem considerar isso como uma prova de que mainha está pensando em vender a Sal. No desespero, podem tentar vender a Açúcar primeiro. E *isso*, sim, seria o último prego no caixão da Sal.

Nunca confie num Molina nem em frigideira de base fina.

Não. Não posso contar para ele sobre o cartão. Não vou trair mainha.

— Eu prometo — respondo, e, apesar de todo o raciocínio lógico que há por trás, a mentira deixa um gosto amargo na minha boca.

— Sei que vou acabar me arrependendo disso — Pedro fala, soltando um longo suspiro —, mas, tudo bem, a gente pode dar uma chance pra esse seu plano.

— *Sério?*

— Por enquanto, sim.

Ele me estende uma mão, e eu o cumprimento antes que ele possa mudar de ideia, meu coração martelando no peito. Nós dois baixamos os olhos para nossas mãos unidas. Para o símbolo de nossa trégua. Para o bem ou para o mal — e eu espero que para o bem —, essa é provavelmente a primeira vez desde a época de bisa Elisa e Dona Elizabete que uma Ramires e um Molina forjam uma aliança *por livre e espontânea vontade*.

Será que Pedro também tem noção do peso desse momento?

13 DE MAIO, SEXTA-FEIRA

Não faço ideia do que Pedro disse para convencer a mãe, mas, no dia seguinte, Dona Eulalia foi até mainha perguntar se poderiam conversar. Mainha ficou um pouco cabreira, mas sugeri que elas se encontrassem na feirinha — um território neutro — para estabelecer os limites (chega de roubar receitas!) e as responsabilidades de cada uma no planejamento da festa enquanto tomavam tigelas de açaí com leite em pó.

Obrigada, Pedro!

E obrigada, açaí, por ser tão delicioso que distrai e pode até dar o tom da conversa entre elas!

Tudo correu bem, ou tão bem quanto possível para quando se está em uma rivalidade de décadas, porque, pelo resto da semana, as duas trabalharam sem brigar. Mainha vai fazer os salgadinhos, além de ficar responsável por encontrar um bom florista e por pesquisar temas para a decoração da festa. Dona Eulalia vai fazer o bolo de aniversário e os doces, além de contratar uma banda para tocar ao vivo e mais garçons.

Estamos finalmente começando a fazer algum progresso. E não só aqui no bairro — na escola as pessoas também começaram a me tratar diferente. Na verdade, uma pessoa em particular.

Pedro deve ter contado para Luana que entrei no clube de culinária, porque ela parou de me aperrear. Até me deixou passar na frente dela na fila da cantina essa semana, e, quando chegou sua vez no caixa e Luana ficou em dúvida sobre que sabor de geladinho ia querer, pediu minha opinião. Quase como se a gente fosse amiga, certo?

Pede aquele que tem sabor de chiclete, eu disse.

Não é como se tivéssemos voltado a fazer maquiagem uma na outra como quando éramos crianças, mas me parece o início de tempos melhores.

Só espero que todo esse progresso positivo não seja passageiro.

24

16 DE MAIO, SEGUNDA-FEIRA

Mais uma segunda-feira no clube.

Quando entro na cozinha, a música de sempre está tocando, embora um pouco mais alta do que Pedro costuma permitir. E, por falar em Pedro, ele está na frente do fogão com PC cozinhando espaguete, embora pareça mais que está se dividindo entre conferir se o macarrão está *al dente* e servir um copo de suco de laranja para PC como se ele fosse seu garçom pessoal.

— Chef, deixa de ser pão duro e enche até a borda — insiste PC, estalando os dedos para Pedro. Ele quer morrer ou o quê?

Mas, para minha surpresa, Pedro dá um suspiro impaciente e obedece.

Tenho certeza de que entrei em uma realidade paralela, onde PC pode mandar e desmandar em Pedro e ainda vive para contar a história, mas então noto o cartaz que Victor e Cintia estão desenrolando para pendurar na parede. Cintia ergue uma ponta enquanto Victor segura a cadeira em que a amiga está e PC grita que o cartaz precisa ficar reto e que os dois poderiam ter gastado um pouco mais para comprar um papel melhor.

Na cartolina, leio um "Não vá embora, PC!", e meu coração aperta.

Fiquei tão distraída a semana toda garantindo que as reuniões entre mainha e dona Eulalia fossem tranquilas que acabei esquecendo que hoje é o último dia de PC no clube... o que quer dizer que eu não trouxe o presente de despedida que ele pediu: uma caixa do famoso pão de queijo da Sal. PC olha por cima do ombro, bebendo preguiçosamente seu suco de laranja, e percebe minha presença imóvel na porta.

— Cadê meu presente? — ele pergunta, um sorriso radiante se espalhando nos lábios.

Pedro também ergue o rosto, aparentemente grato por PC ter a atenção desviada dele.

— Eu sou um fracasso — deixo escapar.

A expressão de PC fica séria.

— Esquecesse?!

Apenas assinto, a cabeça baixa.

— Uau. Meu último dia aqui, e é assim que me tratam? — comenta PC, mais para si mesmo do que para mim, mas ainda me sinto péssima.

— Prometo que vou te compensar por isso! — digo, mas PC ainda está fazendo bico.

— Tu tem é que agradecer por a gente já estar te tratando feito um rei hoje — Pedro murmura para PC, e acho que é a primeira vez que ele me defende em qualquer coisa da escola. Dou um sorriso, o que torna as coisas ainda mais... estranhas. Pedro desvia o olhar, mas consigo ver que suas orelhas ficam um pouco vermelhas.

— Já sei como que tu vai me compensar — diz PC, bem humorado.

— Ah, é?

— Eu tinha que cortar as cebolas, mas odeio como o cheiro de cebola crua entranha debaixo da unha, então tu faz isso no meu lugar — ele diz, mais como uma ordem do que como um pedido.

— Então tu pretende ficar aqui me atazanando e cozinhar zero coisas hoje? — Pedro pergunta.

PC passa o braço por cima do ombro do amigo.

— Exato!

Pedro encolhe os ombros e PC fica puxando a manga da camiseta dele, perguntando um milhão de vezes se Pedro vai sentir muita saudade quando ele for embora, mesmo que em todas as vezes Pedro responda a mesma coisa: "Nem um pouco."

Cintia e Victor terminam de prender o cartaz e se juntam a mim na bancada.

— O que a gente vai fazer hoje? — pergunto para eles.

— A gente tá preparando uns pratos diferentes — fala Cintia, já soando cansada. Ela é da mesma turma de PC, e ele deve estar enchendo o saco dela desde cedo. — Queres ajudar com o feijão?

— Pode deixar... — respondo.

— Não é pra ser uma feijoada completa não — ela logo acrescenta, talvez percebendo meu nervosismo, e me esforço para manter uma expressão neutra, como se eu super já tivesse cozinhado feijão antes e não tivesse nenhum problema em preparar uma feijoada completa.

— Massa, vamos nessa — comento.

Vejo o chapéu de cozinheiro de Pedro sobre a bancada — um presente que PC deu de brincadeira um dia desses e que Pedro se recusou a usar — e o coloco para pelo menos parecer mais com uma cozinheira. Não sei se eles suspeitam de alguma coisa, embora pelo menos Cintia fale comigo como se eu fosse experiente. Mas mesmo assim preciso tomar cuidado. Com ou sem trégua, não posso deixar Pedro sentir o cheiro da minha falta de habilidades culinárias. Seria humilhante demais.

— É só uma coisinha pra gente servir com arroz caso algumas crianças não gostem de espaguete. Victor já fatiou a linguiça toscana, agora eu vou fritar. PC ia cortar as cebolas, mas acho que tu virasse a próxima vítima dele, então será que tu pode ir cortando a cebola em cubinhos agora?

Franzo a testa.

— Pra quem é a comida?

Pedro se vira para mim, notando o chapéu na minha cabeça. Percebo um sorrisinho repuxar o canto de sua boca. Ele deve achar que estou ridícula, mas não me importo.

— A gente vai cozinhar pro Vozes hoje — ele diz. — Se tu achar que tudo bem, é claro.

Meu coração dispara na garganta.

— Tem algum problema? — ele reforça.

— Ah, não, problema nenhum — minto.

Embora isso seja exatamente o que conversei com Pedro quando mencionei o Vozes no início do mês, parece que ainda é cedo demais. *Oficial...* demais. Nunca ajudei no Vozes como cozinheira antes, e só consigo pensar em como minha maldição na cozinha consegue estragar tudo. Vou precisar redobrar os cuidados na tarde de hoje. Não posso decepcionar Dona Selma.

Encaro a caixa de papelão abarrotada de cebolas.

Quando ergo os olhos, vejo Victor me observando. Ele chega mais perto.

— Gostei do chapéu — ele diz.

Faço uma pose para disfarçar um pouco o nervosismo.

— Fiquei bonitinha, é? — faço piada.

— Ficou, sim — ele responde, completamente sério.

E eu só...

O jeito como ele me olha... é como se Victor enxergasse por trás dessa minha máscara. Então como é que ele não me desmascara na frente de todo mundo? Não dá para entender. Mas, em vez de ficar mais ainda na defensiva, percebo que me sinto segura de verdade perto dele, como se Victor fosse minha tábua de salvação.

Talvez eu me arrependa de confiar em alguém que mal conheço direito. Mas com certeza estou precisando de um amigo nesse momento.

SAL E AÇÚCAR

— A cebola tem que ficar bem picadinha, né? — sussurro para ele, tentando parecer tranquila. Mas acho que ele consegue me ouvir gritando "SOCORRO" mentalmente.

— Corta uns pedaços desse tamanho aqui. — Ele estica dois dedos separados por apenas um centímetro.

— É... tinha pensado nisso mesmo. Tava só confirmando.

Victor faz um joinha para mim.

Volto a encarar a cebola. Elas são conhecidas por fazerem as pessoas chorarem. Mas, por favor, se eu chorar hoje, só peço que não tenha nada a ver com meu talento para desastres. *Por favor.*

— Acho que tu devia tentar com uma faca — ele diz.

— Ah, é. — Agarro uma faca grande e tento partir a cebola ao meio, mas a lâmina fica presa.

Victor ri baixinho.

— Nunca vi alguém cortando cebola com uma cara tão concentrada — ele diz. — E essa faca deve estar cega.

Ele pega outra e a entrega para mim com um sorriso encorajador.

— Obrigada — eu digo.

— Pelo quê?

— Tô só agradecendo mesmo.

O olhar de Victor se ilumina. Como alguém pode ser tão fofo que faz a gente até perder o fôlego?

— Lari, queria saber se... — ele começa, mas de repente Pedro enfia a cabeça entre nós, como uma girafa.

— Oxe, que falatório é esse na minha cozinha? A gente tá cheio de trabalho pra fazer! — Pedro repreende, o rosto corado por conta de todas as bocas do fogão estarem acesas ao mesmo tempo. — Cadê minhas cebolas picadas? Diabo é isso? — Ele pega uma das metades da cebola que eu estava lutando para cortar. — Quem foi que te ensinou essa habilidade toda com facas?

É, parece que a fase de lua de mel do nosso acordo oficialmente terminou. Se é que algum dia começou.

— Pega leve — Victor diz a ele, mas, apesar do tom conciliador, sinto a tensão crescendo no ar.

— Sou responsável por tudo que acontece nessa cozinha — Pedro responde de um jeito bem prático. — A escola confia em mim pra manter vocês sãos e salvos, visse?

— Sim — fala Victor, enfiando as mãos nos bolsos.

— Então eu vou chamar a atenção, sim, de qualquer um parecendo prestes a cortar um dedo fora. — Pedro volta o olhar para mim. — Se tu tá picando cebola, dobra os dedos pra dentro, desse jeito. — Ele fecha a mão em punho. — Tira a casca. Assim. E agora tu pode cortar na metade. Corte aqui também. E aí, segurando as partes juntinhas assim, tu começa a cortar tudo junto de uma vez só.

Nós nos encaramos, como se estivéssemos em um desafio.

A panela de pressão sibila alto, nos assustando.

— Eu *sei* picar cebola — respondo, tossindo para limpar o nó na garganta. — Foi só essa faca que tava cega.

— Então arrume uma amolada e avia logo com isso. — Pedro me dá as costas e vai cuidar do fogão. Quando pega um pano de prato para limpar os dedos, noto uma cicatriz na lateral da mão dele e me lembro de quando ele fez piada de mim na frente das crianças da escola por ter preparado uma sopa de flores. Ele tinha acabado de se cortar na cozinha da Açúcar.

Me pergunto se não foi por isso que Pedro agiu desse jeito tão babaca quando falou das minhas habilidades de corte. Se de repente ele não estava, na verdade, cuidando de mim, mesmo que daquele jeito arrogante dele.

Não sei se Victor está ouvindo os batimentos descompassados do meu coração, mas mesmo assim se inclina para mim e sussurra "deixa ele te tirar do sério, não" antes de se afastar para ajudar Cintia.

Tento me concentrar em picar as cebolas pelos minutos seguintes, fazendo tudo do jeito que Pedro me mostrou. A explicação dele foi certeira. Quando termino, levo as cebolas picadas para Cintia e Victor, que começam a dourar os cubinhos junto com a linguiça.

Pedro amassa alguns dentes de alho com a lâmina de uma faca e os atira na panela que Cintia está mexendo, e a cozinha é logo preenchida por um aroma de dar água na boca. Começo a relaxar. Isso aqui tem cheiro de casa.

— Tô ficando com fome — diz PC, espiando por cima da frigideira. — Tem coisa mais gostosa que cheiro de cebola, alho e linguiça dourando na panela?

Dou um sorriso. Quando ergo os olhos, vejo um sorriso bobo no rosto de Pedro também.

Imediatamente desviamos o olhar.

— O feijão tá pronto — ele diz, abrindo a panela de pressão.

Cintia despeja as linguiças fritas, a cebola e o alho sobre o feijão preto e Victor dá pimenta-do-reino na mão de Pedro, que tempera tudo sozinho. Quando ele termina, os quatro provam uma colherada.

— Parece que tá faltando alguma coisa — fala Cintia, virando na minha direção. — O que tu acha, Lari?

Desse jeito, com a atenção de todo mundo em mim, fico tensa de nervoso.

Penso no jeito como voinha muitas vezes me dava uma espátula suja de alguma massa crua deliciosamente pastosa para lamber quando eu era pequena, sussurrando: "O que tu acha que tá faltando na receita?"

Naqueles momentos comecei a refletir cada vez mais sobre minhas respostas, e passei a sugerir coisas como pimenta, azeite, gotinhas de limão. Os olhos de voinha brilhavam, ouvindo atentamente minhas sugestões, mesmo duvidando de que ela tenha mesmo usado alguma delas. Acho que o que voinha queria era que eu me sentisse incluída.

Provo uma colherada. O feijão preto é quase doce por causa das cebolas caramelizadas. O alho tostado, levemente crocante, levanta muito o sabor do prato. Mas com certeza tem alguma coisa faltando...

— Manjericão — eu digo, como se fosse mágica. *Obrigada, voinha.*

PC, Victor e Cintia me encaram como se concordassem que vale a pena tentar. Também vejo a surpresa nos olhos de Pedro. Porque ele sabe que tenho razão. Estou surpresa por ter conseguido pensar nisso antes dele, e uma sensação de orgulho toma conta de mim. Dessa vez, eu não estava fingindo que sabia o que fazer — foi uma sugestão sincera. Quase me sinto uma cozinheira de verdade enquanto observo as folhinhas de manjericão caírem na panela.

Pedro experimenta outra colherada e sorri, seus olhos encontrando os meus. E são nesses instantes que percebo que, apesar da rixa e de todas as nossas brigas, temos coisas em comum: enquanto estivermos unidos por comida boa, nossa aliança seguirá intacta. Não quero criar muitas expectativas, mas, pela primeira vez em muito tempo, me sinto protegida do Pague Pouco.

25
16 DE MAIO, SEGUNDA-FEIRA

Quando terminamos de embalar as quentinhas, vamos todos até o estacionamento para seguir rumo ao Vozes, e os quatro vão direto para o bicicletário ao lado do prédio. Então percebo que só tem quatro bicicletas... e somos cinco.

— Espera — sussurro para Cintia. — A gente não vai pegar um ônibus ou coisa assim?

— Vamos de bicicleta.

— Mas eu não tenho bicicleta.

— Não tem? Galera, Lari vai precisar...

Ela mal começou a explicar minha situação quando Victor vem até mim.

— Tu pode ir na minha garupa — ele oferece na mesma hora em que Pedro se aproxima, sua bicicleta soltando um guincho horrível ao frear bem do nosso lado.

— Ahhhh, olha nosso Príncipe Encantado — PC provoca, e estou ficando tão vermelha que queria poder cavar um buraco na calçada e ficar escondida lá dentro para sempre.

— Obrigada. — Seguro a mão de Victor, que me ajuda a manter o equilíbrio enquanto me sento atrás dele, a caixa da quentinha embaixo do meu braço esquerdo. — Tua sorte é que é teu último dia — murmuro para PC, gesticulando como se fosse chutá-lo.

— Só cuida aí pra segurar sua caixa — Victor fala para mim.

— Juro que ela tá segura.

— Confio em ti.

As palavras dele me dão um friozinho na barriga. De verdade, não sei dizer se ele está flertando comigo ou se é só um cara legal. Independente disso, não posso reclamar por estar pertinho assim de um cara fofo e gentil que nem Victor.

— Ah, ela tá ficando vermelha de novo! — PC anuncia.

Cintia lança ao amigo um olhar severo.

— Tá bom já, né?

— Que foi que eu fiz? — Ele dá de ombros.

Flagro Pedro olhando para mim, e a cara feia que ele está fazendo espanta qualquer friozinho na barriga que eu possa estar sentindo.

— Fala o caminho pra gente — ele diz, como se eu quem estivesse atrasando todo mundo.

Explico para os outros quais ruas tomar para chegar no Vozes. E, lógico, já que Pedro não sabe fazer outra coisa que não seja dificultar minha vida, não importa o que aconteça, ele dá os pitacos dele sobre o caminho mais rápido.

— É melhor a gente ir pela Coqueirais — ele diz.

— Por que tu não me escuta? Fui a vida toda pro Vozes.

Pedro abre o mapa no celular e mostra aos outros que o Vozes fica do outro lado do túnel da Avenida Coqueirais.

— Tem uma ciclofaixa nova cortando caminho. Por que não usar? É protegida do trânsito, se é com isso que tu tá preocupada.

— Não acabasse de me pedir pra mostrar o caminho? — retruco.

Continuamos batendo boca, até que começa a chover. PC grita logo que não vai ficar mais nem um segundo esperando no estacionamento e deixando a chuva arruinar seu cabelo.

— Vai pelo caminho dela de uma vez — ele implora.

E Pedro cede.

Ele tinha razão, seria mais fácil ir pelo túnel da Coqueirais. Mas o problema não é esse. A verdade é que não tenho como ir por esse caminho.

Não digo a eles, mas foi lá que painho morreu.

Foi um acidente de moto. Descobri quando era criança. Eu não sabia muita coisa sobre painho na época — sempre foi doloroso para mainha falar dele —, e até hoje não sei tanto assim, só o suficiente para evitar a avenida, assim como mainha faz. Assim como voinha fazia. Um desvio aqui, outro ali. Evitando o túnel. Evitando a escuridão.

Os quarteirões extras que percorremos para chegar no Vozes se estendem a perder de vista.

Tem umas poças grandes ao longo do caminho, e precisamos contornar os carros na hora do rush. Baixo a cabeça para evitar molhar os óculos, mas não adianta nada. Observando através das lentes embaçadas de chuva, as luzes brilhantes dos carros dobram de tamanho. Confiro de vez em quando se a caixa está segura, mantendo uma mão no ombro de Victor para continuar equilibrada.

Quando finalmente chegamos no Vozes, me esforço para conseguir enxergar à frente, já que as lentes dos óculos molharam, e guio todos até a entrada lateral. Victor tira um pacotinho de lenços da bolsa.

— Pro seu óculos — ele diz, oferecendo um.

— Obrigada — respondo, sorrindo. Quando me estico para alcançar o lenço, Pedro passa marchando entre nós, as orelhas ganhando um tom arroxeado.

PC e Cintia trocam olhares, e então todos nós entramos.

Não tem ninguém na sala de jantar. A voz das crianças ecoa dos fundos, uma balbúrdia de brincadeiras animadas, risadas agudas e o tom mais baixo dos adultos intervindo aqui e ali para guiar as atividades.

— A cozinha tá interditada, então vamos ter que montar as quentinhas aqui — explico. Mal acabo de falar e Pedro já está começando a desembalar tudo. Sem dúvidas ele é um Molina irritante, mas é proativo feito um voluntário experiente. Isso eu tenho que admitir.

— Mas olha só o que a chuva trouxe aqui pro Vozes — fala Dona Selma às nossas costas.

E meu coração dispara. No pânico de cozinhar hoje sem cometer nenhum desastre, esqueci completamente de avisar a Dona Selma que passaria no Vozes na parte da tarde. Ela não sabe nada sobre o clube — ou sobre minha trégua com Pedro.

Ele me lança um olhar preocupado, percebendo a surpresa no rosto de Dona Selma.

Agora danou de vez! Sinto como se estivesse na frente de voinha, esperando para ver como ela vai encarar essa aliança com um Molina.

— Acho que a senhorita precisa explicar algumas coisas — Dona Selma fala para mim.

Vou com ela até a cozinha em reforma, deixando para trás Pedro, que parece bem preocupado. Os outros observam tudo com expressões confusas. Não sei nem por onde começar. Meu coração está saindo pela boca. Então resolvo começar pelo óbvio:

— Por favor, não conta pra mainha.

Dona Selma põe as mãos nos quadris.

— Aquele é o neto de Seu Romário.

— Não é o que tá parecendo.

— E o que é que tá parecendo?

— A gente tá junto num clube da escola. O clube de culinária. E mainha não sabe disso, então, por favor, não conta pra ela. Não é como se a gente fosse amigo nem nada do tipo.

Ela ergue as mãos para que eu faça uma pausa.

— Respira, flor. Tu tá falando muito depressa.

— A senhora acha que voinha ia me odiar? Eu sou uma traidora?

SAL E AÇÚCAR

É como se voinha estive aqui agora, ouvindo minha confissão. Preciso desesperadamente que ela diga que não estou traindo minha família.

— Tua vó nunca ia te odiar ou achar que tu é uma traidora — fala Dona Selma. — E nem eu.

— Não?

— Como é que tu pode duvidar disso?

Eu devia me sentir melhor por estar recebendo a bênção de Dona Selma dessa maneira, mas a verdade é que ela sempre foi compreensiva. Mainha também reagiria assim se descobrisse? Duvido.

— Por favor, *por favor*, não conta pra mainha — repito, unindo as mãos na frente do rosto.

— Isso não é assunto meu. Tu conta pra ela, visse? — Dona Selma me leva para fora da cozinha. — Agora bora ver o que foi que vocês trouxeram. Tô curiosa, hein? Tu também ajudou a cozinhar?

Pedro me lança um olhar cauteloso quando nós duas nos juntamos a eles na sala de jantar, e tento transmitir com o olhar que está tudo bem. Ele estende a mão para cumprimentar Dona Selma, mas, em vez disso, ela lhe dá um abraço.

Ele fica vermelho, um tanto surpreso.

— Não ligo pro teu sobrenome, não, visse? Se viesse aqui pra ajudar, vou te tratar que nem qualquer outro voluntário — ela diz. — Seja bem-vindo ao Vozes.

— Tô feliz de estar aqui — ele responde em voz baixa, encarando os próprios sapatos.

— E quem são vocês? — Dona Selma pergunta aos outros, e PC, Cintia e Victor se apresentam.

— São todos do clube de culinária — explico.

— Amigos de Lari são sempre bem-vindos aqui — ela diz, e não consigo evitar um sorriso. *Amigos*. Eu nunca tinha trazido amigos para o Vozes antes.

No começo, vir até aqui sem voinha era muito sofrido. Mas agora não estou mais tão sozinha.

— Não sei o quanto Lari contou sobre a gente — começa Dona Selma —, mas o Vozes começou como um local onde professores de música se ofereciam pra ensinar as crianças a cantar, daí o nome. A gente começou como um coral, e acabou vindo criança de toda a região metropolitana de Recife e Olinda pra cá. Pouco depois, a gente também começou a oferecer aulas de dança. Hip-hop, danças contemporâneas, balé, forró e frevo.

Logo depois, Dona Selma nos oferece um tour pelo espaço. Quando chegamos ao quintal, encontramos crianças e voluntários ensaiando uma quadrilha de São João, aproveitando a trégua da chuva. A julgar por toda a comoção, ainda estão aprendendo os passos.

Pedro dá uma risadinha ao meu lado.

Nem em um milhão de anos eu pensaria que alguém tão chato e impaciente quanto Pedro gostasse de crianças.

— Nossa casa virou uma espécie de sede pro pessoal daqui — explica Dona Selma. — Um segundo lar. Artistas do Alto da Sé vivem vindo aqui pra ensinar crianças e adolescentes a pintar e esculpir. Professores de educação física ajudam a treinar times. E mestres de capoeira abrem rodas. A gente tem voluntários que vêm dar aula de reforço pras crianças mais velhas com dificuldade pra fazer o dever de casa. E, enquanto a cozinha tá em reforma, voluntários assim como o clube de culinária de vocês doam refeições. Algumas dessas crianças precisam ficar aqui o dia todo, então a gente cuida pra que elas voltem pra casa com a barriga cheia.

Pedro assente, parecendo impressionado.

— Eu queria ter vindo muito antes — ele diz.

— Lari tá com a gente desde pequenininha — fala Dona Selma, passando o braço em volta dos meus ombros. — Vinha aqui todo fim de semana com a avó, trazendo pão e outros salgados maravilhosos da Sal.

SAL E AÇÚCAR

Pedro desvia o olhar para mim e, por um breve segundo, não percebo nos seus olhos aquela cautela de sempre. Ele só... me observa. Minhas bochechas esquentam, e viro o rosto.

— Vou envolver a Açúcar nisso também — Pedro diz para Dona Selma, determinado. — A gente vai doar bolo de rolo e docinhos.

Ah, pronto. Aí está ele. Só um Molina conseguiria pensar em trabalho voluntário como uma competição. Reviro os olhos e volto para a sala de jantar enquanto Dona Selma prossegue com o tour para os outros.

Quando eles voltam, já terminei de montar as mesas de plástico para as crianças. Cintia parece deslumbrada.

— Esse lugar é massa demais — ela diz para mim. — Obrigada por apresentar o Vozes pro clube.

— Botou quente, novata — fala PC, dando um tapinha no meu ombro.

Victor me puxa de lado.

— Posso trocar uma palavrinha contigo? — ele pergunta em voz baixa, e algo na forma como sua voz parece ansiosa faz meu coração dar uma cambalhota.

— L-lógico.

— Lá fora?

Victor se vira para abrir a porta que leva ao jardim lateral.

— Tá chovendo — comenta Pedro, me dando um susto. Não percebi que ele estava bem atrás de mim.

— Não tá, não — eu digo.

— Começou de novo. — Ele aponta para a janela.

— Mal tá garoando.

Pedro fica sem argumentos, então me passa uma caixa de quentinhas.

— O que tem de tão importante que vocês não podem falar depois? A gente tá aqui pra fazer voluntariado, esqueceu, foi?

Victor abre outro de seus sorrisos fofos para mim.

— Deixa pra outra hora, então.

— Tudo bem. — Sorrio de volta para Victor e faço cara feia para Pedro por ficar metendo o bedelho onde não é chamado.

— Bora trabalhar — fala Pedro, batendo palmas para nos colocar em movimento.

Os voluntários começam a trazer as crianças para a sala de jantar, e sinto uma onda de animação e nervosismo. É a primeira vez que as crianças vão experimentar uma comida que eu mesma ajudei a preparar! Por favor, maldição da cozinha, não estrague nada hoje.

Depois que todos estão sentados, Pedro explica o que trouxemos, e distribuímos as quentinhas. As crianças escutam, agitadas, mas uma garotinha em uma mesa próxima empurra o prato para longe. Parece ter por volta de cinco anos, a pele marrom-clara coberta de pintinhas fofas formando uma constelação sobre o nariz. Ela baixa a cabeça, mas seus olhos grandes e curiosos se movem de um lado para o outro, como se não quisesse estar ali.

Pedro também a percebe.

— Aquela ali é a Amandinha — Dona Selma sussurra para a gente, soltando um suspiro pesado. — Tá com muita dificuldade. A mãe tá desempregada, e Amandinha precisa ficar mais tempo com a gente agora. Ela tá se fechando pra todo mundo.

— Posso falar com ela? — sugiro.

— Não custa tentar.

— Posso falar com ela também? — Pedro se intromete outra vez.

Fico tensa na mesma hora. A julgar pela forma como o avô dele botou para correr as crianças que jogavam futebol perto da padaria e por como a mãe dele não tem papas na língua para me criticar tão descaradamente — eu, que sou uma *adolescente* —, duvido que alguém como Pedro Molina leve jeito para falar com uma criança.

Quando dou por mim, ele já está ajoelhado ao lado de Amandinha. Os dois conversam um pouco, e Pedro abre a quentinha com arroz e feijão e finge comer tudo sozinho, como se fosse o Louro José da Ana

Maria. Amandinha sorri e me sinto sorrindo também, mas, no fim das contas, a menina não baixa a guarda. Ela empurra a quentinha para mais longe ainda.

Pedro volta até nós, coçando a cabeça.

— Não funcionou? — Dona Selma pergunta.

— Não — ele responde, parecendo preocupado. — Ela disse que tá com dor de barriga. Uma pena eu não ter trazido chá de boldo.

— Não acho que chá de boldo vá ajudar — eu me pego dizendo.

Abro caminho até a mesa de Amandinha. Há um grande Snorlax de pelúcia em uma caixa de brinquedos próxima, e eu o pego antes de me agachar ao lado da menina e sentar o Snorlax em uma cadeira vazia à sua frente.

— Oi, eu sou a Lari.

Amandinha me olha de lado, puxando o Snorlax para si.

— Ele é meu.

— É meu Pokémon favorito — comento, então aponto para a quentinha. — Não gostasse da comida?

De repente, Pedro toma a cadeira onde a pelúcia estava.

— Tô com dor de barriga. — A voz dela está abafada, o rosto enterrado no Snorlax rechonchudo.

— Tô sentindo uma dor na barriga também — admito. Pedro me encara como se não soubesse onde eu quero chegar com aquilo, e a garotinha ergue os olhos por trás do brinquedo. — Onde é que tá doendo?

— Aqui — ela diz, apontando para o coração.

— Assim no peito?

— E aqui. — Amandinha aponta para o estômago.

— Como se precisasse ir ao banheiro?

— *Não*. — Ela balança a cabeça, frustrada. — Quero mainha!

Pedro olha para mim, sem saber o que dizer.

Lágrimas correm pelo rosto corado da menina, e ela enxuga os olhos no Snorlax. As palavras de Amandinha partem meu coração. Sei bem como é sentir tanta saudade de alguém que o estômago chega a doer. O vazio dentro de mim machuca, e sei que nenhuma quantidade de chá de boldo seria capaz de ajudar.

Cintia e PC, que estavam passando atrás da cadeira de Amandinha, percebem a criança chorando. Eles se agacham perto dela, e Cintia lhe dá um abraço. Amandinha descansa a cabeça no ombro de Cintia enquanto PC faz carinho no braço da menina, ele mesmo com os olhos cheios de lágrimas. Victor traz o pacote de lenços para Amandinha e logo sai outra vez para continuar distribuindo quentinhas entre as crianças.

— Que é que aconteceu? Por que ela tá chorando? — Cintia pergunta para mim e Pedro, um vinco se formando entre os olhos.

— Ela quer a mãe — Pedro murmura.

— Ela vem te buscar já, já — diz Cintia em uma tentativa de acalmar Amandinha, mas a garota balança a cabeça.

— Eu quero agora! — ela grita.

— Queria que tu pudesse estar com a sua mãe agora — digo a ela. — Mas aposto que sua mãe ia querer que você estivesse se divertindo com seus amigos aqui no Vozes até ela poder vir te buscar. — Amandinha balança a cabeça, voltando a se esconder atrás do ursinho de pelúcia. — Sinto saudade da minha vó — admito.

A menina levanta o rosto.

— Ela não pode vir te buscar?

Um nó dolorido se forma na minha garganta.

— Não pode.

Respira.

Tento sorrir, mas acho que a expressão acaba saindo meio torta enquanto tento segurar as lágrimas, porque Pedro toma a frente da situação.

— Se tu comer e for brincar com seus amigos, vai ver que o tempo passa rapidinho — ele diz.

— Não quero comer! — Amandinha rebate. — Não tô com fome! Tô com saudade de mainha!

— Flor, a gente entende — fala Cintia, e PC concorda com a cabeça.

— Penso em voinha o tempo todo — admito para Amandinha. — E às vezes eu também não quero comer. É difícil engolir, eu sei, quando a gente tá triste e dói tanto por dentro — continuo, e Cintia me encara, oferecendo um olhar de consolo.

Flagro PC enxugando o canto dos olhos com os lenços que deviam ser de Amandinha. Ele desvia o rosto e fica logo de pé.

— Desculpa, acho que Victor deve estar precisando de ajuda com o resto das quentinhas — ele murmura depressa. — Volto já. — PC sai da sala, passando direto por Victor no caminho.

Cintia e Pedro também perceberam que o amigo estava emocionado, porque trocam um olhar preocupado.

Engulo o nó na garganta e continuo:

— Mas, quando eu como, na verdade parece que voinha está comigo. Ela amava cozinhar.

Amandinha desvia o olhar para o arroz com feijão.

— Mainha ama cozinhar também! — ela fala mais alto com a animação repentina. — Ela gosta de fazer arroz e feijão pra mim e pro meu primo. Mas eu não gosto de arroz e feijão.

— Posso te contar um segredo? — sussurro para ela. — Eu também não gostava de feijão quando era pequena. Parecia um bando de inseto pra mim.

— O quê?! — Pedro exclama, como se eu tivesse acabado de falar a maior loucura do mundo.

Algo naquela surpresa genuína em sua voz faz a menina dar uma gargalhada.

— O quê? — Amandinha ecoa, e todos acabamos dando também uma risada inesperada.

— Mas aí um dia eu decidi provar feijão... e não foi que eu gostei? — continuo.

Ela não parece muito convencida.

— Já comesse amendoim cozido na praia? — pergunta Cintia.

— Eu gosto de amendoim cozido! — ela responde.

— Feijão tem um gosto parecido! — fala Cintia, e Amandinha olha para a comida com um interesse renovado. — Além do mais, arroz com feijão vai te deixar forte. Deve ser por isso que tua mãe gosta. Mas, se não quiser, não precisa comer, visse? A gente trouxe um macarrão delícia também.

— Mas acho que tu ia gostar desse feijão — insiste Pedro.

— Sabia que foi a gente que fez? — eu digo, dando uma piscadinha para a menina. — E eu coloquei a mágica de voinha dentro do feijão.

Ela arregala os olhos, admirada.

— *Mágica?*

— Já ouvisse dizer que algumas pessoas têm mãos de fada? Significa que elas fazem as comidas mais gostosas do mundo.

— Tu tem mão *de fada*? — Amandinha olha para meus dedos como se esperasse vê-los brilhando.

Lembro mais uma vez do incidente com a sopa de flores. Olho para o sorriso encorajador de Pedro. Ele não se lembra? Ele não se lembra da enxurrada de bullying que começou bem naquele dia?

— Eu? Eu, não — explico, sentindo a garganta meio seca. — Mas mainha e voinha, sim. E eu peguei emprestado um pouquinho da mágica delas pra transformar esses besouros aqui em um feijão muito do bom. — Aceno com a cabeça para a quentinha.

A menina puxa o recipiente para perto e começa a comer, feliz da vida.

Pedro abre um sorriso largo para mim, aliviado. Mas não retribuo.

— Vou ver como PC tá — Cintia sussurra para mim, depois dá um beijo na bochecha de Amandinha e sai para procurar o amigo.

SAL E AÇÚCAR

Voltamos para perto de Dona Selma.

— Mas, minha gente, isso é um milagre — ela diz, e se vira para ajudar outra criança a abrir uma quentinha.

Pedro parece satisfeito consigo mesmo. Tá bom, hoje em dia ele leva jeito com crianças, mas não consigo me livrar das lembranças ruins de quando éramos nós quem tínhamos essa idade.

— Tu lembra quando a gente era pequeno e tu tirou onda da minha cara por causa da sopa de flor? — eu pergunto.

— Sopa... o quê?

— Eu fiz uma sopa *de flor* e tu me desafiou a beber. Depois disso todo mundo na escola começou a duvidar da minha habilidade na cozinha e dos produtos que a gente vende na Sal — murmuro para ele, irritada.

Pedro franze a testa, como se a memória fosse vaga para ele.

— Isso já faz tanto tempo.

— Não importa quanto tempo faz. Me deixou magoada — eu rebato. Dou as costas.

— Larissa...

Não fico para ouvir o que ele tem a dizer. Recolho as embalagens vazias espalhadas pelo cômodo, sentindo meu coração bater forte na garganta.

PC e Cintia voltam para a sala de jantar. Ele ainda está com os olhos um pouquinho avermelhados, mas já está sorrindo outra vez.

— Tá tudo bem? — pergunto.

— Tá sim — ele responde. — É só que... aquela menina me fez lembrar de mim mesmo quando tinha a idade dela. Eu sentia tanta saudade de voinha. Ainda sinto.

Sei exatamente do que ele está falando.

PC parece prestes a chorar, mas então sacode os ombros como se estivesse tentando fazer as lembranças tristes saírem de cima dos ombros, como se fossem um cobertor. Logo depois, dá seu sorriso mais radiante e volta ao trabalho, com Cintia bem ao lado. Dentro de alguns segundos já está fazendo uma criança rir de suas piadas.

Pelo resto da tarde, distribuímos mais quentinhas, ajudamos outros voluntários e seguimos conversando com as crianças, indo de mesa em mesa.

Não posso deixar de observar Pedro interagindo com elas, incentivando Amandinha a fazer amigos e agindo como se ele mesmo não tivesse sido um babaca quando tinha a idade deles. Como se até hoje não fosse um babaca.

No fim do dia, quando finalmente me aproximo para recolher a quentinha vazia de Amandinha, ela acena para mim.

— Lari — ela diz com a boca cheia —, Pedro é teu namorado?

Eu quase *morro*.

Atrás de mim, Pedro deixa cair as embalagens vazias, o rosto ficando do tom de vermelho mais chamativo que já vi. Olhamos um para o outro, e só de pensar na possibilidade de estarmos juntos é tão...

Mas Deus que me livre e guarde!

Balanço a cabeça para afastar aquela imagem mental.

— *Amanda* — Dona Selma censura a menina.

— P-por que tu tá perguntando isso? — pergunto a ela.

— Porque nas novelas, quando as pessoas se olham muito, quer dizer que tão se gostando — ela diz com naturalidade, grãos de arroz ainda grudados na bochecha. — Tu olha *um bocado* pra Pedro. E ele te olha também!

Pedro começa a tossir incontrolavelmente.

— Eu... eu tava só... — tento me explicar, mas não consigo arranjar uma desculpa. — Ah, queres sorvete? Eu volto rapidinho!

Saio correndo da sala de jantar, bastante ciente dos olhares confusos que PC, Victor e Cintia lançam para mim.

Tem uma sorveteria bem na esquina. Voinha e eu costumávamos ir até lá quando voltávamos do Vozes.

SAL E AÇÚCAR

Enquanto estou na fila, esperando a minha vez, fecho os olhos, cheia de vergonha e arrependimento. Eu não devia ter mencionado a sopa de flores... Pedro pareceu tão surpreso por eu ainda me lembrar desse episódio. E, lógico, parece só uma besteirinha quando comparado com todo o resto. Mas não é besteira para mim.

Se ele tivesse se desculpado na época, ou talvez pedido aos amigos para pararem de me chamar de Salgadinha, as coisas teriam sido diferentes? Pela primeira vez, percebo o quanto ando cansada de estar sempre brigando com ele.

Assim que volto para o Vozes, Pedro se aproxima.

— O clube não pode te reembolsar por isso — ele diz em voz baixa, indicando o sorvete.

— É um presente.

Pedro parece querer dizer mais alguma coisa, mas passo correndo por ele e vou oferecer sorvete de chiclete para Amandinha e as outras crianças.

— Esse aqui é meu favorito porque deixa a língua azul — explico para ela, e a menina estica a língua e fica vesga, tentando ver se já está azul.

— Obrigada. — Ela me dá um abraço e vai embora.

Dona Selma se junta a mim no jardim.

— Faz tanto tempo que Amandinha não se abre desse jeito, ela tá até brincando com as outras crianças! Juntos, esse seu clube de culinária fez um trabalho incrível. Cintia é uma menina muito carinhosa, o sorriso dela iluminou a gente nesse dia nublado. Victor já é um menino meio quieto, mas muito observador, tá sempre cuidando de atender as necessidades das crianças. PC é um amor. E, se tu me permite, tu e Pedro ficam uma gracinha juntos na minha sala de jantar — ela comenta, e deve ter parecido que fiquei na defensiva, porque ela acrescenta: — Tem coisas nesse mundo que são maiores que a briga entre as famílias de vocês, Lari.

Dona Selma dá voz a algo que eu mesma comecei a perceber. Mas como posso fazer as pazes se ainda sinto toda essa mágoa por ele?

Pedro e os outros se juntam a nós na área externa. Os olhos de PC estão cheios de lágrimas de novo.

— Odeio despedidas — ele diz, a voz um tanto embargada.

Cintia o envolve com os braços.

— Abraço coletivo! — ela exclama.

Percebo Pedro se juntando timidamente ao grupo, desviando o rosto para esconder as lágrimas que brilham no canto de seus olhos.

— Tás chorando, chef? — PC pergunta, animado. — Chora não! Assim tu vai me fazer chorar também!

— Oxe, tô chorando, não! — Pedro disfarça e escapa para o jardim, passando pelos arbustos de hibisco com PC ao lado.

Amandinha vem até nós quando percebe que estamos indo embora. Ela olha para mim e depois puxa a manga da camiseta de Pedro. Quando ele se abaixa, ela sussurra algo em seu ouvido e corre para entrar novamente no Vozes.

— Que foi isso? — PC pergunta.

— Nada — fala Pedro, desviando o rosto quando percebe que estou olhando. — Só Amandinha sendo Amandinha.

PC suspira.

— Vou sentir tanta falta do clube.

Estou pronta para me sentar na garupa da bicicleta de Victor de novo quando Cintia diz:

— Já que tá tarde, é melhor a gente ir direto pra casa. Eu, PC e Victor moramos na zona norte.

— Ainda posso te dar uma carona até em casa — Victor fala para mim. — Pra gente poder conversar.

Sinto minhas bochechas esquentando de novo. No caos que foi essa tarde, acabei me esquecendo disso.

SAL E AÇÚCAR

A bicicleta de Pedro volta a fazer aquele guincho horrível quando ele freia.

— Tu taria indo pra direção oposta — comenta PC com um sorrisinho travesso. Ele olha de Pedro para mim. — Vocês dois não moram, tipo, de frente um pro outro?

Percebo o que ele está tentando fazer.

— Posso pegar o ônibus — digo depressa.

— Tu quer... tu gostaria... de uma carona? — Pedro pergunta, embora não esteja fazendo contato visual. A sugestão dele é tão surpreendente que fico esperando um estrondo dramático de trovões e relâmpagos acima da minha cabeça, mas só escuto os carros buzinando lá fora, na chuva.

— Precisa, não — respondo.

— Quer dizer, a gente tá indo pro mesmo lado... — A voz dele falha.

— Perfeito! — diz Cintia. — Vejo vocês dois na escola. Vão com cuidado!

Victor parece um pouco frustrado, mas não insiste na carona. Parte de mim gostaria que ele insistisse, mas não quero que ele desvie tanto assim do caminho só para poder conversar comigo.

— Posso pegar teu número? — ele pergunta, tímido de repente. — Te mando mensagem mais tarde, se não tiver problema.

— Tudo bem. — Não consigo esconder o sorriso enquanto digito meu número em seu celular.

Pedro pigarreia, olhando para o lado.

— Tu não consegue me substituir, novata — fala PC, se aproximando para me dar outro abraço. Quando olho para ele, PC segura meu rosto entre as mãos, apertando minhas bochechas até eu parecer um baiacu. — *Mas* tu é a Encantadora de Vitaminas, e um talento nato que nem o teu é sinal de grandes conquistas pela frente. Nunca deixa ninguém duvidar disso... e não duvide *tu* também. — Ele solta meu rosto, me dando um beijo de despedida na bochecha. — Bora manter contato, visse? Ano que vem, quando eu tiver com a vida mais organizada, acho bom tu vir passar as festas juninas comigo em Caruaru. — Ele olha para os outros. — Vocês tudinho.

— Eu vou, sim. — Fico engasgada. Não pensei que me apegaria tanto a ele em tão pouco tempo. — Boa viagem, PC.

Ele olha para o Vozes uma última vez e acena para nós.

— Beleza. Tô picando a mula! Tentem não chorar demais quando eu for embora!

PC parte com Cintia e Victor, deixando Pedro e eu sozinhos na frente da ONG.

— Mas é um tabacudo mesmo... — Pedro diz baixinho, esfregando os olhos com as costas da mão. Quando percebe que o estou encarando, ele se empertiga. — Eu não tava chorando nem nada.

— Vou indo nessa — respondo, me virando para abrir o portão lateral.

— Tu não vai querer a carona? — ele pergunta, as palavras saindo rápidas. Se não o conhecesse, diria que Pedro está nervoso. — Não é nada de mais — ele acrescenta, de repente soando como se não ligasse.

Nada de mais?

A chuva está caindo mais forte agora, e o cabelo de Pedro gruda na testa. Ele fica afastando a franja dos olhos, impaciente.

Solto um suspiro trêmulo e subo em sua garupa.

26

16 DE MAIO, SEGUNDA-FEIRA

Como é que alguém tão irritante pode ser cheiroso assim?

O vento agita o cabelo de Pedro e infla sua camiseta. Acho que depois de anos preparando creme de manteiga, derretendo chocolate com uma precisão cirúrgica e sovando pãezinhos doces com as próprias mãos, os aromas permanecem grudados nele como se fosse uma segunda pele. Pedro tem cheiro de início das manhãs na Açúcar, quando enchem os fornos da padaria com as primeiras levas de bolo de rolo e pãezinhos de coco.

A chuva cai com mais força, e estou encharcada até os ossos. A rua está alagada, deixando buracos e lombadas bem escondidos. Mesmo me agarrando na garupa da bicicleta de Pedro, toda vez que ele faz uma curva fico a um passo de escorregar.

De repente, ele desvia para evitar uma poça enorme, e, no desespero, acabo abraçando sua cintura.

Sinto Pedro ficar tenso entre meus braços.

— Não consigo respirar contigo me apertando assim — ele diz.

Meu rosto queima. Nunca pensei que um dia estaria tão... *aconchegada* em Pedro Molina.

— Tu quase me fizesse sair voando ali atrás!

Ele se retrai.

— Dá pra não *gritar* no meu ouvido?

Seguro de leve nos ombros dele, mas mal o toco e Pedro já se contorce todo, como se aquilo também o incomodasse. Acabo soltando, meus dedos voltando a segurar mal e porcamente o assento de metal da garupa.

Pedro continua pedalando, agora com mais cuidado.

Ele dá uma batidinha no ombro.

— Não tem problema se segurar em mim. Se tu cair, não quero que tu saia por aí dizendo que fiz de propósito!

Dou um suspiro cansado, minhas mãos de volta aos ombros dele. Acho que foi um erro ter aceitado essa carona.

Passamos pela escola, entrando e saindo das faixas de luz dos postes no caminho, e, quando as lâmpadas cintilantes da feirinha surgem no horizonte como as primeiras estrelas no céu noturno, Pedro para. Nós dois sabemos que não dá para arriscar sermos vistos juntos.

Desço da garupa e corro para baixo do toldo da farmácia para me proteger da chuva. Mas, em vez de seguir direto para casa, Pedro deixa a bicicleta encostada na calçada e se junta a mim, as gotas pesadas de chuva pingando no metal acima de nós.

— Tu tem um minuto? — ele pergunta.

Olhamos ao mesmo tempo em direção às padarias mais acima.

— Que é que eu fiz de errado agora? — pergunto, cruzando os braços.

— Não precisa ficar tão na defensiva — ele diz, com uma cara de quem comeu e não gostou. — Tu deve estar se perguntando por que me ofereci pra te dar carona até em casa.

— Não foi pela bondade do seu coração, né? — provoco, e Pedro me lança um olhar irritado, como se tivesse se arrependido de ter feito aquela pausa para conversar comigo.

— Só queria dizer que tive tempo de pensar com calma sobre esse nosso pacto...

— Mas tu já aceitou, não foi?

Ele ergue as mãos para me acalmar.

— Relaxa. Não mudei de ideia. Só queria ter certeza de que, depois da gente ter trabalhado junto hoje no Vozes, *tu* não tinha mudado de ideia. Sei que o plano foi ideia tua, mas... tu ainda tá falando sério sobre essa trégua entre a gente?

— Lógico que tô! — Eu o encaro. — Por que tu tá trazendo esse assunto agora?

— Bom, só fico com medo de que, se nossas brigas do passado ainda te afetam tanto, como é que a gente pode ajudar nossas mães a se darem bem? Acho que o que tô querendo dizer é... bom... me desculpa.

Eu pisco. O pedido de desculpas me pega totalmente desprevenida.

— Desculpa mesmo por essa coisa da sopa de flor quando a gente era criança — ele continua, e tento achar algum significado escondido no que ele diz, alguma maldade em suas palavras, mas Pedro parece... desarmado. — Tu pode não acreditar, mas detesto como a gente se juntou contra ti naquele dia. Não foi justo.

— Tu colocasse todos os nossos colegas contra mim! — Minha voz treme com a mágoa reprimida. — Não foi justo tu ter me feito lidar com vocês todos sozinha!

— Me desculpa.

— E tu ainda trouxe a rixa das nossas famílias pra escola. Dez anos depois e as pessoas ainda não vão com a minha cara. Ainda me chamam de Salgadinha!

Pedro Molina não revida. Ele não tenta se desviar ou negar minhas acusações. Só fica ali, olhando para mim, as roupas encharcadas de chuva, gotas pingando da franja, ouvindo cada palavra que atiro nele.

— Me desculpa — repete. — Tu não precisa me perdoar. Não mereço. E se tu achar muito difícil a gente trabalhar junto, vou entender. Como presidente do clube de culinária, falo pra professora Carla que tu se envolveu o suficiente. Ou posso dizer que a gente tá fazendo uma pausa nas atividades ou coisa do tipo. Seja lá o que for pra manter o ponto extra de todo mundo, sabe? E, sobre a trégua, se tu tiver mudado de ideia, eu ainda vou fazer o possível pra orientar mainha caso aconteça algum problema entre ela e Dona Alice. Te dou minha palavra. — Ele parece envergonhado por um instante, coçando a nuca. — Quer dizer... se é que a palavra de um Molina significa alguma coisa pra uma Ramires.

Estou sem palavras.

Eu nunca tinha visto esse lado dele. Esse Pedro que me pede desculpas sinceras e que me escuta sem tentar fugir da própria responsabilidade.

Nunca confie num Molina nem em frigideira de base fina.

Parte de mim quer se resguardar. Agir com cuidado. Com medo de cair em uma cilada.

Mas parte de mim também quer acreditar nele. E, sendo bem honesta, essa parte é muito mais forte. Trabalhar com Pedro no clube e no Vozes me mostrou um lado dele que eu não conhecia. Um lado que provavelmente sempre esteve lá, escondido atrás da máscara dessa rivalidade geracional entre nossas famílias, e por isso eu não conseguia enxergar. A verdade é que Pedro é um cara confiável — talentoso também, admito —, que se preocupa com o bairro e que ama comida tanto quanto eu.

— Significa muito — respondo.

Um sorrisinho surge em seus lábios, e ele parece aliviado.

— Mesmo a gente sendo inimigo?

— *Justamente* porque a gente é inimigo.

E me dou conta do quanto eu também estou aliviada após finalmente ouvir seu pedido de desculpas.

SAL E AÇÚCAR

— Então... — Pedro chuta uma pedrinha na calçada, jogando-a de volta na rua de paralelepípedos. — A gente vai continuar trabalhando junto, ou...?

— Vamos — confirmo. — No clube. E mantendo nossa trégua.

O sorriso de Pedro fica mais largo.

— Fico feliz. Não queria quebrar a promessa que fiz pra Amandinha.

— Que promessa?

— Ela me pediu pra gente voltar. Juntos, sabe? — Pedro olha para o lado, um pouco envergonhado. Isso já é novidade. — Todos nós — ele trata logo de explicar. — Não só eu e tu, sabe, mas Cintia, Victor e PC também, se ele não fosse pra Caruaru. E eu disse que a gente ia. Então não me faz quebrar essa promessa.

Juntos.

Meu coração dá um salto esquisito e esfrego o peito, tentando acalmá-lo. *Quieto. Por que tu tá batendo rápido desse jeito?*

Ficamos em silêncio por um tempo, e o ar ao nosso redor parece eletrificado. Estático. Não ouso me mexer. Nem respirar. Será que ele também tá percebendo isso?

Talvez tenha um temporal chegando.

— Acho que a gente consegue aprender a deixar nossos problemas de lado por enquanto — reforço, me sentindo meio tonta. Por que parece tanto que estou sonhando?

— Sabe, na verdade é bom da gente fazer isso não só por Amandinha — Pedro comenta com um sorriso. Ele volta para a chuva e passa uma perna por cima da bicicleta. — Acho que também é do interesse do bairro que uma Ramires trabalhe lado a lado com um Molina. De repente assim um pouco do meu talento passe pra ti e a tua padaria aprenda a fazer algo gostoso de verdade.

Ele começa a pedalar.

— Tá se achando demais! — grito para as costas de Pedro.

27

20 DE MAIO, SEXTA-FEIRA

Na sexta-feira, estou ouvindo meio por alto a aula de professora Carla quando meu celular vibra com uma mensagem. Dou uma espiada na tela.

> **VICTOR:** Não consegui te perguntar pessoalmente, mas tu queres ir pra festa comigo hoje à noite? :)

Imediatamente minhas mãos começam a formigar de nervoso e meus dedos viram pedras de gelo.
Victor tá me chamando para sair?!
Ninguém nunca me chamou para sair antes. Eu devia aceitar — Victor é fofo, simpático e me faz rir. Mas meus dedos apenas pairam sobre a tela. Não consigo me obrigar a digitar uma reposta rápido assim.
Todo ano, mais ou menos nessa época, nossa escola organiza uma festa enorme com o objetivo de arrecadar fundos para a cerimônia de formatura do terceiro ano. Geralmente o tema é São João, mas vi panfletos com formato de coração sendo distribuídos ao longo da semana, então acho que o tema desse ano vai ser Santo Antônio. De alguma forma, isso faz o encontro com Victor parecer ainda mais sério.

SAL E AÇÚCAR

Ergo os olhos da tela e flagro Pedro também no celular, enviando mensagens por baixo da banca. Não consigo desviar o olhar. Por um breve e estranho segundo, imagino um cenário diferente. Imagino como seria se fosse Pedro me mandando aquela mensagem em vez de Victor.

Quase caio da cadeira.

O QUE É QUE TEM DE ERRADO COMIGO?!!!!

Xingo baixinho, digitando uma resposta apressada para Victor:

LARI: Claro! :)

Ao fundo, professora Carla continua falando sobre funções trigonométricas, mas quem liga para seno, cosseno e tangente quando não consigo nem calcular como diabos meu cérebro me traiu com o pensamento de ir a um encontro com Pedro Molina?!

Descanso a testa sobre a banca para me acalmar.

VICTOR: Massa. Me encontra no portão da escola hoje às 18h?

A banca de Pedro já está cheia de cartões; suas admiradoras estão praticamente penduradas no pescoço dele, tentando convencê-lo a ir à festa. E não consigo parar de me perguntar se ele já convidou alguém.

Talvez seja isso que ele está fazendo agora...

Como se eu me importasse!

Me empertigo e balanço a cabeça para evitar novos pensamentos indesejados antes de responder Victor:

LARI: Tá ótimo.

O sinal toca, marcando o fim do dia.

Pedro se levanta para sair, me dando um aceno curto de cabeça quando nossos olhares se encontram. Depois, ele se junta ao fluxo de alunos deixando a sala de aula.

Aceno de volta, meu coração martelando no peito.

Devo ter passado por cada peça de roupa no meu armário antes de me jogar, derrotada, sobre uma pilha de opções descartadas.

Mainha aparece na porta do quarto e imediatamente faz cara feia para a bagunça.

— Eu arrumo tudo antes de sair — respondo, sem fôlego.

Ainda estou surpresa por mainha ter me deixado ir à festa, então não quero forçar a barra caso ela mude de ideia.

Não contei para mainha que, na verdade, isso é um encontro. Não sei como me sinto sobre essa situação, e definitivamente não quero responder a mil perguntas sobre Victor. Mas, quando falei para ela sobre a festa, mainha me incentivou a ir, dizendo que era meu último ano antes da faculdade e que por isso seria bom eu dar uma saída.

A questão é... em que mundo mainha acharia que ir a uma festa é uma coisa boa? Tudo bem, é sexta à noite, mas todas as noites são noites de estudo na casa das Ramires.

Começo a guardar de qualquer jeito as roupas no armário, mas mainha me interrompe. Ela pega um vestido e o segura apoiado no braço para dar uma boa olhada nele. O tecido cai em cascata diante dela.

— Por que tu não vai com esse? — ela sugere.

O vestido foi um presente de mainha no último Ano-Novo, para celebrar a virada no tradicional branco da paz. Não sei se minha simpatia de Ano-Novo está funcionando, mas, se a trégua com Pedro Molina servir como um indicativo, não é que talvez a coisa esteja começando a surtir efeito?

Só de pensar nele meu batimento acelera.

SAL E AÇÚCAR

Quando olho por cima do ombro através da janela, vejo que as luzes do quarto dele estão apagadas. Pedro já deve estar na festa.

— Acho que tu devia ir com esse — mainha insiste.

Não sou uma grande fã de vestidos, mas quero fazê-la sorrir. Nos últimos dias, ela quase nem sorriu.

O vestido é um pouco decotado, mas não chega a ser exagerado. Também está um tantinho apertado na cintura, mas o caimento é perfeito, plissado até os joelhos.

Mas é só mainha dar uma olhadinha que já fica insatisfeita. Ela me leva até seu quarto e remove o pano de cima da máquina de costura, gesticulando para que eu tire o vestido e o entregue para ela consertar. Mainha costura tão pouco hoje em dia que às vezes esqueço o quanto ela é boa nisso. A máquina chacoalha alegremente, como se reconhecendo sua dona de volta.

Enquanto espero, fico sentada na cama de mainha. Ao lado, na mesinha de cabeceira, tem uma foto de painho.

Ele era alto e bonito, muito magro, daquele jeito que as pernas e os braços ossudos não fazem muito volume na roupa, e parecia meio nerd com aqueles óculos grandes de armação grossa. Abro um sorriso, sentindo uma pontada repentina no peito. Como pode a gente sentir falta de alguém que nunca conheceu?

Mainha se afasta da máquina ao terminar e me entrega o vestido.

— Prova — ela diz.

Os ajustes de mainha foram perfeitos: ela não tem mãos de fada só na cozinha, mas na costura também. Quando eu era mais nova, lembro de encontrar cadernos antigos onde ela desenhava vestidos e estampas para camisas. Às vezes, era ela mesma quem desenhava e costurava algumas das minhas roupas.

Mas mesmo assim ela ainda não parece totalmente contente com o resultado.

Depois de me fazer tirar meus tênis, me faz calçar suas sandálias douradas de tiras e se oferece também para fazer meu cabelo. Embora normalmente eu não fosse me dar ao trabalho de fazer nada tão elaborado, estamos passando tão pouco tempo juntas ultimamente que aceito a oferta de bom grado. Ela não faz meu cabelo desde que eu era pequena.

Mainha faz uma trança que fica larga no meio e fina à medida que desce, intercalada com presilhas de flores amarelas.

Quando termina de me arrumar, a fita métrica pendurada no pescoço como se fosse um cachecol e as mãos apoiadas nos meus ombros, ficamos as duas na frente do espelho do guarda-roupa observando cada detalhe da minha aparência. De uma hora para a outra, não importa o quão irritada eu fiquei quando ela comprou aquele vestido sem pedir minha opinião. Ou que as sandálias chiques de mainha estejam machucando meus tornozelos. Ou que eu ache que minha clavícula esteja muito exposta.

Porque mainha está orgulhosa. Ela põe a mão no coração e dá um suspiro.

— Tás linda, filha.

Dou uma boa olhada em mim mesma no espelho. Há cachos soltos escapando da trança e capturando a luz do abajur ao lado, parecendo quase ruivos. O vestido envolve e acentua curvas que nunca achei que pudessem funcionar para mim. Até meus óculos combinam com os sapatos. Mainha com certeza leva jeito para moda, presta atenção nos mínimos detalhes.

Pela primeira vez, eu me *sinto* bonita.

O calor sobe pelo meu pescoço, e percebo que estou corando. Mas, dessa vez, o rubor em meu rosto parece menos envergonhado... e mais brincalhão. Feliz. Sorrio, e mainha faz o mesmo. O gesto me pega desprevenida, e observo a inclinação no cantinho de sua boca quando ela se permite sorrir. A forma como meu sorriso surge ao mesmo tempo, como se nossas expressões se imitassem.

As pessoas dizem que sou a cara de painho.

Mas ali, de pé ao lado de mainha, o espelho não mente. Eu também sou a cara *dela*.

Assim que chego na escola, meu coração começa a acelerar.

Parada no portão da frente, reconheço outros alunos e alguns dos meus colegas subindo a rua, de braços dados e já balançando o corpo ao som do forró pé de serra que vem da quadra, a melodia das sanfonas, zabumbas e triângulos enchendo a atmosfera de alegria. A escola foi transformada para a festa. Tem até uma fogueira alta, as chamas oscilando na brisa, criando uma leve névoa de fumaça ao redor. Cheiros deliciosos chegam até mim, em uma harmonia de sabores assados.

Ouço alguém falando atrás de mim e, por um segundo, acho que é Pedro. Mas é só um cara acenando para um amigo. Respiro fundo, ainda me sentindo meio desconfortável.

Por que é mesmo que estou fazendo isso?

Me sinto desequilibrada nas sandálias de mainha. O salto nem é tão alto, mas preferia que fosse uma rasteirinha. A tira em volta do meu tornozelo está começando a criar uma bolha, e agora estou mesmo tentada a dar o fora, mas aí vejo Victor correndo na minha direção atrás de toda a fumaça do churrasco, e parece tudo uma cena de novela. O mocinho vindo ao resgate da protagonista.

Ele está usando camiseta branca e jeans preto, com uma camisa de flanela vermelha amarrada na cintura e All Star nos pés. É tão estranho vê-lo vestindo algo diferente do uniforme da escola que quase não o reconheço. Um piercing brilha em sua sobrancelha.

— Tu tá *linda* — ele diz quando se aproxima de mim, ligeiramente sem fôlego, e dá um passo tímido para mais perto.

— Tu tá bem bonito também — respondo, dando um sorriso.

E então ficamos em silêncio.

Victor olha para mim como se estivesse me esperando dizer alguma coisa. Mas, bem quando tento quebrar o gelo, ele começa a falar ao mesmo tempo. Damos risada. Acho que não dá para ficar mais desconfortável do que isso. Talvez encontros não sejam mesmo para mim, afinal...

— Vai em frente — eu o encorajo a falar primeiro.

— Só ia pedir desculpa por ter te deixado esperando. Precisaram de mim de última hora pra ajudar no churrasco, mas agora um amigo vai ficar no meu lugar — ele explica. — Vou garantir que tu receba espetinhos a noite toda.

— Tudo bem.

— Na real, eu tava tão nervoso pra te convidar pra sair. — Ele chega mais perto. — Nem acreditei quando tu aceitou.

Não sei o que responder.

Victor estende a mão para mim.

Encaro fixamente a mão dele, e só aí cai a ficha de que estou em um encontro de verdade.

Acho que Victor percebe minha hesitação. Não quero magoá-lo, mas estou tão confusa. Eu gosto dele. Quer dizer, eu quero gostar. Victor é um cara legal. E não tem nada de errado... em termos um encontro.

O que Pedro pensaria se nos visse de mãos dadas?

Seguro a mão de Victor de uma vez, fugindo dos meus próprios pensamentos.

Mal escuto uma palavra do que Victor está dizendo enquanto me conduz pela festa, apontando as barraquinhas de comida e as prendas que seus colegas montaram.

Tem muita coisa acontecendo ao mesmo tempo, como se eu estivesse entrando em um parque de diversões. Alunos soltam fogos. Pessoas dançam em volta da fogueira. As filas se estendem em frente às barraquinhas. É de deixar qualquer um atordoado.

SAL E AÇÚCAR

Olho para as bandeirinhas coloridas penduradas em cordões acima de nós, e assim que passo por baixo de uma faixa onde se lê "Arraial dos Estudantes" ela se desfaz. Quando os alunos mais próximos tentam se desvencilhar, um deles acaba esbarrando em mim e sou empurrada para trás, batendo em alguém às minhas costas. Esses saltos não me ajudam a manter o equilíbrio, então Victor me segura firme, enlaçando um braço na minha cintura.

Minhas bochechas pegam fogo com aquela proximidade.

— Tás bem? — ele pergunta.

Estou prestes a murmurar um pedido de desculpas quando escuto alguém pigarreando atrás de mim. Me viro, e vejo Pedro parado bem ali.

Outra onda de calor inunda meu rosto, muito mais forte do que quando Victor me puxou para longe da faixa. Percebo que esbarrei foi em Pedro; a maçã do amor dele acabou até caindo no chão. A única coisa que ele conseguiu salvar foi o laço vermelho-brilhante amarrado ao palito, e isso é tudo que ele está segurando agora, pateticamente.

— Ah, não! — diz Luana, com dó pela maçã.

Eu estava tão envolvida na situação que nem percebi a presença dela. E, pelo jeito, com a mão dela colada no braço de Pedro, os dois vieram juntos. Ela está usando um vestidinho curto branco e lindo, e botas pretas na altura do joelho. Só que, ao contrário de mim, ela *sabe* usar um vestido e sapatos bonitos.

Sinto meu sorriso murchar.

Pedro olha para mim, a expressão ainda mais intensa assim, usando um look todo preto. Está até vestindo uma jaqueta, apesar do calor, tudo para tentar ficar descolado. A pior parte é que ele consegue. E odeio ter que admitir isso.

— Me desculpa — digo sobre a maçã do amor, e, meio desajeitada e aproveitando para desviar o olhar dele, vasculho minha bolsa, procurando dinheiro para pagar pelo estrago.

Talita, que está na fila em uma barraquinha próxima, cai na gargalhada.

— A sandália! Quebrasse a sandália!

Olho para baixo. A tira deve ter arrebentado quando dei aquele encontrão em Pedro. É humilhante vê-la caindo assim do meu tornozelo. E agora todo mundo também percebeu.

— É a primeira vez que tu usa salto alto? — Ela está rindo tanto que chega a ficar sem fôlego. — Sério, aquele giro que tu fez pra não cair foi a coisa mais engraçada que eu já vi na vida! Ai, Salgadinha, tu é uma comédia mesmo!

Ouvir aquele antigo apelido faz eu me encolher.

— Deixa ela em paz! — Victor se irrita com meus colegas de turma. A raiva na voz dele é tão atípica que percebo o olhar surpreso de Pedro, os olhos percorrendo o braço de Victor em volta de mim.

Não sei por que, mas me afasto de Victor, mancando por causa do sapato. Meus pensamentos ficam a mil, como se eu devesse alguma explicação para Pedro sobre estar ali com outra pessoa.

Apesar do esforço de Victor, alguns dos meus colegas se juntam a Talita para rir da minha falta de jeito.

Luana me lança um olhar nervoso.

— Tá bom, Talita. Bora parar — ela diz, mas todo mundo na fila está gargalhando agora, seguindo o exemplo de Talita.

— Calem a boca! — exclama Pedro, e todo aquele pessoal me chamando de Salgadinha olha assustado para ele. Eu mesma me assusto. — Já deu, chega de chamar ela assim. É só a caraia de um sapato! Todo mundo tinha que pedir desculpa pra Larissa, e, já que tão aqui, agradecer a ela por convencer professora Carla a dar o ponto extra! Vocês tão sabendo que é por causa dela que não está todo mundo repetindo de ano?

Todas as gracinhas cessam imediatamente. Mas saio correndo antes que comece tudo de novo ou eu morra de vergonha.

SAL E AÇÚCAR

Estou quase no portão, piscando para conter as lágrimas pelo constrangimento, quando Victor e Cintia me alcançam. Os dois estão sem fôlego, e Cintia segura o chapéu de palha com a mão para que não saia voando da cabeça.

— Lari! Tá tudo bem? — ela pergunta. Eu não sabia que ela estaria aqui hoje. — Eu tava tomando conta da barraquinha de tiro ao alvo e vi tudo.

Victor parece preocupado, como se não soubesse bem o que dizer para me consolar. A sandália arrebentada ainda está no meu pé, as tiras penduradas no tornozelo. Fico tão invocada tentando tirar as duas sandálias com a mão livre que quase tropeço de novo.

Olho para Cintia, que oferece a mão para eu poder me apoiar, e tudo isso seria cômico se não fosse trágico. Deixo escapar um suspiro exagerado, e nós três acabamos rindo.

— É o que eu ganho por querer usar uma roupa bonita — murmuro, e Cinta envolve meus ombros, tentando me animar. — Meu Deus, tô morta de vergonha. — Pressiono a mão na testa.

— Ali só tem otário. Por favor, não vai embora, não — fala Victor. — Prometo que a noite vai melhorar. Sei que tu tá descalça, mas posso te levar nas costas pra qualquer canto!

Fiel à promessa, Victor prontamente se vira para que eu suba em suas costas. Cintia parece surpresa, e se esforça para segurar o riso.

— Tá bom, tá bom — eu cedo. — Eu fico, mas tu não precisa me carregar.

Victor pega a minha mão e a de Cintia, nos puxando de volta para a festa.

Nos sentamos em uma mesa na quadra, de onde dá para assistir à banda tocando, e Victor nos deixa por um instante prometendo trazer comidinhas gostosas para compensar o que foi a noite até agora.

— Eu não sabia que ia te encontrar aqui! Viesse com Victor? — Cintia pergunta, arqueando as sobrancelhas e movendo-as para baixo como se estivesse incorporando PC.

— Mais ou menos — respondo, deixando de mencionar que, na verdade, estamos em um encontro. Não sei por que estou mentindo. — Não costumo ir em festas. Essa é... a primeira, na verdade.

Cintia tira o chapéu de palha de São João e o põe na minha cabeça de brincadeira.

— Também não sou muito fã de festas, não. — Ela se inclina para trás, olhando com uma cara de tédio para os alunos se reunindo para a quadrilha. — Eu ia fazer par com PC, mas aí ele se mudou pra Caruaru e agora tô aqui presa tendo que dançar com um cara que nem conheço. — Ela se agita na cadeira, parecendo nervosa. — Eu preferia nem ir, mas não quero estragar a quadrilha...

Ponho o chapéu de volta nela.

— Se eu participasse mais dessas coisas da escola, talvez tivesse mais amigos.

Cintia abre um sorrisinho para mim.

— Tu tem a mim.

Bem nessa hora Victor retorna com uma montanha de comida. E um par de chinelos. Ele põe as sandálias na frente dos meus pés descalços como se fossem uma oferenda.

— Pronto. Que nem a Cinderela — ele comenta, dando um sorriso tímido.

Estou tão atordoada que nem sei o que dizer.

— Onde tu arrumasse isso? — Cintia tira as palavras da minha boca, ela mesma parecendo impressionada.

— Foi uma menina da sua turma, Lari — ele diz, apontando para a quadrilha. — Ela disse que podia pegar emprestado.

Meus olhos cintilam em direção aos alunos reunidos perto da banda.

— Alguém da turma me emprestou os chinelos?! Quem?

— Eu te mostro se a gente esbarrar com ela de novo.

Não consigo nem imaginar quem faria isso depois que metade da turma riu da minha cara. Parte de mim mantém a guarda alta enquanto calço os chinelos, mas eles cabem perfeitamente e não têm nada de errado. Sinto um calorzinho gostoso no peito. Olho outra vez para as alunas à distância, esperando descobrir qual delas é meu anjo da guarda.

— Tenho que ir. A quadrilha já vai começar — diz Cintia, levantando-se enquanto Victor toma seu lugar. — Guarda um espetinho pra mim, visse?

— Não prometo nada — ele responde.

Ela ergue o dedo do meio para o amigo, de brincadeira, e sai correndo para se juntar a um garoto usando um chapéu parecido e uma camisa de flanela amarela que combina com a de Cintia — todos os outros casais da quadrilha estão usando cores iguais, a maioria composta por alunos mais novos, eu acho. Vejo Cintia ir para seu lugar na fila, de frente para seu par. Ela está linda com sua calça jeans capri, e o salto alto complementa o visual de quadrilha, fazendo suas pernas parecerem mais longas, as panturrilhas bem delineadas.

— Não vai dançar com eles? — pergunto para Victor.

— Só se tu for dançar comigo — ele brinca.

Ergo as mãos, derrotada.

— Não, obrigada. Sou péssima dançando.

— Oxe, também sou uma desgraça. A gente ia formar uma dupla e tanto.

— Depois de ter quase caído do salto agora há pouco, prefiro deixar passar as próximas oportunidades de quebrar o tornozelo.

— Justo.

Victor dispõe um verdadeiro bufê de quitutes de São João na minha frente: uma xícara de mungunzá, com os grãos de milho boiando em um mingau fino e bastante açucarado; um pratinho de canjica — um pudim denso, cremoso e amarelo-vivo — coberto com canela em pó, e um monte de espetinhos com um cheiro delicioso! De carne, frango e com cubinhos dourados e crocantes de queijo coalho que Victor diz ter feito ele mesmo na grelha. Agora entendi por que é que Cintia queria um!

Comemos tanto, nos lambuzando e conversando de boca cheia sobre todos esses sabores deliciosos, que esqueço até a vergonha que passei. Quando termino, sinto que estou prestes a explodir, então só me inclino para trás e fico ouvindo Victor contando sobre os jeitos diferentes de abanar a churrasqueira, para garantir que as carnes mantenham o sabor defumado sem perder a suculência.

A empolgação dele é uma gracinha. Quando Victor olha para mim, os lábios brilhando com a gordura da comida, não consigo deixar de sorrir.

— Voinha teria te amado — comento.

— Ah, é? — Ele sorri.

— Porque você ama comida.

Victor limpa a boca com um guardanapo, os olhos se iluminando.

— E quem não ama?

— Verdade. Mas tu *se empolga* com comida. — Respiro fundo, me sentindo meio melancólica depois do banquete e da conversa boa. O banzo da barriga cheia com certeza está batendo diferente.

Uma das presilhas em forma de flor cai do meu cabelo em cima da mesa, e Victor a apanha. Ele sorri, devolvendo-a para mim.

— É um girassol? — ele pergunta.

— É. Eram as flores favoritas de voinha — explico, recolocando a presilha na trança. — Agora são minhas favoritas também.

Victor fica quieto por um instante, seus olhos simpáticos observando meu rosto.

— Queres que eu traga mais alguma coisa? Outro espetinho, de repente?

— Valeu, mas já tô muito cheia. — Presto atenção no jeito como Victor fica olhando as barraquinhas de comida perto de nós. Acho que ele fica tentado a experimentar de tudo, igualzinho voinha ficava sempre que íamos à feirinha. — Nunca perguntei por que tu entrou pro clube de culinária — eu falo. — Tu pretende ir trabalhar com gastronomia quando se formar no ano que vem?

Victor começa a empilhar os pratos vazios à nossa frente.

— Espero que sim, mas não como cozinheiro. O que eu queria era escrever sobre comida.

— Não sabia que tu era escritor!

— Ainda não sou. — Ele sorri. — Mas um dia, quem sabe? Quero viajar e experimentar pratos diferentes. Só que mais do que escrever sobre comida, tenho interesse nas pessoas que preparam as receitas. Nas pessoas que comem.

Isso explica por que Victor mais observa do que fala no clube, os olhos sempre curiosos, como se fotografasse o momento, analisando todo mundo com um interesse jornalístico.

— Tu vai ser um baita escritor.

— Espero escrever alguma coisa sobre tu qualquer dia desses.

Ajeito a postura, uma rara faísca de vaidade me fazendo sentir bem comigo mesma.

— E o que tu ia escrever sobre mim?

— Que tu é o tipo de pessoa que com certeza se lembra de tudo que já comeu na vida.

Dou risada.

— Oi? E isso é bom ou ruim?

Victor ri junto comigo.

— Qualquer dia tu descobre, eu acho! — Ele me observa por um segundo. — E tu? Queres ser padeira ou...?

— Eu? — Ergo a palma das mãos. — Sem chance.

— Oxe, e por que não? — Victor parece genuinamente curioso. — Tua família não é dona de padaria?

Olho bem nos olhos dele, a cara séria.

— Tu sabe que eu não sei cozinhar, né?

Para um segredo tão grande, com Victor até que as palavras saem fácil. E, por mais assustador que seja dizer a verdade, na verdade me sinto aliviada em afirmar isso em voz alta. Eu precisava contar a verdade para alguém.

— Eu já te vi cozinhando... — ele rebate.

— É, mas... eu tinha zero experiência antes de entrar pro clube. Tu sabia disso, né? — Estou começando a pensar que talvez eu tenha interpretado errado o jeito como Victor me ajudava no clube.

— Eu tinha um pressentimento, sim — ele admite.

— Tu acha que Pedro sabe disso?

Victor franze a testa.

— Por que tu se importa tanto com o que ele acha?

— Não quero que ele use isso contra mim — explico, falando um pouco mais alto por causa do nervosismo. — Desculpa. Eu só... é complicado. Quero aprender a cozinhar, mas também não quero que Pedro descubra que sou a única da minha família que não sabe cozinhar. Por favor, não conta pra ninguém.

— Não vou contar. E eu entendo... Mas tu já pensou em seguir carreira como padeira mesmo ainda não tendo todas as habilidades que gostaria?

— Não, eu vou trabalhar com contabilidade. — Victor parece pego de surpresa com a resposta, então vou logo mudando de assunto: — A quadrilha vai começar! Cintia tá com cara de quem tá odiando. Não é melhor a gente ir lá salvar ela, não?

Tento rir para abafar a sensação estranha crescendo no meu peito, que surge toda vez que penso em estudar economia na faculdade. Ainda nem enviei minha inscrição. Mainha vai me matar quando descobrir.

Escuto palmas e gritos por toda parte, e percebo que está todo mundo reagindo a Luana arrastando Pedro para participar da quadrilha.

Ele finca os calcanhares no chão, mas ela vai para trás dele e o empurra até posicioná-lo como seu par. Só então que cai a ficha de que os dois não vão ser um casal qualquer. Eles serão os noivos no casamento de faz-de-conta da quadrilha!

— Foi aquela menina ali — comenta Victor.

Viro o rosto depressa, olhando para ele.

— Quem?

— A menina que te deu os chinelos.

— *Luana?* O par de Pedro?

Victor assente. Quer dizer que Luana me ajudou? Isso significa que ela passou por cima do ranço que tinha de mim? Realmente, ela me defendeu contra Talita, e me pergunto se a proximidade dela com Pedro teve alguma coisa a ver com isso.

Como se sentisse que a estou observando, os olhos de Luana encontram os meus do outro lado do ginásio, e ela me oferece um aceno de cabeça discreto e amigável antes de pôr um chapéu de palha com véu branco e enlaçar o braço ao de Pedro. E assim minha euforia por achar que Luana pode se tornar uma amiga de repente se dissipa um pouco, dando lugar a um aperto no peito bem na hora que Pedro abre seu sorriso mais mocinho de novela para seu par na quadrilha.

Victor se inclina e pergunta baixinho:

— Esbarrar em Pedro te deixou muito chateada mais cedo?

— Ah, não. — Tento sorrir para esconder a inquietação. — Eu... tô acostumada a discutir com ele.

— Na verdade, nunca entendi muito bem por que vocês não se bicam. Toda essa inimizade entre as famílias de vocês tinha que permanecer na esfera da padaria, né?

Fico observando Pedro do outro lado da quadra, o jeito como ele ri e gira Luana tantas vezes que ela parece tonta. Até que um pensamento irritante chega e vai logo se intrometendo: estamos nesse pé de guerra há dezessete anos. Mas será que se toda essa briga tivesse ficado restrita às padarias, como Victor sugeriu, seria Pedro que me convidaria para essa festa? Se a rixa já tivesse morrido, nós dois teríamos nos aproximado, ainda mais morando um de frente para o outro, na mesma rua. Podia ser eu dançando com ele agora.

Pedro e Luana continuam ali, encantando todo mundo com a química deles. Que casal lindo eles formam. E meu coração se parte em mil pedacinhos. Um sentimento que passei a noite inteira sufocando me atinge, roubando meu fôlego, ameaçando explodir.

Percebo que a razão pela qual não parava de procurar por Pedro assim que cheguei na festa foi porque queria que ele me visse. Que reparasse em mim do mesmo jeito que repara em Luana.

E eu odeio me sentir assim.

Odeio que esse encontro... Que meu *primeiro* encontro não tenha sido com...

Pedro puxa Luana para perto, e ela ergue uma das pernas contra seu quadril. Alô, isso não é tango. Eu jamais conseguiria dançar assim. Para quem no início nem estava querendo dançar, Pedro agora está até feliz demais: gira Luana com alegria, exibindo suas habilidades no forró, o corpo dos dois se movendo com tanta graça, tanta... sincronia.

— Lari, tu tá chorando? — Victor pergunta, surpreso.

Seco o rosto com a ponta dos dedos, também surpresa.

— Deve ser por causa da fumaça ali da fogueira. — Tento sorrir outra vez, mas minha voz está meio rouca. — Meus olhos estão ardendo um pouquinho.

Victor olha de mim para Pedro, a expressão ainda preocupada.

— Eu falei algo errado? — ele pergunta.

— Acho melhor eu ir embora. — Fico de pé, e Victor faz o mesmo.

— Quer que eu chame um Uber?

— Não, não... conheço um motorista de táxi, posso ligar pra ele.

Escapo da quadra com a desculpa de ligar para Seu Alcino, um taxista que era amigo próximo de voinha, mas aproveito a deixa para recuperar o fôlego lá fora. Me apoio na decoração gigantesca em forma de coração, onde os casais passaram a noite toda tirando fotos.

O que tem de errado comigo? Estou saindo com o cara mais legal do mundo, e tudo o que consigo fazer é me ressentir por não ter sido Pedro Molina que me convidou para um encontro?!

Depois de ligar para Seu Alcino, Victor vem até mim do lado de fora, e ele me acompanha até o portão da frente para esperar.

— Tu pede desculpas pra Cintia por eu ir embora mais cedo? — pergunto, um pouco envergonhada. — Não sei por que a fumaça tá me incomodando tanto hoje.

Victor fica em silêncio por um instante, parecendo imerso em pensamentos.

— Lari, tô com uma sensação de que de algum jeito eu acabei estragando as coisas.

— Quê? Não. A noite foi perfeita. — Dou um tapinha no braço dele. — Obrigada por ter me convidado.

— Tu é incrível. — Victor fica de frente para mim, parecendo prestes a ajoelhar e me pedir em casamento ou coisa do tipo. — Queria que a gente saísse mais vezes, se tu achar que tudo bem. Talvez... talvez um encontro de verdade? Só a gente? Ir para um lugar onde as pessoas não te deixem triste.

Fico tão assustada com as palavras dele que dou um passo para trás.

— Eu sei que tu se forma esse ano — ele acrescenta depressa — e que ainda tem o vestibular pra se concentrar, mas, se tu me der uma chance, eu vou me achar o cara mais sortudo do mundo.

Nunca em um milhão de anos eu teria imaginado que Victor me convidaria para um segundo encontro.

Um segundo encontro daria a impressão de que estamos oficialmente *namorando*. Eu acho.

Nunca namorei ninguém. Nunca nem *beijei* ninguém. Se eu pudesse escolher a pessoa com quem gostaria de compartilhar essas experiências, adoraria que fosse ele. Victor é gentil, atencioso e guardou meu segredo antes mesmo de eu ter contado a verdade. Ele quer ir comigo a um lugar onde as pessoas não me deixem triste. E eu mesma sei que *ele* jamais me deixaria triste.

Mas, para ser sincera, acho que não estou interessada nele do mesmo jeito.

— Desculpa... — eu falo. Ele parece murchar, e me sinto péssima por desapontá-lo.

— Eu entendo.

— Também acho que tu é um cara incrível, mas eu... eu não consigo ver a gente como nada além de amigos.

Victor me dá um sorriso sem graça.

— Tá tudo bem. Fico feliz de ser seu amigo.

Mas ainda estou me sentindo horrível. Victor abre os braços para me abraçar, e retribuo o gesto. É um pouco estranho, mas a sensação é boa. Perder a amizade dele seria a morte. Victor já é muito importante para mim.

Então espio uma sombra pelo canto do olho, e, quando percebo que é Pedro, meu coração dispara. Mas no instante em que fazemos contato visual, ele dá as costas, voltando para a festa.

Vou atrás dele.

— Pedro, espera!

— Não queria interromper vocês — ele fala depressa, sem olhar na minha cara.

— Não interrompeu.

Ele para, e olha de Victor para mim.

— Vocês estão indo embora? — pergunta, a voz cortante.

— É, antes que eu vire abóbora. — Me repreendo pela piada idiota. A culpa é de Victor por ficar me chamando de Cinderela.

— Só queria pedir desculpas pelo que aconteceu mais cedo. Já falei pra pararem com as gracinhas, mas vou repetir. — Pedro me encara como se tivesse mais alguma coisa para dizer, mas só continua parado na minha frente, sem jeito, como se a presença de Victor o deixasse desconfortável.

Uma brisa cheirando a fumaça sopra de repente, gelada, trazendo uma garoa fina que agita o cabelo de Pedro e me faz estremecer. Ele deve ter reparado, porque tira a jaqueta e a oferece para mim.

O gesto é tão inesperado que só o encaro, incapaz de reagir.

— Tu não tá... com frio? — ele pergunta. Ainda não sei o que dizer, então Pedro veste a jaqueta novamente, parecendo um pouco desconcertado. — Beleza. Cuidado voltando pra casa.

— Espera. Esqueci de te entregar uma coisa! — Puxo o par de óculos de sol da bolsa. — Eu consertei. Desculpa ter demorado tanto.

Fogos de artifício explodem na festa no instante em que Pedro se vira para me olhar novamente, o céu riscado por estrelas brilhantes. Ele chega um passo mais perto, parecendo atordoado, e nossas mãos se encostam quando ele pega os óculos, fazendo meu braço ficar arrepiado.

— *Tu mesma* consertou? — ele pergunta, como se não acreditasse no que está vendo. Quando me olha nos olhos, percebo um desejo em sua expressão que faz o mundo inteiro parar. — Obrigado.

Agora eu é quem estou atordoada.

— Eu... eu tô...

— Lari, o táxi chegou — Victor fala às minhas costas.

Percebo o jeito como os olhos de Pedro correm para ele, quase com ressentimento, antes de voltarem a mim. Nos encaramos por um longo segundo, e eu não sei o que está acontecendo. Não entendo essa mudança repentina das coisas. No modo como me sinto sobre Pedro. Tudo que eu sei é que eu queria... eu *queria* que as coisas tivessem sido diferentes.

Eu queria que a rixa nunca tivesse existido.

E eu gostaria muito, *muito* de um dia poder contar isso para ele.

— Tenho que ir — forço as palavras a saírem, minha voz soando distante até mesmo para mim.

— Te vejo segunda no clube? — ele pergunta.

— É, te vejo no clube.

28

23 DE MAIO, SEGUNDA-FEIRA

Na segunda de manhã, quando estou descendo as escadas atrasada para a escola, ouço um estouro alto como fogos de artifício. Mainha dá um grito.

Corro para a cozinha, onde a vejo à beira das lágrimas encarando a enorme batedeira que ela usa para preparar grandes porções de massa.

— Não liga — ela choraminga. — A batedeira *não liga*. Tava funcionando normal agorinha mesmo e, de uma hora para outra, simplesmente desistiu!

Olho da batedeira cheia de massa até a borda para o rosto corado de mainha.

— Não tem como chamar alguém pra consertar? — sugiro.

— Botei pra consertar faz nem seis meses, e a moça disse que era melhor eu comprar uma nova. Como se dinheiro desse em árvore... — Ela se interrompe no meio da frase, balançando a cabeça. — Mas não se preocupa com isso. Vai pegar teu ônibus pra não atrasar pra escola.

Cada centímetro da cozinha está ocupado por bandejas de empadinhas perfeitamente douradas, coxinhas, croquetes de batata e rissoles de frango que mainha vai congelar para o evento daqui a duas semanas. Esse é definitivamente o maior pedido de bufê que a Sal já recebeu, e mainha ainda não está nem perto de terminar. Ela divide o tempo entre cozinhar para a Sal, cozinhar para a cliente e planejar a festa. Sem falar nas longas reuniões com Dona Eulalia, que gosta de discutir *tudo* nos mínimos detalhes.

E a cliente também não está ajudando. Dia sim, dia não, mainha é informada que a filha de Dona Fernanda quer alguma coisa diferente, e mainha tem que refazer tudo. Pedro diz que é igualzinho na Açúcar, pedem para eles fazerem coisas como petit gâteau e *crème brûlée*, apesar do contrato especificar que a Açúcar só oferece receitas tradicionais. Pelo menos agora temos bastante comida sobrando para doar ao Vozes.

Mas o que vamos fazer com a batedeira? Embora o prazo de um mês parecesse razoável no começo, agora está beirando o impossível. Mainha tenta não demonstrar, mas vejo que ela está cortando um dobrado. Não está acostumada com essa rotina. Mainha e voinha costumavam se preparar para eventos — eventos *muito* menores — com quarenta e oito horas de forno ligado. Mas essa festa de aniversário vai ser gigante. E mainha e voinha nunca tiveram um cliente mudando o pedido tantas vezes ou pedindo, além do bufê, planejamento para a festa.

— Deixa eu ajudar — ofereço. — A senhora me diz o que fazer, vou seguir as instruções direitinho.

— Larissa, vai pra escola — mainha responde em vez disso, me expulsando da cozinha.

Fico com o coração apertado. Como mainha vai dar conta das coisas sem uma batedeira funcionando? O que vai ser da gente se não conseguirmos outro pedido de bufê depois desse? Como vamos nos defender do Pague Pouco?

Assim que chego ao clube, sinto um cheirinho doce de goiabada. E onde tem goiabada tem também...

— Pedro — eu digo.

Sabia que ele estaria aqui na cozinha logo cedo. Está cozinhando sozinho, e me oferece um olhar tímido de reconhecimento antes de

SAL E AÇÚCAR

retornar o foco à panela que está mexendo. Está com a postura rígida, de costas para mim.

Aquela mudança que senti na festa da última sexta-feira ainda está aqui. Algo mudou entre nós. Algo difícil de ignorar.

Me junto a ele no fogão, encostada na bancada ao lado.

— Tô só derretendo um pouco de goiabada antes da reunião do clube — Pedro diz, diminuindo o fogo. Ainda não está fazendo contato visual. — Sempre que tenho um tempo pratico a receita de bolo de rolo da minha família.

— Isso tá com um cheiro bom.

Olho da goiabada vermelha e borbulhante para Pedro, e sinto que ele não quer ficar sozinho comigo. Ou talvez eu que esteja achando que não devemos ficar sozinhos, como se isso fosse me fazer pensar em nós dois do jeito que aconteceu na festa.

— Tu foi embora cedo na sexta — Pedro comenta, como se estivesse lendo meus pensamentos.

— Fui mesmo.

Ele finalmente olha para mim.

— Ele é gente boa. Victor, quero dizer. — Pedro sorri, embora a expressão seja forçada e não alcance seus olhos. — Parabéns.

— Parabéns pelo quê?

— Porque ele é... Vocês dois... — É estranho vê-lo se atrapalhar com as palavras. — Não é isso que se diz pra novos casais?

Ele acha que estou com Victor? Se eu não o conhecesse, diria que Pedro está com ciúmes. Deixo escapar uma risada, que só o deixa mais irritado.

— Qual a graça? — ele pergunta.

— Também devo dar os parabéns pelo *teu* casamento com Luana? — provoco.

Hoje mais cedo finalmente encontrei Luana sozinha para devolver o chinelo dela — após uma manhã inteira cercada de amigas empolgadas comentando sobre o casamento na quadrilha — e a agradeci pelo gesto. "Sempre levo eles na bolsa quando vou pra festas", ela disse, como se não fosse nada de mais, mas sei que foi como uma bandeira de paz entre nós. Não os chinelos, mas aquele pequeno segredo: até mesmo ela também passa por maus bocados com salto alto.

Pedro para de mexer o conteúdo dentro da panela.

— Tu sabe que não era um casamento de verdade, né?

— E Victor e eu não somos um casal — respondo com todas as letras.

— Eu pensei... — Pedro hesita, e logo volta a mexer. — Deixa pra lá.

Percebo os cantinhos de sua boca se mexerem. Ele está sorrindo? Está achando graça? Sacudo de leve a cabeça antes de perder a concentração tentando entender. Tenho que focar no porquê vim até aqui tão cedo, e não ficar tentando decifrar esses sinais ambíguos.

— Preciso te perguntar uma coisa — digo, já me sentindo um tanto nervosa. Pedro desliga o fogão e se concentra em mim, o que, honestamente, me deixa ainda mais agitada.

— Aconteceu alguma coisa?

— A batedeira da Sal quebrou, e mainha não tem como pagar uma nova — explico. — É massa demais pra bater na mão.

— Tô ligado. Não queria estar na pele de vocês. — Pedro enche um copo de água e dá um gole.

— Não tem jeito fácil de dizer isso, então vou ser direta. — Respiro fundo, criando coragem. — Tem como a gente pegar a batedeira da Açúcar emprestada?

Pedro se engasga.

— Por favor? — acrescento.

Ele baixa o copo, secando a água que caiu em sua camiseta com um pano de prato.

— Achei que eu só fosse precisar evitar que a minha mãe discutisse com a tua. Tu nunca falou nada sobre lidar com equipamento quebrado de vocês.

— Eu sei que tô pedindo demais. É só que, se mainha não der conta de terminar o trabalho a tempo, a gente tá ferrada.

— E aí vai ter uma chance da cliente pedir pra Açúcar assumir a parte que a Sal não tem como terminar — ele pensa em voz alta. — Valeu por me contar.

Pedro me encara com aquele olhar igualzinho ao do avô. Os olhos do meu *inimigo*. Sinto o sangue deixar meu corpo.

— Não vim até aqui te contar isso só pra tu usar a informação contra a minha família! Pensei que a gente tava numa *trégua*. Se mainha perder o serviço, se afogar em dívida e acabar sendo forçada a vender a padaria pro Pague Pouco, o que tu acha que vai acontecer com a Açúcar? Acha que vocês vão conseguir competir com esse supermercado? É isso que tu quer?!

Esse é Pedro Molina. É lógico que é isso o que ele quer. Não acredito que cheguei a pensar o contrário. *Nunca confie num Molina nem em frigideira de base fina.* Tudo nele, até o nome, sugere que Pedro vai me trair. Mas depois de todas essas semanas no clube, cozinhando juntos, pensei que a gente poderia...

Pensei que a gente...

Ele parece atordoado.

— Larissa, eu não sou esse monstro malvado que tu ainda pensa que eu sou, não. Tava só te provocando. E também não sou burro; não vou deixar o Pague Pouco acabar com a Sal só por causa de uma batedeira quebrada. — Eu o encaro, e Pedro faz um gesto desajeitado com a mão, acrescentando como uma conclusão tardia: — *E aí* eles também não vão chegar perto da Açúcar.

Me sinto a um passo de cair no choro.

— Então tu vai ajudar a gente? — pergunto.

— Vou mandar mensagem pra mainha e ver o que consigo.

Estou me sentindo constrangida por ter duvidado do caráter de Pedro. E ele parece irritado por isso.

— Desculpa ter gritado. Eu...

Ele desamarra o avental ao sair da cozinha, ainda parecendo chateado.

— Vai trabalhar. A gente tem que fazer muita massa de pão hoje.

Sigo para a bancada, onde os ingredientes já estão ali, só esperando os outros membros do clube chegarem. Farinha de trigo, água, sal e fermento. São ingredientes simples, mas por que tudo parece tão assustador?

Talvez seja porque não é só pão. É o *sustento* da minha família.

Mesmo com o estômago revirando de tanta ansiedade pela batedeira quebrada, pego a receita e, depois de despejar todos os ingredientes em uma tigela, começo a mexer com uma colher de pau. Mas sou um pouco desajeitada e acabo sujando o uniforme de farinha.

Assim que Pedro volta para a cozinha, já disparo:

— O que tua mãe disse? — A pergunta escapa tão depressa que soa como se fosse só uma palavra bem comprida.

Ele agarra o avental que estava usando mais cedo e o estende para mim. Tento dar um nó nas costas, mas estou tão nervosa que fico deixando cair as tiras.

— Posso? — ele se oferece.

— L-lógico.

Pedro se posiciona atrás de mim, amarrando o avental com cuidado ao redor da minha cintura, tão gentil enquanto eu fico ali feito uma estátua, o coração saindo pela boca.

— Como é que tu consegue ser tão desatenta? — ele murmura. Depois gesticula em direção à colher de pau, que entrego a ele. — Tu vai machucar o pulso misturando massa de pão com colher. É pra usar as mãos.

Pedro me olha como se eu fosse uma completa amadora. Bem, e sou mesmo, mas não quero que ele perceba isso!

— Eu sei como se faz. Só tava distraída e acabei pegando a colher porque... não tava pensando direito. — Enfio depressa as mãos na tigela, e meus dedos afundam. No início, parece que estou modelando lama, mas, quanto mais aperto, mais a massa vai engrossando devagarinho.

Pedro polvilha farinha de trigo na bancada.

— Coloca aqui pra sovar agora — ele orienta.

— Mas o que foi que tua mãe...?

Ele me dá um olhar aborrecido, então paro de perguntar e transfiro a massa para a bancada, onde continuo apertando. Pedro me observa por um tempo.

— Tenta dobrar enquanto puxa a massa pra você.

Tento fazer do jeito que ele diz, mas Pedro ainda não está contente. Fica bem do meu lado, o ombro tocando o meu, e pega uma parte da massa para mostrar como dobrá-la do jeito certo. Aquela proximidade toda faz uma onda de calor percorrer meu corpo. Sinto falta de ar, mas contraio os lábios, jogando essas sensações para baixo do tapete.

— Liguei pra mainha e falei que ela devia dar uma olhada se Dona Alice consegue mesmo dar conta do pedido, porque ouvi boatos de que a batedeira de vocês quebrou.

Encaro Pedro.

— Boatos?

— E não é assim que as nossas famílias se comunicam? — Ele dá de ombros. — Falei pra mainha ver se os boatos eram verdadeiros, porque, se for o caso, talvez seja melhor a gente emprestar nossa batedeira pra Dona Alice, porque senão mainha corre o risco de ter que pegar o resto do trabalho e só receber por metade do serviço.

Sinto como se estivesse prestes a explodir de alegria. Nunca pensei que pudesse me sentir tão grata a ele.

— Não sei nem o que dizer... Pedro, *obrigada*.

Ele fica um pouco sem jeito.

— Não tem de quê.

— Obrigada — eu repito. — Mil vezes obrigada.

Estamos nos encarando. Talvez por mais tempo do que deveríamos. E quero dizer para Pedro que ele está salvando meu pescoço e o da minha família. Só que de repente...

Meus olhos voam até a pintinha que ele tem acima dos lábios.

— Queria que tu não ficasse tão surpresa por eu ter ajudado, mas é isso aí. — Ele engole em seco. — De nada. Quer dizer, não foi nada de mais... a gente se conhece a vida toda, então por que não podemos ser...

Mas Pedro não chega a terminar a frase, porque Cintia e Victor entram na cozinha.

— Ué, a gente tá atrasado?! — Cintia exclama, esticando o pescoço para olhar o relógio na parede. — Não sabia que era pra gente se encontrar mais cedo...?

Percebo a surpresa na expressão de Victor. A maneira como seus olhos correm para a massa que estamos sovando. O sorrisinho triste que ele dá, como se só agora ele estivesse entendendo alguma coisa.

Encaro a bancada e vejo minhas mãos descansando sob as de Pedro, cobertas de massa crua. Um choque de adrenalina e de algo mais — algo mais *brilhante*, mais *elétrico* — percorre meu corpo. Afasto as mãos, e só então Pedro parece notar que estávamos nos tocando aquele tempo todo. Ele se afasta da bancada em um acesso de tosse.

— Pra que isso? — Victor pergunta, indo direto para a panela cheia de goiabada derretida. — Uma receita de Romeu e Julieta?

Meu rosto pega fogo.

— Pra fazer Romeu e Julieta precisa de queijo. Tu tá vendo algum queijo por aqui? — Pedro o repreende, limpando os dedos com um pano de prato.

— Tu não precisa ser tão azedo — Cintia comenta.

— Vamos começar o dia. — Pedro passa por Victor para tomar posição na bancada, o rosto ainda corado. — A gente tem uma tarde inteira pela frente.

Não faço ideia do porquê Pedro está sendo tão grosso com Victor. Cintia deve perceber a confusão no meu rosto, porque se inclina para perto de mim e sussurra:

— Acho que os dois discutiram na festa. — Ela gesticula na direção deles.

— Quê? — sussurro de volta. — Quando?

— Acho que foi depois que tu foi embora. Tu sabes por quê? — Cintia parece preocupada.

Nego com a cabeça. Sobre o que diabos aqueles dois discutiriam? Tento focar na reunião do clube, mas minha cabeça fica voltando para o jeito como Pedro me olhou na festa quando devolvi a ele os óculos escuros. O desejo nos olhos dele.

Para.

Me esforço para me concentrar.

— O Vozes está organizando um evento pra arrecadar fundos daqui a duas semanas — Pedro continua, a voz distante, como se eu estivesse escutando por trás de uma parede grossa. Ele voltou a evitar contato visual comigo. — É importante que dê tudo certo. Eles precisam de verba pra iniciar a reforma da cozinha.

Me pego notando pequenos detalhes nele. A maneira como projeta a voz, tentando imitar o avô. O jeito como os cachos clareiam nas pontas, enfiadas atrás das orelhas.

— A gente devia contribuir com um bolo — Pedro sugere. — Talvez bolo de rolo?

Mas é só ouvir o nome da receita principal da Açúcar que já volto ao mundo real. Ele é Pedro *Molina*. Não um carinha fofo e misterioso qualquer.

— Acho melhor a gente não levar bolo de rolo — comento. Cintia e Victor se viram para olhar para mim. Pedro cruza os braços, me encarando do outro lado da bancada. — Já é quase junho. A gente não pode fazer alguma comida típica?

— Tipo alguma coisa com milho? Bolo de milho? — Victor sugere, e Cintia já está concordando com a cabeça.

— Não gosto de milho — Pedro fala, sem rodeios.

— Tu tá dizendo isso porque é a especialidade da minha família, é? — Olho de cara feia para ele.

Pedro me olha do mesmo jeito.

— Não. Eu só não gosto.

— As crianças vão gostar — insisto, pensando na receita de bolo de milho de voinha. — Com certeza vai ser sucesso.

— Eu gosto de bolo de milho — diz Cintia, tomando meu partido, e Pedro faz uma careta como se estivesse presenciando sua tripulação dar início a um motim.

— A gente não vai fazer bolo de milho pra arrecadação de fundos — ele fala.

E então nós três começamos a brigar. Mal conseguimos ouvir um ao outro em meio à gritaria, até que Victor acena com as mãos acima da cabeça para atrair a atenção de todos.

— Que tal se a gente fizer *as duas* receitas e depois decidir qual é melhor? — ele sugere.

Ficamos em silêncio.

— Tipo um *MasterChef*? — pergunta Cintia, já empolgada. — *Amei* essa ideia!

Pedro e eu nos encaramos.

— Algum problema pra tu? — ele pergunta, aquele velho tom de arrogância novamente na voz. Como se ele achasse impossível perder para mim.

E eu simplesmente não sei dizer não para um desafio.

— E pra *tu*, tem?

— Beleza. Que vença a melhor receita.

Pedro estende a mão para mim.

Eu a aperto.

E tento não pensar em como é boa a sensação de ter a mão dele envolvendo a minha.

29

30 DE MAIO, SEGUNDA-FEIRA

Fui tão apressada em aceitar um desafio com Pedro que não pensei direito. Como diabos vou vencer um campeonato de culinária contra ele? Nunca na vida fiz um bolo de milho — e nem *qualquer outra coisa* sozinha. E existe um motivo para Pedro ser chamado de menino de ouro.

Pelo resto da semana considerei pedir ajuda a Victor, mas me pareceu... errado. Não conversamos direito desde nosso encontro fracassado, e não quero que isso afete nossa amizade.

Tenho certeza de que Cintia teria me ajudado se eu pedisse. Também queria contar meu segredo a ela, e sei que ela não contaria para Pedro. Mas Cintia passou a semana toda ocupada na biblioteca, e, na hora do intervalo, ficou sentada com alguns colegas de turma. Fiquei sabendo que ela é a melhor aluna da sala, e acho que, com as provas de fim de semestre chegando, Cintia deve estar muito sobrecarregada por conta das aulas de reforço que dá para os alunos. Não quero dar motivo para deixá-la preocupada.

Então fiquei a semana inteira aperreando mainha, pedindo a ela para fazer o bolo de milho de voinha. O que eu queria mesmo era observá-la e, em segredo, fazer anotações, mas mainha se recusou todas as vezes que pedi.

Agora de manhã — não só o dia em que vamos competir, mas também minha última chance de conseguir alguma dica dela —, mainha me dá um olhar severo assim que me vê dando uma passada pela cozinha.

— Eu não vou fazer aquele bolo de milho! — ela diz, antes mesmo de eu abrir a boca.

— Mas por quê?

— Tem receitas que nem eu consigo tocar, Larissa. Preciso que tu respeite isso.

A receita faz ela se lembrar demais de voinha. Mas também me faz lembrar de voinha, mais do que qualquer outra. E é justamente por isso que quero aprender a fazer o bolo.

— Tu tá sempre de boresta — diz mainha, mudando de assunto. — Se acordou cedo, vai estudar. Não fica aqui parada na cozinha.

Sinto que fui expulsa.

Esquece a receita. Eu só queria que a gente pudesse passar um tempo juntas, como na noite em que ela ajudou a me arrumar para a festa.

— Tá bem... — eu digo, arrastando os pés.

— Se fosse eu no teu lugar, estaria toda empolgada pra entrar na faculdade, mas tu age como se fosse um fardo. Tu vai ser a primeira Ramires a ir pra faculdade. Tem ideia do tamanho desse privilégio? Teu pai sonhava em estudar economia... tinha um talento nato. E tu compartilha dessa mesma habilidade. Tu é a única da família que vai poder terminar o que ele começou.

As palavras de mainha não são nada que eu já não tenha escutado antes, mas agora a pressão parece insuportável.

— Talvez eu tenha meus próprios sonhos — murmuro.

E logo percebo que falei alto o suficiente para ela ouvir. Me arrependo na mesma hora. Nunca fui honesta assim com minha mãe.

— Vai pra escola — ela diz, sem nem olhar para mim. Saio correndo da Sal, torcendo para mainha esquecer esse meu surto de sinceridade.

SAL E AÇÚCAR

Assim que piso na calçada Pedro sai da Açúcar. E imediatamente percebo que tem alguma coisa errada. Pedro não vai em direção à bicicleta. O cabelo está desgrenhado, e ele não está de uniforme. Em vez disso, está usando calça jeans e uma camiseta pelo avesso, como se, na pressa, tivesse vestido a roupa de qualquer jeito.

Seu Romário está logo atrás dele, e Pedro vira para lhe oferecer a mão. O avô normalmente daria um tapa em qualquer um que oferecesse ajuda, mas, dessa vez, ele segura o braço de Pedro e se apoia nele, deixando o neto guiá-lo até o carro.

Atrás deles surge Dona Eulalia, e logo reconheço o olhar dela. É o mesmo de mainha ao empurrar a cadeira de rodas da minha vó pelo hospital — uma expressão tensa enquanto guiava, cuidadosa ao levar voinha pelos corredores cheios, milhões de preocupações escondidas naqueles olhos, coisas que ela nunca compartilharia comigo.

— Ele está com dor — mainha diz ao meu lado. Não percebi que ela também tinha saído para a calçada.

Observamos os Molina entrando no carro. Quando Seu Romário se recosta no banco do carona, mesmo de longe consigo perceber que a respiração dele está pesada.

Um casal de clientes que estava indo até a Açúcar para na calçada, parecendo preocupado com a cena.

— Não vamos abrir hoje de manhã! — Pedro grita do carro.

Dona Eulalia se senta no banco do motorista, mas o carro não anda. Ela tenta de novo e mais uma vez, e o motor sempre falha. Então aperta o volante com força, como se estivesse a ponto de estrangulá-lo por desobedecer no momento em que ela mais precisa.

Vejo o medo no rosto de Pedro quando ele olha para a direita e se dá conta de que fiquei observando tudo com mainha aquele tempo todo.

Penso nas vezes em que voinha não conseguia dormir na cama da enfermaria, o desconforto no peito deixando-a sem ar, ofegante. Não importava quantas vezes eu implorasse às enfermeiras para que fossem ver como ela estava, correndo da enfermaria para a sala de enfermagem várias e várias vezes, tudo que me diziam era que já estavam fazendo o possível.

Era assustador.

Era insuportável.

Era...

Uma sensação terrível e *impotente* que não desejo nem ao meu pior inimigo. Como eu esperei, torci e rezei para que alguém fizesse a dor de voinha ir embora.

— Mainha. — Ponho a mão em seu braço. — O carro. Por favor, empresta pra eles. *Por favor.*

Sem dizer uma palavra, mainha corre até eles, estendendo a chave do nosso carro para Dona Eulalia, que nos olha com uma expressão surpresa. Pedro me encara, e com os olhos tento transmitir a ele que vai dar tudo certo.

— Tenho que levar meu pai pro médico... — Dona Eulalia começa a dizer, as palavras tropeçando por conta do pânico. — Ele não tá bem.

— Alice — Seu Romário tenta falar, mas se engasga. Ele está muito agitado, uma das mãos pressionada contra o peito.

— Painho, fica calmo, vamos levar o senhor pra clínica — responde Dona Eulalia.

Mainha agarra a mão de Dona Eulalia e enfia a chave entre os dedos dela.

— Anda.

Dona Eulalia faz um som que parece um gemido, os lábios franzidos como se estivesse tentando não cair no choro.

Os Molina entram no fusquinha da minha família — a palavra *Sal* escrita em cada porta — e vão embora. Já saíram faz um bom tempo, mas eu e mainha continuamos no meio da rua, até que percebemos uma pequena multidão de vizinhos reunidos nas proximidades, sussurrando uns para os outros e trocando olhares entre as duas padarias.

Sinto como se tivesse engolido um ouriço-do-mar. Por que estão olhando pra gente? Só porque ajudamos os Molina? Porque, apesar da rixa, mostramos que nos importamos? Com ou sem rivalidade, que tipo de pessoa cruel negaria ajuda a outro ser humano?

Mainha cai em si e dá um tapinha no meu ombro.

— Anda. Vai ser um milagre se tu não receber um carão por ter chegado atrasada.

Ela corre para dentro da Sal, como se estivesse fugindo de todo o bairro.

30

30 DE MAIO, SEGUNDA-FEIRA

Pedro não aparece para nenhuma das aulas do dia. Acho que isso significa que a competição de bolos desta tarde está cancelada.

Passo a manhã pensando se devo pegar o número dele com Cintia ou Victor para mandar uma mensagem perguntando de Seu Romário, mas tenho a sensação de que seria meio estranho.

Deve ter sido difícil para mainha ajudar os Molina hoje. Quer dizer, era a coisa certa a se fazer, e acho que nunca foi uma questão para ela ajudar ou não. Mas aquele era o homem que ela odiou a vida inteira. Acho que enxergá-lo como algo diferente das dores que ele causou deve ter sido confuso.

Com certeza é confuso para mim.

Seu Romário era capaz de fazer voinha perder a cabeça em um piscar de olhos, mesmo ela sendo a mulher mais paciente do mundo. Ele a desafiou várias vezes, deixando voinha com a sensação de ter saído de si por gritar, por se estressar, por deixá-lo mexer dessa forma com ela.

Mas ao mesmo tempo ele também é...

Alguém que, de algum jeito, deve tê-la admirado o suficiente para nos oferecer suas condolências. E não sei o que pensar dessas diferentes versões de Seu Romário. Qual delas é a verdadeira? O homem que fez voinha chorar ou o homem que chorou a morte dela?

Cintia praticamente pula em cima de mim assim que entro na cozinha.

— Finalmente apareceu! Ia fugir da competição?

— Achei que não fosse acontecer hoje — respondo.

Ela parece confusa.

— Ué, por que não?

Não faço ideia se ela já está sabendo da emergência familiar que Pedro teve esta manhã, e também não sei o quanto ele deseja manter isso em segredo. Estou quebrando a cabeça em busca de uma desculpa rápida quando Victor comenta:

— Acabei de mandar uma mensagem pra Pedro, ele tá a caminho.

Deve ser um bom sinal! Pedro não estaria vindo se o avô ainda estivesse no hospital. Sinto uma onda de alívio.

Um pouco mais tranquila, noto as roupas que Victor está vestindo hoje. Ele trocou o uniforme por uma daquelas camisetas amarelo--néon, com short escuro e meias pretas até os joelhos, como se fosse um árbitro de futebol.

Cintia me flagra espiando.

— Falei pra ele que não tinha necessidade — ela diz, revirando os olhos. — Mas ele nunca me escuta.

Victor abre seu sorriso mais radiante.

— Não tô incrível?

— Por que tu tá vestido de juiz? — pergunto.

De repente, ele sopra um apito, fazendo Cintia e eu darmos um pulo para trás.

— Pelo espírito da amizade! — ele diz, ficando cada vez mais animado. — É importante que as coisas se mantenham amigáveis durante a competição, sabe, e vou garantir que isso aconteça.

— É só porque ele pegou o apito numa daquelas máquinas de garra ontem à noite e não sabe o que fazer com esse troço — Cintia sussurra para mim, cobrindo a boca com uma das mãos. Ela volta o olhar para ele. — Victor, não precisa de apito. Vai deixar a gente tudinho com dor de cabeça.

Mas a bronca não faz nem cosquinha na animação infantil de Victor.

— Tô só conferindo se tá funcionando caso Lari e Pedro comecem a discutir.

— E se *eu* começar a discutir contigo? — ela rebate.

Cintia está à flor da pele hoje. Olho de esguelha para todos os livros que ela pegou emprestado na biblioteca — a maior parte sobre trigonometria — e para a pilha de cadernos e planos de estudo caindo para fora de sua mochila aberta. Talvez Cintia esteja estressada por conta da escola?

— Tá tudo bem? — pergunto para ela em voz baixa enquanto Victor se distrai com o apito.

Ela me dá um sorriso tímido.

— Tudo. Só não dormi muito bem ontem à noite.

— Aconteceu alguma coisa?

— Não. — Cintia balança a cabeça, percebendo que espiei seus materiais de estudo. — Não é nada.

Não está parecendo que é *nada*.

— Me avisa se quiser conversar sobre.

— Obrigada. Acho que tô só pensando demais nas coisas. Vou ficar bem — ela diz, mas de repente vai até a mochila e reorganiza os livros, para poder fechá-la. Espero não ter deixado Cintia desconfortável, por isso me afasto.

Aproveito a brecha para arrastar Victor comigo até o lado de fora.

— Queria só ter certeza de que tu tá bem. De que a gente tá bem — explico.

SAL E AÇÚCAR

Nunca na vida que eu me imaginei de frente para um garoto bonito vestido de árbitro em uma cantina escolar vazia logo depois de dispensá-lo no meu primeiro encontro. Mas a verdade é que eu não tenho muitos amigos. E não quero estragar as coisas com os poucos que consegui.

Em resposta, Victor abre um sorriso genuíno.

— Lari, a gente tá bem — ele diz, e provavelmente ainda estou parecendo preocupada, porque ele logo acrescenta: — Juro pra tu que estamos bem, visse?

Eu não mereço Victor.

— Ouvi dizer que tu e Pedro discutiram depois da festa... — puxo assunto, e ele parece meio envergonhado.

— Não foi nada de mais — ele responde do mesmo jeito de Cintia, por isso o olho meio descrente. Victor dá um passo para trás, como se estivesse tentado a voltar correndo para a cozinha. — A gente conversou e continuamos amigos, não precisa se preocupar.

— Peraí — eu digo, e Victor para, hesitante, no batente da porta. É estranho que eles tenham brigado, mas é melhor não forçar a barra. Seja lá o que tenha acontecido, vou confiar no que Victor disse sobre continuarem amigos. E estou aliviada demais por ele ainda ser meu amigo, apesar do leve constrangimento entre nós. — Tu, Cintia e PC são muito importantes pra mim. Obrigada por me aceitarem do jeito que eu sou, mesmo depois de eu ter derramado vitamina em vocês naquele primeiro dia.

Victor cai na gargalhada.

E, bem nessa hora, um borrão passa por nós rumo à cozinha, como se fosse uma flecha.

Victor e eu trocamos um olhar confuso. Nenhum de nós percebeu ninguém entrando na cantina.

— Pedro? — digo, indo atrás dele.

Ele está focado, indo e voltando da despensa, geladeira e bancada, reunindo os ingredientes para fazer o bolo de rolo de sua família. Potes de goiabada, farinha de trigo, açúcar, ovos e manteiga. Ele não diz uma palavra — é assim que percebo que Pedro está chateado.

Quero perguntar como foram as coisas no médico, mas ele está fazendo tanta questão de preparar sua *mise en place* que prefiro ficar na minha. A obstinação de Pedro lembra um pouco a de mainha.

— Lari, seus ingredientes! — fala Cintia, me arrancando do devaneio. — Vai logo!

A competição!

Com a mão trêmula, puxo do bolso a receita do bolo de milho de voinha e começo a ler os ingredientes:

Milho verde, fubá, óleo vegetal, ovos, fermento em pó, queijo parmesão e canela.

Teoricamente devo bater todos os ingredientes, e meu estômago já está dando um nó de nervoso porque, da última vez que tentei usar o liquidificador, aconteceu um desastre. E esse nem é o único problema. Percebo que a lista que tenho em mãos não especifica a quantidade de queijo parmesão que preciso usar!

Como não percebi isso antes? Em anos e anos competindo nos concursos de matemática, professora Carla me treinou para encontrar todos os elementos importantes para resolver uma equação, e aí eu falho justamente em ler a receita *favorita* de voinha?

Victor apita, e quase tenho um ataque cardíaco.

Pedro também dá um pulo, deixando uma tigela cair no chão.

— Por que tu fez isso? — ele rosna, indo buscar outro recipiente na prateleira. — Isso aqui é uma cozinha. Não um campo de futebol!

Mesmo Cintia, que também não é tão fã assim do apito, parece surpresa com o rompante de Pedro. Algo me diz que, apesar de Victor ter me dito que os dois se resolveram, não é bem assim. Mas, de novo... Pedro teve uma manhã estressante.

— Ele não te assustou de propósito, não — eu falo, defendendo Victor.

Pedro parece querer implicar mais um pouco com Victor, mas, após alguns segundos de tensão, finalmente faz contato visual comigo. Parece envergonhado por ter perdido as estribeiras.

— Eu paro com o apito se vocês acham tão chato assim — diz Victor, seu tom ainda gentil.

— Foi mal. É só que eu... — Pedro exala, desviando os olhos. — Desculpa. Vamos começar de uma vez?

— Sem problema — Victor responde, abrindo um sorriso para Pedro. — Certo, as regras da competição são simples. Lari e Pedro vão ter exatamente uma hora pra preparar suas receitas. Sem confusão. Sem xingamentos. Somos todos amigos aqui, e vamos continuar amigos depois disso. No fim, todos os membros do clube vão experimentar os pratos e votar naquele que deve representar o clube de culinária na arrecadação do Vozes. Será que vai ser o bolo de milho de Lari? Ou o bolo de rolo de Pedro?

Viro o rosto para Pedro, e ele me dá uma olhadinha rápida em resposta.

Victor puxa o celular do bolso e configura o cronômetro para uma hora.

— Um, dois, três e... já!

A contagem regressiva começa.

Ponho a receita de voinha à minha frente na bancada e volto ao antigo dilema do queijo parmesão.

— Eu dou conta — falo para mim mesma. — Contanto que a senhora esteja comigo, voinha.

Respiro fundo e me concentro.

Se isso fosse uma equação, minhas mãos saberiam o que fazer antes mesmo do cérebro. Mas não é como se eu não tivesse me deparado com provas complicadas antes. Tento encarar a receita como uma questão extra de um concurso de matemática. Não posso deixar que ela me domine. Então começo tirando alguns ingredientes do caminho. Me preocupo com o parmesão mais tarde.

Despejo o fubá no liquidificador, sem prestar atenção nos meus dedos que não param de tremer. Depois tento quebrar o primeiro ovo do jeito que voinha fazia, batendo a casca com um movimento do pulso contra a lateral do liquidificador. Mas não tenho tanta habilidade assim, e o ovo se espatifa inteiro, espalhando clara e gema pela bancada.

— Algum problema? — Victor murmura, deslizando casualmente para o meu lado da bancada, fingindo estar só analisando meus ingredientes. Ele sabe da minha situação.

— Tô de boa — respondo em voz baixa, com ovo pingando entre meus dedos.

— Tu consegue.

As palavras dele quase me fazem chorar.

Estendo a mão para pegar outro ovo na caixa, mas escorrego em algo no chão. Quase caio, mas Victor me segura bem a tempo.

Ergo os olhos para ele, a vergonha deixando meu rosto vermelho. Após algumas experiências bem-sucedidas na cozinha, pensei ter quebrado minha maldição. Ou pelo menos dado uma trincada. Só que não. Ainda tenho as mesmas mãos de diabinho travesso. E é perda de tempo achar que alguma coisa poderia ter mudado.

Viro a cabeça a tempo de ver a expressão no rosto de Pedro. Seus olhos correm de Victor para mim antes de voltarem a focar no trabalho, e percebo um músculo se contraindo na mandíbula dele. Pedro não fala nada, mas sei que deve estar pensando que sou uma piada. Por que é que eu fui aceitar um desafio contra um cara que cozinha desde que era bebê?!

Me empertigo, endireitando meu uniforme.

— Obrigada — falo para Victor.

— Não desanima — ele sussurra em um sorriso antes de voltar para sua banqueta ao lado de Cintia. Ela faz um joinha para mim.

SAL E AÇÚCAR

Pego outro ovo da caixa e volto a tentar quebrá-lo. Finalmente, uma combinação entre bater o ovo com cuidado na lateral do liquidificador e finalizar com uma colher funciona, ainda que eu precise ficar catando pedacinhos de casca de ovo do meio da massa.

Enquanto isso, Pedro já está trabalhando no recheio do bolo!

Despejo a latinha de milho verde no liquidificador, seguida do óleo vegetal e da canela. Agora falta só o último ingrediente:

Queijo parmesão.

E estou oficialmente lascada.

Voinha, que que eu faço?

Penso nela servindo esse bolo na Sal, a fatia ainda quente, o cheirinho de milho preenchendo toda a padaria, como os galhos de uma árvore se estendendo em todas as direções. O bolo tinha um sabor amanteigado, suculento, com um pequeno toque azedinho que imagino vir do queijo. Era o equilíbrio perfeito de salgado e picante, a contribuição da canela para a receita.

Com o coração acelerado, fecho os olhos e pego um punhado de parmesão ralado.

Posso não ter as mãos de fada de voinha, mas talvez exista uma maneira de incorporar um pouco, do mesmo jeito que as crianças mágicas das histórias fazem, os poderes finalmente florescendo quando mais precisam.

O cheiro de goiabada vindo do bolo de Pedro é inebriante. As camadas estão perfeitamente finas e enroladas com recheio doce. E o açúcar por cima parece poeira de cristal.

Quer dizer, lógico que parece incrível: os Molina preparam essa mesma receita, com nem um grãozinho de açúcar a mais ou a menos, há *décadas*!

Enquanto isso, o meu bolo de milho... Bem, é amarelo-ouro, como deveria ser. O vapor que sai da massa traz aquele cheiro característico de canela e queijo. Mas o bolo ficou um pouco queimado nas laterais, porque esqueci de untar a forma. Até o bolo de milho que vendem no Pague Pouco é mais bonito que o meu!

Flagro Cintia e Victor reparando nas partes queimadas, e sinto um vazio horrível.

— Desculpa mesmo — digo antes mesmo de eles provarem.

— Ainda vai estar com gosto bom — Cintia responde com um sorriso acolhedor.

Pedro pega uma faca e vai logo até meu bolo de milho, mas então parece pensar melhor. Ele baixa a faca e olha para mim, propositalmente fazendo contato visual comigo pela primeira vez no dia.

— Queres cortar teu bolo? — pergunta.

Respiro fundo e corto uma fatia, dando uma mordida no primeiro bolo que preparei sozinha.

Na mesma hora sinto o calor da canela, que me faz lembrar de casa, e busco pelas memórias que essa receita sempre me proporcionou. As manhãs de domingo de voinha, cozinhando com os amigos do bairro, jogando conversa fora e fofocando. A Sal abarrotada de clientes. Crianças implorando aos pais por mais uma fatia.

Mas então o sabor muda abruptamente para todo o parmesão que acrescentei de olhos fechados. Passo a tatear no escuro, com nenhuma das minhas velhas memórias para servir de guia. O bolo tem um gosto de queijo muito mais forte do que a versão da minha vó.

Embora não esteja ruim, *não é* a receita de voinha.

Meus olhos ardem de lágrimas. Desvio o rosto antes que os outros percebam que estou magoada.

Cintia me oferece uma fatia do bolo de rolo de Pedro e a devoro depressa, deixando a acidez da goiabada rolar na língua, levando embora qualquer resquício de parmesão do meu bolo de milho. A crocância dos grãos de açúcar é perfeita. As camadas delicadas milagrosamente se mantêm firmes. Não é à toa que esse bolo é o orgulho da Açúcar há gerações.

SAL E AÇÚCAR

Observo Pedro mordiscar sua fatia de bolo de milho e depois rapidamente baixar o prato. Ele odiou.

— E aí, o que a gente leva pra arrecadação do Vozes? — Cintia questiona. — Vamos votar? Quem vota pelo bolo de milho?

Tanto Pedro quanto eu viemos de famílias de padeiros, mas, enquanto ele consegue recriar perfeitamente sua receita de família, eu sou incapaz de recriar a da minha própria. *O que é que eu estou fazendo?*

— Meu bolo não tá certo — digo, impedindo-os de votar.

— Não faz mal ter queimado um bocadinho — fala Cintia, sem conseguir disfarçar que só está tentando fazer eu me sentir melhor. — Acho que entendi o sabor do...

Meu rosto esquenta.

— Não preciso de votos por pena.

Ela arregala os olhos, preocupada.

— Não tô votando por pena.

— Eu estraguei a receita da minha vó!

As lágrimas que fiquei por tanto tempo segurando caem de uma vez só, rolando livremente pelas minhas bochechas. Fico pensando em mainha gritando comigo toda vez que me ofereço para ajudar na Sal, não me deixando esquecer que não sei cozinhar.

— Ainda é um bom bolo — Victor diz, mas não quero nem escutar.

— Eu sou uma fraude! Não sei cozinhar! Não sei fazer bolo! Não sei... não sei mesmo, nunca soube!

Estou tremendo. A cozinha inteira gira ao meu redor. Pronto. Acabei de contar para eles a verdade. Agora Pedro Molina vai contar para a família toda, que vai fazer troça de mainha pela minha falta de habilidade culinária. Depois de tanto tempo nessa cozinha, será que mesmo assim ainda não aprendi *nada*?

O silêncio de Pedro está começando a me irritar. Aposto que ele está me julgando, ou talvez calculando exatamente de que maneira vai usar essa informação contra mim.

— Com certeza tu já suspeitava disso — falo para Pedro, e fico ainda mais furiosa quando ele parece surpreso. — Tá feliz agora?

— Por que eu ficaria feliz? — ele pergunta.

— Porque sou de uma família de padeiros e eu mesma não sei cozinhar!

Mas ele só continua me encarando.

— Lari, olha... Tu consegue cozinhar, sim — fala Cintia, conciliadora. — Tu acabou de fazer isso.

— E é uma bagunça toda vez.

— Todo mundo faz bagunça quando tá aprendendo — Victor argumenta.

— Tu não entende! — Me afasto antes que eles me convençam de que esse bolo ridículo que acabei de fazer, minha homenagem à voinha, está gostoso. — Sou uma desgraça pra família Ramires!

Escondo o rosto atrás das mãos, meus ombros tremendo a cada soluço de choro que não consigo reprimir.

— Vocês me dão um minuto pra conversar com ela? — escuto Pedro dizendo para Cintia e Victor.

Um instante depois sinto alguém bem na minha frente.

— Tu não é uma desgraça — ele diz.

Quando baixo as mãos, somos só nós dois ali. Se isso tivesse acontecido um mês atrás, teria sido a maior humilhação da minha vida. Mas ele não está rindo de mim. Não está me julgando, nem parece cheio de si. Começo a perceber que, *por causa* da rixa entre nossas famílias, Pedro é a única pessoa que entende o porquê de eu estar chateada. O porquê daquela receita ser tão importante para mim.

— Desculpa ter descontado em cima de tu — digo, enxugando o rosto na manga da blusa.

Ele me entrega um copo de água, e, assim que dou um gole, percebo que tem açúcar. Um antigo remédio para depois de chorar. Como se você pudesse revestir a tristeza com açúcar e tornar tudo melhor.

— Não se preocupa.
— Tu já sabia? — pergunto. — Que eu não sei cozinhar?
Pedro pega meu copo vazio e o coloca na pia.
— Não — ele diz. Mas então hesita, desviando os olhos. — Talvez? Já te conheço tempo suficiente pra saber quando tu tá escondendo alguma coisa.
— Por favor, não conta nada pra sua família!
Pedro franze a testa.
— Por que eu faria isso? Não é da minha conta. Não é da conta *de ninguém*.
Ele fala como se as coisas sempre tivessem sido assim. Como se eu não tivesse motivo para pensar que ele seria capaz de botar lenha na fogueira e usar aquilo como mais um motivo para aumentar a briga entre nossas famílias.
— O antigo Pedro Molina provavelmente ia rir da minha cara e sair correndo contar pra mãe que a menina da Sal não sabe fazer bolo — eu digo, e ouço a amargura em minha voz.
Odeio lançar acusações contra ele outra vez. Mas não consigo voltar atrás. Sempre que imagino estar superando meus ressentimentos em relação a Pedro, uma nova fornada vem à tona.
Pedro reflete por um tempo, parecendo arrependido.
— Desculpa por ter te magoado.
A frase me faz sentir estranha.
— Esquece o que eu disse. Tá tudo bem.
— Não. Eu concordo contigo. E tu precisa de um pedido de desculpas. — Os ombros de Pedro murcham, e sei que ele também está se sentindo contra a parede, mas mesmo assim não interrompe o contato visual comigo. — Pensei que as pessoas fossem me achar legal se eu fosse igualzinho meu avô. Pensei que, se eu ficasse contra você e provasse ser melhor que tu, talvez *eu* me sentisse melhor. — Pedro se aproxima um passo de mim, seu olhar parecendo sincero. — Mas falando sério

agora, não sou mais aquele cara. Não *quero* mais ser aquele cara. Não vou usar a culinária contra ti que nem a gente fazia quando era criança. Na verdade, respeito que tu esteja aprendendo a cozinhar. De verdade. Aquela sugestão que tu desse pra colocar manjericão no feijão preto foi genial. Tu pode até não ter experiência, mas ama comida. E *conhece* comida. Tu não faz ideia de como te admiro por isso.

Não estava esperando que ele dissesse tudo isso.

— Tu... tu me admira?

As orelhas de Pedro ficam vermelhas.

— É, admiro — ele diz. — Não dá pra evitar.

Ficamos nos encarando, e tenho a sensação de que Pedro está tanto querendo dizer mais alguma coisa quanto esperando que eu diga, mas estamos os dois empacados, aguardando que o outro dê o primeiro passo. Meu coração parece ter saído completamente dos trilhos. Quero dizer a ele que também aprendi a admirá-lo. Quero contar que às vezes, quando penso nele, meu coração parece pequeno demais para tantos sentimentos reprimidos, mas...

Não posso dizer nada disso.

Não posso *sentir* nada disso.

E acho que ele entende, porque me dá um pequeno aceno de cabeça e se vira para começar a lavar a louça.

Eu devia ir embora logo, antes que seja tarde demais. Antes que ele perceba que estou confusa sobre a gente. Mas acabo indo me sentar na bancada ao lado da pia enquanto Pedro limpa as coisas.

— Aquela confusão com a sopa de flor quando a gente era criança... acho que aquilo me pegou tanto porque no fim das contas tu tava certo — admito. — Naquela época, quando tu me desafiou a beber pra provar que era mesmo sopa, eu sabia que nunca ia conseguir. Porque eu nunca tinha feito sopa em casa. Eu só brincava com as flores e tentava imitar mainha e voinha, mas não sabia nem por onde começar.

— Ingredientes aromáticos vão primeiro — ele diz, como o bom sabe-tudo que é.

Pego um punhado de água da torneira e jogo nele.

Pedro ergue as mãos para se defender, as pontas da franja gotejando. E em um piscar de olhos ele reage jogando água em mim também. Nós dois damos risada, ambos encharcados. Acho que é a primeira vez que rimos juntos. E parece... certo.

Mas então volto o olhar para meu bolo na bancada.

Nunca pensei que fosse me sentir tão ressentida por causa de uma receita. Não é de se admirar que mainha também esteja evitando fazê-la. Só voinha sabia a quantidade exata de parmesão que vai na massa.

— Desculpa — eu digo. — Fiquei chorando por causa de um bolo enquanto tu e tua família passaram por tanta coisa hoje de manhã. Seu Romário tá bem? — Pedro desvia os olhos, como se preferisse não tocar no assunto. — Eu não devia ter mencionado teu avô...

— Não, sem problema. Ele vai ficar bem. Era a pressão — Pedro explica. — Mainha e voinho tavam conversando sobre a Açúcar, e ele acabou ficando chateado. É por causa dessa história toda com o Pague Pouco. Mas valeu por ter ajudado hoje cedo.

— Pode avisar sempre que precisarem pegar o carro de mainha emprestado — eu digo.

Pedro parece um pouco surpreso, mas sorri mesmo assim.

— Obrigado.

Estou prestes a descer da bancada, mas tem água por tudo quanto é lado, e quase escorrego de novo.

— Cuidado! — ele exclama, segurando minha cintura para me ajudar a descer. Minhas mãos agarram seus ombros. E só na hora que fazemos contato visual percebemos o quanto estamos próximos um do outro. Sinto como se tivesse acabado de dar com a cara no sol.

Pedro se afasta, parecendo confuso.

— Preciso voltar pra Açúcar daqui a pouco. Vou começar a arrumar as coisas.

Meu coração parece uma escola de samba.

— Eu te ajudo — murmuro. Estou pegando um prato de bolo de milho enquanto Pedro carrega o bolo de rolo para a geladeira, até que escorrego na gema de ovo ainda no chão e damos um encontrão. Pedro tenta me segurar, e nossas bandejas caem uma sobre a outra. Nós dois caímos juntos, tentando salvar as bandejas.

— Ai, meu Deus! Me perdoa! — Tento pegar um pano de prato pendurado no fogão.

Pedro estende a mão para o mesmo pano.

E assim que os dedos dele envolvem os meus, o mundo para.

Eu devia me afastar, mas não quero quebrar o contato físico entre nós. O calor percorre minha pele, aquela mesma quentura que senti quando Pedro me mostrou como sovar massa de pão. Ele se inclina para mais perto, enquanto eu também me inclinando até ele. Nossas bocas estão quase se tocando, e consigo sentir o hálito quente saindo de seus lábios.

E então um lampejo de dúvida cruza o rosto de Pedro, e, quando se afasta de mim, deixa escapar um suspiro breve e intenso.

O que diabos.... O que diabos acabou de acontecer?

Estou atordoada tentando processar tudo. Pedro também parece confuso, a expressão tensa como se estivesse perturbado com os próprios pensamentos. Ele ergue meio desajeitado as bandejas de bolo de milho e bolo de rolo, agora com tudo misturado. Depois enfia um pedaço da combinação na boca, uma estratégia para evitar mais conversas.

Mas é então que seus olhos se iluminam.

— Meu Deus! — Pedro fala de boca cheia. Ele pega outro pedaço de bolo de milho empilhado sobre o bolo de rolo e me mostra, como se tivesse acabado de fazer uma grande descoberta.

— Que foi? — eu pergunto.

— Tu tem que experimentar isso — ele responde.

Estou tão nervosa que acho que nem vou conseguir comer, mas dou a primeira mordida e...

Doce e salgado se misturam na minha boca, os dois sabores se encontrando como se fosse um beijo.

— Isso é... isso é.... — Não encontro as palavras certas.

— *Perfeito* — ele tira as palavras da minha boca. Pedro está tão perto, os olhos grudados nos meus e aquele sorriso bobo estampado no rosto.

O QUE TEM DE ERRADO COMIGO?!

Meus pensamentos conflitantes devem estar bem ali, colados na minha testa, porque de repente Pedro parece preocupado.

— Gostasse não? — ele pergunta.

— Desculpa. Não posso... Vou nessa! — Fico de pé em um pulo, agarrando a mochila na saída e praticamente correndo para fora da cozinha, passando por Cintia e Victor na cantina enquanto eles chamam meu nome.

Já estou na parada de ônibus, mas ainda sinto arrepios na espinha.

É só o bolo, digo a mim mesma.

Provando os dois juntos, os bolos ficaram perfeitos. E é por isso que estou com essa sensação estranha e inebriante bem aqui no meio do peito. Certo?

31

3 DE JUNHO, SEXTA-FEIRA

Passo o resto da semana evitando Pedro. Nem me permito pensar nele, me afundando no dever de casa toda vez que seu rosto surge na minha cabeça.

Mainha não faz ideia do que está acontecendo, mas fica feliz ao me ver estudando até tarde da noite. Ela até me traz um prato de salgadinhos para me incentivar. É assim que começo o mês de junho: estudando geometria para não precisar pensar em mais nada.

A rixa ainda está de pé. Nossas famílias estão nessa há gerações. Não posso esquecer algo assim só porque eu e Pedro quase nos beijamos. É a única coisa que não posso, *de jeito nenhum*, perder de vista.

Durante o intervalo da sexta-feira, vou até a biblioteca para usar um dos computadores e preencher meu formulário de inscrição para a faculdade.

Estou determinada a finalmente tirar esse peso das costas. Vou escolher economia. Chega de desculpas. E tenho muitos ótimos motivos para fazer isso: 1) Eu estaria realizando o sonho do meu pai, assim como mainha espera. 2) Eu seria a primeira Ramires a entrar na faculdade, assim como mainha quer. 3) Eu não estaria desapontando mainha.

Meus dedos avançam para o teclado. Encaro a caixa de texto onde devo declarar minha opção de curso. A tela me encara de volta.

Pisco e solto um grunhido, frustrada.

Apesar de todos os prós, sempre que tento me obrigar a escolher economia, sinto que estou tomando uma decisão errada. A ideia ainda não tem gosto de nada. E não consigo deixar de me perguntar se...

Nem mainha nem voinha me enxergavam como uma sucessora. Talvez nunca tenham visto potencial em mim. Aposto que tudo o que viram foi meu azar na cozinha, e entendiam que seria melhor se eu seguisse alguma outra carreira.

Mas e *se* eu tivesse o necessário para seguir os passos da minha família, o que estaria fazendo agora? Estaria aqui, sentada diante desse formulário? Ou estaria interessada em estudar culinária, igual a Pedro? O pensamento parece tão longe da realidade que preciso rir. *Euzinha?* Na escola de gastronomia...? Balanço a cabeça.

Abro o site da Sociedade Gastronômica como se estivesse tentando provar algo a mim mesma. Esse lugar nunca foi para mim. A princípio, tento me convencer de que isso é só uma piada, um faz de conta... tipo amassar flores e dar o nome de sopa. Mas, assim que a página carrega, percebo que não vou conseguir voltar para o formulário de economia que está me esperando na outra aba.

Meus olhos percorrem todas as fotos das diferentes salas de aula, os alunos de avental, as cozinhas repletas de ingredientes deliciosos, professores celebrando o sucesso de seus restaurantes, estrelas Michelin... E sinto alguma coisinha formigando dentro de mim.

Franzo a testa, percebendo que não é uma sensação nova.

Ela já estava lá quando eu era só uma menininha se esgueirando até a cozinha. Estava lá na minha infância, enquanto eu brincava com minhas receitas de flores. Estava lá no dia em que voinha morreu e eu me vi sozinha na frente do fogão. E também estava lá no instante em que entrei para o clube de culinária, essa mesma sensação que me aquece agora.

Dessa vez, deixo o calorzinho se espalhar por cada parte do meu corpo.

Deixo que me guie.

Movo o cursor pela tela em direção ao formulário de inscrição, e é ao mesmo tempo assustador e emocionante, tipo aquele momento quando a gente perde o fôlego antes do carrinho da montanha-russa despencar...

Sinto alguém tocar meu ombro e levo um susto. Me viro e dou de cara com Cintia.

— Não sabia que tu tava por aqui — digo, me xingando mentalmente por ter esquecido que ultimamente Cintia está quase que morando na biblioteca.

Odeio estar me escondendo dela também, é como se estivesse voltando para meus antigos dias de solidão. Procuro em seu rosto qualquer indício de que ela já ficou sabendo sobre meu quase beijo com Pedro. Mas Cintia só se senta em frente ao computador à minha direita, lançando para mim um olhar brincalhão de advertência.

— Cuida pra não sair correndo — ela diz.

— Eu não tava... pensando em fazer isso. — Consigo escutar a hesitação em minha voz.

— Eita, que convincente — ela faz graça, tentando aliviar o clima, mas a preocupação em seus olhos entrega o jogo. — Desde segunda tô sentindo que tu tá me evitando.

— Não leva pro lado pessoal. Tô evitando todo mundo. — *Especialmente Pedro.*

— E por que disso?

— Eu não sabia cozinhar antes de entrar pro clube, e fiquei com vergonha. Eu ia te contar. Desculpa pela bagunça que causei com a minha falta de jeito enquanto tu achava que eu sabia o que tava fazendo.

Os olhos de Cintia são compreensivos, mas ainda me sinto mal.

— Lari, não tem motivo pra se envergonhar.

— Minha família é dona de uma padaria — explico, a ansiedade de ainda há pouco voltando com tudo ao lembrar que a inscrição da faculdade ainda está bem ali, esperando por mim. — Todas as mulheres antes de mim foram padeiras famosas. E eu... não. Isso me deixa chateada.

— Porque tu acha que não vai ser uma cozinheira tão boa quanto elas esperam ou...?

— Ah, não — respondo rápido, e Cintia arqueia as sobrancelhas. Consigo ouvir a amargura na minha voz, e tenho certeza de que ela também percebe. Respiro fundo para me recompor. — Nunca existiu nenhuma expectativa sobre eu me tornar cozinheira. Minha mãe não quer... não vou virar padeira. E ponto final.

— Então o que é isso?

Ela aponta para minha tela, o dedo pairando sobre a palavra *inscrição*, bem onde está o cursor. Afasto a mão do mouse, e Cintia me lança um olhar sugestivo. Esqueci aberto o site da Sociedade Gastronômica. Agora não dá mais para fingir.

— Não tô me candidatando nem nada — eu digo. — Minha vó que ia. Eu tava só dando uma olhada por curiosidade.

Percebo Cintia murchar quando menciono voinha.

— Sinto muito, Lari. Sei que ela faleceu faz pouco tempo. Meus pêsames.

Sinto uma pontada no peito.

— Como tu ficou sabendo?

As sobrancelhas dela se unem e ela fecha os olhos por um segundo, como se tivesse dado com a língua nos dentes. Quando volta a abrir os olhos, parece prestes a se desculpar.

— Pedro contou pra gente — ela admite, mas logo acrescenta: — Não fica com raiva. Não foi fofoca nem nada disso.

Só de ouvir o nome dele meu coração acelera.

— Ele contou? Contou pra Victor e PC também?

— É, ele... Bem, ele queria te dizer pessoalmente que tava tudo bem tu entrar no clube depois daquele dia que a gente fez vitamina, mas acho que vocês dois brigaram naquela semana, aí ele pediu a mim, PC e Victor pra conversar contigo. E ele também falou pra, tipo, a gente ser legal, porque tu tava de luto. — Cintia estreita os lábios, ainda incomodada por estar revelando essa parte da história. — Não que a gente não fosse ser legal, mas... Pedro só queria ter certeza de que a gente sabia que tu tava chateada. Não fica com raiva dele. Tu tá com raiva?

Esse tempo todo eu achei que naquele dia ele estivesse tramando alguma coisa com eles, mas Pedro estava só sendo... atencioso? Não consigo acreditar. Ele nunca mencionou voinha esse tempo todo. Nem uma vez. É estranho saber que Pedro contou aos amigos sobre ela.

— Não tô com raiva — respondo, e Cintia relaxa um pouco. — Obrigada por ter me contado.

— Ele não é um cara ruim, Lari. — Ela vira o rosto para o computador. — Mas algo me diz que você tá começando a perceber isso...

Meu coração dá uma mini cambalhota. O que ela está querendo dizer? Talvez Cintia não saiba sobre o quase beijo, mas será que está escrito na minha testa que meus sentimentos por Pedro estão super-confusos agora? Por instinto, abro a boca para protestar, para dizer que ela está errada, mas só então me dou conta de que...

Não tenho como negar. Ela está certa.

Eu percebi que ele não é um cara ruim.

Percebi mais do que isso.

Percebi que às vezes sinto frio na barriga quando ele se aproxima de mim.

Balanço a cabeça antes que comece a perceber mais do que deveria, e foco no site que Cintia abre no computador.

— As Regionais de Matemática! — digo, aumentando o tom de voz e grata pela distração, mas a bibliotecária repreende, pedindo silêncio. — Foi mal — murmuro para ela, e me viro para Cintia. — Vais participar?

SAL E AÇÚCAR

As regionais parecem ter sido uma vida atrás. Acontecem todo dezembro, mas o prazo de inscrição é em meados de junho. Todo ano eu tinha que ouvir mainha me atazanando para participar, dizendo que seria bom para o meu currículo ter uma medalha de ouro em matemática quando eu concorresse a uma vaga de estágio em um escritório de contabilidade. Dessa vez, estar no último ano do ensino médio me ajudou a evitar a competição — agora que mainha acha que toda a minha atenção deve estar focada na preparação para o vestibular —, mas tudo indica que acabei trocando o estresse de uma inscrição por outra...

— Preciso te contar uma coisa — fala Cintia, parando para refletir um segundo, como se procurasse as melhores palavras. — Eu super já te conhecia antes do clube. Quer dizer, mais ou menos. Antes de ser transferida pra cá esse ano, eu estudava numa escola que também mandava alunos pra competir nas regionais.

— Ah, tu chegou a competir?

— Eu, não — ela diz depressa. — Mas fui torcer pelos meus amigos. E todo ano te vi destruindo cada um deles.

— Não tenho certeza se isso é bom ou ruim...

Cintia ri baixinho.

— É bom. Amo meus amigos, mas, na real, foi divertido te acompanhar derrotando todo mundo. — Os olhos de Cintia se iluminam, animados, como se a memória ainda fosse vívida para ela. E isso me surpreende. Nunca vi alguém empolgado assim com essas disputas... tirando professora Carla e mainha, acho. — A gente dizia que tu era tipo a Beth Harmon, de *O Gambito da Rainha*.

Não consigo não soltar uma gargalhada, e a bibliotecária me manda fica quieta de novo.

— Tô falando sério — insiste Cintia, baixando a voz até um sussurro. — Tu fazia as equações parecerem tão fáceis. Se concentrava tão rápido que chegava a dar medo. No bom sentido, quero dizer. Sempre tive curiosidade de saber como que tu conseguia simplesmente... ignorar tudo e todos e focar nas equações enquanto estava no palco.

Me recosto na cadeira, lembrando de como eu me sentia anestesiada durante aquelas competições, mesmo com mainha me assistindo da plateia. Elas faziam eu me sentir falsa, fingindo ser alguém que não era eu de verdade. Eu ansiava pelo sorriso de mainha no final, quando me anunciassem campeã. Mas fazer os cálculos era como...

Como um passo em direção ao curso de economia.

Se eu continuar esmiuçando o que eu sentia durante esses concursos sei que só vou dificultar ainda mais minha missão do dia, que é terminar a inscrição para a faculdade. Então mudo de assunto:

— Tu pretende competir esse ano?

Cintia se apruma na cadeira, como se eu tivesse acabado de anunciar que tem um urso à espreita bem atrás dela.

— Não. Sim. Não sei. — Ela volta o olhar para o site aberto à sua frente. — Achei que, se olhasse o formulário de novo hoje, saberia a resposta.

Lembro de como Cintia estava inquieta naquele outro dia no clube, de todos os livros de matemática que ela carregava na mochila.

— Espera, é nisso que tu anda quebrando a cabeça?

Ela me lança um olhar culpado.

— É.

Cintia é a melhor aluna da turma dela. Vejo como os outros alunos a procuram, atrás de aulas particulares. Acho que ela se daria bem nas regionais.

— Mas tu não quer competir? — pergunto, olhando da tela para Cintia, notando como ela move o cursor sobre o formulário de inscrição. É como se quisesse dar o primeiro passo, mas não conseguisse.

— Eu quero! — ela diz, aumentando o tom de voz, e a bibliotecária avisa que vai nos colocar para fora caso a gente fale alto de novo. — Mas também não quero — Cintia explica em um sussurro. — Não sou muito fã de subir num palco desse jeito, com todo mundo olhando pra mim enquanto mostram meus cálculos em uma tela gigante. Fico lesa só de pensar nas pessoas assistindo eu fazer as contas. — Ela estremece. — Achei que ia finalmente tomar coragem esse ano, mas não consigo. E a pior parte é que já falei pros meus pais que ia competir. Agora sinto que vou só... decepcionar os dois. Não fiz nada do que eu disse que faria. Não me apresentei pra professora Carla, mesmo tendo ouvido falar que é ela quem prepara os alunos pras regionais. E nem entrei pro clube de matemática... em vez disso, entrei pro clube de culinária.

Franzo a testa.

— E por que o clube de culinária?

— Cozinhar me relaxa. Não gosto de ser o centro das atenções, e as cozinhas têm esse jeitinho de fazer a gente se sentir segura, protegida... Entende o que eu quero dizer?

Um nó se forma na minha garganta quando penso na Sal.

— Entendo — eu digo. — Cintia, tuas preocupações são válidas. Eu mesma tô meio travada, decidindo sobre a faculdade, mas, se é isso que tu quer, por que tu não tenta?

Ela afasta a mão do mouse.

— Então, PC tinha um plano. Ele me inscreveu na quadrilha porque apostou que, se eu conseguisse dançar na frente de todo mundo, também conseguiria resolver equações na frente de todo mundo. — Cintia revira os olhos. — No fim das contas, ele nem tava lá pra ver a quadrilha...

— Mas tu dançasse! — afirmo. — Tu não deu pra trás.

— Não é a mesma coisa. — ela diz, e seus ombros despencam. — Acho que, na minha cabeça, deixar a quadrilha na mão com um par a menos parecia pior do que dançar na frente de todo mundo. E, mesmo eu tendo ficado nervosa, pelo menos tinha mais gente dançando. Pedro tava lá. As regionais são completamente diferentes. Seria só eu no palco contra outro aluno.

— Que tal eu te apresentar pra professora Carla? — Cintia já está negando com a cabeça, mas continuo: — Só escuta. Sei que é assustador, mas ela vai te ajudar. Ela me ajudou. E ela vai te passar tantos testes até dezembro que tu vai aprender a se concentrar mais rápido. — Seus olhos redondos e escuros brilham, como se Cintia se imaginasse vencendo o campeonato. — Professora Carla é uma ótima professora. E eu também te ajudo. Esse tempo todo tu me apoiou e torceu por mim no clube de culinária, já é hora de eu retribuir.

— Ai, Lari, não sei...

— Só conversa com ela, pelo menos? Sem compromisso.

— Tá, eu posso falar com ela... — Cintia começa, e já estou me levantando e gesticulando para ela me acompanhar até a sala dos professores. Ao reparar em nosso frenesi, a bibliotecária parece prestes a cumprir sua promessa. — Lari, é sem compromisso!

Cintia aperta a mão de professora Carla quando as apresento, embora dê uma olhadinha para o corredor, como se estivesse pensando seriamente em fugir. Mas as duas são almas gêmeas. O amor que elas têm pela matemática é contagiante, e, por um momento, esqueço minhas preocupações com o vestibular e fico só escutando Cintia falar seus objetivos e professora Carla contar histórias sobre sua própria época na faculdade. Mas aí começo a pensar... é isso que professora Carla quis dizer quando falou que na hora de escolher um curso devemos levar em conta aquilo que amamos fazer?

Sei que nunca vou sentir esse mesmo entusiasmo por economia.

No fim, Cintia acaba concordando em se inscrever — ela pode decidir depois se vai mesmo competir em dezembro —, mas, pelo menos, com a ajuda de professora Carla, está dando o primeiro passo em direção ao seu sonho.

Quando saímos da sala dos professores, Cintia parece estar nas nuvens. O sinal toca e o intervalo termina, mas, antes de eu ir para minha sala e Cintia para a sua, ela me detém:

— Lari, tu disse que tá preocupada com todas essas decisões sobre a faculdade, mas e a Sal?

E a Sal?

É como se ela pudesse ler minha mente.

Cintia continua:

— É lógico que tu *ama* cozinhar. Nunca pensou em virar padeira? Entrar pra escola de culinária? Trabalhar na Sal?

— Sou desastrada demais na cozinha pra seguir os passos da minha família. Provavelmente vou acabar cursando economia... Quer dizer, economia não é muito a minha praia, mas é o que mainha quer pra mim.

Cintia cruza os braços.

— Pra alguém com essas opiniões todas, tu com certeza tem uma relação especial com a cozinha. Talvez só esteja com medo de admitir, Lari. Talvez a ideia de tentar algo novo e desafiador te deixe nervosa. Confia em mim, eu entendo. Mas tu não acha que cozinhar te faria feliz? Pelo menos mais feliz do que virar contadora? Já te vi na cozinha antes, tu sempre fica tão cheia de vida. Muito mais do que quando participava daquelas competições de matemática.

Minha testa franze enquanto considero aquelas palavras.

— Mas eu não devia seguir carreira em algo que já sou boa? Não tenho as mãos de fada de voinha, então como é que eu posso virar cozinheira? Como posso me inscrever numa escola de culinária?

Cintia suspira.

— Tu não precisa de mãos de fada pra cozinhar. E esse definitivamente não é requisito pra se inscrever na escola de culinária. — Ela pisca para mim. — Tu só precisa preencher e enviar o formulário.

32

4 DE JUNHO, SÁBADO

— Surpresa! — mainha grita ao virar a esquina.

À nossa frente está uma placa com a sigla UFPE em letras enormes. Universidade Federal de Pernambuco. Estou sem palavras, e gostaria que fosse pelo motivo certo. Sinto uma coisa estranha, como se alguma coisa dentro de mim estivesse avisando que estou prestes a ficar sem ar.

— Pensei que já era hora da gente visitar o campus juntas — ela diz e abre um sorriso. — Te peguei, né?

Quando mainha me pediu para ir com ela até o Recife, agarrei a oportunidade. Sei que ela está ocupada nos preparativos para o bufê do próximo fim de semana, e imaginei que talvez esse fosse o jeito de mainha dizer que nesse sábado de manhã estava precisando de uma folguinha.

Pensei que iríamos à praia de Boa Viagem tomar água de coco e ver as pessoas caminhando para cima e para baixo no calçadão cheio de coqueiros, como a gente fazia quando eu era mais nova. Imaginei a gente atravessando a avenida iluminada e indo até a feirinha — aquele mar de lona turquesa a um passo da praia — para admirar as obras de arte, os vestidos e as bijuterias vendidas em barraquinhas, com aqueles enormes edifícios brancos acima de nós. Fiquei sonhando com a gente na fila para provar tapiocas deliciosas com recheio de coco e queijo, sem contar os bolinhos de charque, e, para fechar com chave de ouro, tomar aquele caldo de cana docinho. Voltaríamos para casa revigoradas, com cheiro de sal ainda grudado na pele.

Eu me enganei.

Mainha estica o pescoço para espiar pela janela, dirigindo lentamente pelo campus. Seus olhos estão arregalados e cheios de admiração, igual uma criança em um parque de diversões, ainda decidindo em qual brinquedo vai entrar primeiro.

— Olha. *Olha!* — ela diz, apontando para fora da janela.

Tento fingir a mesma empolgação, mas mainha está animada demais para perceber que não consigo.

— Tantos alunos se matriculam aqui todo ano... — mainha diz, encantada. — Esse lugar, Lari, sei do fundo do coração que vai ser pura *liberdade* pra ti. Vai ser a tua independência. — Ela fala como se minha vida atual fosse uma espécie de prisão. — Sabe, estudar aqui vai te fazer muito feliz. Vai te ajudar a se conhecer melhor. Isso é tão importante, filha.

Mas eu já sou feliz. E me conheço o suficiente para saber o que eu quero ser.

Quero ser padeira.

A epifania surge sem deixar nem uma pontinha de dúvida.

Meu coração dispara, e tenho aquela sensação de estar em um lugar bem alto, olhando para baixo como se estivesse em um trampolim olhando para uma piscina. *Quero ser padeira,* diz minha voz interior, categórica, e essa verdade me atinge como uma onda vertiginosa de emoções.

Eu quero ser padeira.

Eu *sou* padeira.

Sempre soube disso, e é como descobrir que o tempo todo o calor da minha pele era meu próprio sangue correndo pelas veias. Me imagino fazendo a inscrição para a Sociedade Gastronômica, e só de pensar nisso já abro um sorriso de orelha a orelha. Mainha percebe minha euforia e assente com a cabeça, imaginando que finalmente estou me empolgando com a ideia da faculdade.

— O vestibular parece um bicho de sete cabeças — diz mainha. — Eu nunca conseguiria passar por isso. Mas confio em tu de olhos fechados... estuda todo dia, tá indo até pras aulas de revisão à tarde, né?

Ela faz uma pausa, esperando minha resposta.

— Aham — eu minto.

— Viu? Tu sempre dá teu melhor, sei que vai conseguir uma vaga aqui.

— Mas e se... eu não me encaixar? — pergunto.

— Oxe, tu vai sim. — A voz de mainha se eleva um pouco, como se eu tivesse acabado de falar bobagem. — Tu é filha do teu pai. Um talento que nem o dele, que nem o *teu*, é coisa grande pra qualquer faculdade. Esse lugar vai ter é sorte de ter você como aluna. Tu vai ser a primeira Ramires a entrar na faculdade.

Às vezes, sinto que esses planos de faculdade que mainha quer tanto que eu realize são tudo que nos resta. A maior conquista da família. Sem isso, temo que nada mais nos una.

Quando entrei para o clube, parte de mim esperava que aprender a cozinhar pudesse funcionar como uma conexão entre a gente. Então finalmente poderia fazer comida lado a lado com mainha na cozinha da Sal. Mas nem tudo é simples assim, nem tudo é só sobre cozinhar juntas.

Mas agora...

Como é que eu vou contar a verdade para mainha? Dizer que, esse tempo todo tentando me aproximar dela, tudo o que fiz foi me afastar mais ainda dos planos que ela tinha para o meu futuro?

Mainha estaciona o carro, então descemos e começamos a caminhar. Vou atrás dela, meio atordoada, enquanto ela aponta para os diferentes prédios. Percebo que ela ensaiou um pouco para esse passeio.

SAL E AÇÚCAR

Ela me leva até um lago no meio do campus, com umas mesas de piquenique por perto, e aponta para baixo de uma delas. Quando me agacho, vejo um G + A entalhado na madeira.

— Gabriel e Alice?! — exclamo, boquiaberta.

Os olhos de mainha brilham de saudade.

— Foi aqui que eu e teu pai nos conhecemos — ela diz.

Mainha conta que, quanto tinha minha idade, os amigos costumavam se encontrar perto desse lago. E foi ali que ela conheceu painho, quando ele tinha só dezessete anos e havia mentido a idade para conseguir um trabalho de jardineiro no campus, tudo para poder ficar perto das janelas e ouvir as aulas.

Ele tinha o sonho de entrar na faculdade, mas, sem o diploma do ensino médio, não tinha nem como prestar vestibular. Quando os alunos iam pegar as fichas de estudo na sala de xerox, painho fingia ser um deles para poder ler o material também. Foi assim que ele ficou tão craque em matemática.

— Como estudante de economia, tu vai ter a maior parte das aulas aqui — mainha diz, apontando com orgulho para o bloco de onde alunos entram e saem o tempo todo. — Gabriel sonhava dia e noite com esse prédio. Não é massa pensar que logo, logo tu vai estar estudando aqui?

Eu a escuto, perplexa. Nunca fiquei sabendo dessas coisas do meu pai. Agora sim entendo por que mainha me pressiona tanto para concretizar os planos de painho. Para os sonhos dele não terem sido em vão.

Sinto um aperto no peito. Culpa. Como conto para mainha que não é isso que eu quero? Ela vai se decepcionar tanto...

Uma loja de informática perto de onde estamos chama a atenção dela e, antes que eu possa dizer qualquer coisa, mainha entra, me deixando para trás.

— Mainha, pera aí! — digo, mal conseguindo acompanhá-la.

— Minha filha é uma futura estudante de economia — ela diz para o funcionário entediado. — Quero que ela tenha um notebook bom e confiável pra poder fazer os trabalhos. — Mas, antes que o moço dê qualquer sugestão, mainha aponta para um notebook em uma prateleira próxima. — Vou levar aquele ali.

Bato o olho no preço. Não temos dinheiro pra isso.

— Não preciso de notebook não — afirmo na mesma hora, mas mainha nem me ouve.

— Esses trabalhos que você faz à mão não ficam com cara de profissionais — ela rebate, caminhando até o caixa para entrar na fila.

Corro atrás dela.

— Posso usar os computadores da escola.

— Mas tu não vai ter acesso a eles pra sempre. E o que vai ser quando tu começar a faculdade? Teus colegas tudinho vão ter notebook. Não quero tu sendo a única que não tem.

— Mainha, a senhora não tá me ouvindo.

Ela se vira para me encarar.

— O que tu tá dizendo?

Eu congelo.

Lembro das palavras de voinha. *Fala com tua mãe. Conta pra ela como tu se sente.*

— Não fica chateada — eu começo, e ela franze o rosto.

— E eu vou ficar chateada por quê? Tá tudo indo bem.

Não tem nada indo bem já faz tempo.

Mainha me encara, esperando eu falar logo de uma vez. É como foi na noite do funeral de voinha, eu e mainha na padaria, paradas diante da receita da bisa, a incerteza se estendendo à nossa frente.

— Licença, mas o cartão da senhora foi recusado — interrompe o caixa, e mainha se vira para ele.

— Tenta outra vez — ela diz.

— Já tentei duas vezes.

— Então tenta a terceira — mainha insiste, baixinho.

— Foi recusado — conclui o caixa e já acena para o próximo cliente, ignorando os olhos suplicantes de mainha.

Ela arranca o cartão de crédito da mão do caixa e sai da loja feito um furacão. Vou atrás dela.

— Mainha!

Ela só para quando chegamos de novo no prédio de economia.

— Tu tá entendendo agora? — ela pergunta. — Entende o que tudo isso significa pra mim? Pra *ti*? Não é só a faculdade, filha. É... é *tudo*! Meu único consolo é saber que tu nunca vai precisar ter medo de nada. Que não vai se afundar numa pilha de contas! Que tu vai ser livre. Mais livre do que eu e teu pai jamais fomos!

Meu coração fica em pedacinhos. Mesmo que eu queira ajudá-la a administrar a Sal depois de terminar o ensino médio, como posso argumentar contra problemas financeiros tão sérios quanto os que estamos passando? Ela não vai me escutar. Não sem antes a Sal sair do vermelho.

— O que tu queria me dizer? — ela pergunta.

Mas simplesmente não consigo dizer a verdade.

— Nada, não.

Mainha lança um último olhar magoado para a loja de informática.

— Então bora pra casa.

Naquela noite, na Sal, os carros do Pague Pouco estão mais uma vez passando na nossa rua.

Nós os observamos para cima e para baixo sem parar, como se estivessem patrulhando a região. Sempre que eles surgem assim, aos montes, um comerciante vizinho faz as malas e, no dia seguinte, nem sinal. O que mais tem agora são vitrines vazias, como se fossem velas apagadas. Sem as luzes das lojas, o bairro escurece cada vez mais.

Agora que estamos em junho e o prazo que o advogado nos deu está chegando ao fim, sinto as sombras se aproximando da gente. Se demonstrarmos fraqueza nesse momento, *qualquer uma*, eles vão atacar. O serviço de bufê para o qual mainha está se preparando é suficiente para manter o Pague Pouco afastado? Por que ela ainda parece estar tão contra a parede?

Vejo mainha estremecer, afastando-se da vitrine da padaria como se estivesse pensando a mesma coisa. Ela vai para trás do balcão e liga a tevê. Ainda estou espiando pela vitrine quando ouço o repórter na tevê mencionar a Sociedade Gastronômica. Dou um arquejo e me viro para olhar a tela.

Ele está entrevistando a vencedora da última edição do concurso, mencionando como a vitória afetou a vida dela. Corro para o balcão, aos tropeços. A vencedora segue explicando que seu restaurante recebeu avaliações positivas e que, com o investimento financeiro e os novos contratos, conseguiu atrair mais clientes. Agora, ela é dona de um restaurante famoso mundo afora!

— Se Julieta tivesse aqui, ia mostrar pra esses chefs metidos a besta tudinho o que é comida boa e tradicional — comenta Dona Clara, sentada na banqueta ao meu lado. Isabel, que está espremendo uma rodela de limão sobre o prato de quibe que as duas compartilham, concorda com a cabeça.

Mainha faz um muxoxo, desviando os olhos da tevê.

— Ela queria entrar pra competir com o bolo de milho favorito dela, e duvido que não ia vencer! — ela diz para Dona Clara, e, pela primeira vez, percebo em sua voz um ressentimento nítido. Eu pensava que, prática como ela é, mainha simplesmente não gostasse desse tipo de concurso. Mas parece que, na verdade, ela tem é ranço da Sociedade Gastronômica. Ela volta a falar: — Se não tivessem menosprezado minha mãe, a melhor padeira dessa cidade, ela teria vencido! Mas mainha não se encaixava no perfil deles. Eles só aceitam esses boyzinhos cheios da grana, que já rodaram o mundo, mas não conhecem nada de culinária e saem dizendo aos quatro ventos que são chefs geniais fazendo *arte*.

Vejo as fotos na internet, tá na cara que tudo é muito mais sobre eles do que sobre a comida que preparam. Lógico que minha mãe nunca teve chance. Ela botaria todo mundo no chinelo!

— Essas oportunidades de ouro não aparecem aqui no bairro — reflete Isabel, recebendo, em resposta, um raro olhar de aprovação de Dona Clara.

Dói reparar que mainha é tão tendenciosa com a Sociedade Gastronômica. Será que ela não enxerga que o prêmio em dinheiro e a atenção que o vencedor recebe da comunidade gastronômica teriam sido uma ajuda imensa para a Sal? Voinha sabia disso. Se eles a tivessem aceitado, estaríamos a salvo agora, e não dependendo de um serviço de bufê que está sugando as forças de mainha. Dá para ver que as olheiras dela estão ainda mais fundas.

O repórter encerra o quadro anunciando que, esse ano, será aberto um formato inédito de concurso: dessa vez, a edição vai ser um concurso de culinária *em família*. Será necessário um mínimo de dois participantes por equipe, e casais, pais e filhos serão bem-vindos. Quase engasgo, porque o concurso vai ser no dia 23... um dia antes do prazo que o Pague Pouco nos ofereceu. Cheira como uma última chance de resistir ao monopólio do supermercado.

— É tudo marmelada — mainha logo comenta. — Querem incluir todo mundo, mas, no fim, vocês acham que alguém como a gente ganharia? Aposto que já até escolheram um dos alunos deles. Ia pegar mal se acabassem perdendo pra um de nós.

Lanço um olhar suplicante para mainha. Porque essa é nossa saída e o melhor escudo possível contra o Pague Pouco!

— A gente não devia pelo menos tentar? — eu imploro. — Vamos fazer a inscrição!

Dona Clara e Isabel olham com expectativa de mim para mainha.

— Tua vó deve ter enchido tua mente de sonhos sem pé nem cabeça sobre a Sociedade Gastronômica. Ela era uma padeira incrível, e mesmo assim não foi aceita nem como aluna. Tá vendo como é tudo armado? Seria melhor jogar na Mega Sena. A chance de ganhar é maior — mainha responde, fazendo questão de desligar a tevê, como se colocando um ponto final no assunto.

Ela nunca vai me escutar. Podem me chamar de besta por ser uma sonhadora que nem voinha, mas o que tem de errado em pelo menos *tentar*? Talvez seja mesmo tudo armado. Mas, se a gente não tentar, não dá para saber.

Um girassol que estava sob a receita de bisavó Elisa cai aos meus pés, e fico toda arrepiada.

É um sinal.

E se for voinha dizendo que devemos colocar a ideia em prática?

— Se a gente vencer, vamos provar de uma vez por todas pro Pague Pouco que é melhor não se meterem com a gente — imploro para mainha, em uma última tentativa. — O universo da gastronomia se juntaria à causa. A Sociedade Gastronômica *jamais* que ia permitir uma rede de supermercados passando por cima das vencedoras do seu próprio concurso de culinária. E mesmo que a gente não ganhe, tem toda essa atenção da tevê durante a competição. A gente podia até denunciar o que tá acontecendo aqui no bairro!

Mainha ergue uma mão para me interromper.

— *A gente?* Se *a gente* vencer? Não tem "a gente" nenhum aqui, menina. Tu não sabe cozinhar.

— Eu sei uma coisinha ou outra, sim... — começo, mas logo me interrompo, como se tivesse dado com a língua nos dentes. — Quer dizer, eu posso *aprender* uma coisinha ou outra. — Meço minhas palavras com o mesmo cuidado com que meço farinha no clube. — A senhora só precisa me ensinar a fazer uma receita que não tenha erro e a gente podia entrar juntas no concurso. A gente podia ficar na frente de todas as câmeras e contar pra eles que o Pague Pouco está falindo todo mundo no bairro.

SAL E AÇÚCAR

Dona Clara bate com a mão no tampo da bancada.

— Isso aí, Alice! Mostra pra eles o poder da Sal!

Por um segundo, mainha parece considerar a ideia, anestesiada pela minha empolgação. Mas então seus olhos voam até meus livros escolares sobre o balcão, como se fossem um lembrete de tudo o que ela sempre esperou e sonhou para mim. Tudo o que posso perder caso não esteja cem por cento focada na escola.

— Tu tá estudando pro vestibular — ela responde. — Eu não me sacrifiquei todinha pra tu se distrair com uma competição que já é causa perdida. Tu não é padeira. Nem tem nada que se meter com essas coisas. Melhor gastar teu tempo com inteligência. A *faculdade* que é teu bilhete premiado, filha.

Devolvo o girassol ao vaso, prendendo o choro.

Quando me viro para pegar meus livros e subir a escada, vejo Pedro saindo da Açúcar. Ele pega a bicicleta e vai embora, o vento agitando seus cabelos. E, bem ali, tenho uma das ideias mais loucas da minha vida.

E se eu e Pedro entrássemos juntos no concurso de culinária da Sociedade Gastronômica? Sei que a competição vai ser só para famílias, mas, bom... a Sal e a Açúcar não são como irmãs que vivem brigadas?

33

6 DE JUNHO, SEGUNDA-FEIRA

Chego cedo ao clube na segunda-feira à tarde, e acabo pegando Pedro ainda sozinho. Ele fica vermelho assim que bate os olhos em mim — assim como eu, também andou me evitando nesses últimos dias.

— Tenho que fazer o inventário — ele anuncia, como uma desculpa para sair fora, prestes a correr até a despensa. Mas a lista já foi feita, e está pronta na bancada bem à minha frente.

— Pedro, tu tens um minutinho? — pergunto.

Ele se vira, meio melindrado.

— Que foi?

Acho que ele estava preparando de novo aquela receita de bolo de rolo de sua família, porque a cozinha está com um cheiro deliciosamente doce, trazendo de volta lembranças que, por mais que eu tente tirar da cabeça, ainda me deixam atordoada.

— Queria te perguntar uma coisa. — Respiro fundo, criando coragem. — Tu sabia que a Sociedade Gastronômica abre todo ano um concurso de culinária?

A postura dele muda, e Pedro fica logo cauteloso.

— Sabia — ele responde, curto e grosso. — É só pra quem é membro.

SAL E AÇÚCAR

— Não mais. E acho que a gente devia... — Fico mexendo no pano de prato sobre o balcão. — Acho que a gente devia competir junto.

Pedro me encara como eu tivesse acabado de falar a maior besteira do século.

— Como é que é?

— É sério. A gente precisa dar um jeito, de uma vez por todas, de evitar que o Pague Pouco acabe com as padarias.

— E tu acha que esse concurso é a solução?

— Acho!

Depois de ser expulso de casa por querer se inscrever na Sociedade Gastronômica, tenho certeza de que só de pensar em chegar perto desse sonho de novo não deve ser uma tarefa fácil. Ele já está balançando a cabeça em negativa.

— Sei não... — ele diz. — É muita coisa pra pensar. E também não é moleza ficar em primeiro lugar num concurso desse... Não sei se essa é mesmo a melhor solução contra o Pague Pouco.

— Mas a gente podia pelo menos tentar.

— Eu e tu? — Ele sacode a cabeça novamente. — Juntos numa competição? Se mainha descobre um negócio desse...

— Oxe, mas se a gente não ganhar, nossas famílias não precisam nem ficar sabendo — respondo.

Pedro estreita os olhos para mim.

— E se a gente ganhar?

— Eles vão ficar com raiva, mas vai ser por uma boa causa. Pensa assim: o concurso iria mostrar pra família da gente que as padarias estão sãs e salvas do Pague Pouco. Além do mais, vencer como não membros atrairia muita atenção da imprensa pro bairro. Pode acabar até atraindo mais negócios pra gente — digo, caminhando até ele. — E, se tu mudar de ideia sobre se candidatar pra Sociedade Gastronômica, a vitória ia mostrar pra eles teu potencial como futuro aluno.

Ele me lança um olhar afiado, e percebo que passei dos limites.

— Quem foi que disse que eu queria me candidatar?
— Te ouvi conversando com a diretora sobre isso...
Pedro se afasta.
— Não posso.
— Pedro...
— O que tu tá pedindo não é pouca coisa — ele me interrompe, ficando irritado. — Tu não faz ideia do que isso é pra mim. Se tu quer participar da competição, vai fundo. Mas eu tô fora.
— Não posso participar sozinha — respondo, apesar de ele ter me dado as costas.
Pedro se vira.
— Oxe, e por que não?
— O concurso desse ano é só pra famílias — explico. — Mães e filhas. Primos... tu entendeu. Mainha não quer ser minha parceira. E já que eu e tu temos o mesmo objetivo, não é melhor a gente se unir?
As orelhas de Pedro ficam coradas.
— E como é que *eu e tu* somos uma família?
Sinto meu rosto queimar, e encaro meus pés.
— Tem uma opção pra casais — digo, a vergonha me fazendo falar baixinho. — Eu já... já dei uma olhada.
Pedro fica em silêncio por tanto tempo que ergo os olhos para ter certeza de que ele não saiu da cozinha sem eu perceber. Já é estranho demais estarmos nos evitando desde aquele dia em que quase nos beijamos semana passada, aqui nesse mesmo lugar. E agora estou tentando convencê-lo a entrar numa competição comigo, fazendo de conta que estamos... sabe... *juntos*?!
Por que sinto como se eu estivesse, na verdade, pedindo a ele para ser meu namorado ou coisa do tipo?
Em questão de segundos as orelhas de Pedro passam de corado para um roxo-brilhante. Ele também deve estar sentindo que está sendo pedido em namoro.

Pedro abre a boca para falar alguma coisa, mas então Victor e Cintia aparecem e a conversa morre. Ele logo se afasta de mim para dar início à reunião do dia — a arrecadação do Vozes é hoje, um pouco mais tarde, e temos muito o que fazer.

Sento em uma banqueta junto ao tampo da bancada, meu coração batendo forte.

Quando Cintia se senta ao meu lado, não percebe a energia circulando pela cozinha. Enquanto isso, Pedro continua tagarelando, a voz meio rouca, e, quando Cintia me pergunta se aconteceu alguma coisa, meu coração dispara tão acelerado que tenho certeza de que ela consegue ouvir.

Quando chegamos ao Vozes, o lugar já está lotado. Os líderes comunitários se agitam lá dentro enquanto o coral das crianças se prepara para cantar.

Seguimos direto para a mesa dos fundos, onde outros pratos já estão montados. Os convidados trouxeram suas comidas favoritas para o evento, e colocamos com cuidado nosso bolo de milho com goiabada e parmesão ao lado. Victor e Cintia gostaram tanto do bolo quando o encontraram na geladeira que insistiram para que Pedro e eu o recriássemos. Deixando de lado os detalhes de nosso pequeno acidente, ajustamos as receitas para que as duas camadas se misturassem melhor depois de empilhadas.

Sinto bracinhos curtos enlaçarem minha cintura.

— Amandinha — eu digo, retribuindo o abraço.

A menina sorri, erguendo o rosto.

— Tu veio!

— Oxe, como é que eu não ia vir?

— Eu fiz ele jurar de dedinho que tu voltava — ela admite enquanto espia Pedro, ocupado juntando mais pratos e canecas.

— Ele me contou.

Amandinha gesticula para que eu fique de joelhos.
— É segredo? — pergunto.
Ela faz que sim com a cabeça e sussurra no meu ouvido:
— Mainha conseguiu um emprego.
— Eita! — Dou outro abraço nela. — Que massa! Tô feliz que só por tu.
— Ela disse que vai me dar uma Barbie!

Penso em mainha tentando comprar um notebook para mim, e só de lembrar do constrangimento que ela passou com o cartão meu coração dói.

— Tu cuida direitinho dessa Barbie, visse? — digo para Amandinha. — Sei que se tua mãe pudesse te encheria de bonecas.

A menina sorri.

— Ela vai fazer um monte de comida gostosa, que nem vocês!
— É mesmo?
— Falei pra ela das mãos de fada da tua voinha!

Dona Selma dá um tapinha no ombro da garota, que se despede, saltitando para ocupar sua posição no coral.

— Fico feliz que teu clube tenha se juntado à festa de hoje — fala Dona Selma, e Pedro mostra para ela o bolo que trouxemos.

Ainda não consigo acreditar que é um bolo que ajudei a fazer.

Da última vez que tentei fazer o bolo de milho de voinha, me senti mal por não conseguir deixá-lo do jeitinho que eu me lembrava. Cozinhei procurando por ela e não consegui encontrá-la. Mas, na magia da cozinha, a receita tomou outro rumo e acabou me fazendo ir por outro caminho — não na direção de voinha, mas de mim mesma. E aí, depois de um pequeno deslize e um quase beijo, a receita se reinventou e se transformou em perfeição.

Estou nervosa para saber o que Dona Selma vai achar disso. Engulo a tristeza ao pensar que voinha nunca vai poder experimentar nada que eu tenha feito.

Dona Selma prova uma fatia e, depois de uma única mordida, começa a distribuir pratos para os convidados que estão por perto, incentivando-os a experimentar.

— Isso tá imoral! — diz uma mulher, e os outros convidados reagem igualzinho a ela, parecendo prestes a derreter com todos aqueles sabores na boca.

— Foi o clube de vocês que preparou isso? — outro convidado pergunta, impressionado.

— Pedro e Lari criaram a receita juntos — explica Cintia.

— Isso é um bolo Romeu e Julieta, né? — pergunta Dona Selma. Pedro olha para mim, subitamente tímido.

— Ele segue o requisito. A camada de bolo de milho leva muito queijo parmesão, e, com a doçura da goiabada, dá pra chamar de Romeu e Julieta, sim.

É como se eu estivesse sonhando, vendo como todo mundo sorri assim que experimenta nosso bolo. As crianças não param de pular com a boca cheia enquanto alguns convidados dão risadinhas, com farelos de bolo nos lábios. Os voluntários se abraçam lado a lado, mastigando.

Dona Selma vai até a frente do coral para dizer algumas palavras.

— Queria agradecer a todos vocês por fazerem dessa arrecadação um sucesso — ela diz, e todo mundo comemora. — Obrigada por sonharem esse sonho comigo, todos os dias. Por causa de vocês vamos poder reformar a cozinha e continuar fazendo o trabalho que desenvolvemos aqui. — Mais vivas e salvas de palmas. Dona Selma fica emotiva, os olhos cheios de lágrimas. — Tem sido um momento muito difícil pra nossa comunidade. São tempos difíceis, pessoalmente. — A voz dela falha, e o nó dolorido que sinto se formar na garganta me indica o rumo que Dona Selma vai tomar. — Perdi minha melhor amiga recentemente. — As palavras são como um soco no estômago. Quando Dona Selma me encara, fico imóvel, sem fôlego, tentando segurar as lágrimas. — Ela era uma mulher incrível que também acreditava em sonhos. E ela acreditou no meu. Era uma apoiadora feroz do Vozes, e, onde quer que tu esteja, Julieta, obrigada por nunca ter soltado minha mão. Essa música é pra ti.

As pessoas ao redor erguem seus copos para homenagear voinha. Victor, que se esgueira para o meu lado, aperta meu ombro em um gesto de apoio, e Amandinha aparece e me entrega um girassol antes de voltar correndo para seu lugar no coral. As crianças cantam *Oração*, de A Banda Mais Bonita da Cidade, uma música que é feito uma prece, igualzinho ao título, e descreve como os corações não são tão simples quanto costumamos pensar; como são grandes o bastante para acomodar o que até as despensas não conseguem.

E eu não aguento.

Não estou pronta para orações finais ou despedidas.

Escapo da sala e sigo para o jardim lateral, pronta para fugir como no dia do enterro de voinha, mas a porta se abre às minhas costas.

— Te achei — diz Pedro, vindo até mim.

Sorrio para esconder a dor que estou sentindo, mas as lágrimas começam a rolar por minhas bochechas. Um sopro de vento bagunça a franja de Pedro por cima dos olhos, e, quando ele afasta o cabelo, percebo um tremorzinho em sua mão.

— Lari, sei que tô atrasado pra caramba, mas tudo bem se eu te der os meus pêsames? — ele pergunta. — Eu me sinto um otário por não ter dito nada antes. Na real, até tentei puxar o assunto algumas vezes.

As palavras dele me pegam desprevenida. Só agora me dou conta de que o que eu queria esse tempo todo era que Pedro reconhecesse a ausência de voinha na minha frente. Porque, por mais que nossas famílias se odeiem, minha vó era uma das vozes mais potentes da nossa comunidade. Assim como Seu Romário.

— Tu não tá atrasado — respondo, a voz embargada.

— Sinto muito. Nunca vou esquecer a ajuda da tua vó quando eu precisei.

Não consigo parar de chorar.

— Como assim?

Pedro abre um sorriso triste.

— Quando eu tinha dez anos, achei uma família de gatos vivendo naquele beco atrás dos ateliês, sabe, e fiquei preocupado, porque os filhotes tavam puro osso. Aí comecei a levar leite da Açúcar pra alimentar os bichinhos — ele me conta, os olhos brilhando. — Mas voinho me flagrou e proibiu. Dona Julieta me viu chorando e, sem dizer nada, começou a deixar as sobras da Sal pra mim. Frango cru, carne moída... Sempre que ela fazia empada ou coxinha, deixava um saquinho no parapeito da janela pra eu poder levar pros gatos. Era tipo um segredo entre a gente. Ela nunca contou nada pra voinho, e eu alimentei os gatos até eles crescerem e irem embora. Sempre vou ser grato por isso.

Minha vó nunca me falou nada disso. Mas é... é a cara de voinha.

— Obrigada por me contar. — Jogo os braços ao redor de Pedro, afundando meu rosto em seu peito para abafar o choro.

Eu o sinto tensionar o corpo, pego de surpresa como naquela noite em que me deu uma carona para casa debaixo de chuva, mas não se afasta. Pelo contrário, me abraça de volta, deixando que eu me aninhe em seu corpo e que eu chore em seus braços, fazendo carinho nas minhas costas.

— Não quero me despedir dela — eu falo.

— Tu não precisa.

Não sei por quanto tempo ficamos assim, de pé ao lado dos arbustos de hibisco, a chuva caindo no jardim e encobrindo o mundo ao nosso redor.

34

9 DE JUNHO, QUINTA-FEIRA

Pedro nunca chegou a responder se entraria no concurso comigo, mas interpreto seu silêncio como um não.

Não tenho como pedir a mainha que se junte a mim — ela já está ocupada demais. Mas voinha não me deixaria desistir tão fácil! Então vou atrás de outro parceiro. Talvez Cintia ou Victor topem minha ideia...

Por enquanto, fico pensando em qual prato vou cozinhar para poder concorrer, e passo o resto da semana estudando as antigas receitas de voinha. Estou esparramada na cama, com as receitas de voinha escritas à mão ao meu redor, quando alguém bate na porta.

Fico de pé com um pulo, e trato de esconder as receitas debaixo do colchão.

Isabel põe a cabeça para dentro do quarto. Só pela cara dela já dá para ver que tem alguma coisa errada.

— Tu devia ir lá embaixo conversar com a tua mãe — ela diz.

— Que foi que aconteceu?

— Ela tava anotando os pedidos de todo mundo, mas aí recebeu uma ligação, começou a gritar e depois se trancou no escritório de Dona Julieta.

Desço correndo as escadas, dois degraus por vez, meu coração batendo forte no peito. Está um clima tenso na padaria. Alguns clientes continuam diante do balcão, hesitantes.

Me apresso até a porta do escritório.

— Mainha? Tá tudo bem com a senhora?

Após o que parece ser uma eternidade, ela abre a porta.

— Fala pra todo mundo voltar outra hora — ela sussurra antes de se trancar novamente.

Quando me viro, tremendo, os clientes ainda estão me encarando.

— E-ela não tá se sentindo muito bem — gaguejo.

— A gente entende — diz Isabel ao fundo, já abrindo a porta e conduzindo todos para fora da Sal. Ela murmura um "me liga se precisar de alguma coisa" antes de sair.

Sozinha na padaria, volto ao escritório.

— Mainha, todo mundo já foi embora. Posso entrar?

Ouço um clique na fechadura da porta e entro. Minha mãe está sentada à velha escrivaninha de voinha, os boletos espalhados diante dela como se fosse um jogo de tarô. E, pela expressão no rosto de mainha, as cartas não disseram coisa boa, não.

Me sento de frente para ela.

— Dona Fernanda acabou de ligar para nos dispensar — mainha fala, sem rodeios, e é como se todo o sangue deixasse meu corpo. — Em vez disso, vão contratar o Pague Pouco.

— Quê?! — eu grito. — Não. Não. Ela não pode...

— Não só pode como já fez — mainha interrompe. — É muita falta de profissionalismo, mas acontece. Ela vai pagar por tudo que eu já preparei e é isso.

— Mas a festa é daqui a dois dias!

— Eu sei. Mas o Pague Pouco fez a cabeça de Dona Fernanda com um monte de boato de que esse tempo todo a gente tá com problemas com a vigilância sanitária e que tá escondendo isso dela. Que Eulalia e eu vamos acabar estragando a data especial com um dos nossos "famosos barracos". Que a gente não é confiável e não entrega as coisas a tempo. E... que eu não tenho experiência direta como organizadora de festas. — Mainha dá um sorriso triste. — Pelo menos esse último boato não é mentira.

— Mas a senhora fez um trabalho incrível! Trabalhou dia e noite! — eu digo, falando mais alto por conta da indignação. — Quer dizer então que foi o *Pague Pouco* que falou tudo isso sobre a gente?!

— Foram eles que começaram o rumor sobre os ratos, Lari — explica mainha, levantando-se com um gesto impaciente. — Eram eles o tempo todo. E a filha de Dona Fernanda não quer mais confusão. Mesmo que a mãe dela acreditasse na gente, a festa ainda é dela. Não tem mais nada que eu possa dizer ou fazer pra convencer as duas de que a nossa cozinha é confiável. Eu não aguento mais essa situação... tô cansada. Tô cansada demais.

Fico sem palavras. Sacudo a cabeça, desejando que tudo isso seja só um pesadelo do qual vou acordar a qualquer momento. Vai ficar tudo bem. Mainha e Dona Eulalia já arrumaram tudo tão direitinho. O congelador da Sal está abarrotado de salgados congelados, prontos para serem assados e fritos para a festa.

Mainha passa por mim em um rompante, como se estivesse tentando escapar das dívidas. Eu a sigo até a cozinha, onde ela pega todas as bandejas cheias de comida que preparou e começa a atirá-las em uma lixeira enorme.

— Mainha, para! Não faz isso! A gente ainda pode fazer elas mudarem de ideia! — Pego uma das bandejas, mas mainha se esquiva e atira mais empadinhas no lixo.

Assisto à cena, de mãos atadas. Quando não sobra mais nada no congelador, ela agarra uma caixa de ovos e se prepara para cozinhar.

Mainha quebra os ovos em um prato, segurando as gemas entre os dedos, depois bate as claras em neve, as mãos se movendo em gestos rápidos e precisos. Ela já fez isso tantas vezes na vida que nem precisa olhar para baixo, e mesmo assim as claras crescem em uma nuvem branca que nunca derrama, obediente, como se reconhecesse as mãos de minha mãe.

O som do fuê batendo no fundo do prato é quase hipnótico. E sei que é assim que mainha lida com os problemas. É como ela mascara a dor.

— A gente devia se desculpar com os Molina — comento, minha voz saindo uma gasguita.

O fuê atinge a borda do prato com um pouco mais de força. Quando mainha me encara, seus olhos brilham com tanta raiva que fico assustada.

— E eu vou me desculpar por quê? — ela pergunta.

— A gente tá devendo um pedido de desculpas. Acusamos os Molina de espalharem o rumor sobre os ratos — respondo.

Mainha deixa o fuê cair bem em cima da nuvem de clara de ovo.

— Eu não devo porcaria nenhuma pra essa família! — Ela está visivelmente tremendo. — Lógico, eles não são culpados *dessa vez*. Mas esse povo tá por trás de vários outros boatos. Tu quer que eu finja que nada aconteceu? Onde é que tá o *meu* pedido de desculpas por toda a dor que eles causaram? — Ela baixa os olhos para as claras arruinadas e ergue as mãos. — Agora olha só pra isso. Vou ter que começar tudo de novo!

— Mainha, desculpa, eu...

— Larissa, *vai embora daqui*!

Saio correndo da cozinha antes que ela volte a gritar comigo, meus pensamentos rodando feito um furacão. Fomos feitas de besta pelo Pague Pouco. Aposto que eles acharam que podiam usar nossa rixa em benefício próprio, colocando uma pessoa contra a outra, prontos para atacar assim que um de nós ficasse vulnerável. E eu caí direitinho.

Como é que mainha não está se perguntando se fomos induzidas ao erro de outras maneiras? Talvez ela só não queira dar aos Molina o benefício da dúvida. Mainha é muito orgulhosa. E isso também significaria admitir que os acusamos falsamente de calúnia.

Todo esse tempo, pensei que éramos diferentes. Achei que só estávamos tentando nos defender dos Molina. Só agora entendi que minha família é tão culpada quanto eles de manter vivo esse ciclo vicioso.

Quantas vezes, no passado, fomos nós quem causamos dor? Quantas vezes pensei que alguma coisa fosse um ataque quando, na verdade, os Molina estavam só *reagindo* a algo que fizemos primeiro?

Ataque. Retaliação. Ataque. Retaliação.

Não importa mais quem ou o que pôs a rixa em movimento. O importante agora é o próximo passo. Será mesmo que esse ciclo nunca vai ter um fim?

35

9 DE JUNHO, QUINTA-FEIRA

O sol já está se pondo enquanto espero Pedro nos fundos da loja da esquina.

Quando finalmente chega, fica ao lado de uma prateleira, metade escondido por pacotes de flocos de cuscuz. Fico do outro lado, fingindo dar uma olhadinha nas embalagens para nenhum dos nossos vizinhos pensar que estamos juntos. E me mata lembrar que não podemos nem conversar abertamente, que precisamos nos esconder em nosso próprio bairro. Como se estivéssemos cometendo um crime.

— Dona Fernanda dispensou mainha — digo a ele.

— Ela acabou de dispensar a gente também — ele responde.

— Pedro, tem uma coisa que tu precisa saber. — Minha voz treme de raiva. — Acabei de descobrir que foi o Pague Pouco quem começou com os rumores sobre ratos na Sal. Eles queriam jogar a gente contra vocês. — Cerro os punhos para conter a vontade repentina de gritar. — Sinto muito por ter acusado tua família. Me desculpa, sério.

Pedro dá a volta nas gôndolas e se junta a mim. Parados junto a uma prateleira de temperos, estamos em uma partezinha escondida na penumbra da loja, sozinhos no corredor.

— Preciso da tua ajuda — ele diz, parecendo tão confuso e irritado quanto eu. — Andei pensando e, se tu concordar, o bolo que a gente levou pro Vozes pode ser nosso prato pra competição.

— Nosso prato pra competição...?

— Acho que tem cara de vencedor, né? — Pedro pergunta. — A menos que tu não me queira mais. Quer dizer, como parceiro. Na Sociedade Gastronômica. — Mas tudo que consigo fazer é encará-lo, porque acho que não o ouvi direito. — O que a gente bota na inscrição do concurso? Que a gente tá namorando ou...? — Ele tosse. — Por causa da exigência de "família", lógico.

Sinto meu rosto corar tanto que já deve estar vermelho-tomate.

— Sim, sim...

— Então...?

— É, a gente tá namorando. Quer dizer, *escreve* que a gente tá namorando. — Pisco, tentando recuperar o foco. Ainda parece que é tudo um sonho. Acabei de contar para Pedro que acusamos injustamente sua família e mesmo assim ele quer se juntar a mim?! — Tu tá falando sério mesmo sobre participar desse concurso comigo? E tua mãe e teu avô?

— Nunca falei tão sério na vida. Mainha tá preocupada demais com a saúde de voinho pra pensar em uma coisa dessa e voinho está doente, então não tenho como pedir a ele. E, de qualquer forma, chuto que ele não ia confiar em mim o suficiente pra ser meu parceiro... — Pedro abre um sorriso triste. — Mas agora que a gente não tem mais o bufê, a Açúcar tá em maus lençóis. Preciso tomar uma atitude. Tenho que fazer isso pela minha família, e não consigo pensar em ninguém em quem eu confie mais pra entrar nessa competição do que tu, que também tá lutando pela própria casa. Tu é a única que entende como eu tô me sentindo agora.

Fico com pena de Pedro. Ele tem só dezessete anos. Não devia ter que carregar o peso de administrar os negócios da família.

— A gente vai ganhar — digo, e, no fundo, também estou tentando me convencer. — E, quando isso acontecer, a Sal e a Açúcar vão estar a salvo.

Pedro me encara por um momento.

— Lari, tu me contaria, né?

Meu coração dispara. É a primeira vez que ele me chama pelo apelido.

— Contar o quê?

— Caso tua mãe decida vender a Sal, agora que o cerco tá fechando. Lembra do que a gente combinou quando decidimos dar uma trégua? Em duas semanas acaba o prazo da proposta do Pague Pouco. A gente tem que impedir nossas mães caso elas comecem a ceder, beleza? Essa competição não vai adiantar nada se uma delas abrir mão.

Abro a boca para dizer a ele que mainha ainda guarda o cartão de visita do advogado, mas pulamos de susto quando, de repente, ouvimos a gritaria de nossas mães lá fora.

Por um minuto aterrorizante, tenho certeza de que mainha me seguiu e viu com quem estou conversando. Pedro parece tão assustado quanto.

Mas é só a boa e velha rixa. Nossas mães estão gritando simplesmente porque cruzaram uma com a outra na calçada e não têm mais o serviço de bufê para forçá-las a uma convivência.

— Eu nunca que devia ter trabalhado com alguém feito tu! Que não entendia nada de planejamento de festas! Tu tá acabando com a reputação da Açúcar com essa sua incompetência, e não vem, não, que *eu sei* que tu deve ter falado alguma besteira pra filha de Dona Fernanda me dispensar! Ela tava toda satisfeita com a Açúcar tomando conta do aniversário sozinha antes de tu chegar e estragar tudo! — Dona Eulalia acusa mainha. — Agora a mulher nem atende quando eu ligo! O que foi que tu fizesse, Alice? Desembucha!

— E por que diabos eu faria uma coisa que botaria em risco meu negócio?! — mainha retruca. — A gente tava *junta* no bufê. Eu lá ia me sabotar também?!

— Isso porque tu já tá negociando com o Pague Pouco pra vender a Sal! Já tô sabendo de tudo! Tu não tava dando a mínima pro serviço, aí foi lá e decidiu falir a Açúcar!

Olho para Pedro, preocupada que ele acredite nas palavras de Dona Eulalia.

— Não é verdade — falo para ele. — O Pague Pouco também deve estar por trás desse monte de mentira, botando tua mãe contra a parede.

Pedro não se mexe, os olhos ainda grudados na briga lá fora.

— Tu é uma cobra, Alice! — a mãe dele continua.

— Some da minha frente! — mainha grita de volta.

— Tu sempre soube que ia se vender, né? Admite! Se eu descobrir que tu andou negociando com o Pague Pouco desde o primeiro dia, enquanto ficava aí enganando o bairro com aquele boicote que tu inventou, eu vendo a Açúcar primeiro! Não vou ser feita de besta! Não vou sair de mãos abanando desse bairro, que já tá jogado às traças!

Isso é um pesadelo.

Esperamos nossas mães irem cada uma para seu lado, e só então saímos de trás da gôndola. Mas, mesmo quando elas finalmente se afastam da entrada da loja, Pedro e eu continuamos olhando um para o outro. Não consigo deixar de sentir que estamos sendo arrastados de volta para a rixa familiar. E agora estou com tanto medo que nem pisco.

Não vou conseguir sair de perto de Pedro sem saber o que está passando na cabeça dele. E, de alguma forma, sei que ele está se perguntando o mesmo sobre mim. Quando ouvimos o barulho de outros clientes nas proximidades, Pedro agarra minha mão e me puxa para outro corredor vazio.

Preciso contar a ele sobre o cartão de visita. Sobre como mainha deixa o papelzinho preso ao aviso de corte de energia como se fosse um contato de emergência. Mas, depois de ouvir as ameaças de Dona Eulalia, estou presa em um dilema terrível.

É seguro expor *todas* as vulnerabilidades da minha família para esse garoto que foi meu inimigo desde sempre?

Dei minha palavra a ele. Prometi avisá-lo caso notasse que mainha estivesse prestes a ceder.

Mas, se Dona Eulalia sequer sonhar que mainha está pensando em vender, ela pode interpretar como um sinal que está esperando para negociar a Açúcar primeiro.

Eu me sinto minúscula.

Me sinto covarde.

— Preciso ir — eu falo, a garganta seca feito uma lixa.

Mas Pedro olha em meus olhos, os dedos entrelaçados aos meus, e não consigo ir embora.

— Me desculpa — deixo escapulir, e, sem pensar, passo os braços em torno dele.

— Me desculpa — Pedro fala em meu ouvido, me fazendo sentir um calafrio na espinha.

Pedimos desculpas mil vezes, não apenas por coisas do passado, mas também pelo que está por vir. Empilhamos nossas desculpas, porque somos filhos de uma rixa multigeracional. Tememos o dia em que nossas famílias vão se enfrentar novamente. Quando vão nos fazer odiar um ao outro. Pior ainda — quando nós mesmos nos vermos impelidos a odiar um ao outro.

Mas, durante esse instantinho mágico, estamos juntos.

Ouvimos mais clientes se aproximando do corredor. Temos que nos separar. Nos esconder. Esconder o que sentimos. Mas os braços de Pedro ainda estão ao meu redor, uma mão na minha lombar, me puxando para ele. Também o seguro com força.

Temos só três segundos até alguém nos ver. Não quero que isso acabe.

Dois segundos. Sei que Pedro também está ciente da contagem regressiva.

— Lari — ele diz. Uma palavra pequena feito um suspiro. Meu nome. Mas chega até mim de um jeito tão intenso que me sinto até desnorteada. Ergo o rosto, e vejo aquele desejo outra vez em seus olhos. E isso me assusta.

Um segundo.

Nos separamos bem a tempo, e deixo a loja primeiro, sentindo o peito apertado. O calor de Pedro ainda na pele. Lágrimas ardem em meus olhos. *Mainha nunca disse que vai vender a Sal*, repito mentalmente. *Tudo que ela fez foi guardar o cartão do advogado.*

Então por que me sinto uma mentirosa? Como se estivesse traindo a confiança dele?

Sou atingida por uma sensação repentina — aterrorizada com a ideia de perder Pedro. Mas tento deixar as preocupações de lado. *Preciso fazer isso* — antes que eu volte para aquela loja e beije aquele garoto na frente de todo mundo.

Pedro e eu, juntos, vamos vencer esse concurso. Depois disso, não vai mais ter importância se minha mãe ou a dele considerarem a proposta do supermercado. Porque, a essa altura, o Pague Pouco já não vai ser uma ameaça para o bairro.

É estranho pensar que nosso futuro está nas mãos de uma receita de bolo. Mas não é esse o destino de todos os Ramires e Molina?

36
11 DE JUNHO, SÁBADO

No sábado à noite, quando mainha deveria estar trabalhando no maior evento da Sal de todos os tempos, um Uno antigo cor de vinho estaciona na frente da padaria.

Fico de olho em tudo, da janela do meu quarto.

Dona Clara desce, caixas e malas amontoadas na parte de trás do carro. Ela bate em nossa porta com a bengala, puxando um xale fino sobre os ombros. Já passou do horário de trabalho, mas a insônia de mainha não a deixa dormir, e ela abre a porta de imediato.

Dona Clara parece estar com pressa. Ela não quer entrar.

Basta uma olhada para o carro da amiga mais antiga de voinha e mainha desaba em um choro triste. O gesto é tão abrupto que cubro a boca, minha vista ficando embaçada com minhas próprias lágrimas. Porque mainha nunca chora assim. Ela sempre guarda os sentimentos para si, mas, dessa vez, se permite chorar de soluçar. Estou assustada demais para descer. Não aguento mais notícias tristes. Não aguento mais despedidas.

— Quem vai tomar conta de Isabel? — Ouço Dona Clara dizer. — Ninguém vai querer saber de contratar essa menina desastrada. Vive sonhando acordada com ator de novela e deixando o óleo queimar. É culpa minha que não fui mais rígida com ela. Não ensinei direito.

— Isabel só dá duro no trabalho por causa da senhora — mainha responde. — E, se eu pudesse, contrataria Isabel num piscar de olhos.

Dona Clara acaricia o rosto de mainha.

— Tu tem o coração da tua mãe — ela diz e, de repente, seus olhos brilham de medo. — Alice, tu lutou com garra. Todos nós lutamos. Mas não tem mais o que fazer. Olha pra mim agora: vou precisar ir pra São Paulo morar com meu irmão mais novo. Ele diz que vai cuidar de mim, mas mal consegue cuidar dele mesmo. — Dona Clara aperta a bengala, apoiando-se com força no objeto. — Minha prima Yara é teimosa. Preferiu ficar. Mas dou um mês e ela vai embora.

— Olinda não vai ser a mesma sem a senhora — diz mainha.

Os olhos de Dona Clara brilham de lágrimas enquanto ela ergue o rosto para as casas, como se estivesse tentando memorizar nosso bairro. Me escondo por trás da cortina para não me verem. Quando volto a espiar pela janela, ela já voltou para o carro.

— Aceita a proposta deles antes que seja tarde demais — ela insiste para mainha. Depois inclina a cabeça na direção da Açúcar. — Antes que eles façam primeiro, porque *se* e *quando* isso acontecer, tu e Lari vão ficar sem nada. Julieta não passou a vida naquela cozinha pra suas meninas acabarem na rua da amargura. — Dona Clara estende a mão pela janela e aperta a de mainha, e elas não se soltam até o último segundo. — Toma conta de Isabel por mim? Aquela menina abestalhada não tem mais ninguém no mundo.

— Vou cuidar dela como se fosse minha filha — mainha promete.

Dona Clara vai embora, o motor do carro roncando e estalando pela rua.

Observo as lanternas traseiras até perder o veículo de vista.

37

15 DE JUNHO, QUARTA-FEIRA

Não temos aulas depois das provas, então dou a desculpa para mainha que meus professores estão dando aulas de reforço. Em vez disso, me encontro com Pedro na cozinha da cantina para trabalhar em nosso bolo. De vez em quando, depois de explicarmos que estamos juntos nessa para enfrentar o Pague Pouco, Victor e Cintia até participam provando tudo.

Mas em outros dias, como hoje, somos só Pedro e eu...

Embora devêssemos manter nossas interações restritas à cozinha da escola, está ficando cada vez mais difícil me despedir dele ao fim do dia. Morro de vontade de ficar perto de Pedro. A cada instante.

Sinto falta até daquele sorrisinho irritante de sabe-tudo dele quando traz o pão de coco que fez na Açúcar, com gosto de manhãs perfeitas e livres de preocupação.

— Um dia, vou te transformar numa formiguinha que nem eu — Pedro diz.

E, acima de tudo, desejo sentir o calor dele. Quando nos sentamos juntos no estacionamento vazio depois de cozinhar, ombro a ombro. Durante a hora maravilhosa que temos antes de voltar para casa, somos só nós dois, nos distraindo com coisas aleatórias. Só trocando ideia. Sem rixa. Sem Pague Pouco. Sem bufê que deu errado. Sem nenhuma ansiedade sobre concursos. Nada além de dois novos amigos se conhecendo.

Foi assim que descobri que Pedro não assiste a filmes de terror, porque odeia levar susto.

Ele é um Trekkie. Nog é seu personagem preferido porque trabalhava no bar do tio, assim como Pedro trabalha na padaria do avô.

E ele é bem mais sentimental do que gosta de admitir.

Do nada, ele me dá um bilhete, e nem acredito quando noto que é um cartão atrasado de Santo Antônio. Não daqueles em formato de coração que os casais dão um ao outro, mas um bilhete celebrando o nascimento da nossa amizade.

— Não consegui te entregar na segunda — ele murmura, olhando para o lado. — E ontem também não. Os outros tavam aqui, e tu e Victor não paravam de conversar sobre vídeos do YouTube. Eu não... não queria que eles... tu sabe...

Cintia e Victor ainda não sabem que Pedro e eu estamos... seja lá como se chama essa coisa que está começando entre a gente. Mas, pelas olhadinhas dissimuladas que recebemos quando ficamos um ao lado do outro no fogão, tenho certeza de que já estão desconfiando.

Penso no cartão coberto de coraçõezinhos guardado no fundo da minha mochila. Não posso entregar essa coisa para ele — o que diabos eu estava pensando?! Eu devia ter feito um cartão de amizade também! E agora Pedro está me olhando como se estivesse esperando receber seu bilhete.

— Não é qualquer vídeo do YouTube — eu digo, mudando rápido de assunto. — Victor tá pensando em abrir um canal pra falar sobre os pratos que ele experimenta. Ele tava me mostrando uns vídeos de inspiração.

— Qual o lance entre vocês dois? — Pedro pergunta sem cerimônia, fazendo questão de parecer bem focado nas nuvens no céu.

SAL E AÇÚCAR

*Ele está com **ciúmes**. Ele anda com ciúmes da minha amizade com Victor desde a festa?*

— Já te disse. Ele é meu amigo.

— Ele gosta de tu. — Pedro me encara dessa vez, como se precisasse testemunhar minha reação ao que ele diz.

— Por que vocês discutiram na festa? — pergunto, em vez de responder.

Pedro desvia os olhos novamente.

— A gente não discutiu. — Ele dá de ombros. — A gente só... Ele falou pra eu te deixar em paz. Pra parar de trazer a briga das nossas famílias pra escola.

Victor ficou chateado quando ouviu o pessoal da escola me chamando de Salgadinha. É bom ter um amigo que fique do meu lado. Mas o que eu queria mesmo era que os dois não tivessem discutido.

— Victor falou isso mesmo?

— Ele gosta de tu — Pedro repete, como se provando seu argumento.

— E... e o que foi que tu disse pra ele?

Pedro me olha bem nos olhos.

— Eu disse que ele não precisava nem pedir. Disse que eu... que ele não tinha com o que se preocupar.

Não consigo evitar um sorriso.

— Então de repente tu aprendeu a me tolerar? — faço graça.

— Não — diz Pedro. — Aprendi a *gostar* de você.

As palavras saem tão suaves de sua boca que meu coração dá uma pequena cambalhota. E acho que ele também se assusta, porque fica vermelho.

— Queres comer alguma coisa que não seja bolo? — ele convida, mudando de assunto. — Quem sabe tomar um café antes de ir pra casa?

— Café parece uma boa — respondo, uma onda de calor se espalhando sob minha pele.

Quando me sento atrás de Pedro na bicicleta, envolvo sua cintura com os braços. Ele não fica se contorcendo nem reclamando que estou perto demais.

Encontramos uma lanchonete no fim da rua da escola, um pequeno negócio familiar. Alguns estudantes com uniforme de outra escola estão sentados junto às mesinhas de plástico, então nosso segredo está seguro. Outros clientes puxam cadeiras do lado de fora para olhar as pessoas passando, tirar selfies e ensinar passinhos de dança uns aos outros enquanto comem.

A cena me faz pensar na Sal. No jeito que costumava ser antes do Pague Pouco. Agora que Dona Clara deixou o bairro, insistindo para que mainha vendesse a padaria, nem sei mais o que se passa na cabeça dela. E não consigo parar de pensar que em nenhum momento mainha disse a Dona Clara que não faria isso.

— Lari? — Pedro chama. Seu rosto desgrenhado daquele jeito fofo está bem na minha frente, tentando voltar minha atenção para o que ele está dizendo.

— Desculpa. — Dou um sorriso, descendo da bicicleta. — O que foi que tu disse?

— Tava só perguntando se tu tá com fome. — Ele lança olhares furtivos para os hambúrgueres que os outros clientes estão comendo em frente à lanchonete.

— Não, de verdade... Só café tá ótimo.

— Volto já.

Ao retornar, Pedro coloca o café na minha frente.

— Acabei não perguntando se tu vai continuar no clube no próximo semestre — ele diz, sentando-se com a própria caneca. — Tu vai, né?

— Nem parei pra pensar nisso — admito. — Já tô mentindo pra mainha sobre o clube faz tanto tempo que acho melhor não continuar.

— Ué, conta a verdade pra ela e continua semestre que vem.

SAL E AÇÚCAR

Levanto minha caneca para perto do rosto, observando Pedro por trás dela. Meio sem jeito, abre três pacotinhos de açúcar e os coloca no café tudo ao mesmo tempo. Mas uma das embalagens acaba caindo na caneca, e fico olhando enquanto ele se queima tentando pegá-la, depois começa a mexer o café, devagar, metódico. Dá um gole cuidadoso, faz uma careta como se a bebida ainda estivesse amarga e rasga outro pacotinho de açúcar. Só então ergue os olhos e finalmente me pega observando.

— Ainda não tava bom de doce — ele explica, meio afobado.

— Pensei que quando tu não tivesse fazendo doce seria a última coisa que tu teria na cabeça.

Pedro finge estar ofendido.

— Já te vi comendo, visse? Pelo menos não boto maionese na pizza — ele retruca, fazendo cara de nojo.

— Quando que tu me viu botando maionese na pizza?

— Lembra daquela vez que teve a feira de ciências intercolegial, acho que na sexta série? Tu tava comendo pizza com uma tonelada de maionese.

Sinto meu rosto corar. Nem reparei que ele estava prestando atenção em mim na época.

— Oxe, eu tava fazendo experiências com condimentos. Pela ciência — murmuro para o interior da caneca. — E, só pra constar, maionese é bom *demais*.

Pedro estremece.

— Se tu tá dizendo...

Tomo um golinho de café, que tem um gosto forte e amendoado. Pedro baixa sua caneca.

— Tu tá satisfeita com tua parte da nossa receita?

— Acho... acho que tô? Fico pensando que o jeito que eu preparo talvez não seja tão bom quanto a receita original de voinha. Até que aquele queijo parmesão todo é gostoso, mas...

— Tua receita é *boa* — ele diz. — Não precisa ficar comparando com a dela.

— Mas que direito eu tenho de mudar uma coisa que dá certo há gerações? Acho que a receita é da minha bisavó.

— Sinceramente, eu queria ter a oportunidade de fazer uma coisa dessa com as receitas de voinho. — Pedro me olha como se estivesse decidindo se deve ir em frente e me contar algo ou não. Em seguida, ele puxa a cadeira para mais perto, baixando a voz. — Tu faz ideia de como é ficar numa cozinha parada, *congelada* no tempo? Já fiz tantas vezes a mesma receita, *sempre* as mesmas comidas, que a essa altura não sei nem se ainda gosto delas. Esse é o meu carma. Sei que tu se incomoda por não ter crescido cozinhando, mas sinto inveja de ti. Tu tem toda a liberdade do mundo pra pegar uma receita e fazer pela primeira vez, ou então pra reproduzir do teu jeito, fazer uma criação tua. Tu pode fazer o que der na telha sem sentir que tá ofendendo alguém.

Ele olha para o lado, os braços cruzados.

— Pedro... é por isso que tu quis entrar na Sociedade Gastronômica? Porque tu se sente preso em casa?

— É um dos maiores motivos.

— E também foi por isso que tu... que tu foi embora?

Ele se recosta na cadeira, assumindo uma postura defensiva.

— Eu não devia ter entrado nesse assunto. Pra que morgar um café bom assim com lembranças ruins?

Pedro leva a caneca à boca, dando um longo gole para silenciar o assunto.

— Desculpa ter perguntado...

— Não, tudo bem. Eu tô de volta, não tô? Então...

Ele dá outro gole.

Odeio pensar em como Pedro deve ter se sentido sem eira nem beira quando o avô o expulsou de casa, tudo porque ele queria entrar

SAL E AÇÚCAR

na escola de culinária. Eu podia ter perdido Pedro para sempre caso ele nunca tivesse voltado. E me preocupa pensar que, se não ganharmos o concurso e a Sal e a Açúcar fecharem as portas, eu *ainda* posso perdê-lo.

Quando terminamos nosso encontro para tomar café (ou coisa parecida), Pedro me dá uma carona de bicicleta até em casa e me deixa na farmácia. Quando está prestes a ir embora, coloco a mão em seu braço para fazer ele ficar mais um pouco.

Puxo depressa da mochila o cartão de Santo Antônio que fiz para ele — com coraçõezinhos e tudo — e o ponho em sua mão.

— Não lê agora — falo rápido, ao primeiro sinal de um sorrisinho surpreso em seu rosto, minha voz trêmula de nervosismo. — Só escuta o que eu vou dizer.

Pedro parece achar graça, tentando segurar o riso.

— Sou todo ouvidos.

Respiro fundo para poder me acalmar.

— Eu queria dizer que... Parece que a história tá se repetindo um pouco, sabe? Isso da gente estar fazendo um bolo junto. E, tipo, não quero que as coisas terminem mal que nem terminaram pras nossas bisavós. — Pedro me observa com o mais fofo dos sorrisos enquanto me esforço para encontrar as palavras certas. Não quero revelar demais tudo isso que estou sentindo... coisas que eu mesma ainda não entendo direito. — Eu... eu não quero mais brigar contigo. Quando a competição terminar, sabe? Não quero que as coisas voltem a ser como eram.

Ele parece aliviado.

— Nem eu.

Nos encaramos por um tempo, assimilando a promessa. Não acredito que isso está mesmo acontecendo, mas, se for um sonho, não me acordem.

Só que sei que isso não depende só da gente. E acho que Pedro está preocupado com a mesma coisa, porque seus olhos voam até a Sal e a Açúcar no fim da rua.

— Quando vamos contar pra eles? — ele pergunta.

— Um dia, espero.

Pedro assente.

— Combinado.

— E fica à vontade pra adaptar tua parte do bolo também — digo a ele, e a surpresa ilumina seus olhos. — Se tu quiser, é lógico. Sinto muito que tu te sinta preso na cozinha do teu avô. Mas não precisa seguir com as tradições no nosso bolo. Reinterpreta tua camada, que nem eu fiz com a minha. A gente já tá dando um passo tão grande com o concurso de culinária e essa amizade, então por que não chutar logo o pau da barraca?

Pedro estreita os olhos para mim, considerando a sugestão.

— O que tu tá dizendo, Dona Larissa?

— Tô dizendo que tu é livre pra ser o padeiro que tu quiser ser.

E não vá embora outra vez, por favor.

Pedro lança outro olhar a distância para a Açúcar, assentindo com a cabeça e lentamente absorvendo minhas palavras.

— Ser o padeiro que eu quiser ser... — ele repete baixinho. — Mas e se eu não conseguir mesmo ter nenhuma ideia original e acabar estragando tudo?

— Nunca pensei que Pedro Molina fosse um covarde — comento, dando uma piscadinha.

— Quem que tu tá chamando de covarde aqui? — ele brinca. — Beleza. Vou pensar um pouco. Mas tu tem que me prometer uma coisa.

— O quê?

— Que tu continua no clube no próximo semestre — ele responde, e sai pedalando.

No bolso dele está guardado meu bilhete:

Li em algum canto que Santo Antônio é, na verdade, o padroeiro das coisas perdidas. Por isso, feliz Dia de Santo Antônio pra ti, que teria perdido o desafio da equação da professora Carla se não tivesse apagado meus cálculos. Desculpa pelo bolo. Só pra constar, foi um acidente mesmo.
    Obrigada por tudo. De verdade.
L

38

18 DE JUNHO, SÁBADO

Quando as provas semestrais terminam, o bairro todo já se organizou para a festa oficial de São João.

Os vizinhos trazem seus pratos favoritos e se reúnem em volta da grande fogueira em frente à igreja iluminada, onde os casais dançam ao som de sanfonas, zabumbas e rabecas. As crianças mais velhas acendem fogos de artifício, enquanto os menorzinhos brincam de pega-pega e correm para lá e para cá com varetinhas brilhantes.

Também convenci mainha a vir. Mas é só ela ver Dona Eulalia se servindo que já dá as costas para voltar para casa, sem nem dizer nada. O jeito como Dona Eulalia devolve o olhar de mainha deixa bem na cara que alguém — provavelmente o Pague Pouco — deve ter enchido a cabeça dela com mais mentiras sobre minha família. *E agora?*

— Mainha, fica só um pouco — insisto, puxando a manga de sua camiseta. — Só *um* minutinho.

Os olhos dela correm de mim para Dona Eulalia ao fundo. A tensão entre as duas é tão intensa que seria capaz de cortar o ar.

— Não é a mesma coisa sem tua vó — diz mainha antes de me deixar para trás.

SAL E AÇÚCAR

Acho um espacinho para sentar entre Isabel e Dona Selma, que está tocando triângulo junto com a banda. É impossível não notar que, um a um, estamos desaparecendo. Voinha não está aqui onde sempre ficava, se enchendo de quentão até ficar meio grogue. Dona Clara não está aqui para cutucar Seu Floriano com a bengala, obrigando-o a convidá-la para dançar. E, depois de perder sua barraquinha, ele também não se deu ao trabalho de vir esse ano. Tantos vizinhos ausentes, tirados de circulação ou pelo Pague Pouco ou pelo luto.

Não, não é a mesma coisa sem voinha. E também não é a mesma coisa sem mainha.

Vou embora.

Quando estou quase chegando em casa avisto Pedro organizando a vitrine da Açúcar. Está com o avental branco amarrado na cintura e as mangas da camisa preta de flanela enroladas até o cotovelo. As mãos e os braços cobertos de farinha, como se tivesse tido um dia cheio na cozinha.

Ele expõe na vitrine uma bandeja cheia de sonhos, os pãezinhos redondos e delicados do tamanho de um punho, cobertos com açúcar de confeiteiro. Assim que percebe que o estou observando da calçada, cruza os braços sobre o peito. Quando éramos crianças, tínhamos a mania de mostrar a língua e fazer caretas um para o outro através do vidro... agora, ele só sinaliza para que eu o encontre na esquina, e sinto logo um friozinho na barriga.

Um minuto depois Pedro já está se esgueirando até mim, na sombrinha.

— Experimenta isso aqui — ele diz, animado, com um resquício de farinha na bochecha.

Dou uma mordida no sonho que ele trouxe para mim. O recheio ainda está morno, docinho e azedo ao mesmo tempo. Faz mesmo jus ao nome: é um sonho.

— Isso tá bom demais! O que foi que tu usasse? Maracujá?! — pergunto, meus lábios cobertos de açúcar.

— Acertou! Tive a inspiração num sonho — ele brinca, abrindo um sorriso. — Sabia que ia conseguir te viciar em doce.

A risada dele é contagiante. Fazia tempo que não o via tão feliz em cozinhar. Algo deve ter mudado desde aquela última vez em que conversamos sobre a Açúcar.

Estou prestes a protestar contra essa afirmação dele de que estou me viciando em doce quando ouvimos Seu Romário chamar o neto. Pelo tom de voz, o homem quer arrancar o couro de Pedro.

Meu sangue gela, e o sorriso brincalhão no rosto de Pedro some imediatamente. Ele leva o dedo até os lábios, sinalizando para que eu fique quieta, e sai.

— Chef? — Eu o ouço dizer.

Meu coração bate forte no peito enquanto tento escutar.

— Tu mudasse a minha receita de sonho? — Seu Romário grita. — Espera pelo menos eu morrer pra sair mudando as coisas na minha cozinha!

— Por favor, chef, não precisa falar desse jeito... — diz Pedro, o tom ainda submisso.

— QUE MERDA TU FIZESSE COM A MINHA RECEITA?!

— Eu... eu mudei o recheio...

— QUE FALTA DE RESPEITO!

— Não tô desrespeitando o senhor! — Pedro grita de volta, deixando Seu Romário perplexo, em silêncio. É a primeira vez que vejo Pedro levantar a voz para o avô. — Só tô tentando oferecer alguma coisa pros nossos clientes que o Pague Pouco ainda não tenha.

— Tu não muda nada na Açúcar sem minha permissão, tá me ouvindo? — Seu Romário fala baixo, mas dá para perceber sua voz trêmula por conta da raiva. É mais assustador do que quando ele grita.

SAL E AÇÚCAR

— Pensa que não sei que tu tá louco pra ir embora de novo? Eu sei que tu não dá a mínima pra Açúcar. Por que é que tu não volta logo praquele inútil do teu pai?

De onde estou no beco, vejo Pedro sair correndo da padaria.

Espero a porta da Açúcar bater antes de deixar meu esconderijo. Quando encontro Pedro tirando a corrente da bicicleta e tentando, meio atrapalhado, soltar a tranca, ele ergue o rosto, a expressão magoada, como se estivesse segurando o choro. Pedro fica tão surpreso ao me ver que é como se tivesse esquecido que eu estava o tempo todo escondida ao lado da padaria.

— Tu... ouviu tudo? — ele pergunta, nitidamente envergonhado.

— Pedro, eu sinto muito. — Chego um passo mais perto. — Não liga pra ele. Teu avô não quis dizer nada daquilo. Ele só tá com raiva.

— Queres fugir comigo? — Ele abre um sorriso triste. — Esquecer das padarias, da rixa, de tudo e de todos?

— Pedro...

Sei que ele não está falando sério, mas ainda olho de relance para a Sal, pensando em mainha solitária lá dentro.

— Eu sei, eu *sei*. — Ele dá um riso seco. — Mas que tal a gente fugir só por umas horas?

Subo na garupa da bicicleta e Pedro sai pedalando como se não houvesse amanhã. O vento sopra contra nós, como se estivéssemos mesmo fugindo de nossas vidas. Ele só para quando chegamos à praia, o ar tão carregado de sal que consigo até sentir o gosto. Pedro prende a bicicleta ao lado de uma barraquinha de água de coco e, depois de comprar dois cocos gelados, nos sentamos na areia, admirando a noite cair sobre o Atlântico.

Não sei por quanto tempo ficamos sentados em silêncio, nossos ombros se tocando, bebendo água de coco enquanto assistimos às ondas batendo na areia. Mas ficamos por tempo suficiente para que as primeiras estrelas comecem a brilhar no céu.

Só então Pedro tira o celular do bolso e se inclina para me mostrar alguma coisa. Sua cabeça descansa contra a minha, e o cabelo dele faz cócegas em minha testa, deixando minha nuca arrepiada.

O site de um restaurante carrega, e vejo a foto de um homem em uma cozinha comandando todo mundo com um certo quê de pirata: brincos nas orelhas, o braço coberto de tatuagens e óculos escuros parecidos com os de Pedro. *Exatamente* como os de Pedro.

— Meu pai — explica Pedro. — E o restaurante dele.

— Teu *pai*?

Não é o tipo de pessoa que eu imaginaria se casando com Dona Eulalia. Quer dizer, ela está sempre estressada e de cara fechada com todo mundo. O homem da foto é descontraído, como se preferisse enrolar o cabelo em um coque bagunçado do que perder tempo se penteando.

Pedro olha para mim.

— Foi pra lá que eu fui.

Reparo no endereço do restaurante.

— Curitiba? Tu foi até o *Sul*? — Não consigo conter a surpresa.

— Quando contei a voinho sobre a Sociedade Gastronômica, sobre querer me inscrever na escola de culinária, acabei dando um ultimato. Pedi permissão pra começar a fazer minhas receitas na Açúcar e disse que, se ele não me achava bom o bastante, então eu não via mais motivo pra continuar em casa. — Pedro ri de si mesmo, e meu coração se parte em mil pedacinhos. — Achei de verdade que ele fosse me dar ouvidos.

— Pedro, eu sinto muito.

Ele sorri, como se estivesse tentando me convencer de que está bem, mas tudo que vejo é como ele parece triste. O tanto de dor que ele tenta esconder com cada sorriso.

— Meu pai foi embora quando eu era bebê, e mainha e voinho falavam dele como se fosse uma praga... Mas o que eu ia fazer? Não podia ficar em Olinda. Meu pai era a única pessoa que eu tinha. — Pedro cata uma conchinha e a atira no mar. Uma onda a engole de uma

SAL E AÇÚCAR

só vez. — Sabia que ele nem me vê como filho? É como se eu nunca tivesse existido. E mesmo assim fui até lá procurar por ele. Como é que eu consegui ser tão *ingênuo*?

— Não foi ingenuidade tua — digo para ele. — Tá me ouvindo? Seu pai que é o culpado aqui.

Sem responder, Pedro se levanta, gesticulando para que eu o siga. Tiramos os sapatos e caminhamos junto à linha da água, desviando das ondas quando elas se aproximam demais.

— Eu teria desistido de tudo — ele diz, olhando o oceano. — *Tudo*. Se ele pedisse desculpas, se falasse que queria compensar todo esse tempo que cresci sem ele, eu teria ficado em Curitiba. — Ouço a angústia na voz de Pedro, uma espécie de autorrejeição que nunca havia percebido antes. — No fim das contas, a única coisa que consegui foram os óculos escuros favoritos dele.

— *Óculos escuros?*

— Ele me deixou usar quando a gente fez churrasco do lado de fora — Pedro explica com um sorriso tímido. — Nunca devolvi. — Ele se senta de novo na areia, parecendo derrotado.

Sento ao seu lado.

— Tá tudo bem ter expectativas com relação ao teu pai. Tu não tá errado em querer que ele esteja lá quando tu precisa.

Pedro solta um som frustrado, olhando para a frente.

— Nas duas semanas que passei na casa dele, vi que painho e eu não somos tão diferentes assim.

— Pedro, para.

— É sério. Presta atenção, eu tava pronto pra abandonar minha família e toda a minha vida, assim como ele abandonou mainha. Assim como ele me abandonou todos esses anos atrás. Larguei minha família no momento em que mais estavam precisando de mim. E aí quando percebi que a situação não daria certo com meu pai, voltei que nem o filho pródigo. — Ele balança a cabeça. — Mas eu ainda tava com muita raiva de voinho. Eu tinha esse plano de ser expulso da escola, porque aí eu ia ter que aceitar meu destino na Açúcar de uma vez por todas...

Estou com tanto ódio por ele que me dá vontade de gritar.

Pedro me olha, aflito de repente.

— Tu acha que voinho não devia ter me aceitado de volta? — ele pergunta. — Porque eu acho.

Uma lágrima teimosa rola por minha bochecha.

— Não diz um negócio desse!

— Por que não? Dei as costas pra ele e duas semanas depois tava lá, como se nada tivesse acontecido. Acho que voinho devia mais é ter me deixado dar com a cara na porta.

— Tu não desse as costas pra ele. Tu não tinha pra onde ir quando teu avô não quis te escutar.

— Tu não tá entendendo. — Os olhos de Pedro cintilam de lágrimas. — Voinho me ensinou tudo que eu sei. Sou padeiro por causa dele. E é assim que retribuo? Não dá pra ser mais ingrato.

Agarro a mão de Pedro para que ele veja que estou bem aqui ao seu lado. Que ele não está sozinho.

— Tu *não é* ingrato — afirmo, me esforçando para segurar o choro.

— O que eu vou fazer? — ele diz, a voz falhando ao soluçar. — Como que eu vou voltar pra casa essa noite? Ele não me quer lá... disse até pra eu voltar pro meu pai. Tu ouviu...

É como se só agora Pedro estivesse absorvendo as palavras de Seu Romário e começasse a entrar em pânico. Passo o braço ao redor de seus ombros e Pedro logo para de chorar, enxugando os olhos com a manga como se preferisse não fazer isso na minha frente.

— Tô bem agora — ele diz, rindo um pouco. — Juro.

Fico preocupada ao vê-lo se desligar de seus sentimentos tão depressa. Pedro se deita na areia, olhando as estrelas. Me estico ao lado dele. Para junho, é uma noite rara, sem nuvens no céu. Nem uma para contar história. Ficamos assim até começar a esfriar um pouquinho.

SAL E AÇÚCAR

Só nós e as luzes do calçadão, por onde corredores passam para cima e para baixo e famílias empurram carrinhos de bebê, com os prédios de frente para a praia nos iluminando.

— Valeu por fugir comigo por umas horas — Pedro diz, quebrando o silêncio.

Viro o rosto para olhar para ele.

Então percebo que ele estava o tempo todo me observando.

Sem pensar direito, movo minha mão até a sua, e Pedro faz o mesmo. O gesto parece natural, como se tivéssemos feito isso a vida toda.

— Sabia que eu não sei nadar? — ele fala de repente, a voz meio rouca por causa do choro de mais cedo.

— Tu não sabe?

— Ninguém nunca me ensinou.

— Bom, eu sei. Voinha que me ensinou.

— E tu também consegue nadar no mar?

— Aham.

— Não tem medo de tubarão não?

— Um pouquinho.

Pedro assobia, impressionado.

— Qualquer dia desse tu vai ter que me ensinar.

— Combinado. — Sorrio para ele.

Ficamos em silêncio outra vez, o rosto de Pedro sombreado, mas sei que ainda está olhando para mim.

— Lari?

— Diz.

— Posso te beijar?

Minha respiração falha, meu batimento acelera. E tudo parece *certo*, tão certo que me assusta. Vejo em seus olhos que Pedro sabe que agora não dá para voltar atrás. Que nenhum de nós quer voltar para como as coisas eram antes... e esse é o desfecho mais perigoso possível quando se está envolvido em uma rixa multigeracional.

— Pode — respondo.

Ele chega mais perto, inclinando a cabeça. No instante em que sinto a doçura da água de coco e o sal da maresia em seus lábios, não quero que o beijo acabe nunca. Ele levanta uma das mãos, os dedos afundando em meus cabelos, descansando em minha nuca. Meus braços envolvem seu pescoço, o calor correndo da pele dele para a minha.

Agora, as ondas estão praticamente aos nossos pés, e as ouço batendo cada vez mais perto enquanto os sentimentos confusos e reprimidos que andei evitando todo esse tempo correm acelerados em minhas veias. Pedro me beija com cada vez mais urgência, como se estivesse com medo de essa ser sua única oportunidade de estar comigo.

Ele envolve minha cintura com um dos braços e me puxa para mais perto. Seus lábios se afastam dos meus, indo até meu queixo, me fazendo sentir arrepios nas costas. Estremeço, e sinto um beijo se transformar em sorriso bem na pele do meu pescoço. Acabo sorrindo também, porque parece que estou sonhando.

Uma onda finalmente alcança nossos pés descalços, nos fazendo despertar do transe.

— Espera — digo, me endireitando e interrompendo o mais perfeito dos momentos.

Pedro parece preocupado.

— Lari, desculpa. Eu não devia... eu...

— Não fizesse nada de errado — afirmo. Mas estou chocada que isso aconteceu. Eu queria beijar Pedro, e há um bom tempo. Mas não podemos ficar juntos assim, sem mais nem menos. O que aconteceria se nossas mães descobrissem?

Me levanto.

Pedro faz o mesmo, agora ainda mais tenso.

— O que foi?

— A gente não pode — respondo.

— E quem foi que disse isso? — ele pergunta, a voz tímida.

— Tu sabe que não dá. Eles nunca, *jamais* vão aceitar um negócio desse.

Ele sabe bem de quem estou falando.

— Apois vão ter que aceitar.

— Essa situação não é que nem a nossa aliança, tu entende? *Isso aqui* não dá pra mediar. Não dá pra pedir pras nossas mães deixarem a rixa pra lá e aceitarem que os filhos delas agora estão... tu sabe...

— Juntos? — Pedro completa por mim. E ainda devo parecer meio em pânico, porque ele franze a testa. — Lari, tu gosta de mim?

Ele está bem na minha frente, a brisa do mar soprando sua franja sobre os olhos.

— Gosto — admito, e vejo o alívio em seu rosto. — É por isso que me preocupo com a gente. Não sei o que vai acontecer daqui pra frente.

— Eu também gosto de ti. — Ele se aproxima, encurtando a distância entre nós. — E tu disse que gosta de mim, então tudo que importa pra mim agora é o presente.

Afasto o cabelo dele do rosto, notando o quanto estive *morta de vontade* de fazer isso esse tempo todo.

Me inclino para beijá-lo outra vez, e Pedro segura meu rosto com gentileza enquanto me beija de volta, o polegar roçando em minha bochecha para acalmar minha ansiedade. Me sinto tonta, que nem ficava depois de girar e girar no mesmo canto quando era criança.

Assim que paramos de nos beijar para recuperar o fôlego, ele me abraça, enterrando o nariz em meu ombro. Meus dedos envolvem a parte de trás de sua camisa.

— Não quero te perder — digo, tentando não chorar.

Pedro me abraça mais apertado.

— A gente vai resolver as coisas com nossas famílias. Juro. Não vou embora.

Quero acreditar que vamos conseguir, mas nada é tão simples assim quando se trata da rixa. É uma sensação avassaladora, assim como as ondas batendo contra nossas panturrilhas.

Não dá as costas pro mar, voinha dizia. *Tu nunca sabe quando uma onda vai vir até você e te dar uma rasteira.*

39

18 DE JUNHO, SÁBADO

É difícil se despedir, mas, depois de darmos um último beijo assim que chegamos ao bairro, Pedro vai embora na bicicleta.

Espero mais alguns instantes sob o toldo da farmácia antes de começar a caminhar até em casa, sentindo cada centímetro do corpo eletrificado. Ainda consigo sentir os lábios dele nos meus. Tonta, dou voltas no mesmo lugar, ouvindo a música que vem da festa de São João na frente da feirinha.

Estou quase chegando em casa quando noto a bicicleta de Pedro estacionada bem na porta da Sal. Tem alguma coisa errada. Corro até lá, e meu coração dá um pulo quando o vejo lá dentro. Junto com a mãe dele.

Agora eu sei que tem alguma coisa *muito* errada acontecendo.

Empurro a porta com tanta pressa que as sinetas dão um zumbido estridente de pânico.

Pedro olha para mim e abre a boca, como se não tivesse como me perguntar o que deseja na frente das nossas mães, que estão com o rosto vermelho e os olhos injetados, como se estivessem chorando de raiva.

Dona Eulalia ameaça dar a volta no balcão para enfrentar mainha, ultrapassando a fronteira invisível entre "Sal, a padaria" e "Sal, a casa dos Ramires" que todo mundo sabe que não deve ser cruzada, e Pedro a segura.

Uma camada fina de areia cobre seu cabelo e suas roupas. E eu não estou muito diferente. Se nossas mães estivessem prestando atenção, veriam nosso segredo escancarado, e sou atingida por uma onda de medo de que alguém tenha nos flagrado juntos e contado a elas.

Mas nossas mães não se abalam, continuam gritando uma com a outra como se nem percebessem nossa presença. Talvez a discussão não seja sobre a gente.

— Eu tenho provas de que tu tá planejando vender a Sal! — berra Dona Eulalia.

— Vai embora da minha casa — mainha responde, a voz tremendo.

Dona Eulalia ergue o celular e exibe uma série de prints de mensagens de texto. Uma olhada rápida me mostra o que parece ser mainha dizendo que não vai vender a Sal por menos do que ela vale. Dona Eulalia está com tanta raiva que deixa o aparelho cair no chão, e Pedro o alcança. Enquanto a mãe dele continua acusando a minha, uma mensagem chama sua atenção. Quando a lê, vejo sua expressão endurecendo.

Quero agarrá-lo pelos ombros e fazê-lo olhar para mim.

Quero mostrar a ele que nada disso é verdade.

Preciso que Pedro acredite em mim. Mas, quando ele finalmente me encara, vejo tanto medo e confusão em seus olhos que fico congelada no lugar.

Eu não quero perder Pedro.

— Qual é o problema em ouvir o que eles têm a dizer? — mainha grita para Dona Eulalia.

E bem que o chão podia abrir ao meio e me engolir viva.

— Eu vou até o Pague Pouco na sexta! — Dona Eulalia ameaça.

Ela esbarra em mim ao sair e Pedro vai atrás, mas hesita de repente. Seus olhos encontram os meus e dou um passo até ele, mas mainha faz cara feia. Sinto os dedos dele roçarem secretamente nos meus quando

Pedro passa por mim para ir atrás da mãe. Apesar do gesto, uma nuvem de preocupação paira sobre mim.

Tremendo, me viro para encarar mainha. Ela está olhando para a frente, os olhos brilhando cheios de lágrimas e o cabelo balançando.

— Esse negócio que Dona Eulalia falou... é mentira, né? — Minha voz está rouca. — Mainha, me diz que não é verdade. Por favor. — Sinto como se estivesse ardendo em febre, o silêncio de mainha me deixando cada vez mais irritada. — Quando que a senhora ia me contar? Antes ou depois de vender a Sal?

Os olhos de mainha voam até mim, furiosos.

— Quando é que *tu* ia me contar a verdade sobre essas aulas de revisão? — ela rebate. — Falei com tua professora hoje de manhã. Ela me disse que não teve aula nenhuma. *Nenhuma vez*. Mais ainda, disse que tu entrou pro clube de culinária. *Culinária*, Larissa?

— É, culinária! — esbravejo. — E nem sou terrível cozinhando, mas a senhora não teria como saber, já que nunca se preocupou em me ensinar!

— Mentisse pra tua própria mãe! — mainha grita de volta.

— Eu não queria mentir pra senhora — respondo, deixando o choro escapar. — Mas como é que a senhora tem coragem de olhar pra mim como se eu tivesse traído a família por ter aprendido a cozinhar quando é a senhora que tá *vendendo a Sal* e nem pra me contar?! Tu não pode vender a Sal! — Engasgo com as palavras, o pânico tomando conta de mim.

— Se eu tiver que vender a Sal, eu... — Mainha faz uma pausa, os ombros tensos. Então solta o ar. — Odeio quando a gente briga. Acredita em mim, já tentei de tudo. Mas, sim, é verdade, fui ouvir o que o Pague Pouco tinha pra oferecer — ela admite, e sacudo a cabeça porque me recuso a acreditar. — Trocamos algumas mensagens... Antes de qualquer coisa eu precisava pelo menos saber o que eles tinham em mente pra padaria. Um café não seria nada mal. Vão manter o prédio do jeitinho que está.

A raiva faz meu sangue ferver.

— Nunca que voinha ia deixar um negócio desse acontecer!

— Foi tua vó quem me disse pra vender a Sal, então não fica achando que tu sabe o que ela queria ou não pra padaria.

Acho que não escutei direito.

— Voinha... quê? — Solto as palavras como um arquejo.

— Filha, não queria te contar desse jeito — mainha começa, mas não quero ouvir mais nada.

É coisa demais para aguentar.

Insuportável demais.

A vó que eu conhecia — a vó *que eu conheço* — jamais diria à mainha para vender a Sal.

Não faz *o menor* sentido.

Subo as escadas correndo.

— Larissa! — mainha chama outra vez, mas disparo para o quarto e bato a porta. Andando de um lado para o outro, mando uma mensagem para Pedro.

LARI: A gente pode se encontrar em algum canto?

PEDRO: Aquelas mensagens são falsas? O Pague Pouco tá tentando fazer a gente brigar de novo?

PEDRO: A gente vai resolver isso junto. Não se preocupa. A gente resolve.

LARI: Me desculpa.

LARI: As mensagens não são falsas.

PEDRO: Então não era mentira?

LARI: Eu não tinha ideia que mainha tava de papo com aquele advogado. Me perdoa. Ultimamente mainha tava agindo de um jeito estranho, mas nem passou pela minha cabeça que ela tivesse mesmo conversando com ele.

PEDRO: Agindo estranho? Tipo como?

Encaro a tela, ouvindo nada além do som da minha respiração agitada naquele silêncio ensurdecedor. Eu devia ter contado a ele antes.

LARI: Ela guardou o cartão de visita que o advogado do Pague Pouco deu a ela quando veio até aqui negociar. Não sabia como te falar isso.

PEDRO: Por que não?

Ele vai me odiar por isso. Ele vai me odiar.

LARI: Eu não sabia se era seguro revelar essa informação pra sua família.

PEDRO: Eu não teria contado pra eles.

LARI: Eu sei!

PEDRO: Sabe mesmo? Porque parece mais é que tu não tava confiando *em mim*.

LARI: Confio em tu, Pedro, é sério! Juro que confio! Eu só tava preocupada com o que tua mãe podia fazer se descobrisse. Só tava tentando proteger a Sal.

Ele não responde. Meu coração está praticamente na boca.

LARI: Eu fiz besteira! Mas tu precisa acreditar em mim quando digo que confio em ti.

LARI: Pedro?

LARI: Bora conversar. Preciso te ver.

Os três pontinhos ficam aparecendo e sumindo enquanto encaro a tela, sem fôlego, até que desaparecem completamente. Ele desistiu de mim.

LARI: Por favor, a gente pode conversar pessoalmente? Deixa eu explicar as coisas.

PEDRO: Não quero falar contigo agora.

Arremesso o celular para o outro lado do quarto e me encolho na cama, botando um travesseiro sobre a cabeça para abafar o choro. Não tenho coragem de olhar lá fora e ver que ele fechou as cortinas, me afastando da vida dele para sempre.

Não fui corajosa o bastante para contar a Pedro sobre todas as vezes que mainha agia de um jeito estranho. Não fui corajosa o bastante para encerrar o ciclo vicioso que mantém viva a rivalidade das nossas famílias. Esse tempo todo, fui *eu* quem não consegui enxergar para além da rixa. Tinha medo de levar uma facada pelas costas, mas acabou que quem deu a facada em Pedro antes fui eu.

Aquelas horas que passamos juntos na praia ainda parecem um sonho... Como se fossem coisa da minha cabeça. Mas a realidade chega chutando a porta.

Estou perdendo minha casa.

E, com isso, também perdi Pedro.

40

19 DE JUNHO, DOMINGO

No dia seguinte, passo a manhã no quarto para evitar outra briga com mainha e, no fim da tarde, finalmente crio coragem para ir atrás de respostas: vou ao cemitério do Parque das Flores, no Recife.

Ando com cuidado por entre os túmulos até localizar o carvalho que dá sombra à lápide de voinha. Essa árvore foi a última coisa que vi antes de fugir do funeral: os galhos balançando na brisa fresca a alguns passos de mim. É só uma árvore… mas parece um gigante.

Me aproximo com cautela, tentando estabilizar a respiração. Não quero ficar chateada com voinha. Não quero guardar mágoas. Só que, ao mesmo tempo, não dá mais para ficar escondendo a dor.

As palavras de mainha não param de se repetir na minha cabeça. *Foi tua vó quem me disse pra vender a Sal.* Balanço a cabeça. Passei a noite me revirando na cama, tentando entender por que voinha diria um negócio desse para minha mãe. Continua não fazendo sentido.

Fico pensando em algo que voinha me contou no início de março, quando estava internada. Ela disse que sonhou que eu era pequena de novo e estava brincando com o açucareiro. "Eu te disse que naquela época eu achava que fosse um sinal?", ela perguntou. "Um sinal de que tu tava destinada à Sal. Tu não arredava o pé da cozinha."

Acho que foi ali que comecei a perceber que voinha estava... sabe...
Racionalmente, lógico, eu entendia que ela não estava melhorando. Estava fraca demais para a quimioterapia. Seu corpo não produzia urina o suficiente. O sistema digestivo estava parando. Sua barriga inchava cada dia mais. Os médicos vinham todas as noites e nos puxavam de lado para falar sobre um novo órgão à lista de partes do corpo comprometidas.

Intestinos.
Útero.
Paredes do estômago.
Rim direito.
Pulmões.

A doença se espalhou depressa, piorando cada vez mais. E eu sabia o que viria depois do pulmão. Sabia que ela não estava se recuperando, mas não queria acreditar. Não lá no fundo. Porque, assim como voinha, eu também acredito em sinais. Acredito em maldições. Mas, acima de tudo, acredito em finais felizes. Daqueles que a gente vê nas novelas, quando os personagens se recuperam das piores tragédias e voltam novinhos em folha e mais fortes.

Mas o pressentimento de voinha sobre mim nunca teria como ser verdadeiro. Porque não fui destinada à Sal. *Nunca* fui. E nós duas sabíamos bem disso. Assim como sabíamos que voinha jamais teria uma recuperação milagrosa.

Talvez, no fim das contas, sinais não sejam algo real...

E, se não forem, acho que, na verdade, não fui destinada nem para minha própria casa. Então onde será que eu pertenço?

Quando me agacho para colocar um buquê de girassóis em seu túmulo, percebo que já tem outros ali, colhidos há talvez um ou dois dias. Alguém que sabia serem as flores favoritas de voinha devia tê-los deixado. Talvez Dona Selma?

Traço com a ponta do dedo o nome de voinha na lápide.

— Desde que a senhora deixou a gente, estamos com problemas sérios — eu digo, segurando o choro. — Voinha, o que foi que minha mãe quis dizer? A senhora *me falou* que sonhou comigo na Sal.

Odeio que ela não esteja aqui para se defender. Para dizer que estou errada, que tudo não passa de um mal-entendido.

Para dizer que...

Que ela me ama. Que tudo isso foi só um pesadelo. E que ela não nos deixou.

— Nem sei por que vim pra esse cemitério, como se eu pudesse encontrar e convencer a senhora a voltar pra casa e botar ordem em tudo. Como se a senhora só tivesse saído de casa por causa de uma discussão. Como se fosse algo que eu pudesse consertar pedindo desculpas. — Inspiro com força. — O que foi que eu fiz de errado? Me perdoa. Volta. *Por favor*, volta.

Choro por um longo tempo antes de precisar encarar a verdade.

Voinha não vai voltar para casa.

Ela se foi.

E, por mais que eu evite dizer adeus, não há nada que eu possa fazer para trazê-la de volta.

Uma onda terrível de ressentimento me atravessa, como se mainha e voinha estivessem me punindo por alguma coisa. Por não ser uma boa filha. Por não compartilhar do talento delas para a cozinha. Por ser a parte mais fraca da família. Eu sempre estive fadada a ficar sozinha, não é? Nunca me encaixei mesmo ali entre elas.

— Por que a senhora não me ensinou a cozinhar? Por que não me deixou cuidar da Sal? Por que a senhora... por que teve que ir embora justo quando a gente.... quando a gente mais precisava? Quando *eu* mais precisava? A senhora prometeu que estaria comigo. Prometeu! Então por que disse à mainha pra vender a Sal? Por que desistiu da gente? Por quê?

Escondo o rosto atrás das mãos para abafar os soluços.

— Não seja tão dura com tua vó — aconselha alguém, gentilmente, logo atrás de mim.

Eu estava chorando tanto que nem percebi a presença de outra pessoa ali. Quando me viro, vejo uma silhueta contra o pôr do sol. Estreito os olhos, tentando distinguir suas feições.

E então me levanto depressa para não me sentir tão minúscula diante de Seu Romário. Sem mainha do meu lado, não sei o que fazer. Tenho vontade de sair correndo. Da última vez que o vi, ele estava gritando um monte de coisas horríveis para Pedro. Meu coração acelera de medo.

— Talvez no fim das contas ela tenha sentido que fechar a Sal era o melhor pra tu e tua mãe — ele diz. — Uma chance de recomeçar sem ela.

Seu Romário se aproxima do túmulo, e noto que ele está carregando um buquê de girassóis idêntico ao meu.

— O que o senhor tá fazendo aqui? — pergunto, mas Seu Romário só abre um sorriso triste e substitui os velhos girassóis pelo novo buquê.

— O senhor não tinha essa intimidade com voinha! Era inimigo dela! Como é que sabe que girassol era a flor favorita de voinha?!

Ele não responde, só se ocupa com as flores, tentando arrumá-las com cuidado para que não tapem o nome de voinha. Espero em silêncio, tremendo de nervoso.

— Quando ela ficou doente — ele finalmente diz —, fui até o hospital visitar.

Dou um passo atrás, pavor crescendo em mim só de pensar nesse homem surgindo na enfermaria.

— O senhor não tinha esse direito! O que foi que disse pra ela? O senhor *magoou* voinha?

Os olhos dele se arregalam.

— Não, Larissa. *Não*. Eu precisava ver tua vó... Não consegui criar coragem pra dizer a ela o quanto eu sentia por ela estar ali... Não consegui... Não consegui nem dizer nada... Mas acho que ela sabia. Eu... eu digo a mim mesmo que ela entendeu... e que ela... que ela confiou em mim. Ela me contou sobre a Sal. Sobre os problemas com as finanças. Contou que ia aconselhar Alice a vender a padaria. Que ia aconselhar ela a abrir mão... Pra começar uma vida nova contigo, livres de tudo isso.

Foi exatamente o que mainha me disse. Será que voinha abriu mesmo o jogo para Seu Romário? Não, ela jamais faria isso. Ela não confiava nele.

Mas, por outro lado, a voinha que conheci também não teria aconselhado mainha a vender a Sal.

Agora não tenho mais tanta certeza de que eu a entendia. Nem sei no que acreditar.

— Tenho que admitir que já tá na hora de a Açúcar fechar as portas também — ele acrescenta. — Com a economia desse jeito, ninguém liga pra doces caseiros. Só tem espaço pras grandes padarias industriais. Fui teimoso em não ter enxergado isso antes.

Sinto um nó dolorido se formar na garganta. Se ele, o líder da Açúcar, está jogando a toalha, então não tem mais esperanças para a Sal — e nem para o resto do bairro.

— O senhor passou a vida lutando pela Açúcar. Como que do nada vai desistir da própria casa?!

— Não sou mais o homem que eu era. — Os olhos de Seu Romário se demoram um segundo a mais no túmulo de voinha, e tenho a sensação de que ele também está dizendo aquilo para ela. Ele me encara. — Eu esperava que meu neto fosse cuidar da padaria, mas sei que assim que se formar ele vai embora de novo. Pedro não se importa com a Açúcar do jeito que eu gostaria que se importasse, e cansei de brigar com ele. Não tenho mais motivos pra continuar.

Consigo ver as lágrimas que Seu Romário está tentando segurar. Sei que ele ainda não desistiu totalmente.

Ele dá um tapinha carinhoso na lápide ao lado da de voinha. O túmulo *do meu pai*.

— Gabriel era muito trabalhador — ele comenta. — Não sabia cozinhar, mas fez por merecer um lugar na padaria.

Não consigo deixar de sorrir. Eu não tinha ideia disso.

— Painho não sabia cozinhar?

— Gabriel? Oxe, sabia fazer nem uma panela de arroz. Mas o rapaz entendia de contabilidade como se tivesse nascido administrador. Um verdadeiro gênio. Ele levava o mesmo jeito pra tomar conta da Açúcar que a minha mãe. Enxergava tudo como se fosse uma receita especial que mais ninguém sabia interpretar. Se Gabriel tivesse aqui, tenho certeza de que a Açúcar estaria a salvo. Sinto saudade dele todo santo dia. Saudade dos seus conselhos.

Eu não fazia ideia de que painho significava tanto para ele. Era mais do que só um funcionário. Mais do que um protegido. Na verdade, era como um filho, pelo jeito triste com que Seu Romário olha para o túmulo.

Eu costumava ficar me perguntando o quanto painho estava envolvido na rixa e o quanto de coisa isso deve ter desencadeado quando ele se apaixonou por mainha. Agora tenho a impressão de que tem muito mais por trás da história dos meus pais do que mainha jamais quis me contar.

— O senhor... tem saudade do meu pai? — pergunto.

— Todo santo dia! — ele repete sem nem pensar duas vezes, e a dor que escuto em suas palavras me faz encher os olhos d'água. — Sinto saudade até de como ele era destrambelhado. — Seu Romário dá uma risadinha sarcástica, igualzinho a Pedro. Na verdade, acho que o contrário. — Gabriel era o único que me entendia. Que entendia minha ideia pra Açúcar. Ele acreditava em receitas tradicionais. Adorava os pastéis de goiabada da minha mãe. Ele se importava com a Açúcar de um jeito que ninguém faz igual.

— Pedro também se importa. — As palavras me escapolem, e Seu Romário parece meio pego de surpresa.

— Como é que tu sabe disso? — ele pergunta.

Talvez eu tenha passado dos limites. Não deveria falar em nome de Pedro. Mas Seu Romário me olha com tanta expectativa, como alguém se agarrando àquele último fiozinho de esperança, que não consigo voltar atrás.

— Da mesma forma que o senhor sabia quais eram as flores favoritas de voinha — respondo, e percebo uma fagulha de compreensão em seus olhos.

Eu cheguei tão confusa nesse cemitério que agora estou me perguntando se talvez tenha sido voinha quem trouxe Seu Romário até mim, para me ajudar quando eu não conseguia ouvi-la por trás de tanta dor. Para explicar que ela só estava tentando manter eu e mainha seguras.

Seu Romário observa os túmulos de voinha e painho com tanta ternura que sinto minhas esperanças para o futuro renovadas. Essa rivalidade pode acabar um dia. Sei disso.

— Obrigada pelo jeito como o senhor amou voinha e painho — eu digo.

De repente, Seu Romário começa a chorar. Queria saber o que dizer ou o que fazer para consolá-lo. Mas, agora que sei como ele se sente de verdade, não fico mais segurando as lágrimas como naquela noite em que ele tentou nos prestar suas condolências. Choramos juntos.

— É isso! — ele admite. — Eu *amo* tua vó, e nunca consegui dizer isso a ela! E eu amava Gabriel feito um filho. É por isso que tô condenado a carregar essa culpa de ter perdido os dois pelo resto da minha vida!

Seu Romário não está conseguindo recuperar o fôlego, então fico ao lado dele, preocupada com sua pressão. O choro dele se transforma em algo ainda mais doloroso. Algo que parece o corroer por dentro, algo mantido preso por sabe-se lá quanto tempo. Enxugo os olhos com o dorso das mãos, tentando incentivá-lo a manter a calma e a não deixar que a dor o domine, pelo bem de sua saúde.

— Deixa eu trazer um pouco d'água pro senhor — sugiro.

Mas ele balança a cabeça em negativa.

— Eu perdi os dois! — ele diz, e volta a chorar.

— O senhor não perdeu — respondo, e ouço a mágoa em minha voz. — A doença de voinha e o acidente de painho é que levaram eles. Por favor, não fica se culpando por coisas que não dá pra gente controlar.

Seu Romário balança a cabeça outra vez, ainda com dificuldade para falar.

— Eu falhei com ela! E falhei com Gabriel! Eu... eu mandei meu próprio afilhado embora!

Afilhado?! Estou tão embasbacada que tudo que consigo fazer é encará-lo, sem conseguir encontrar as palavras.

Seu Romário se agarra às bordas da lápide de painho como se temesse ver a terra se abrindo sob seus pés.

— Ele morreu! Ele morreu... e eu sou o culpado!

41

19 DE JUNHO, DOMINGO

— Painho era afilhado de Seu Romário?! — Não importa o quanto tentei me acalmar no caminho do cemitério para casa, as palavras me escapam assim que vejo mainha na cozinha da Sal.

Ela me encara com uma intensidade que me assusta. A intensidade de um segredo há muito tempo escondido a sete chaves.

— É mentira — ela nega, automática. — Quem foi que te disse isso?

Depois de ter acompanhado Seu Romário até em casa para ter certeza de que ficaria bem após ter chorado tanto, ele me pediu para esquecer tudo o que eu tinha escutado. Tentou voltar atrás, dizendo que o que quis dizer foi que considerava painho um afilhado, não que fosse *mesmo* seu afilhado, mas sei que o que Seu Romário me falou no cemitério é verdade.

O que não entendo é por que fui a última pessoa a descobrir que meu próprio pai era praticamente um Molina.

— Não importa quem me contou. E não precisa negar. — Chego um passo mais perto de mainha. — Tá tudo bem. A senhora pode me contar a verdade.

Mainha cerra os punhos sobre o balcão, o nó dos dedos ficando pálidos.

— Achei que, se não te contasse, estaria te protegendo — ela diz com um suspiro, e finalmente cede. — Seu Romário sempre foi um manipulador. Acabou perguntando ao Gabriel se ia gostar de ser afilhado dele, sabendo muito bem que teu pai não tinha mais família no mundo. Fez ele sentir como se estivesse sendo adotado. Tudo manipulação pra deixar Gabriel na obrigação moral de cuidar da Açúcar pra sempre, lógico.

Então *é mesmo* um fato. Eu devia estar com raiva. Mas, estranhamente, sinto um imenso alívio ao ouvir a verdade sobre o passado do meu pai com os Molina. E só aí percebo que é porque mainha e eu...

Estamos conversando uma com a outra. *Finalmente.*

— Por que a senhora não me contou?

— Não queria que tu crescesse pensando que teu pai também era um inimigo!

— Painho nunca seria meu inimigo. Ele podia até ter o sobrenome Molina e mesmo assim eu não daria a mínima. Ele é meu pai. Eu o amaria do mesmo jeito.

Mainha desaba em lágrimas, abraçando a si mesma.

— Eu tinha que proteger a memória dele — ela explica, hiperventilando. — Tu diz que amaria teu pai do mesmo jeito, mas a minha... a *minha própria mãe* enxergava Gabriel como um Molina! E tu não faz ideia de quanto sofrimento a gente passou por causa disso! Eu tinha que... Larissa, eu tinha que garantir que tu não ia ter espaço pra ficar com essas mesmas dúvidas, dúvida *nenhuma*, sobre o teu pai.

Sinto um aperto no estômago.

— Voinha não gostava do meu pai? — Minha voz sai tão baixa por conta do choque que fico até surpresa por mainha ter escutado.

Ela assente, os olhos brilhando de lágrimas.

— Ela enxergava teu pai como um deles. Por muito tempo, ela odiou Gabriel.

É coisa demais para assimilar.

— Mas p-por quê?

— Porque Gabriel acreditava que as duas padarias funcionavam melhor como aliadas do que como inimigas. Por um tempo, também acreditei nisso, e ela achava que a culpa era dele. — Mainha morde o lábio para conter a dor das memórias. — Um dia, teu pai e eu decidimos fazer o bolo Sal e Açúcar como um gesto simbólico. A gente foi idiota. Mas mainha e Seu Romário nos pegaram... eles não entendiam o que a gente tava tentando fazer. Mainha queria Gabriel longe de mim. Os Molina começaram a chamar teu pai de traidor. Então a gente foi embora de Olinda. Nos casamos sem a bênção da tua vó.

Toda a verdade sobre a briga de nossas famílias está me soterrando. É sufocante.

Encaro o teto, e vejo as luminárias rodando, rodando...

— Essa não é a vó que eu conheci...

— Sei que é difícil ouvir que a pessoa que tu mais ama tem defeitos, mas, falando sério... Lari, isso não significa que ela não te amou, nem significa que tu devia parar de amar tua vó.

Não sei o que está me magoando mais: que voinha odiava meu pai ou mainha pensar que eu rejeitaria painho se soubesse que ele era afilhado de Seu Romário. A coisa toda se transforma em uma nuvem imensa e horrível de dor que suga todo o oxigênio da cozinha.

Desajeitada, subo na bancada dos fundos, derrubando alguns utensílios até dar um jeito de escancarar a janela. Fico um tempo ali, empoleirada no parapeito, sentindo o vento frio da noite.

— Lari, fala comigo.

Me viro para encarar mainha.

— O que aconteceu quando a senhora engravidou? Quando voinha soube que a senhora ia ter uma filha com o homem que ela via como um Molina? Ela também me odiava?

Mainha parece pega de surpresa.

— Não, Lari. Tua vó te amava.

— Oxe, não sei como. — Desvio os olhos. — Ela odiava painho. Deve ter odiado tudo que eu representava também!

— Ela se apaixonou por tu na mesma hora que te viu. Nunca duvide disso. Por favor, eu ia morrer se pensasse que tu tá questionando o amor que tua vó tinha por ti.

Desço do parapeito da janela, me sentindo meio desequilibrada. Não consigo tirar da cabeça a hora em que Seu Romário admitiu a culpa pela morte de painho.

Tem algo que mainha ainda está escondendo sobre o acidente de painho. Tanto ela quanto voinha sempre fizeram questão de não pegar a Avenida Coqueirais, sempre falavam daquela região com medo. Mas tem mais coisa ali. Alguma coisa que ainda não entendi direito.

— O que exatamente aconteceu no dia do acidente de painho?

Mainha parece desesperada.

— Quem que tá enfiando essas coisas na tua cabeça?

— *O que aconteceu?* — As lágrimas correm por minhas bochechas. — Tô cansada de ficar sempre no escuro.

Ela baixa a cabeça, como se não estivesse suportando o peso da conversa.

— Teu pai, ele... ele foi falar com Seu Romário e tua vó naquela noite. Tinha esperança da gente conseguir uma trégua depois de eu ter engravidado. Ele queria que tua vó fosse presente na tua vida. Queria que tu pudesse crescer tendo toda a família reunida.

— E depois...? — pergunto, cautelosa, porque não tenho certeza se quero saber o que aconteceu depois disso.

— Aquele homem ruim chamou teu pai de traidor e disse pra ele ir embora e nunca mais voltar!

— E... voinha?

Minha mãe deixa escapar um suspiro trêmulo.

— Ela não quis escutar teu pai. Fiquei aqui na Sal, tentando convencer ela a falar comigo, pelo menos. Gabriel pegou a moto e saiu pra esfriar a cabeça. Foi aí que ele... ele sofreu o acidente e... e a gente perdeu teu pai pra sempre.

Cubro a boca com as mãos.

Mainha continua, como se estivesse em um transe e precisasse reviver tudo:

— Tu nasceu meses depois. E tua vó tentou consertar o que tinha estragado. Ela me implorou pra dar uma última chance pra nossa família e jurou que nunca te colocaria nos negócios da padaria. Pra te deixar de fora dessa rivalidade.

Meu coração fica acelerado. O tempo todo foi *essa* a minha maldição na culinária. Era a culpa da minha família que me manteve afastada da cozinha — afastada da Sal —, por medo de que eu me machucasse que nem painho.

Lágrimas silenciosas escorrem até meu queixo.

Mainha parece nervosa me vendo chorar desse jeito, como se não soubesse o que fazer para me consolar.

— Não chora, filha. Pode me culpar. É tudo culpa minha. Eu devia ter impedido Gabriel naquela noite, mas não consegui. Deixei ele sair dirigindo por aí!

É de partir o coração ouvi-la dizendo isso.

— O que aconteceu com painho não é culpa da senhora.

— É minha culpa, *sim*. E fiquei aqui todos esses anos pra pagar minha parte na morte dele! Lutei pela Sal. Tu acredita em mim agora? Acredita que eu fiz tudo que estava ao meu alcance contra o Pague Pouco?!

Eu a encaro, notando o jeito como seus olhos estão ficando inchados, a expressão cheia de arrependimento e dor.

— Mainha... — começo, tentando acalmá-la e, ao mesmo tempo, me esforçando para manter a voz controlada, ainda que meu coração pareça prestes a sair do peito.

— Vender a Sal era a última coisa que eu queria. Me faz sentir como se a morte do teu pai, o sofrimento dele e as tentativas de juntar os

Molina com a nossa família tivessem sido tudo em vão. Como se essa padaria, esse objeto de tanta desgraça, pudesse sumir do mapa assim, feito poeira?! — Ela agarra minha mão. — Quando eu vender a Sal e quebrar a promessa que fiz a mim mesma, eu é quem vou carregar essa culpa. Mas pelo menos vou saber que *tu* vai estar livre pra ir atrás dos teus sonhos.

— Mainha, a morte dele não é culpa da senhora — eu repito. — Não precisa se sentir amarrada pela Sal ou pela culpa. A senhora pode correr atrás dos *teus* próprios sonhos.

— O teu futuro é o meu sonho! — mainha responde. — Tu vai ser a primeira...

— Não — eu a interrompo. — Qual é o *teu* sonho? A senhora ainda pode fazer o que quiser — digo, puxando um dos cadernos de mainha para mais perto e o abrindo em uma página cheia de rabiscos... desenhos que ela preparou para a festa da filha de Dona Fernanda. Padrões florais. Estampas para toalhas de mesa. Mas também tem vestidos. Sapatos. Coisas que ela desenhou sem nem pensar enquanto estava ao telefone. — Olha só isso! A senhora é tão talentosa! — tento argumentar, mas mainha fecha o caderno. — Sei que a senhora sonhou com coisas diferentes pra si mesma. Foi por isso que voinha sentiu necessidade de dizer pra senhora abrir mão da Sal? Porque queria que a senhora finalmente fosse livre pra seguir seu caminho? Mainha, se a senhora quisesse podia até abrir um ateliê. Só não vende a Sal. Eu queria tomar conta das coisas por aqui depois de me formar. Deixa eu cuidar da Sal. Deixa só eu...

— Não, Larissa — ela me corta. — Essa padaria é só aporrinhação. Eu ia ser uma mãe ruim se deixasse tu herdar um negócio falido. Uma montanha de dívidas. Me segurei na Sal o máximo que deu, mas agora, com a ameaça de perder tudo, não posso te deixar na miséria.

— Mas eu...

— Tu precisa de *estabilidade financeira*. Essa proposta do Pague Pouco é a única opção que a gente tem agora. E depois a gente recomeça a vida. Tu vai ser a primeira Ramires a entrar na faculdade!

Mainha se abriu tanto para mim hoje. Não faz mais sentido esconder a verdade agora.

— Eu não queria mentir pra senhora — começo. — Sobre as aulas de revisão. Sobre o clube de culinária. Eu não sabia como contar isso pra senhora... mas a verdade é que eu não quero estudar economia. Não quero ser contadora. Esse era o sonho de painho... os meus são diferentes. O que eu quero mesmo é entrar pra Sociedade Gastronômica e ser padeira. E quero tomar conta da Sal. E eu também... eu queria que a senhora me desse uma chance de consertar as coisas — imploro, minha voz áspera por todos os segredos que escondi de mainha. — Eu queria... queria que a senhora me apoiasse.

Ela parece cansada.

Fico esperando ela gritar que sabe o que é melhor para mim. Esperando sua decepção. Mas, em vez disso, mainha passa os braços ao meu redor. O gesto é tão repentino que fico imóvel que nem uma estátua.

— Eu te amo — diz ela. — Sou tua mãe. E sempre vou te apoiar.

Quando a primeira lágrima escapa, nem acredito que é minha. Depois, faço um som horrível em seus braços. E, de repente, a rocha que me envolvia se quebra. Meu peito parece prestes a explodir enquanto tento segurar o choro, mas ele é mais forte do que eu. Enterro o rosto no ombro de mainha, tremendo.

Ela me abraça com mais força.

É o abraço que ando esperando há tanto, tanto tempo. O abraço que não aconteceu meses atrás no hospital, quando nos disseram que voinha não estava melhorando. Que não aconteceu enquanto acompanhávamos a progressão da doença de voinha. Que não aconteceu no cemitério, quando encheram o caixão de voinha de girassóis. Que não aconteceu quando voltamos para a Sal, só nós duas, com aquele desafio enorme que era seguir em frente sem ela.

— Também te amo — respondo. — Eu tava com saudade da senhora.

— Não espero que tu entenda meus motivos, mas te mantive longe da cozinha esses anos todos porque não queria que tu se magoasse como eu. Como teu pai. Eu só não contava que tu fosse... ah, tu é muito neta da tua vó mesmo. E acho que... não vou mais interferir em nada disso. Não vou impedir uma nordestina de aprender a fazer pelo menos um cuscuz.

— Quê? — Meu coração dispara. — A senhora vai me ensinar?

— Se tu tá falando sério sobre a escola de culinária, acha que eles vão te aceitar se tu não souber fazer nem um cuscuz?

Um sorriso toma conta do meu rosto.

— Sou muito filha da minha mãe, isso, sim — corrijo.

Mainha me devolve um sorriso choroso. Parece o ponto de partida para finalmente criarmos um vínculo. Ela pega o pacote de cuscuz do tipo flocão e coloca nas minhas mãos.

— Agora, o truque pro cuscuz sair fofinho é...

Tudo fica escuro de repente.

— Que foi isso? — pergunto, entrando em pânico.

— Cortaram a energia.

Na escuridão que recai sobre a Sal, é como se não houvesse mais espaço para esperanças nem sonhos.

Sinto o nervosismo de mainha por meu futuro no jeito como ela pega a caixa de fósforos e acende algumas velas, as mãos tremendo. Parece completamente assustada e envergonhada quando me dá as costas e me guia para fora da cozinha.

— Não posso deixar tu herdar uma padaria falida dessa. Constrói um futuro pra ti em outro canto, filha. Esquece esse lugar. — A voz dela está embargada pelas lágrimas. — Vou tentar esquecer também. A reunião com o Pague Pouco tá marcada pra sexta-feira.

Nunca que eu conseguiria esquecer a Sal, mesmo que tentasse. Cheguei longe demais para desistir a essa altura do campeonato, então insisto:

— A senhora pode me mostrar como se faz cuscuz?

— Eu vou vender a Sal, Lari — mainha diz, mais enfática agora. — Não vou te impedir de ir pra escola de culinária, mas não tem mais salvação pra essa padaria. Não vou deixar tu afundar teu futuro em dívidas.

— Por favor — teimo. — Só me ensina a cozinhar.

— Lari... tá bem — ela cede.

Com as mãos trêmulas, mainha me guia na penumbra e começa a me ensinar a preparar os flocos na cuscuzeira pequena sobre o fogão. Quando surge aquele cheiro de milho na cozinha, ela me puxa para um abraço de lado que me faz perceber que não estou sozinha. Não só porque estou aqui com a minha mãe, mas porque voinha e a bisa também estão com a gente.

A Sal sempre foi um sonho que se sonha junto.

E é esse nosso vínculo que vai me manter de pé, não importa o que aconteça até o fim da semana.

42

20 DE JUNHO, SEGUNDA-FEIRA

Quando chego no clube de culinária na segunda-feira, a música está no último volume.

A escola está fechada para as férias do meio do ano, mas combinamos de nos encontrar para encerrar as atividades e nos despedir. Cintia e Victor estão na bancada, batendo massa de bolo, e fico surpresa ao ver PC ao lado deles. Foi assim que tudo começou, naquele primeiro dia em que cheguei para cumprir o combinado com professora Carla em troca do ponto extra.

Congelo na porta quando vejo Pedro ao fundo, sovando — ou, melhor, *espancando* — massa de pão, as mangas arregaçadas até os ombros, com os bíceps à mostra.

Na mesma hora sinto um calorzinho.

— Encantadora de Vitaminas! — PC exclama ao me ver na porta, se esticando e me puxando para um abraço.

Todas as cabeças se viram para mim.

— PC! O que tu tá fazendo por aqui? — pergunto.

— Minha família precisou resolver umas coisas na cidade, e aí vim buscar meus documentos de transferência da escola. Sentisse saudade, é? — ele pergunta, tentando soar animado, mas, pelos olhares nervosos que Cintia e Victor estão trocando lá atrás, parece que todos ali já ficaram sabendo do que aconteceu. Ou pelo menos sabem que alguma coisa aconteceu. — Vamos. A gente tá precisando colocar as fofocas em dia... — Ele está me conduzindo para fora da cozinha, mas não saio de onde estou.

— Preciso pedir desculpas pra Pedro — eu digo.

— Não sei o que rolou entre vocês, mas hoje ele acordou do avesso — PC sussurra. — Foi só eu perguntar por ti que ele quase me chutou de volta pra Caruaru. Confia em mim. Não é a melhor hora pra falar com ele.

— Tenho que fazer isso — insisto, e passo por ele. — Pedro, a gente pode conversar?

— Agora não, por favor — ele responde, sem nem olhar na minha cara.

Um nó dolorido se forma na minha garganta.

— Eu vim pedir desculpas.

— Não quero ouvir. — Pedro desamarra o avental em um movimento brusco, atirando-o sobre o gancho na parede. — Tô vazando. Arrumem tudo e tranquem a porta quando forem embora.

— Pedro, eu sei que tu me odeia, mas me dá só uma chance — imploro, me esforçando para manter a voz controlada. — Uma última chance? E aí te deixo em paz. Juro.

Pedro faz uma pausa e lentamente se vira para me encarar, os ombros rígidos.

Cintia, Victor e PC me desejam boa sorte enquanto se retiram, para eu e Pedro podermos conversar com privacidade.

Estou tremendo. Eu já sabia que não seria fácil.

— Não tinha ideia de que mainha tava negociando com o Pague Pouco — começo. — Ela quer vender a Sal, sim, mas juro que ainda não aceitou proposta nenhuma.

Ele estreita os olhos para mim.

— Como vou confiar em tu se não me contasse nem que tua mãe tava guardando um cartão de visita bobo desse?

— Me perdoa. Eu devia ter te contado.

Consigo ouvir a dor de Pedro quando ele solta uma risada parecendo sentir pena de si mesmo.

— Por que era tão difícil ter me contado? A gente podia ter tentado consertar as coisas juntos. Mas tu não confiasse o suficiente em mim. Que foi que eu fiz pra tu duvidar?

— Não te contei porque... — Balanço a cabeça. — Porque eu mesma não quis acreditar que um dia mainha pudesse vender a Sal. E porque... acho... acho que eu *tava*, sim, preocupada de tu contar pra tua família e eles acabarem passando na frente e venderem a Açúcar primeiro. Mas isso foi antes... antes de eu aprender a confiar em tu. Eu juro!

Pedro me encara.

— Mas mesmo depois tu não me falasse nada.

Eu me sinto horrível. Mas não tem como negar.

— Pedro, me desculpa.

Ele fecha os olhos por um momento, respirando fundo. Quando me encara novamente, parece tão cheio de arrependimento que meu coração se parte. Não sei se consigo dar um jeito nisso.

— Não consigo deixar de pensar que tua mãe tava armando pra gente falir, pra poder ir lá e vender a Sal na nossa frente.

— Tu sabe que isso é mentira.

— Minha família vai falir. — Ele balança a cabeça. — Tu entende por que eu... Lari, só me diz a verdade. Tu tava... me usando ou...?

— Te *usando*?!

Ele parece dividido.

— Tô muito confuso. E eu... não entendo. Pensei que a gente... Tu tava tentando me distrair pra tua mãe poder vender a Sal? — Sua voz é áspera, como se Pedro tivesse andado chorando. Tudo que faço é encará-lo em silêncio, completamente atordoada. Me mata a facilidade com que ele volta a me ver como alguém capaz de tudo para ferir os Molina.

— Pedro.

— Aquele concurso era mentira? Tu nunca ia aparecer, né? Eu ia chegar lá na quinta-feira e tu estaria... onde? Ajudando tua mãe a organizar a papelada pra reunião com o Pague Pouco na sexta? O que não dá pra entender é a necessidade de ir tão longe só pra machucar minha família. Por quê? Foi tua mãe que te mandou fazer isso ou...?

— *Pedro!*

Não consigo segurar as lágrimas.

Os olhos dele brilham, e Pedro desvia o rosto. Sei que ele odeia se mostrar vulnerável.

— Olha pra mim — eu digo, e Pedro obedece, cerrando os dentes com tanta força que é como se até fazer contato visual comigo pudesse lhe causar dor. — Não teve nenhum plano contra a tua família. Eu nunca faria nada pra te machucar ou mentiria pra tu desse jeito. Eu não sabia de nada, mas minha mãe esteve em contato com o Pague Pouco porque queria saber quais eram as opções. Ela tava assustada. Todos nós estamos. Mas ela não assinou contrato nenhum. Nada. E não te contei sobre o cartão de visita porque fiquei preocupada de Dona Eulalia descobrir e tirar exatamente essa conclusão que tu tá tirando agora. Tu conhece tua mãe...

— Larissa, o pior não é nem tu ter mentido pra mim — ele diz, parecendo esgotado. — O que me pega é que, depois de tudo que a gente passou junto, ainda assim tu tem esse preconceito com a minha família. O que isso diz sobre nós dois...? — Ele tosse, pigarreando. — *Nunca confie num Molina nem em frigideira de base fina*, né isso?

Concordo com a cabeça, o nó na garganta me impedindo de respirar.

Pedro dá um riso triste.

— Eu já fui algo a mais pra tu do que só outro Molina que não merece confiança?

Mas, antes que eu possa responder, ele sai da cozinha feito um furacão.

Escondo o rosto atrás das mãos, mas não consigo parar de chorar. Não sei por quanto tempo fico assim, até que ouço passos na minha frente. Ergo o olhar com um suspiro, esperando que Pedro tenha voltado, mas, com a vista embaçada, só vejo PC, Victor e Cintia.

PC ergue meu queixo gentilmente para que eu olhe em seus olhos.

— Vou te falar a verdade: a gente acabou escutando um pouquinho. Desculpa. Mas deixa eu te dizer uma coisa. O tempo vai curar tudo. Vocês dois já percorreram um longo caminho, não foi? Dá um espaço pra ele.

— Não. — Balanço a cabeça. — Dessa vez não é uma briga qualquer. Agora é sério, eu estraguei tudo. Traí a confiança dele.

— Ele vai te perdoar — Victor ecoa.

— O tempo nunca curou nada entre as famílias da gente — eu digo. — Só fez foi *piorar* as coisas.

Cintia me olha com atenção, observando bem meu rosto.

— Tu tá gostando dele, né? — ela pergunta.

— Eu amo Pedro — admito, as palavras escapando naturais e verdadeiras.

Os três se olham, sorrindo.

— Oxe, então o que tu ainda tá fazendo aqui, mulher? — PC me cutuca no braço, como quando costumava me empurrar para o fogão. Mas, dessa vez, ele me empurra na direção da porta. — Vai atrás dele!

43

20 DE JUNHO, SEGUNDA-FEIRA

Disparo pelos corredores da escola, tentando encontrar Pedro, até que me dou conta de que ele pode ter saído completamente do prédio.

Aperto o passo até o estacionamento, apesar da chuva torrencial. A bicicleta dele ainda está presa ao portão, mas o pneu de trás está murcho. Se Pedro está indo para casa, vai precisar pegar o ônibus.

Dou a volta e corro até a parada de ônibus.

Poças d'água se acumulam junto ao meio-fio e espirram na calçada a cada carro que passa. Estreitando os olhos por trás dos óculos molhados de chuva, consigo ver um ônibus saindo. Pedro provavelmente está lá dentro! Agito os braços acima da cabeça para o motorista, mas o ônibus não desacelera. As rodas passam bem em cima dos pontos alagados na rua, me encharcando com uma onda de água suja enquanto o ônibus segue seu caminho.

Não sei se dá para ficar mais encharcada do que já estou. Com água até os tornozelos, corro atrás do ônibus, gritando:

— PARA! POR FAVOR!

Mas o ônibus já está longe.

Meus olhos estão quentes de lágrimas, e minha testa parece queimar. Tudo está girando. As árvores. As casas. A rua inundada. Eu me agacho, as mãos na cabeça.

Estraguei tudo. Não importa quantas vezes eu corra atrás de Pedro e peça desculpa. Se ele não me quer por perto, não tem nada que eu possa fazer...

Não sei por quanto tempo fico nessa mesma posição. Mas, de repente, percebo que a chuva parou. Ainda enxergo as gotas grossas caindo na rua, mas elas não me atingem mais. É quase como se eu estivesse dentro de uma bolha protetora. Como se...

Pedro está segurando a jaqueta acima da minha cabeça, como se fosse um guarda-chuva improvisado.

Fico de pé num salto.

— Pensei que tu tinha ido embora... — eu digo.

— Ainda tô aqui.

Sinto uma agulhada no peito.

— Me perdoa. Errei feio, feio mesmo, escondendo as coisas de ti, e vou passar o resto da vida me desculpando se for preciso, mas, por favor, não vou voltar a fazer parte daquela rixa. Me recuso a fazer isso.

Pedro me encara, cauteloso, como se estivesse tentando me decifrar.

— Não quero perder a Açúcar — ele diz, baixando um pouco a guarda. — Sei que meu avô, por causa da saúde, precisa se afastar... mas queria mostrar pra ele que pode confiar em mim pra lutar em seu lugar pela padaria. — Vejo na expressão dele a dor causada pela necessidade de aprovação do avô. — Eu *não vou* falhar. O concurso de culinária é minha última esperança. A gente ainda vai competir junto?

Estou lutando contra as lágrimas que surgem.

— Se tu quiser, sim — respondo. — Essa também é minha última esperança de manter as portas da Sal abertas.

— Como eu sei que posso confiar que tu vai estar lá na quinta-feira? — ele pergunta.

Sustento o olhar de Pedro, desejando que ele veja a verdade em meus olhos.

— Vou estar lá.

Ficamos em silêncio por um tempo, ouvindo a chuva bater na jaqueta acima de nós.

Sinto aquele antigo abismo se alargando entre nós dois, e tenho medo de que as coisas voltem a ser como eram antes.

— Odeio essa situação — comento. — O que é que vai acontecer com a gente quando a competição terminar? A rixa volta a ser como sempre foi?

Pedro continua impassível. Sinto que é um adeus definitivo. Como se nunca fôssemos ter outra oportunidade de falar enquanto o outro escuta. Escuta *de verdade*.

— Da última vez que a gente conversou, mencionasse teu pai — eu falo, e Pedro imediatamente fica na defensiva. — Não tive chance de te dizer como eu queria ter estado lá contigo. Dizer que tu não foi ingrato por ter saído de casa. E não sei nem se eu tô passando dos limites aqui, mas tem uma coisa que tu precisa saber. Uma coisa sobre teu avô.

Conto para Pedro sobre aquele meu encontro inesperado com Seu Romário no cemitério. Pedro me escuta, a expressão paralisada.

— Não sei se tu sabia sobre o passado de painho na Açúcar e o jeito como ele morreu — eu digo. — Mas teu avô amava meu pai como se fosse um filho. Acho que, quando Seu Romário é teimoso, quando ele grita contigo pra respeitar a tradição ou quando ele se recusa a mudar, ele tá só tentando honrar a memória de painho. Talvez Seu Romário só queira manter as coisas do jeito que meu pai deixou. É só culpa, Pedro. Teu avô te ama.

Pedro desvia os olhos. Outro ônibus chega.

— Acho melhor eu ir nessa — falo, segurando o choro. Pedro ainda não me encara. — Me dá um toque quando tu quiser que a gente se encontre pra fazer o bolo do concurso? — Nada ainda. Um músculo se contrai perto da mandíbula dele. É isso. Eu o perdi para sempre. — Tchau, Pedro.

Subo depressa no ônibus, sem olhar para trás, esperando que ele não me veja chorando. Sento no fundo e apoio a cabeça na janela, o vidro cheio de pingos de chuva. O ar-condicionado está no mínimo. Fico sentada ali, tremendo, com os braços em torno da cintura... mas não só porque estou congelando. É mais porque sinto que deixei uma parte minha para trás.

Levo um susto quando Pedro se senta ao meu lado e, com delicadeza, coloca a jaqueta no meu colo.

— Tu vai ficar doente desse jeito — ele diz.

Meu coração está batendo tão rápido que me sinto até tonta.

— Por que... por que tu tá aqui?

Visto a jaqueta, imediatamente sentindo o cheiro dele por toda parte.

— Eu achava que não era bom o bastante pra voinho, e, todo esse tempo, eu não fazia ideia de que ele... que ele tava se sentindo culpado pela morte do teu pai.

Conversamos um pouco mais sobre meu encontro com o avô dele e também sobre a longa conversa que tive com mainha depois. Pedro ouve com atenção, mas percebo um certo ressentimento em seus olhos. Sentimentos conflitantes. Meu coração se parte ao vê-lo assim.

— Nada disso é culpa tua — eu digo. — Teu avô tá preso no tempo tentando honrar a memória de painho. Que nem minha mãe.

Ele me encara, os olhos brilhando de lágrimas.

— Obrigado por ter me contado. Sei que também deve ter sido difícil pra tu ouvir essas coisas todas de voinho.

— E foi mesmo — admito. — Mas agora eu entendo teu avô um pouquinho melhor.

Pedro franze a testa.

— Entende?

— Entendo que ele amava minha vó e meu pai — respondo, e Pedro arregala os olhos. — E que ele te ama mais que tudo. Ele tomou decisões ruins, mas... espero que vocês dois achem uma maneira de consertar as coisas.

Pedro me encara por um longo instante, os olhos esquadrinhando meu rosto, percorrendo meus lábios, e percebo que ele também está pensando sobre nós. Analisando se existe alguma chance de *nós* também consertarmos as coisas. Mas melhor mesmo é não criar expectativas. Magoei Pedro, e ele tem o direito de ficar na defensiva. Dá para perceber que ele está refletindo se pode ou não confiar em mim, e meu coração afunda quando a expressão dele endurece, porque sei que Pedro ainda sente algo por mim, mas está lutando contra isso.

Talvez PC, Victor e Cintia tivessem razão quando me aconselharam a dar a ele um tempo. Não tem mais nada que eu possa fazer ou dizer. Agora cabe a Pedro decidir se nos dá uma nova chance... ou não.

— E se a essa altura do campeonato eu não quiser mais um pedido de desculpas? — ele diz. — E se for tarde demais pra isso? E se eu tiver cansado de sentir que nunca sou bom o suficiente?

Pedro desvia os olhos e cruza os braços. Não sei o que dizer. Lágrimas teimosas pingam do meu queixo, e olho pela janela para esconder o rosto.

Seguimos a viagem em silêncio. Dói ainda estar usando sua jaqueta, o cheiro de Pedro me envolvendo em memórias daquela noite na praia, quando éramos só nós dois, o bairro e todos os problemas tão distantes quanto as estrelas no céu.

De repente, o ônibus dá um tranco e os passageiros gritam. Escorrego para a esquerda, esbarrando em Pedro, enquanto ele, em um gesto protetor, passa um braço ao meu redor.

Os passageiros esticam o pescoço para ver o motivo de o ônibus ter freado assim, e fazemos o mesmo. O motorista do ônibus se levanta, secando a testa com uma toalhinha.

— O alagamento tá piorando na avenida — anuncia. — Os carros estão quebrando pela rua inteira. Acabei de quase bater em um!

Só aí percebo que peguei o ônibus errado. Esse não é o caminho que costumo fazer para ir para casa. E o ônibus acabou me levando direto para a Avenida Coqueirais. Meu sangue congela.

— Eu não devia estar aqui — murmuro, o pânico crescendo.

— Dá pra continuar? — um passageiro pergunta, e outros ecoam a dúvida.

O motorista acena com as mãos, nervoso.

— Não vou arriscar. Vou parar por aqui.

As pessoas protestam quando o motorista abre a porta e deixa o veículo.

— Quê?! — exclamo, a voz estridente.

Espio pela janela. Lá fora tem água até onde a vista alcança. Alguns carros tentam lentamente abrir caminho pelo rio que a avenida se tornou.

Uma mulher em um carro pequeno nos ultrapassa, indo atrás de um caminhão. Eu a observo pressionando o volante, a cabeça para fora da janela, avaliando a profundidade do carro na inundação. Tem duas crianças no banco de trás.

Já vi isso acontecendo antes. Carros menores seguindo caminhões em uma falsa impressão de segurança em uma via alagada.

— Essa é a Avenida Coqueirais — falo baixinho, meu pânico se intensificando. — Foi aqui que painho morreu.

Os olhos de Pedro voam até mim com um lampejo de medo.

44

20 DE JUNHO, SEGUNDA-FEIRA

Estamos no meio da avenida, com água até os joelhos, que se aprofunda conforme a rua desce para o túnel. Ouço algumas pessoas gritando atrás de mim enquanto vão para a calçada. Um homem escorrega na minha frente, mas uma mulher o puxa, ajudando-o a se levantar. Ele xinga, nervoso.

Estou tão atordoada de pânico que não percebo Pedro tentando chamar minha atenção. Então ele me segura pelos ombros, parado na minha frente, seu rosto tão próximo que consigo sentir seu hálito em meus lábios.

— Vai ficar tudo bem. Prometo. — Ele fecha a jaqueta que estou usando, puxando o capuz sobre a minha cabeça. — Fica junto dos outros passageiros e vai andando pra calçada, visse?

Eu assinto, já suando frio.

Dou o primeiro passo em direção ao meio-fio quando me dou conta de que Pedro não está vindo comigo. Me viro, dando um suspiro, meus dedos agarrando a parte de trás de sua camiseta.

— Onde tu tá indo? Tu não vem comigo?!

Pedro olha para o carro que vimos ultrapassar o ônibus. Aquele com a mulher e as crianças.

— Eles vão ficar presos se continuarem indo atrás do caminhão. Preciso ajudar.

— Não. — Balanço a cabeça, puxando seu braço. — Vem comigo.

— Lari, vai com os outros passageiros!

Alguém deve ter escutado, porque de repente sinto um braço entrelaçado ao meu. Uma mulher começa a me tirar dali, e com isso acabo soltando o braço dele.

— Pedro! — Minha voz está estridente de medo.

— Vou ficar bem! Vai!

Observo Pedro recuando enquanto se arrisca cada vez mais fundo na avenida, acenando para o carro.

Minhas pernas estão pesadas feito chumbo, e meu coração bate frenético enquanto as pessoas me ajudam a chegar na calçada. Mas não posso deixar Pedro fazer isso sozinho. E se ele escorrega? O menino não sabe nem nadar! Respiro fundo uma, duas vezes e me desvencilho do grupo de passageiros, correndo de volta para a avenida, atrás dele.

Vejo o carro começando a fazer a curva, encostando no meio-fio. A motorista finalmente entendeu que não conseguiria atravessar o túnel alagado logo à frente. Mas então o pequeno carro engasga e, logo depois, o motor gorgoleja e morre. Ouço os gritos abafados da mulher.

— Inundou o motor! — Pedro grita e segue aos tropeços, agora com água até a cintura, em direção à família que ficou presa.

Não sou nenhuma novata em alagamentos — a água vai aumentando rápido de nível ao longo de ruas e sarjetas entupidas de lixo —, mas isso é... Parece mais que o *rio* está transbordando no túnel, a corrente cada vez mais forte contra minhas pernas, ameaçando me derrubar.

— Pedro! — grito, mas ele não olha para trás.

— Socorro! As crianças! — Os berros aterrorizantes da mulher atravessam a tempestade, fazendo meu sangue gelar. Pedro chega à janela do carro, e a mulher aperta as mãos dele. Ela parece assustada em sair do veículo. — As crianças! Por favor, salva as crianças!

SAL E AÇÚCAR

Ela se vira para o banco de trás e pega uma das crianças...

Solto um arquejo. É Amandinha.

Ela parece nervosa, o rosto inchado de tanto chorar, e as mãozinhas rechonchudas se agarram à mãe como se sua vida dependesse disso, lutando ferozmente para não ser entregue.

— Amandinha, sou eu! — fala Pedro, e a menina olha para cima, reconhecendo-o. — Sou voluntário no Vozes — ele explica para a mãe dela.

Mas, apesar de Amandinha confiar em Pedro, ela ainda se recusa a soltar a mãe.

— Pode ir com ele, filha. Não se preocupa.

— Não! — Amandinha grita.

— Eu vou logo atrás de tu — diz a mulher. — Mas vai com ele primeiro. Prometo que vou estar logo atrás de tu.

A mulher abre a porta e, em uma fração de segundo, Amandinha hesita, olhando da mãe para Pedro. Depois, começa a se soltar da mãe — a oportunidade perfeita para Pedro puxá-la para fora em um movimento rápido. Assustada e separada da mãe, Amandinha chuta e choraminga, mas pelo menos não está mais dentro do carro.

Em seguida, a mulher passa um menino para Pedro. É mais velho que Amandinha, talvez por volta de oito ou nove anos, e não tenta enfrentar Pedro. Dá para ver nos olhos arregalados dele que entende a situação, que já tem idade para saber exatamente o tanto de perigo que estão correndo.

Pedro segura as crianças cada uma em um lado do quadril.

— Vem comigo, senhora — ele diz para a mãe de Amandinha.

A expressão dela fica paralisada de terror.

— Minha perna — diz.

Pedro hesita por um instante, olhando da mulher para a calçada, com as crianças nos braços. Só quando ele se move um pouco para o lado que entendo o que está acontecendo: a mulher está com a perna esquerda engessada até o joelho. Há um pavor enorme em seus olhos enquanto ela se inclina para pegar as muletas no banco de trás.

Corro até o carro.

— Lari! — Amandinha grita nos braços de Pedro, cedendo ao medo e voltando a chorar.

Pedro se vira com um sobressalto.

— Por que tu não tá na calçada?

— Eu levo as crianças — explico. — Ajuda a mãe de Amandinha a sair do carro.

Pedro analisa outra vez a situação. O nível da água está subindo depressa.

— Rápido — falo para Pedro. — Eu atravesso com os meninos. Ajuda ela.

— Tia! — o garotinho choraminga.

— Vai ficar tudo bem — diz Pedro, tentando acalmá-lo. — A gente vai conseguir. Minha amiga aqui vai levar tu e tua prima enquanto eu ajudo tua tia.

— Tu promete? — Amandinha pergunta.

— E quando foi que eu menti pra tu? — Pedro responde, abrindo um sorriso reconfortante.

Depois, finalmente me entrega as crianças. São mais pesadas do que achei que seriam. Amandinha passa os braços em volta do meu pescoço enquanto o menino envolve minha cintura com as pernas. Eu os seguro com força, tentando manter o equilíbrio, enquanto vou caminhando com cuidado, os passos firmes...

— Mainha! — Amandinha grita assim que nos distanciamos do carro.

— Vai ficar tudo bem — o menino repete as palavras de Pedro, esticando a mão para fazer carinho no cabelo da prima. — Ela tá bem atrás da gente.

— Como é teu nome? — pergunto ao garoto.

— Pedro — ele responde, a voz fininha e assustada.
— Pedro? Aquele moço ali atrás também se chama Pedro.

O menino sorri, daquele jeitinho que só as crianças fazem quando encontram alguém com o mesmo nome, formando um vínculo instantâneo.

Dou um passo de cada vez, a água da enchente empurrando meus joelhos com força. O pânico ainda está me deixando tonta, mas, devagar, consigo chegar à calçada. As pessoas me veem com as crianças e correm para ajudar, tirando-as de mim para que eu recupere o fôlego.

Me viro, esperando encontrar Pedro e a mãe de Amandinha não muito atrás de mim.

— Mainha ainda tá no carro! — Amandinha grita.

Lá ao longe, perto da boca do túnel, vejo a mãe dela tentando sair do carro com as muletas. Pedro se inclina para carregá-la nas costas e a mulher se agarra ao pescoço dele, as pernas erguidas para evitar que a água molhe o gesso. Ele avança, carregando-a lentamente até um local seguro, quando de repente tropeça em algo debaixo d'água.

E, bem assim, a mulher e Pedro caem e vão afundando na enchente. Não penso duas vezes. Pulo de volta na avenida alagada.

— Menina! Espera! — Ouço a voz de um homem chamando. Olho por cima do ombro e o vejo correndo atrás de mim, mas ele não está sozinho: uma longa fila de pessoas se forma, de mãos dadas para criar uma corrente humana. — Segura minha mão! — ele grita.

Seguramos um ao outro com força e, lentamente, a corrente de pessoas se estende pela avenida. Não tiro os olhos de Pedro nem da mulher ao longe. Ele se esforça para levantar e a mulher se agarra a ele, um filete de sangue escorrendo do queixo até o pescoço. Pedro grita de agonia, tentando manter os dois encostados no carro.

— Socorro! — ele berra.

Avanço o máximo que consigo, esticando um braço na direção deles. Até que não consigo dar nem mais um passo.

Olho para trás, tentando entender por que paramos, e o homem atrás de mim faz o mesmo, nossas mãos unidas em um aperto dolorido que ameaça quebrar meus dedos. Esticamos a corrente humana o máximo possível.

— Segura minha mão! — Estendo os dedos para Pedro.

— Lari! Não dá!

Tem alguma coisa errada com a perna direita dele. Pedro está apoiando todo o peso do corpo em seu lado esquerdo, com um braço envolvendo a mulher para ela conseguir manter o equilíbrio, enquanto ela se agarra à lateral do carro.

— Tu consegue! Vem! — grito, mas Pedro e a mulher estão presos no mesmo lugar.

Volto o olhar para o homem segurando minha mão.

— Preciso ir até eles — explico.

A chuva se transformou em uma tempestade pesada de junho, abafando nossas vozes sob o cair incessante das gotas grossas que atingem a avenida... uma avenida que, agora, mais parece um rio.

O homem tem a expressão tensa. Com um choque de surpresa, percebo que os olhos dele me lembram os de painho.

Olhos que nunca vi pessoalmente.

Olhos que só conheci por meio de fotos e reportagens descrevendo sua morte. Olhos castanhos afetuosos.

Em um lampejo, vejo uma moto debaixo d'água.

— Essa avenida é cheia de buraco. Não posso te deixar ir até lá. Vamos chamar os bombeiros! — o homem diz, alarmado, assim como painho provavelmente diria nessa situação. Mas, em vez de me prender ao medo, essa percepção me dá mais coragem.

— Eles não tem mais como esperar! — Sacudo minha mão, tentando me soltar. — Por favor. Eu sei o que tô fazendo.

O homem parece dividido. Ele olha de mim para Pedro e a mãe de Amandinha, os olhos arregalados de medo.

SAL E AÇÚCAR

Em algum ponto da corrente humana, alguém acaba se soltando. Mas só momentaneamente. Eu e o homem somos puxados para trás enquanto os outros voltam a dar as mãos. O movimento abrupto é suficiente para minha mão escorregar. Não olho para trás. Começo a ir até Pedro.

Um pedaço de lixo no fundo da água se enrosca no meu tornozelo, e acabo perdendo o equilíbrio. Me jogo um pouco de lado para não cair, e, com isso, me choco contra o carro em um impulso doloroso. O ar foge dos meus pulmões, e um milhão de estrelas explodem na minha vista. Meu joelho esquerdo está queimando.

— Lari! — escuto Pedro chamando, a voz aterrorizada. Ele ainda está segurando a mulher.

— Não consigo andar — ela diz, assustada. — Minha perna. — A essa altura, as muletas já se perderam na água.

— Acho que quebrei o pé — fala Pedro. — Não vou conseguir!

— Consegue, sim! — eu digo, mas Pedro não me olha. Está focado em toda essa água ameaçando nos afogar. — A gente consegue fazer isso junto!

O homem que estava segurando minha mão se aproxima, deixando para trás a corrente de pessoas. Está se esforçando para se manter de pé contra a força da enchente.

— Eu levo a senhora — ele fala para a mãe de Amandinha, reparando no jeito como ela está mancando. Depois olha para mim. — Tu consegue ajudar o rapaz? Vais ficar bem sem mim?

Sinto um nó na garganta. Mas a coragem nos olhos dele me dá força.

— Vou, sim — eu o tranquilizo.

O homem ergue a mãe de Amandinha e lentamente começa a voltar para a corrente humana.

— Se segura em mim — falo para Pedro, mas ele está aterrorizado demais para conseguir se mexer. — Tá tudo bem. Segura em mim. — repito, e ofereço meu ombro. Pedro ainda está preso no mesmo lugar, o medo tomando conta de suas feições. Ele não está escutando, então agarro seu braço, o passo por cima dos meus ombros e seguro sua cintura. — Bora pra casa — eu digo.

Os olhos de Pedro finalmente encontram os meus. E então ele assente.

Passo a passo, caminhamos juntos em direção à segurança.

45

20 DE JUNHO, SEGUNDA-FEIRA

Os azulejos que cobrem as paredes e o piso da sala de espera do hospital são de um azul desbotado. Eu já tinha me esquecido disso, ainda que não muito tempo atrás eu tenha passado uma ou duas horas nesse lugar todos os dias, fazendo o dever de casa enquanto mainha ajudava voinha no andar de cima.

Parece um pesadelo que aconteceu há muito, muito tempo.

Fedro se senta ao meu lado, apoiando o tornozelo enrolado em um saco de gelo em outra cadeira. Ele estava com tanta dor que podia jurar que tinha quebrado o tornozelo. Felizmente, foi só uma contusão feia.

Ele está na dele desde que chegamos aqui, uma hora atrás. De vez em quando, olha ansioso para o corredor, e sei que ele está se perguntando se tem algum jeito de encontrarmos Amandinha e sua família. A equipe do hospital levou as crianças para um quarto separado, provavelmente para esperarem a chegada de outros parentes enquanto os médicos examinam a mulher.

Quando levamos a mãe de Amandinha para a calçada, ela estava alerta e não parecia ter sofrido uma concussão, mas uma multidão se formou ao redor quando as pessoas notaram todo o sangue escorrendo por seu pescoço. Lembro dela frenética, olhando para tudo quanto é lado, de rosto em rosto até avistar as crianças. Foi só aí que ela se acalmou.

Alguém deve ter chamado ajuda enquanto estávamos na avenida, porque logo depois os paramédicos já estavam nos conduzindo até as ambulâncias. Fico pensando no que ela disse para a filha e o sobrinho: *"Tô bem. Não é nada. Não tá nem doendo. Desculpa preocupar vocês."* Que nem voinha dizia.

Sinto meus olhos arderem.

— Se não fosse por tu, eu ainda tava lá fora, grudado naquele carro — Pedro comenta, quebrando o silêncio.

Pisco para afastar as lágrimas.

— Não é verdade. Sei que tu ia dar um jeito de levar a mãe de Amandinha pra um lugar seguro. Tu cumpriu a promessa que fez a ela. E foi também o primeiro a correr pra resgatar a mulher. Não sei se eu teria feito a mesma coisa.

Pensar na bravura de Pedro ainda me dá arrepios. Foi altruísta. *Altruísta até demais*, talvez. Na hora, ele ignorou a própria segurança. Ignorou o fato de não saber nadar. Fico pensando se é esse mesmo impulso que o leva a assumir total responsabilidade pelo futuro da Açúcar. Não quero que ele se machuque que nem... que nem mainha.

— Sinto muito — ele diz. — Teu pai. Aquela avenida.

Afasto os pensamentos ruins. Pedro e eu fomos é sortudos pelas coisas terem terminado bem.

— Agora tu sabe por que nunca pego o túnel quando vamos pro Vozes.

— Tu foi corajosa.

— Bom, o único jeito de passar era literalmente passando. — Deixo escapar um suspiro cansado. — E nunca que eu ia te deixar.

Pedro engole em seco.

— Obrigado.

Nos encaramos, meu coração batendo acelerado no peito. Pedro abre a boca para dizer alguma coisa, mas o celular de alguém tocando no volume máximo no corredor nos faz pular de susto. Olhamos instintivamente para a saída.

— Será que a gente devia esperar nossas mães separados? — pergunto.

— Tô de boa em esperar junto — fala Pedro. — Se tu não se importar.

Saber que nossas mães estão a caminho é como ficar na praia esperando um tsunami chegar.

— Tu tá preocupado com o que elas vão dizer? Tipo, porque a gente tava junto?

— Não — Pedro responde, e a confiança em sua voz me surpreende. Mas estamos escondendo nossa crescente proximidade há tanto tempo que percebo que, na verdade, não quero mais continuar com isso. É hora de pôr as cartas na mesa.

Voltamos a ficar em silêncio, assistindo — embora não acompanhando — a novela que passa na tevê da recepção, nossos olhos disparando para a porta toda vez que alguém entra. Pedro deve perceber que estou nervosa, porque segura minha mão. O gesto é tão cuidadoso, quase reverente, que deixa meu coração quentinho, ainda que minhas roupas estejam encharcadas.

Quando olho para ele, espero que Pedro veja em meu rosto o quanto estou arrependida por ter traído sua confiança.

Quando ele olha para mim, tenho a sensação de que ele quer dizer alguma coisa. Algo que o assusta. Como se tivesse medo de que, depois de ouvir, eu me afastasse.

— Eu tinha mania de ficar te observando quando a gente era criança — ele finalmente desembucha. — O jeito que a tua vó te tratava. O jeito como tu parecia feliz na Sal. Como tu se saía bem na escola, ganhando todas aquelas medalhas. Parecia que tu tinha tudo. É difícil dizer isso... — Pedro franze a testa, parecendo arrependido. — Mas acho que eu te invejava.

Dou um leve aperto em sua mão.

— Tá tudo bem.

— Não, não tá tudo bem. Eu me sentia menosprezado em casa, sim, mas não tinha o direito de te atacar. De te ver como minha inimiga. Me desculpa. Eu sinto muito, muito mesmo. Era uma confusão na minha cabeça.

— Eu sinto muito também. — Respiro fundo. — Queria que a gente pudesse deixar o passado pra trás.

Em vez de responder, Pedro se levanta e sai da sala, mancando por conta do tornozelo machucado. Estico o pescoço, sem entender nada, tentando ver para onde ele foi. Um segundo depois, ele reaparece.

— Oi, meu nome é Pedro — diz, estendendo a mão para me cumprimentar.

Ele está nos dando uma chance de recomeçar. De fazer diferente.

Me levanto para apertar sua mão.

— Pode me chamar de Lari — respondo.

Ele sorri, a expressão ficando mais suave, os olhos se iluminando. Fico sem fôlego.

— Prazer te conhecer.

— Prazer te... — começo, mas a voz alta de mainha nos interrompe.

— *Larissa Catarina Ramires!*

46

20 DE JUNHO, SEGUNDA-FEIRA

Não sei por quanto tempo mainha ficou ali parada, mas, se ela notou que eu e Pedro estávamos de mãos dadas, fingiu que não viu. E não sei se isso é bom ou ruim.

Ela dá uma olhada em meu joelho enfaixado e corre até mim.

— T-tá tudo bem — gaguejo. — Não tá nem doendo.

— Tu tá toda molhada! — ela diz, esfregando meus braços.

— Eu tô bem.

Só então ela presta atenção em Pedro, olhando para o tornozelo dele. Consigo sentir as perguntas que ela está guardando para si mesma. *Como que tu e Pedro foram parar juntos numa avenida alagada? Por que é que vocês estavam juntos, pra começo de conversa?* Mainha pode até estar disposta a aceitar um futuro em que não sigo os planos acadêmicos que ela fez para mim, mas um relacionamento com Pedro? *De jeito nenhum.*

— Quase morri de preocupação — ela diz, a voz sufocada pelo pânico. — Quando me ligaram dizendo que tu tava aqui... eu pensei... pensei no teu pai e... achei que também tinha te perdido! — Mainha me puxa para outro abraço, como se estivesse com medo de eu desaparecer.

— Desculpa. Tô bem. Foi só um cortezinho no joelho.

Mainha volta a olhar para Pedro, que está meio sem graça ao meu lado.

— Tu tá machucado — ela diz com uma preocupação cautelosa.

Os olhos de Pedro piscam nervosamente de mim para ela. Ele abre um sorriso tímido.

— Tá tudo bem.

Fico parada entre eles, prendendo a respiração.

Mainha parece prestes a dizer mais alguma coisa para Pedro, mas a chegada de Dona Eulalia, irrompendo na sala de espera feito um furacão, interrompe o momento. No instante em que os olhos dela pousam em Pedro, Dona Eulalia solta um grito de dor, abrindo caminho até o filho.

Quando o puxa para perto, Pedro bate com o tornozelo machucado em uma cadeira e estremece. Ela nem percebe. Seu abraço é tão desesperado quanto o de mainha.

— Meu filho! — ela exclama, segurando o rosto de Pedro entre as mãos até suas unhas bem-cuidadas deixarem marquinhas de meia-lua na pele dele. — Tu tá inteiro? Que foi que aconteceu?!

— Eu tô bem, mainha — Pedro responde, parecendo meio sufocado.

— Não tá nada! — Dona Eulalia rebate, parecendo irritada. — Olha esse tornozelo! Tá quebrado? Onde é que tá teu médico? — Seus olhos afiados voam até as enfermeiras atrás do balcão, que logo se empertigam feito um bando de suricatos. — Cadê o médico do meu filho? Quero falar com um médico! — Dona Eulalia se vira novamente para Pedro, começando a chorar. — Tu tomou alguma coisa pra dor? Tu tá sentindo muita dor?! Ah, meu filho!

— Deixa o menino respirar — diz Seu Romário ao fundo.

Consigo ver o sangue sumindo do rosto de Pedro.

— *Voinho?* — Ele se afasta da mãe e tenta manter a postura reta, como se o tornozelo não o incomodasse. — Quer dizer, chef. O senhor não tinha que estar aqui.

SAL E AÇÚCAR

— E como é que eu vou ficar em casa sabendo que meu próprio neto tá no hospital? — Seu Romário lança a ele um olhar de recriminação, e Pedro logo baixa a cabeça.

O avô dele está agindo como se estivesse bravo por Pedro ter se machucado... Como que algo assim pode ser culpa dele? É um absurdo!

— Pedro salvou uma família hoje — deixo escapar. — Ele foi *um herói*. Foi assim que acabou machucando o tornozelo.

Pedro me olha, nervoso, como se achasse melhor eu ficar fora disso, mas agora já era. Mainha me encara com uma expressão engraçada. Dona Eulalia agarra o braço de Pedro como se só agora estivesse compreendendo plenamente a extensão do que aconteceu. E Seu Romário se vira para mim e assente, absorvendo minhas palavras. Quando volta a olhar para Pedro, sua expressão está mais suave.

— Tu tá bem, filho? — Seu Romário pergunta ao neto.

— Sim, chef. — Pedro imediatamente assente, e dá para perceber que essa pergunta significa muito para ele. Há muita preocupação não dita no jeito como Seu Romário observa a perna de Pedro.

Dona Eulalia estraga o momento, passando por eles para me confrontar.

— Por que é que tu tava com meu filho? — ela pergunta, indignada.

Mainha me empurra para trás de si, se colocando no caminho de Dona Eulalia.

— Ai de tu se falar uma coisinha só pra minha filha, que eu juro que esqueço que tô num hospital!

— E eu lá tenho medo de tu?! — Dona Eulalia grita para mainha. — O que eu quero saber é por que meu filho tava com a tua filha! Ela botou Pedro em perigo! Não confio nessa menina Ramires!

Sinto um vazio no peito. Dona Eulalia acha que sou essa pessoa horrível baseada em... em quê? No histórico de rivalidade das nossas famílias? Como ela pode me acusar assim?

— Mainha, ninguém me colocou em perigo. A gente pegou o mesmo ônibus saindo da escola e aconteceu o alagamento — Pedro tenta explicar, mas sua mãe é rápida em tirar as piores conclusões. Agora entendo como Pedro deve ter se sentido quando não lhe contei sobre o cartão de visita do advogado do Pague Pouco. Apesar de todas as evidências a seu favor, fiz isso só porque ele tinha um Molina no nome. Agora Dona Eulalia acha que eu possa tê-lo colocado em perigo, tudo porque tenho Ramires no sobrenome. — Mainha, por favor, bora pra casa. — Ele caminha, meio desequilibrado, para a saída, incitando a mãe a segui-lo, mas Dona Eulalia não se mexe.

— Pegaram o mesmo ônibus saindo da escola? *Juntos?* — Dona Eulalia brada, o rosto ficando vermelho. — Tu acha que eu nasci ontem? Não vou pra canto nenhum até descobrir tim-tim por tim-tim por que essa menina tá tentando te machucar!

— Ela não tá tent...

— Essa menina já deu um encontrão em tu antes! Ela fez isso de novo?!

Pedro me lança um olhar magoado, como se não soubesse mais o que fazer para impedir a mãe de me bombardear com tantas acusações horríveis. E não consigo nem me defender. Tudo que faço é me esconder atrás de mainha, tentando me encolher, mesmo sendo centímetros mais alta.

— Dá pra gente ir pra casa? *Por favor!* — Pedro implora, a ponto de chorar. — Eu explico tudo no caminho.

— Não! — a mãe dele grita, seus olhos raivosos percebendo a jaqueta do filho, que ainda estou usando. — Vem cá, tu é... tu é *amigo* dessa menina? — Ela pronuncia a palavra como se fosse algo terrível e começa a chorar.

— Ah, cala a boca! — mainha exclama para ela.

E pronto, o caos está instaurado.

Mainha e Dona Eulalia disparam uma à outra acusações do passado e do presente, enquanto os funcionários do hospital se esforçam para evitar que uma voe no pescoço da outra. Tudo começa a girar, e, de alguma forma, o assunto volta para o Pague Pouco e para nossas mães jurando vender primeiro a respectiva padaria até o fim da semana.

Capto o olhar de Seu Romário, e ele pisca para mim. Antes que eu consiga decifrar o significado disso, ele solta um gemido de dor, apertando o peito. É um gemido que parece meio ensaiado, mas acaba funcionando, porque todas as atenções se voltam para ele. As enfermeiras entram correndo, e Dona Eulalia desiste da briga com minha mãe para poder ajudá-lo.

Mainha passa um braço em volta dos meus ombros e começa a me conduzir para fora da sala de espera. Ao sair, olho para Pedro, e ele me devolve um olhar desesperado, mas não há nada que possamos fazer agora.

Quando chegamos ao estacionamento, mainha se vira para mim. Seu rosto está pálido, como se tivesse acabado de ver um fantasma.

— Não sei o que tu tava fazendo com aquele garoto, mas me promete que vocês não vão mais se ver.

— A senhora sabe que a gente é da mesma escola, né? — brinco, tentando aliviar o clima, mas isso só serve para deixar mainha ainda mais furiosa.

— Ele é um *Molina* — ela diz. — Não confio nele perto de tu nem por um instante. Seja lá o que tá acontecendo entre vocês, termine agora. Antes que seja tarde.

LARI: Me encontra lá na igreja?

PEDRO: Tenho só que dar um jeito de descer pela janela do quarto com esse tornozelo ruim!

É quase meia-noite. Corro pela rua deserta, o vento soprando forte com uma garoa persistente. A feirinha já foi desmontada. Não tem uma mísera alma por perto. Viro à esquerda no Alto da Sé, entrando no pátio lateral da igreja.

A brisa do oceano sopra a maresia no meu rosto quando me sento no muro para observar a escuridão. Hoje, a lua está escondida atrás de grossas nuvens cor de lama.

Não sei por quanto tempo fico esperando, mas, quando ouço passos rápidos se aproximando, fico de pé. Uma silhueta alta entra no pátio da igreja.

— Quem tá aí? — pergunto.

A silhueta dá um passo até o brilho alaranjado de um poste de luz rodeado de mariposas.

— Sou eu! — Pedro responde.

Eu me derreto de alívio. Ele vem direto até mim, mancando um pouco por causa do tornozelo machucado, e caminho em sua direção até nos chocarmos em um abraço. Ele deixa escapar um pequeno gemido de dor, mas não me solta, só me abraça com mais força.

— Eu tava com medo de tu não conseguir vir — digo.

— Tô aqui — ele fala em meu ouvido, me fazendo sentir um arrepio na espinha. Pedro está tremendo, apesar de sua pele estar quente.

— Mainha quer que eu fique longe de tu — comento.

— Mainha acha que a gente tá namorando pelas costas dela há séculos. — Ele ri para si mesmo. — Se pelo menos fosse verdade.

— Pedro, eu... eu te amo. — Sinto minhas bochechas queimando. É cedo demais para dizer isso? — Tu não precisa responder. Mas, depois de tudo que aconteceu hoje, só queria te dizer que...

Escondo o rosto em seu peito.

— Também te amo, Lari. — Ele beija o topo da minha cabeça, e o alívio toma conta de mim.

Ficamos desse jeito por um tempo, os braços de Pedro me envolvendo.

— Acho que não cheguei a te perguntar — ele diz. — O que te fez mudar de opinião sobre mim, no fim das contas? O que foi que te conquistou, o charme do meu sorriso ou minha incrível habilidade culinária?

Embora nada disso seja mentira, tento me desvencilhar do abraço para lhe dar um tapa brincalhão no ombro, mas ele não me solta.

— Se tu queres mesmo saber... — respondo, olhando em seus olhos. — Eu vi as coisas que importavam pra ti. E, de repente, fiquei apavorada só de pensar em te perder. Mas o que mudou a *tua* opinião sobre mim?

— Naquela noite, quando tu desse aquele encontrão em mim.

— Quê?

— É mais tipo... eu tava tão cansado depois de voltar de Curitiba. Quando estava fora, pensei na vida que eu abriria mão se decidisse ficar com meu pai, e percebi que não queria deixar minha família, a Açúcar, o bairro... Mas, se voltasse, eu sabia que as coisas iam precisar mudar radicalmente. Também sabia que não ia conseguir voltar a fazer parte da rixa. Eu tava esgotado demais de tanto discutir com voinho. E aí tu aparecesse do nada quando eu tava carregando o bolo. Percebi que não tive certeza se tu tinha feito de propósito, quando antes eu não teria nem dúvida. No início, foi só uma incerteza, coisa boba, mas o suficiente pra eu começar a questionar tudo em que eu acreditava sobre tu. Sobre a gente.

Ele me dá um beijo nos lábios. É um beijo cheio de desejo reprimido, como se Pedro estivesse tentando encapsular o momento.

Quando o beijo de volta, é como um lembrete de tudo que eu gostaria que tivéssemos percebido antes um sobre o outro, as oportunidades perdidas de termos crescido juntos, nos apaixonado e começado um relacionamento com o apoio de nossas famílias.

Odeio esse lembrete constante de que está tudo mergulhado em boatos e antigos rancores.

Saboreamos cada beijo como se fosse o último, os dois sem conseguir escapar do medo da separação... um medo que não passa. Afinal, nossas mães ainda são rivais. E hoje só de pensar que éramos *amigos* mainha já ficou transtornada. Imagina só se ela soubesse que estamos namorando.

— Não quero te perder — eu digo.

— Tu não vai me perder.

Me afasto para olhar em seus olhos.

— Quero que a gente bote um ponto final nessa rixa. Lá no concurso.

Pedro franze a testa, o polegar acariciando minha bochecha.

— Não tem como a gente acabar com uma rixa de décadas em um dia.

— Não. Mas a gente pode dar o primeiro passo. — Seguro sua mão. — Não sei se tu vai topar, mas bora levar nossas famílias pro concurso. Bora mostrar pra eles que juntos somos mais fortes.

Pedro parece temeroso, e fica encarando o oceano. Mas, quando vira o rosto para mim, seus olhos brilham com uma determinação renovada.

— Tô do teu lado. Seja lá o que aconteça — ele diz.

Nos beijamos de novo, nossos lábios selando uma promessa a nós mesmos de que vamos ser corajosos.

47

23 DE JUNHO, QUINTA-FEIRA

Na quinta-feira, quando chegamos à construção em forma de palácio do século XIX, lemos na enorme faixa pendurada acima da escadaria: "Concurso de Culinária da Sociedade Gastronômica." A rua está abarrotada de vans com equipes de tevê, e o local está apinhado de competidores e jornalistas.

Fico boquiaberta observando a escadaria, as janelas imensas e os azulejos portugueses brancos e azuis que cobrem a fachada — o tipo de coisa que até então eu só tinha visto em fotos. É uma sensação agridoce. Queria que voinha estivesse aqui agora.

PC me faz uma massagem rápida no ombro, como se eu estivesse prestes a entrar em uma luta de UFC. É isso. O momento que todos nós estávamos esperando. Mas, quando alcançamos o portão da frente, Pedro olha o edifício de cima a baixo, como se estivesse a minutos de enfrentar um gigante.

— Sou só eu ou de repente esse prédio ficou mais alto? — ele pergunta.

— Não precisa ficar com medo, chef — PC faz piada, dando um tapinha em suas costas.

— Quem disse que eu tô com medo? — Pedro retruca, mas vejo o brilho das gotinhas de suor se formando em suas têmporas.

Entramos no prédio, segurando com cuidado a caixa que abriga nossa criação. Tem um palco bem no meio do edifício, onde os competidores exibem seus pratos concorrentes em uma mesa comprida. Taças de iogurte com frutas, ensopados de frutos do mar, espetinhos de carne, pães... Desvio os olhos antes que tudo isso me domine, e gesticulo para Pedro vir me ajudar a arrumar nosso bolo.

Abrimos a caixa e lentamente retiramos o bolo Romeu e Julieta de duas camadas. Ouvimos aplausos vindo da plateia, e, quando baixamos o olhar, vemos que PC, Victor e Cintia já ocuparam seus assentos. Eles fazem um sinal de joinha para a gente, e aceno de volta, sorrindo. Mas, quando viro para Pedro, ele definitivamente está começando a ficar verde.

— Tás bem? — pergunto.

— Lógico! — Ele se afasta, cuidando da apresentação do bolo. A goiabada derrete sobre a camada do bolo de milho cheio de queijo como uma flor nascendo em um solo beijado pelo sol. É *perfeito*.

Observo os pratos vizinhos ao nosso. Uma equipe de competidores — pai e filhos, acho — monta uma bela exibição de panelas altas de barro contendo feijão preto e linguiça suína. Cuidadosamente espalham várias tigelinhas ao redor, cada uma exibindo uma escolha regional de tempero: vinagrete, azeite, molho picante com pedaços grandes de pimenta. Fico com água na boca só de olhar.

— Eles fizeram feijoada — Pedro sussurra para mim ao perceber que estou prestando atenção na concorrência. — E lá na ponta da mesa, tu visse? Trouxeram moqueca. E bem ali tá a cesta de frutas mais elaborada que eu já vi!

— Acho que a cesta também é comestível — comento, e percebo a expressão de Pedro dando lugar à aflição. É estranho ver sua confiança de sempre cedendo espaço ao medo. — Qual o problema?

— A maioria dos competidores são alunos da Sociedade Gastronômica — ele diz, apontando para a roupa dos cozinheiros.

SAL E AÇÚCAR

Ele tem razão. Pelo menos uma pessoa em cada grupo no palco tem o logotipo da Sociedade bordado na lateral do dólmã — um grande SG entrelaçado em letras prateadas. Tem até equipes inteiramente formadas por alunos da SG, como os trigêmeos na ponta da mesa. Embora este ano o concurso tenha sido aberto para não membros, quem é de fora com certeza ficou intimidado.

Pedro e eu somos o único time totalmente formado por não membros. Ele dá a volta e se agacha atrás da mesa. Me agacho a seu lado.

— De quem a gente tá se escondendo? — pergunto.

— Chef Augusto e Chef Lorêncio tão aqui. Eles são *deuses* da cozinha! No mesmo nível de Anthony Bourdain e Eric Ripert! Eles tinham um quadro num programa de tevê que eu assistia quando era pequeno, e agora, olha, eles são os juízes! — Pedro sussurra para mim, as orelhas ficando vermelhas. — Não vou conseguir. Não sou bom o suficiente pra isso.

Percebo que Pedro, por mais convencido que seja na escola, não tem experiência nenhuma em concursos. Quem diria que todas aquelas competições de matemática me preparariam para um concurso de culinária?! Nunca pensei que diria isso, mas sou grata à mainha por ficar em cima de mim para participar e também pela orientação da professora Carla, porque agora, sim, sei o que fazer em cima de um palco.

— Tu *é* bom o suficiente.

— Sou nada.

Os competidores à esquerda e à direita lançam olhares curiosos para nós dois.

— Eu já estive em competições grandes. E se teve uma coisa que eu aprendi é que tu faz um desserviço a si mesmo quando fica achando que já perdeu. — Me levanto, puxando Pedro comigo. — Mostra pra eles que tu não tem motivo pra ficar com medo.

— Mas eu tenho *todos* os motivos pra ficar com medo — ele sussurra em resposta.

— Lembra daquele cara que subiu numa escada pra entrar na sala de aula? Se tu é esse cara, por que deixar um concurso de culinária te abalar tanto?

— Aquele cara tava sendo autodestrutivo e tentando ser expulso. Mas isso aqui é... é o meu *sonho*. — Pedro olha para o teto abobadado, os raios de sol filtrados pelas claraboias. — Vou acabar me perdendo.

Ele parece apavorado.

— Então vamos te arrumar um mapa.

— *Lari*.

— *Pedro*. Esse aqui é o teu lugar — digo, mas ele ainda não parece convencido. — Tu é o melhor padeiro do bairro. Nascesse pra isso. Não deixa ninguém te fazer duvidar do teu próprio valor.

Ele fica em silêncio por um instante, mas depois assente, concordando comigo.

— Só pra constar, acabasse de dizer que sou melhor do que tu.

É, ele não ia conseguir perder a oportunidade de me provocar.

Dou um tapa em seu braço.

— Espera só até eu também entrar pra Sociedade Gastronômica.

Um sorriso se espalha nos lábios dele.

— Tu vai se inscrever?

— Vou. E tu também — digo, e, antes que Pedro volte a protestar, acrescento: — Tu mesmo disse que essa escola é teu sonho. Não vou te deixar desistir. Quem sabe nós dois não estudamos aqui um dia?

Vejo aquele brilho voltar aos seus olhos.

— Chef! — PC grita da plateia, e quase uma dúzia de professores olham para ele. PC gesticula, constrangido, indicando que está chamando Pedro, enquanto Victor e Cintia, logo atrás, apontam freneticamente para a porta.

Nossas famílias estão entrando.

Meu coração congela. Porque, mesmo que isso tudo tenha sido planejado, ainda é desesperador vê-las juntas aqui na Sociedade Gastronômica, minutos antes de um concurso que elas nem sabiam que iríamos participar. Juntos. Mas não dava mais para manter esse segredo. Tínhamos que tornar nossas famílias uma parte dessa competição também. Porque, agora, não se trata mais de uma batalha contra o Pague Pouco.

É a última tentativa de unir nossas famílias.

— Agora não tem mais volta — fala Pedro.

Apesar da preocupação em sua voz, ele segura minha mão. E sei que, aconteça o que acontecer hoje, ele estará ao meu lado.

E de certa forma...

De certa forma, já somos vencedores.

A rixa, pelo menos no que diz respeito a mim e a Pedro, já terminou.

48

23 DE JUNHO, QUINTA-FEIRA

Pedro e eu descemos correndo do palco, juntos, para conversar com nossas famílias.

— Por favor, me diz que isso é brincadeira — mainha diz quando a alcanço. — Me diz que tudo não passa de uma brincadeira de mau gosto. O bilhete que tu deixasse falando que ia participar de um concurso com Pedro Molina. E... *isso!* — Ela olha para nossas mãos entrelaçadas. — Mandei tu ficar longe desse menino!

Mainha toma impulso como se quisesse me afastar de Pedro, mas dou um passo atrás, trazendo-o comigo, e a mão de mainha acaba ficando suspensa no ar. Quando ela percebe que não vou ceder, os olhos dela se inflamam.

A mão de Pedro parece úmida contra a minha.

— Dona Alice, eu posso explicar... — ele começa, mas Dona Eulalia já está botando o dedo na cara de mainha, abafando a voz de Pedro.

Nós dois trocamos um olhar.

— Me desculpa mesmo por isso — murmuro para ele.

Cintia passa furtivamente por entre a briga de nossas mães e me cutuca no braço.

— Vocês tão começando a chamar atenção. E se os juízes desclassificarem vocês dois?

Ela está certa. As pessoas já começaram a cochichar, lançando olhares incomodados em nossa direção.

Quando decidimos convidar nossas famílias para o concurso, sabíamos que não seria fácil. Mas mesmo assim queríamos tentar aproximá-las. Só que, se continuarem brigando desse jeito e formos desclassificados, vamos acabar conseguindo exatamente o contrário.

— Mainha, por favor, me deixa explicar — eu digo. — A gente tá aqui porque queremos mostrar ao Pague Pouco que somos capazes de revidar. Por isso fizemos um bolo juntos, uma coisa importante pra gente.

— O que é que essa menina tá falando, Pedro? — pergunta Dona Eulalia, me encarando por cima do ombro de mainha.

— Por favor, escutem só um segundo — Pedro implora. — A gente achou que, ganhando o concurso, isso ajudaria a manter as padarias a salvo. Talvez o dinheiro não resolva todos os nossos problemas, mas pelo menos o bairro vai ver que estamos juntos, e o Pague Pouco também vai perceber isso. Vão pensar duas vezes antes de virem ameaçar a gente.

— Tu sabe que teu avô não aguenta mais ter esse aperreio — Dona Eulalia sussurra. — A gente *precisa* vender a Açúcar.

— Eu queria tomar a frente das coisas — Pedro anuncia. — Vou administrar a Açúcar.

— Que história é essa de que tu vai tomar a frente da minha padaria? — A voz de Seu Romário ressoa atrás de nós.

Meu coração acelera. Eu não tinha certeza se ele viria.

Todos se viram para encará-lo. Embora Seu Romário tenha nos ajudado a acabar com a briga entre nossas mães no hospital, percebo que a relação dele com Pedro continua estremecida. Esses dois ainda não conversaram.

Pedro olha de mim para o avô, nervoso. Ainda estamos de mãos dadas, então faço carinho na parte de trás de sua mão para incentivá-lo.

Ele retribui o gesto. É hora de Pedro abrir o jogo com Seu Romário. Dizer a ele como se sente, assim como voinha me encorajava a ser honesta com minha mãe.

— Seria uma honra se o senhor ainda quisesse me ver assumindo a padaria, voinho — fala Pedro, e logo acrescenta: — Não queria que o senhor ficasse achando que só faço as coisas pra incomodar. Respeito tua cozinha e sou grato por tudo que o senhor me ensinou.

Seu Romário estreita os olhos para o neto.

— Tu vai mudar meu cardápio inteiro?

— Vou respeitar teus limites, mas, se o senhor pelo menos me deixar introduzir algumas coisas novas... — Pedro hesita. — Quer dizer, se o senhor quiser que eu não mude nada, tudo bem.

Pedro está se encolhendo de novo.

— E por que essas receitas novas são tão importantes pra ti? — Seu Romário pergunta, mas, pela primeira vez, não soa como se estivesse na defensiva. Pelo contrário, está dando a Pedro uma chance de se explicar. É como se tentasse entender o neto.

Vejo a surpresa nos olhos de Pedro.

— Queria que o senhor visse que sei ser padeiro — ele diz, ansioso. — E-eu sei que parece que tô só querendo virar de cabeça pra baixo tudo que o senhor fez pela Açúcar, mas sempre me perguntei se... o senhor sabe... se eu tinha o necessário pra deixar... pra deixar o senhor orgulhoso. De mim.

Ele baixa os olhos. Seu Romário continua o encarando.

— Peu, não achei que tu quisesse assumir a Açúcar — fala Dona Eulalia, cheia de remorso.

Pedro se vira para a mãe.

— A Açúcar é a minha casa — ele responde. — Eu nunca quis ir embora.

Mainha finalmente dá um jeito de me puxar de lado.

— Pensei que não ia ter mais mentiras entre a gente — ela sussurra.
— E mesmo assim tu não me falou nada sobre participar desse concurso. E agora ainda por cima tu tá com esse garoto?

— Essa é toda a verdade — eu digo. — E sei que a senhora acha que a gente devia fechar a Sal, mas quero ficar. Deixa eu tomar conta da padaria quando terminar a escola.

Os olhos de mainha se enchem de mágoa.

— Já te falei. Não posso te impedir de entrar na escola de culinária, mas não vou ficar assistindo de braços cruzados tu arruinar teu futuro na Sal. A Sal não é só uma padaria, ela também representa toda essa rivalidade. Não vou deixar tu se envolver nem mais um dedo. — Ela balança a cabeça. — Não. Tua vó tinha razão. Vou vender a Sal amanhã. Preciso te proteger dos Molina.

— Vender a Sal não vai apagar o que eu sinto — digo, e olho para Pedro. A mãe e o avô o cercam, escutando o que ele tem a dizer. — Dá uma chance pra eles. A gente tem mais em comum do que a senhora pensa. E dá uma chance pra *mim* também, mainha. Se eu e Pedro vencermos essa competição, a senhora não vai precisar ir na reunião amanhã. — Olho para Dona Eulalia. — E nem a senhora.

— *Se* vencer? — Mainha aponta com o queixo para os competidores atrás de nós. — Olha ao redor, menina. Tu tá se aprontando pra perder. Não vou deixar minha filha fracassar. — Ela segura minha mão.

— A senhora tá certa, pode ser que eu fracasse hoje. E vou fracassar mil vezes como padeira. Mas vou seguir dando o meu melhor. Porque é isso que eu quero. É isso que eu amo. Me deixa lutar pela Sal, mainha. Por favor? Não vou conseguir fazer isso se não tiver a tua bênção.

— Lari, e se esse menino estiver te usando...

— É tua filha que tá usando o meu! — Dona Eulalia retruca. — O que é que essa menina sabe sobre culinária? Meu filho cresceu na cozinha, enquanto tua filha era boa demais pra isso, não era? Nunca vi essa menina trabalhando na Sal!

— Eulalia — diz Seu Romário, detendo-a. Ele olha para Pedro, que instintivamente volta a baixar o rosto. Mas, dessa vez, Seu Romário dá uma batidinha de leve no queixo do neto, incentivando-o a manter a cabeça erguida. — Me responde só uma coisa, filho.

Pedro engole em seco.

— Senhor?

— Tu tá mesmo falando sério sobre a Açúcar? Ou essa história toda com a garota das Ramires é tua forma de chamar atenção depois que eu discordei das tuas ideias?

Pedro se empertiga.

— Voinho, não sou uma criança fazendo birra. Como eu disse, respeito tua cozinha, mas querer mudar as coisas na Açúcar, entrar na escola de culinária ou participar de um concurso com Lari não é uma afronta ao senhor nem às tradições da nossa família. Na época que a gente teve aquela discussão, em abril, não tive intenção de ser desrespeitoso quando falei que não queria ficar preso ao passado na Açúcar. Eu só queria aprender mais, e talvez, com o tempo, o senhor enxergue que eu me importo com a Açúcar tanto quanto... tanto quanto Gabriel.

Ouço o pequeno arquejo que mainha tenta ocultar à menção de painho.

— Que foi que tu disse? — Seu Romário pergunta, chegando mais perto, como se fosse um desafio.

Pedro não volta atrás.

— Sei que o senhor respeitava os planos de Gabriel pra Açúcar. E entendo que talvez o senhor esteja tentando manter a padaria do mesmo jeito que ele deixou, como uma maneira de honrar sua memória. Mas te prometo que vou respeitar os limites.

Seu Romário começa a falar, mas a voz falha, os olhos marejados. Mainha parece surpresa, e ele se vira para ela.

— Alice, como eu me arrependo daquela noite em que Gabriel veio me implorar pra escutar o que ele tinha a dizer. Eu devia ter escutado. Devia ter apoiado. Eu devia ter apoiado vocês dois.

Passo o braço pelos ombros de mainha. Ela está tremendo, então a aperto com mais força.

— Todos esses anos, o senhor nunca disse nada — mainha diz, as palavras saindo como soluços. — Eu esperei tanto, mas o senhor nunca disse nada.

— Gabriel era como um filho. Meu filho. — Seu Romário olha para mim e Pedro. — Tem muito ódio e mal-entendidos entre as nossas famílias, mas esses meninos aqui são um sopro de ar puro nessa rivalidade que já dura tanto tempo. Vão lá, participem do concurso. Só por hoje nossas padarias estão unidas mais uma vez, como sempre devia ter sido. Como Gabriel esperava que fosse. — Ele se vira para mainha e Dona Eulalia. — Tu permite, Eulalia? Alice?

Talvez seja só coisa da minha cabeça, mas um pouco da determinação de Dona Eulalia enfraquece.

— Permito — ela responde.

Mas mainha ainda hesita. Chego mais perto.

— Mainha, por favor? Deixa eu fazer isso. Preciso da tua bênção.

Ela assente, parecendo dividida.

Então jogo meus braços ao redor dela.

— Vou batalhar pra salvar nossa casa — sussurro em seu ouvido.

— E eu vou estar bem aqui, torcendo por tu — ela sussurra de volta.

Não vai ser fácil. Não vai ser como resolver um desafio com equações, mostrar meu boletim impecável para mainha ou vencer uma competição de matemática. Mas é justamente por isso que vai ser ainda melhor. Porque finalmente mainha vai me ver fazendo o que mais amo. Finalmente vai me conhecer de verdade.

49

23 DE JUNHO, QUINTA-FEIRA

Pedro e eu ficamos tão ocupados tentando convencer nossas famílias a nos dar uma chance que não percebemos algumas câmeras dando zoom na gente.

É insuportável ter a briga da sua família exibida em um telão para quem quiser ver — incluindo competidores e jurados. Voltamos à nossa posição na mesa do concurso, murmurando pedidos de desculpa ao júri. Posso jurar que consigo ouvi-los pensando: *"Por que foi mesmo que abrimos a competição para não membros?".*

Um silêncio constrangedor se espalha pela Sociedade Gastronômica, e, depois do que parece uma eternidade, o concurso finalmente começa. Uma das juradas se aproxima de nós.

— Então vocês são... — Ela dá uma olhada na prancheta em suas mãos. — Ah, um casal tão jovem!

Sinto meu rosto queimar. Pedro também fica todo vermelho ao meu lado. Tento não olhar para nossas famílias na plateia.

A mulher se inclina, admirando nosso bolo.

— Que coisa linda! — ela diz, cortando uma fatia. — Tem alguma coisa que queiram explicar sobre a receita antes de eu levar o bolo pros outros jurados?

Ela ergue o microfone em nossa direção. Nosso rosto está projetado no telão, suados e em pânico, e me vejo ficando ainda mais vermelha, como um tomate gigante.

— É um... um bolo de milho com goiabada e parmesão — Pedro explica rápido demais, tropeçando nas palavras. Diante daquelas dezenas de câmeras voltadas para a gente, a confiança dele murcha.

Nossas famílias e nossos amigos nos observam com expectativa. Não tem como nada dar errado agora.

Tomo a frente da situação, recorrendo a todo aquele treinamento que professora Carla me deu para os concursos de matemática.

— Queria poder dizer que criamos esse bolo de duas camadas pra representar o vínculo entre as nossas famílias, mas...

Olho para Pedro. Sua boa e velha confiança volta na hora certa.

— ... na verdade, somos inimigos — ele conclui para mim, e um burburinho de surpresa percorre o público. — Quer dizer, nossas famílias são. Eles mantêm uma rixa por gerações, começando lá atrás, com nossas bisavós. Faz pouco tempo que Lari e eu começamos a namorar, e eles *literalmente* estão descobrindo isso agora, então... pois é.

A jurada abre um sorriso nervoso.

— Vocês são muito corajosos por participarem juntos do nosso concurso e compartilharem desse jeito a novidade sobre o relacionamento.

Pedro e eu nos entreolhamos. É isso. É nossa última chance de chamar atenção para os problemas que estão acontecendo no bairro, e, embora seja difícil encontrar as palavras certas com todas aquelas luzes e câmeras apontadas bem na nossa cara, tento me concentrar na sensação da mão de Pedro na minha.

Localizo nossos amigos e familiares na plateia. E penso em voinha sorrindo para mim na bancada da cozinha da Sal.

Respiro fundo. Reúno toda minha força.

— Não sei se é uma questão de coragem, mas a gente *precisava* fazer alguma coisa — explico. — Tem um supermercado no nosso bairro. O Pague Pouco. Eles são uma ameaça pra todas as pequenas empresas da região. Fazemos nossos produtos nas padarias das nossas famílias e eles vão lá e vendem pratos semelhantes por um preço muito mais barato. Muitas barracas da feirinha de Olinda não existem mais por causa deles. Muitos negócios familiares tiveram que fechar as portas. E agora eles estão jogando nossas famílias uma contra a outra, porque querem comprar uma das padarias e pôr um café no lugar. A gente não queria perder nossas casas, por isso achamos que, se a gente entrasse junto no concurso e vencesse, nenhum de nós precisaria ir embora.

Minha garganta está ressecada de tanto nervoso. Estou com medo de fracassar. Mas, quando vejo mainha na plateia, ela assente para mim, espremida entre Seu Romário e Dona Eulalia, os olhos marejados de lágrimas.

Sinto uma conexão invisível entre nós. Sólida. Uma conexão que esperei e rezei para ter com mainha um dia, mas que já estava lá o tempo todo.

— Nosso bolo representa o que tem de melhor na Sal e na Açúcar, as padarias das nossas famílias — afirma Pedro, dirigindo-se à plateia. — Duas camadas. Tem a textura nutritiva e salgada do milho com parmesão e a doçura de um bolo com goiabada, que é uma releitura do bolo de rolo. Dois sabores dominantes por si só, que, quando se encontram, se complementam. — Ele aponta para cada camada. — Sal e Açúcar. Igualzinho às padarias das nossas famílias.

A jurada sorri.

— Obrigada, queridos. E como é que vocês chamam esse bolo?

Encontro o olhar de Pedro. Decidir o nome não foi difícil. Mas pronunciá-lo em voz alta na frente de nossas famílias pode dar tanto muito certo quanto muito errado.

— Romário e Julieta — respondemos em uníssono.

Vejo mainha e Dona Eulalia se entreolharem, surpresas. Seu Romário dá as costas e desaparece na multidão. Dona Eulalia vai atrás dele. Um segundo depois, mainha também vai embora.

Quero correr até eles, mas a jurada ainda não parou com as perguntas.

— Ah, como em Romeu e Julieta?

— I-isso — Pedro diz e me olha de lado, preocupado.

— Que história emocionante — comenta a jurada. — Boa sorte pra vocês dois!

A plateia aplaude. Enquanto isso, a jurada percorre a mesa para entrevistar outros competidores.

— O que foi que aconteceu? — pergunto a Pedro assim que os holofotes não estão mais focados na gente. — Visse eles saindo?

— Acho que voinho tava chorando.

PC, Victor e Cintia correm para a beira do palco, e Pedro se agacha para falar com eles. Os quatro conversam por um tempo. Depois, Pedro volta até mim.

— Victor disse que viu eles entrando em uma sala de aula ou coisa parecida — ele diz. — Tô com medo de que estejam brigando de novo.

Sinto uma pontada horrível no peito.

— Será que a gente foi longe demais batizando o bolo com o nome dos nossos avós?

Mais jurados percorrem a mesa do palco, experimentando amostras e fazendo anotações. Nos esforçamos para sorrir e responder a todas as perguntas sobre nosso bolo, mas, nesse meio-tempo, meu cérebro não para de gritar para eu ir atrás de mainha.

— Preciso falar com a minha mãe — sussurro para Pedro.

— Espera, acho que o júri tá deliberando agora. A gente não deve sair do palco.

Ele tem razão. Aguardo, mudando o peso de um pé para o outro. Ainda nenhum sinal de nossas famílias na plateia.

Os jurados se reúnem atrás do palco e, após conversarem em particular, voltam e se aproximam do microfone.

— Esse ano, a Sociedade Gastronômica se orgulha de ter aberto as portas para o público. Nessa noite, ouvimos histórias incríveis de cada família e provamos pratos maravilhosos.

Procuro por mainha na plateia.

— A votação foi acirrada, mas estamos orgulhosos de anunciar os vencedores! Por favor, uma grande salva de palmas para...

Estou vendo eles! Mainha, Dona Eulalia e Seu Romário reaparecem no fundo do salão bem na hora do anúncio. Pedro também respira aliviado quando os vê.

— ... a família Aguirre com a Ilha da Feijoada! Parabéns pela vitória no concurso deste ano.

A plateia aplaude e grita. A feijoada chique com todos aqueles acompanhamentos ganhou. E sinto meu coração afundar até os dedos dos pés.

Eu fracassei.

Depois de tudo... Depois de mentir para mainha por tanto tempo, como eu desejei, com todas as minhas forças, poder mostrar a ela hoje que tudo ficaria bem. Que nós ficaríamos bem. Mas fracassei. E agora mainha e Dona Eulalia não vão ter outra saída além de vender as padarias.

Estamos deixando o palco, mas o público ainda não parou de bater palmas. A ovação continua, e, para minha surpresa, percebo que as pessoas estão olhando para a gente.

— O que tá acontecendo? — Me escuto perguntando, minha voz distante, abafada pelos aplausos.

— Lari. — Pedro dá um leve aperto na minha mão. — Eles tão batendo palmas *pra gente*.

A jurada que nos entrevistou pela primeira vez dá dois tapinhas no microfone.

SAL E AÇÚCAR

— Eu só queria dizer que a Sociedade Gastronômica apoia totalmente a luta desses jovens e de seu bairro contra essa rede predatória de supermercados. Eles podem não ter vencido o concurso essa noite, mas conquistaram nossa admiração. Nós apoiamos as empresas familiares.

Minhas pernas ficam dormentes. Que bom que Pedro está segurando minha mão, porque sinto que vou cair a qualquer momento.

Meus olhos finalmente encontram mainha.

E, no meio disso tudo, percebo que ela está aplaudindo com mais entusiasmo do que qualquer um.

50

23 DE JUNHO, QUINTA-FEIRA

Naquele caos de tentar descer do palco, um dos jurados pediu para falar conosco em particular.

Ficamos zanzando por uma sala de aula, esperando junto de nossas famílias, mas agora Pedro e eu estamos presos às consequências de termos batizado nosso bolo em homenagem aos nossos avós. Mainha e Dona Eulalia voltaram a trocar farpas, parecendo prestes a transformar a coisa em um confronto físico.

— Jamais que o nome do meu pai devia ser associado com o da tua mãe! É um ultraje! — Dona Eulalia berra para mainha.

— Por que tu tá falando como se *eu* tivesse decidido isso? — ela rebate.

O concurso deveria aproximar as famílias, não aumentar o abismo entre elas.

O celular de mainha toca, e ela dá as costas a Dona Eulalia para poder atender. Quando mainha fala *"Pois não, Seu Ricardo?"*, o nome do advogado do Pague Pouco, Dona Eulalia arranca imediatamente o celular das mãos dela.

— Por que esse homem tá ligando pra tu? — grita Dona Eulalia, pressionando o aparelho de mainha contra a orelha, desesperada. — Alô? ALÔ?

Mainha puxa de volta o celular da mão de Dona Eulalia, que tenta atacar de novo, o rosto vermelho de fúria, e mainha a empurra. Pedro e PC rapidamente se espremem entre as duas para separá-las, enquanto Cintia e Victor fazem questão de abanar Seu Romário, que parece desolado.

Isso é um pesadelo.

— Parem de brigar! — eu grito. — Por favor, só... *parem com isso!*

Os berros e acusações continuam, apesar de nossos apelos. Até que Seu Romário se levanta e todo mundo fica quieto na mesma hora. Ele caminha até a travessa com amostras do bolo e pega uma das fatias. Ficamos observando enquanto ele analisa o prato, levando um pedaço à boca.

Quando Seu Romário dá a primeira mordida, cai no choro imediatamente.

— Painho! — Dona Eulalia grita. Ela começa a tentar ver o que aconteceu, mas ele acena com a mão para a filha o deixar falar.

— Essa aqui é uma grande homenagem a uma receita antiga. Tô orgulhoso de tu, filho — ele declara, e os olhos de Pedro cintilam. Sei que ele esperou um bom tempo para ouvir isso. — Quando eu tinha tua idade, preparei uma receita com Julieta. Era o bolo Sal e Açúcar, aquele que as nossas mães criaram juntas.

— *Quê?!* — mainha exclama.

— Painho! Eu nunca soube disso... — fala Dona Eulalia, chocada.

— Acha que tu e Gabriel foram os únicos que tentaram acabar com essa briga? — Seu Romário pergunta à mainha. — Julieta e eu também tentamos... Nossas mães descobriram. A gente queria fugir junto, mas eu não tinha como deixar minha mãe pra trás. Ela precisava de mim... tinha feito de tudo pra me criar. E não tive coragem de lutar por Julieta. Ela também voltou atrás, e fez o possível pra reconquistar a confiança da mãe. Talvez, depois que as nossas mães faleceram, a gente pudesse ter se juntado de novo. A gente podia ter dito que tudo aquilo eram águas passadas. Mas é difícil continuar nadando quando a correnteza é *tão* forte. E aí Gabriel apareceu e se envolveu contigo, Alice. Quando tu tentou fazer o bolo Sal e Açúcar com ele, pensei que ia ser aquela mesma dor de cabeça toda de novo.

Os olhos de mainha estão brilhando com lágrimas de raiva.

— Se isso é verdade, se o senhor amava minha mãe e tentou acabar com essa rixa junto dela, então por que chamou Gabriel de traidor? Ele te amou como se fosse pai dele! Como é que eu vou confiar que o senhor vai respeitar o relacionamento da minha filha com o seu neto agora? Que o senhor não vai magoar os dois, do mesmo jeito que fez comigo e Gabriel?! — ela brada.

— Não queria magoar Gabriel. Eu devia ter escutado — Seu Romário responde, a voz embargada. — Desde a morte de Julieta, minha mente tá presa no passado, e fico pensando em Gabriel, em como tudo teria sido diferente, em como ele ainda estaria vivo se eu tivesse aceitado vocês dois. Se eu não tivesse mandado ele embora naquela noite, Gabriel estaria aqui agora. Eu me arrependo demais, Alice. Fui eu o traidor, não Gabriel. Traí a confiança de Gabriel quando virei as costas pra vocês depois de ter prometido ser padrinho dele. Eu falhei em ser uma família pra ele.

Mainha aperta os lábios, e percebo seus ombros levemente relaxarem, todo seu corpo abandonando um pouco da postura defensiva. Acho que esses anos todos ela ficou esperando ouvir Seu Romário pedir desculpas pela forma como tratou painho.

Seu Romário olha para mim e para Pedro.

— Mas não vou cometer o mesmo erro de novo. Eulalia, tu não vai vender a Açúcar amanhã. Se meu neto diz que quer cuidar da padaria, ele tem minha bênção.

Pedro começa a tremer ao meu lado, como se estivesse se esforçando para segurar o choro. Mas então Seu Romário lhe dá um abraço, o primeiro que vejo entre eles, e Pedro desaba nos braços do avô.

— Não quero decepcionar o senhor — Pedro diz.

— Nunca que tu decepcionaria... tu é meu neto. — Seu Romário lhe dá tapinhas nas costas, sem conseguir conter as próprias lágrimas. — Eu te amo.

— Eu também te amo — responde Pedro e, dessa vez, não tenta esconder o choro. Seus ombros tremem enquanto a mãe acaricia suas costas, ela mesma parecendo chorosa.

Cintia está ao meu lado e, quando a olho, ela sorri. Victor também está perto, e PC, logo atrás, fungando. Meu coração parece prestes a explodir.

— Queria que voinha estivesse aqui pra ver isso — comento com meus amigos.

— E quem disse que ela não tá? — responde PC.

— Alice — diz Dona Eulalia, aproximando-se de mainha. — Eu não fazia ideia de que meu pai e a tua mãe... Tu sabe. Sei que tem sido difícil, mas talvez a gente... talvez a gente pudesse pelo menos parar de dar ouvidos a esses boatos? Me fala a verdade. Já fechasse negócio com o Pague Pouco?

— Não. Eu só marquei uma reunião pra amanhã — diz mainha, e respira fundo. — E peço desculpas por ter culpado vocês dos rumores sobre os ratos... Fiquei sabendo faz uns dias que foi o Pague Pouco que espalhou a mentira.

Dona Eulalia parece surpresa, mas continua:

— Eu nunca vou esquecer que tu me emprestasse o carro pra levar painho no hospital. Não sabia como te agradecer naquele dia. Então... obrigada, visse?

Há muita falta de jeito na forma como elas pedem desculpas uma à outra. E mais falta de jeito ainda na maneira como ficam lado a lado, como se ainda não acreditassem que estão juntas em uma sala falando sobre o amor proibido de voinha e Seu Romário.

Mainha olha para mim, tentando se orientar.

— É isso mesmo que tu quer? Tomar conta da Sal um dia?

— É sim — respondo, do fundo do meu coração.

Mainha deixa escapar um suspiro trêmulo, os olhos brilhando de determinação. Ela se vira para Dona Eulalia.

— Tá certo, Eulalia, o que a gente pode fazer pra ajudar nossos filhos? A gente precisa manter os dois em segurança. Nos juntamos de novo e nos recusamos a vender?

Sinto uma mudança significativa no clima da sala, como se alguns dos nós dolorosos no tecido da história de nossas famílias estivessem finalmente se soltando. Olho para Pedro e, quando os olhos dele se arregalam em resposta, sei que ele está sentindo o mesmo que eu. Noto a maneira como nossas mães nos encaram, a maneira como encontram um objetivo em comum de nos manter seguros, e isso me enche de esperança para o futuro.

— Pode contar comigo, Alice! Mas não sei como a gente vai conseguir impedir o Pague Pouco de ir atrás deles depois que recusarmos vender e os meninos assumirem as padarias. A Sociedade Gastronômica falou tudo aquilo na frente das câmeras sobre apoiar nossa luta contra o supermercado e tal, mas, no fim das contas, são só palavras. Não é suficiente pra fazer a diferença, e, sendo bem honesta, não acho que o Pague Pouco se importe com a opinião dessa escola. — Dona Eulalia olha para mim e Pedro. — Sinto muito, meninos. Não sei mais o que podemos fazer.

Bem nesse momento a porta se abre, e a jurada que anunciou o resultado entra na sala. Os chefs Augusto e Lorêncio vêm logo atrás. Pedro fica ainda mais vermelho ao ver seus ídolos tão de perto, e enxuga depressa os olhos na manga da camiseta. Os chefs seguram a porta para a entrada de uma quarta pessoa: uma mulher usando muletas, com um curativo sob o queixo e a perna engessada.

É a mãe de Amandinha! E ela está usando um dólmã da SG!

Pedro e eu nos entreolhamos, atônitos. Chef Augusto puxa uma cadeira para ela se sentar, mas a mãe de Amandinha recusa e vem até nós para nos dar um abraço.

— Quando vi vocês no palco, nem acreditei! Que incrível! — ela diz. — Queria agradecer a vocês por terem salvado minha família naquela enchente. Quando tentei achar vocês, já tinham ido embora do hospital.

— Não foi nada — Pedro responde, meio nervoso. — A gente também tentou procurar vocês no hospital, mas as enfermeiras não deixaram. A senhora tá bem mesmo? Eu tava tão aperreado pensando que a senhora tinha tido uma concussão. E Amandinha e o primo? Eles pareciam tão assustados...

— Tô ótima! Sem concussão nenhuma! Minha família tá bem graças a vocês dois! — Ela diz, com um sorriso.

Dona Eulalia se coloca ao lado de Pedro.

— Quem é a senhora? — ela pergunta para a mãe de Amandinha.

— Sou a Chef Rosa Luz. Dou aula aqui na Sociedade Gastronômica. Esses meninos salvaram minha família quando nosso carro quebrou no meio do alagamento da Avenida Coqueirais!

Amandinha me disse que a mãe tinha arrumado um emprego, mas não fazia ideia de que ela tinha virado professora na Sociedade Gastronômica!

— Minha filha me falou tanto do teu clube de culinária, Lari — ela me conta. Aceno para que Cintia, Victor e PC cheguem perto e se apresentem. Ela fica pasma por estarmos todos aqui, seu sorriso crescendo no rosto sardento igual ao de Amandinha. — Minha menininha admira tanto vocês. Tudo que ela faz é falar do clube. Não para de falar sobre como Cintia e Victor dão os melhores abraços, como PC é superengraçado. E como Pedro salvou a vida dela, lógico. — Ela volta a me encarar. — E tu, Lari... Ela diz que tu tem as mãos de fada da tua avó. Quer ser igual a tu quando crescer. Tu ajudou Amandinha a ver que comida é uma coisa mágica. Sou muito grata a tudo que vocês, meninos, fizeram pela minha filha e por todo mundo no Vozes!

Não sei nem o que dizer. Sinto como se um balão estivesse inflando no meu peito.

— Tu não devia ficar tanto tempo de pé, Rosa — fala Chef Lorêncio, e Pedro concorda com a cabeça, parecendo um pouco deslumbrado.

— Eu tô bem. O médico falou que eu tô bem — ela diz, abanando a mão para os colegas de trabalho. — Olha, tudo acontece por um motivo. Eu precisava estar aqui hoje para ouvir o recado de Lari e Pedro. Sinto muito que vocês não tenham vencido. Fiquei chocada de verdade pensando em tudo que vocês passaram pra participarem juntos do concurso.

— Todo mundo ficou impressionado — comenta a moça que nos entrevistou. — Sou a Chef Giselle Leal. Esses aqui são Chef Augusto e Chef Lorêncio. Mesmo que vocês não tenham vencido, a gente espera que isso não impeça vocês dois de competirem ano que vem.

— Eu amo o programa de vocês! — Pedro diz, sem conseguir se controlar, e a dupla sorri como se estivesse acostumada com fãs mais entusiasmados. É engraçado ver Pedro agindo assim pela primeira vez, quando normalmente é ele quem está rodeado por uma multidão de admiradores na escola, todo descolado e indiferente a todo mundo.

Acima de tudo, fico feliz por ele. Pedro está vivendo um sonho.

— Foi pra isso que os senhores pediram pra conversar com a gente? Pra lembrar aos meninos que eles perderam? — Dona Eulalia retruca, sem nem se preocupar em disfarçar o ranço.

— Eu sabia que não dava pra confiar nesse tipo de concurso — mainha desdenha.

Elas assentem uma para a outra, e aposto que estão começando a perceber que são mais parecidas do que gostariam de admitir.

Sei que elas só estão tentando evitar que os filhos se magoem ainda mais, mas sinto que estamos passando vergonha na frente dos jurados.

O rosto de Pedro também fica vermelho que nem um tomate. Acho que isso é o que acontece quando nossas mães se unem... Mas quer saber? Nunca pensei que ficaria tão contente por nossas mães nos constrangerem com sua superproteção, porque pelo menos estão começando a cada vez mais tomar as dores uma da outra. É o melhor sinal que a gente poderia receber!

— Eu queria parabenizar os filhos das senhoras por terem participado juntos do concurso — fala Chef Rosa. — Sei o que um supermercado como o Pague Pouco pode fazer com os negócios familiares. Também perdi meu restaurante pra eles antes de vir parar na Sociedade Gastronômica.

— Esses abutres do Pague Pouco já estão atrás da gente faz tempo — comenta Dona Eulalia. — Não importa o que a gente faça, eles continuam baixando os preços, roubando nossos clientes. Já tentamos *de tudo*.

— Fiquei muito comovida com a história de vocês — Chef Rosa diz. — Meus colegas aqui me deixaram responsável por gerenciar a rede de restaurantes que eles têm em Recife e Olinda, e gostaríamos de oferecer pra Sal e pra Açúcar um contrato de fornecimento para as nossas cozinhas. Esse bolo é uma declaração poderosa contra grandes tubarões feito o Pague Pouco. A união faz a força, e é isso que esperamos inspirar com esse prato. É uma homenagem às pequenas empresas.

— Isso é sério? — exclamo.

Quando eles confirmam que sim, tenho uma sensação de desmaio, mas Pedro me segura, me dando um abraço. Ele cambaleia um pouco por causa do tornozelo machucado, mas agora Cintia, PC e Victor também estão nos levantando.

Ao fundo, Seu Romário distribui amostras do nosso bolo para mainha e Dona Eulalia experimentarem.

Elas dão pequenas mordidas e imediatamente fecham os olhos, a surpresa e a euforia estampadas no rosto das duas. Sinto meu coração preenchido: é a primeira vez que mainha prova algo que eu preparei. Acho que percorri um longo caminho desde aquela sopa de flores.

Pela primeira vez em décadas, Ramires e Molina se misturam a vivas e abraços emocionados. Nada de gritos, nada de brigas. Só um grupo de vizinhos apoiando uns aos outros.

24 DE JUNHO, SEXTA-FEIRA

No dia seguinte, mainha e eu estamos na frente da Sal enquanto Pedro, Seu Romário e Dona Eulalia estão na frente da Açúcar.

Estamos novamente nos observando de nossas respectivas calçadas, a rua pontilhada de fogueiras para a festa de São João à noite. Dou uma piscadinha para Pedro. Ele sorri em resposta.

Em silêncio, mainha e Dona Eulalia se encontram no meio da rua. Elas pegaram as receitas que um dia formaram o lendário bolo Sal e Açúcar e agora as estendem uma à outra, como uma bandeira oficial de paz.

Elas guardam as receitas em uma caixa de vidro, juntando-as mais uma vez. Reunindo o coração de nossas padarias. Reunindo nossas famílias. Do jeitinho que bisavó Elisa e Dona Elizabete Molina um dia sonharam.

O sonho que agora sonhamos juntos.

EPÍLOGO

SEIS MESES DEPOIS...

— Ô Lari, Pedro! — Dona Eulalia chama de dentro da Sal. — Tá na hora! — exclama, e começa a conduzir a multidão de padeiros da Açúcar até a cozinha da Sal.

Desde que os chefs Rosa, Giselle, Augusto e Lorêncio ofereceram o contrato, a Sociedade Gastronômica deu início a uma campanha publicitária massiva para ajudar outras padarias familiares. Agora, a Sal e a Açúcar se unem para atender aos pedidos de bufê que chegam de toda a região metropolitana.

— A gente tem que ir — murmuro contra o ombro de Pedro.

— Só mais um pouquinho — ele diz, me apertando com mais força contra o peito.

— Eu vou ter que implorar pra vocês, chefs metidos a besta, virem aqui? — Dona Eulalia grita por cima do alvoroço dos fregueses. Não somos membros da Sociedade Gastronômica — ainda —, mas isso não impede Dona Eulalia de nos provocar. Nossa prova de admissão está marcada para o mês que vem.

— Pedro! — A voz de Seu Romário ressoa ao fundo, e nos viramos para entrar na Sal bem no instante em que Isabel sai da padaria segurando um bolo para entregar a um cliente.

Pedro me puxa no último segundo, me ajudando a evitar um esbarrão.

— Tem coisa que não muda nunca — ele diz, sorrindo.

Os padeiros da Sal e da Açúcar andam de um lado para o outro em torno da bancada de madeira de voinha. Dona Eulalia, Seu Romário e Dona Selma ficam no fundo, assim como PC, Cintia e Victor. É a primeira vez que Pedro e eu damos uma aula de culinária, e queremos todas as pessoas que amamos por perto. Fico feliz de eles terem vindo até aqui nos apoiar, apesar de estarem superocupados ultimamente.

PC é um chef agora, após ter encontrado as receitas da avó e reaberto o antigo negócio gastronômico da família. Ele já foi até convidado para vender seus pastéis em uma barraquinha oficial durante o grande São João de Caruaru no ano que vem!

Cintia é a atual campeã regional de matemática! Ela ficou supernervosa quando foi competir, duas semanas atrás, mas estávamos todos lá para dar apoio. Desde então, está sempre estampando a capa dos jornais da cidade, e agora está ocupada se preparando para a próxima competição estadual.

Victor começou um blog de culinária e está gravando vídeos para seu novo canal no YouTube. Após postar os primeiros vídeos, que o mostram visitando pequenas empresas familiares e falando sobre seus pratos favoritos, conseguiu muitos seguidores.

Só falta uma pessoa.

Mainha entra apressada na cozinha.

— Fui buscar meu notebook — ela diz, pronta para digitar suas anotações.

Mainha está me ajudando com a transição para passar a cuidar da padaria em tempo integral. Uma vez superprotetora, sempre superprotetora. Ela está sempre me dizendo para focar nos estudos para as provas da Sociedade Gastronômica, e, enquanto isso, eu a ajudo na preparação para o vestibular.

Mainha vai se inscrever para o curso de design de moda da Universidade Federal no ano que vem. Vai ser a primeira Ramires a fazer faculdade! Por enquanto, está frequentando as aulas para adultos ministradas pela professora Carla, e agora é *minha vez* de garantir que mainha preste atenção nas aulas.

Sob o olhar solidário de nossos parentes e amigos, Pedro e eu começamos a aula, listando todos os ingredientes do bolo Romário e Julieta. O prato tem sido um sucesso de vendas, a demanda não parou de aumentar e, agora que enfim estamos conseguindo contratar mais padeiros, achamos que seria uma ótima oportunidade para reunir todo mundo e montar uma turma, assim os novos funcionários podem aprender a recitar a receita até dormindo.

Os carros do Pague Pouco ainda sobem e descem pelas ruas de Olinda, vigiando, espreitando, mas eles sabem que agora não podem mais nos engolir vivos. Não enquanto estivermos juntos.

Mainha começa a digitar com atenção, cochichando aqui e ali com Dona Eulalia. Seu Romário está sentado em uma banqueta junto ao balcão, os olhos fixos nos ingredientes. Nossos padeiros tentam espiar um por cima dos outros. E eu sei.... eu *sei* que voinha também está aqui com a gente.

Não é como se tudo estivesse resolvido entre nós, como uma espécie de maldição quebrada em um conto de fadas. E sei que ainda temos muito a aprender uns com os outros, e também muito o que perdoar. Mas estarmos lado a lado na cozinha hoje, *juntos*, parece um novo capítulo na história de nossas famílias. Um capítulo cheio de esperança.

Abro o forno e um sopro de ar quente escapa como se fosse um suspiro. A Sal está voltando à vida.

Fim.
    Mas será que é mesmo...?

★ ★ ★ ★ ★

AGRADECIMENTOS

Desde criança sonhei em virar escritora, e sou grata a todos que me ajudaram em cada etapa. *Sal e Açúcar* definitivamente é o resultado de um esforço coletivo — um sonho compartilhado com várias pessoas da minha vida —, e gostaria de reservar um espaço para agradecer a todo mundo.

Em primeiro lugar, gostaria de agradecer a Márcia Carvalho. Minha mãe era a melhor amiga que uma filha poderia desejar. Ela me cercou de livros e lutou pela minha educação mesmo diante de todas as adversidades. Escrevi *Sal e Açúcar* nos anos seguintes à morte dela, como uma forma de me curar e me reconectar com minhas memórias da infância, e sei que ela ficaria muito orgulhosa disso. Te amo, mainha. Saudades para sempre.

Quero agradecer aos meus avós, Juliana e Arnaldo Carvalho, que me criaram como se eu fosse filha deles. Meus avós me protegeram, me amaram e me ofereceram o lar mais seguro do mundo para que eu pudesse brincar, aprender e explorar os primeiros vestígios dos meus sonhos. Quero agradecer também ao meu tio, Eduardo Carvalho, que foi como um pai para mim, além do melhor contador de histórias. Eu não seria escritora se não fosse por eles. Muitas saudades. Descansem em paz.

Um agradecimento especial a Michael Bethencourt. Amor da minha vida. Meu melhor amigo. Meu marido. Meu parceiro de vida. Obrigada por me amar e por ficar ao meu lado. Este livro não existiria sem seu amor constante e sem você ali, sonhando este sonho junto comigo. Obrigada por nunca me deixar desistir. Eu te amo.

Muito obrigada aos meus professores do ensino fundamental, que incluíram minha primeiríssima história em uma prova de português. Era sobre um besouro chamado Silvia, o que me causou problemas com uma menina da turma que tinha esse mesmo nome. Quando pensou que eu havia batizado o inseto em sua homenagem, jurou vingança. Foi um pouco assustador, mas também me fez perceber que eu realmente queria ser escritora quando crescesse. A propósito, Silvia, se você estiver lendo isso, eu juro que foi sem querer!

Obrigada a todos os professores e orientadores acadêmicos da minha vida, todos que acreditaram em mim e no meu sonho e que disseram à mainha que eu devia virar escritora. Agradeço aos meus professores do ensino médio no Colégio Militar do Recife e a todos os envolvidos no Programa de Jovens Embaixadores, que abriu tantas portas que, depois, acabaram transformando minha vida para sempre da melhor maneira possível.

Um agradecimento especial a Rachel Russell por torcer por mim desde os primeiros dias da busca por agenciamento. Obrigada por seus conselhos atenciosos com relação ao primeiro rascunho de *Sal e Açúcar*. Mas, acima de tudo, obrigada por ser minha amiga e pelas piadas diárias que você me enviou durante um mês inteiro para tentar me animar. Sem seu apoio, *Sal e Açúcar* não estaria aqui.

Agradeço mil vezes à minha incrível agente, Thao Le, por acreditar em mim. Você lutou por *Sal e Açúcar* e amou a história tanto quanto eu, e sempre serei grata por isso. Obrigada também a todo mundo na Agência Literária Sandra Dijkstra e a todos os meus companheiros de agência pelo apoio.

Tenho ainda muito amor e gratidão por todos os responsáveis por criar o LatinxPitch. Esse evento foi como uma lufada de ar fresco durante um dos momentos mais difíceis da minha vida, e me ajudou a fazer contatos incríveis que depois resultaram em *Sal e Açúcar* indo a leilão. Vocês são um dos motivos pelos quais meu sonho virou realidade.

Rebecca Kuss, obrigada por ser minha editora de aquisição. Obrigada por se conectar com a minha história e por acreditar nela. Não tivemos a oportunidade de terminar esta jornada editorial juntas, mas sou grata por todo o apoio. Sua conexão com meu livro enquanto leitora significa muito para mim.

Obrigada, obrigada e obrigada a Claire Stetzer, minha editora, por me guiar e ajudar a transformar *Sal e Açúcar* no livro que é hoje. Sou imensamente grata por tudo. Obrigada, Bess Braswell e todo mundo da Inkyard Press e da HarperCollins por terem acreditado na minha história e tornado meu sonho uma realidade. Muito obrigada a Gigi Lau, designer por trás da arte de capa, e a Andressa Meissner, ilustradora. Obrigada por terem criado uma capa tão mágica. Não consigo parar de olhar!

Peço desculpas caso tenha esquecido alguém, mas saibam que sou muito grata. Isso tudo parecia um sonho tão impossível quando eu era criança... Ainda não consigo acreditar que escrevo sobre personagens inspirados na minha infância, levando a vida e sonhando pelas cidades do meu coração. Um cheiro, Olinda e Recife.

E por último, mas não menos importante, gostaria de agradecer a você por ter lido *Sal e Açúcar*. Tem sido uma jornada incrível, e sou muito grata pela oportunidade de compartilhar esta história com você.

Este livro foi composto na tipografia
Bembo Std, em corpo 11,5/16,7, e impresso em
papel off-white no Sistema Cameron da
Divisão Gráfica da Distribuidora Record.